Der Teufel vom Chiemsee

Ina May wurde im Allgäu geboren und verbrachte einen Teil ihrer Jugend in San Antonio/Texas. Nach ihrer Rückkehr in die bayerische Heimat absolvierte sie ein Sprachenstudium und arbeitete als Fremdsprachen- und Handelskorrespondentin für amerikanische Konzerne. Heute ist sie freie Autorin und lebt mit ihrer Familie im Chiemgau.

Dieses Buch ist ein Roman. Handlungen und Personen sind frei erfunden. Ähnlichkeiten mit lebenden oder toten Personen sind nicht gewollt und rein zufällig.

INA MAY

Der Teufel vom Chiemsee

OBERBAYERN KRIMI

emons:

Bibliografische Information der Deutschen Nationalbibliothek
Die Deutsche Nationalbibliothek verzeichnet diese Publikation
in der Deutschen Nationalbibliografie; detaillierte bibliografische
Daten sind im Internet über http://dnb.d-nb.de abrufbar.

© Emons Verlag GmbH
Alle Rechte vorbehalten
Umschlagmotiv: mauritius images/Paul Mayall/Lake Chiemsee/Alamy
Umschlaggestaltung: Nina Schäfer, Tobias Doetsch
Gestaltung Innenteil: César Satz & Grafik GmbH, Köln
Lektorat: Uta Rupprecht
Druck und Bindung: CPI – Clausen & Bosse, Leck
Printed in Germany 2017
ISBN 978-3-7408-0194-6
Oberbayern Krimi
Originalausgabe

Unser Newsletter informiert Sie
regelmäßig über Neues von emons:
Kostenlos bestellen unter
www.emons-verlag.de

Prolog

München-Grünwald
Der Abend des 26. September 1997

Florian hockte vor dem Fernseher und schaute eine Krimiserie, die er eigentlich nicht sehen durfte, weil sie für einen Elfjährigen zu blutrünstig war. Doch heute kümmerten sich seine Mutter und sein Vater kein bisschen um sein Fernsehprogramm. Sie hatten andere Sorgen und starrten nur wie gebannt auf das Telefon. Die Angst ließ seine Mutter älter aussehen. »Warum Magda?«, flüsterte sie. »Wenn ihr etwas passiert … das überlebe ich nicht.« Ihre Lippen bebten. Immer wieder strich sie den Zettel glatt. Er hatte im Briefkasten gelegen.

ICH LIEBE EUCH – BITTE ZAHLT DREI MILLIONEN IN 20-, 50- UND 100-MARK-SCHEINEN UND FOLGT DEM PLAN. SONST WERDET IHR MICH NIE WIEDERSEHEN.

Dazu die Warnung, keine Polizei einzuschalten. Seine Mutter hielt das rote Zeug zwischen den Zeilen für Blut.

Florian verwünschte seine verwegene sechzehnjährige Schwester. Verdammt, Magda! Warum musst du immer für irgendeinen Aufreger sorgen?

Er hatte sich so auf eine Woche im Indianerlager in Eschenbach gefreut. Am Lagerfeuer sitzen, Würstchen grillen, mit dem Schlafsack im Zelt übernachten. Das konnte er jetzt vergessen. Manchmal wäre es richtig toll, ein anderer zu sein und nicht der Sohn eines reichen Verlegers. Dann würde auch niemand auf die Idee kommen, das Erpresserschreiben könnte echt sein.

Der andere Brief, den Florian in der letzten Woche aus Magdas Tasche gemopst hatte, der war echt und außerdem Zündstoff. Seine Eltern würden es nicht gut finden, dass Magdas Nachhilfelehrer ihr schrieb, vor allem nicht, *was* er schrieb. Seine Schwester war total verschossen in Sebastian Baumgart. Florian hatte heute nach der Schule beobachtet, wie Magda einen Rucksack packte und dann ohne ein Wort verschwand. Klar, dem jüngeren Bruder verriet man nichts, aber trotzdem – warum musste sie sich ausgerechnet diesen Tag aussuchen, um zu verschwinden?

Konnte bei ihm nicht auch einmal etwas gut ausgehen?

Wenn sie nicht bald anrief, würde er den Brief herzeigen.

Es war später Abend. Das Telefon schwieg noch immer.

Florian ärgerte sich über das brütende Schweigen seiner Eltern, die tatsächlich auf einen Anruf des Entführers warteten.

Magda hatte in der letzten Zeit einige seltsame Dinge gemacht, verraten hatte Florian sie trotzdem nicht. Aber jetzt reichte es ihm!

Papa legte den Arm um Mama, ihr Gesicht hatte inzwischen eine leicht gräuliche Färbung angenommen.

»Magda ist zusammen mit ihrem Nachhilfelehrer abgehauen«, platzte Florian heraus.

Seine Mutter holte aus und gab ihm eine gepfefferte Ohrfeige. »Jemand hat deine Schwester entführt!« Sie schrie es fast.

Überrascht und verletzt hielt Florian sich die Wange, drängte die aufsteigenden Tränen zurück und wandte sich ab.

Blöder Brief, er würde ihn verschwinden lassen. Magda wünschte er aus tiefstem Herzen: Hoffentlich hat dir jemand so richtig den Mund gestopft.

1

Acidule = säuerlich

Nacht lag über dem Chiemsee. Draußen lärmte es, als würden sich Einbrecher lautstark an Fenstern und Türen zu schaffen machen.

»Ein solcher Sturm bringt meist etwas zum Vorschein«, sagte Priorin Jadwiga und zog mit einem entschlossenen Ruck die Vorhänge zu. Der Regen peitschte vom See her wütend gegen die Fenster des Büros. Das Kloster Frauenwörth hatte schon viele Stürme gesehen, es würde auch diesen überstehen.

Im letzten Sommer hatte ein Sturm den Tod in einem alten Koffer zum Vorschein gebracht, woran sich Althea lieber nicht erinnern wollte. Sie hoffte, dieses Wetter würde einfach weiterziehen und keinen dunklen Schleier lüften.

»Wir müssen auf diese Einladung reagieren«, unterbrach Jadwiga Altheas finstere Gedanken. Eine Einladung? Hatte Jadwiga sie deswegen herzitiert? Die Priorin winkte sie zu sich hinter den Schreibtisch.

Althea warf einen überraschten Blick auf die Nachricht, die Jadwiga gerade im Outlook-Programm des Klostercomputers geöffnet hatte. Der Absender hatte die Mail mit Musik und einem animierten GIF unterlegt, ein pausbäckiger Engel blies eine Posaune.

Das Gedudel war grauenhaft. Der kirchliche Radiosender mit Namen »Die himmlische Fanfare« lud eine Schwester der Benediktinerinnenabtei Frauenwörth zum Interview ein, um über den spannenden Alltag im Kloster auf der Fraueninsel zu berichten. »Spannend« und »Alltag«, eine etwas gewagte Kombination, wie Althea fand. Ihr schwante Übles.

Nicht grundlos.

»Schwester Althea, ich wäre dir sehr dankbar, wenn du diesem besonderen Ruf folgen würdest.«

Überrascht riss Althea die Augen auf. »Ich bin das schwarze Schaf in einer weißen Herde. Jadwiga, du kannst nicht wollen, dass ausgerechnet ich unser Kloster in dieser Radiosendung präsentiere«, sagte sie. »Können wir die Nachricht bitte wieder schließen? Das Gedu… diese Hintergrundmusik ist sehr aufdringlich.«

Die Priorin nickte, und es wurde wieder angenehm leise. »Schwarzes Schaf hin oder her, es geht auch darum, scharfsinnige Antworten zu geben, und darauf verstehst du dich«, parierte Jadwiga. Althea erkannte an ihrem zuckenden Mundwinkel, dass es keinen Anklang fand, wenn sie ihre Mitschwestern als eine Herde Schafe bezeichnete.

Doch ehe sie dazu etwas bemerken konnte, tat es Jadwiga. »Sei unbesorgt, ich werde dir nicht vorschreiben, was du in der Sendung sagen sollst. Wenn möglich, zeige Initiative, sei gesprächig, aber nicht allzu lässig.«

Althea brachte nur ein verkrampftes Lächeln zustande.

Gehorcht dem Herrgott lieber, sonst sendet er euch Fieber, dachte sie. Es reimte sich, darum hatte sie es sich wahrscheinlich gemerkt. Viel zu dramatisch, Althea! Der Herrgott hatte mit dieser infernalischen Fanfare nichts zu schaffen, er brockte ihr so etwas nicht ein. Das tat Jadwiga, und Althea hatte keine Ahnung, wie sie aus der Sache wieder herauskommen sollte.

»Vergiss es bitte nicht.« Auf Jadwigas fragenden Blick fügte Althea hinzu: »Das mit der Dankbarkeit. Es bedeutet doch, ich habe etwas gut?« Hoffentlich. »Wann ist dieser Termin?«

»Du hast die Nachricht nicht zu Ende gelesen«, schnaufte Jadwiga.

Die schmetternde Posaunenfanfare hatte Althea verschreckt.

»Im Oktober zum Erntedankfest heißt es hier.« Jadwiga streckte eine Hand zum Computer aus, sie wollte sich offenbar noch einmal vergewissern.

»Nicht.« Althea hielt sie zurück. »Ein guter Gedanke.« Sie nickte eifrig. »Da wird der Acker vom Schicksal neu gepflügt.«

Jadwiga warf ihr einen seltsamen Blick zu. Wenigstens nahm sie die Hand von der Tastatur.

Bis zum 1. Oktober war zum Glück noch ein wenig Zeit.

»Und dann gibt es da noch eine andere Kleinigkeit«, begann Jadwiga erneut.

»Noch eine andere Kleinigkeit?«, wiederholte Althea beinahe tonlos.

»Sie betrifft das Vermächtnis des verstorbenen Pfarrers Grandner.« Jadwigas Blick fing den von Althea ein, es gab kein Entkommen.

»Ich würde nicht sagen, dass ich den Pfarrer mochte«, gab diese zu.

»Er war sehr eigenwillig, aber das bist du auch. Doch um den Pfarrer geht es nicht, sondern um seine Scleropages und Abramites hypselonutus.« Jadwiga lachte.

»Das ist natürlich ganz was anderes.« Althea brauchte nicht zu sagen, dass sie keine Ahnung hatte, das konnte man ihr durchaus ansehen. »Der Herrgott wird es schon richten.«

»Wieso er, wenn unserem Pfarrer Grandner eine Ordensschwester genügt?« Die Priorin war offenbar zu Scherzen aufgelegt.

»Damit machst du mir wirklich Angst«, bekannte Althea. »Und rascheln nur die Zweige, dann rennt ihr fort ganz feige.« Das reimte sich auch und war ebenso gruselig zu deuten.

»So schlimm wird es nicht«, versprach Jadwiga. »Gute Nacht, Schwester Althea.«

Althea aber war sich dessen nicht so sicher.

2

Biologisches Grundgesetz nach Pflüger-Arndt = Schwache Reize regen an, starke hemmen, stärkste lähmen.

Am kommenden Morgen wurde Althea von Roy Black geweckt. »Schön ist es, auf der Welt zu sein«, tönte ihr Radiowecker. Ganz sicher, doch es war frühester Montagmorgen. Sie seufzte und drückte auf die Schlummertaste. Noch ein kleines bisschen Ruhe, bitte. Sie hatte in der letzten Nacht einen Traum von dicklichen, posaunenden Engeln gehabt und geglaubt, die himmlische Fanfare zu hören. Ein Alptraum der schlimmsten Sorte. Danach hatte sie kein Auge mehr zugetan und sich irgendwann entschlossen, lieber noch ein paar Kapitel in dem Agatha-Christie-Krimi zu lesen.

»Ich streu euch zu den Heiden, dort sollt ihr weiter leiden«, muffelte sie. Sie hatte über die Sprüche im dritten Buch Moses, die während des Noviziatsjahres im Unterricht besprochen worden waren, immer hellauf gelacht und sich gesagt, Mose könne das nicht ernst gemeint haben.

Aber Jadwiga, der schienen ihre beiden Anliegen sehr ernst zu sein.

Althea schob die Bettdecke bis zu den Knien hinunter. Wenn ihr kalt wurde, würde sie freiwillig aufstehen, und kalt würde es im Nu werden. Sie hatte das Fenster gekippt, als der Regen in der Nacht nachgelassen hatte.

Althea dachte an ihr gestriges Gespräch mit der Priorin. Es hatte ganz den Anschein, als müsste sie sich opfern, aber war es denn nicht schon genug, in einem kirchlichen Radiosender aufzutreten? Althea setzte sich auf und schob die Bettdecke ganz hinunter. Sie hatte keine große Lust mehr gehabt, nach dem Vermächtnis des Pfarrers zu fragen. Ihre Neugier hielt sich wirklich in Grenzen.

»Du willst es bestimmt auch nicht so dringend wissen, oder?« Sie drehte an ihrem schmalen Goldring und schaute zu ihrem stillen Mitbewohner, der sich wie so oft bedeckt hielt. Aber der Blick der kleinen Herrgottsfigur genügte schon, er besagte gerade keine Zustimmung. »Ach!«, erwiderte sie.

Sie wusste, der Pfarrer war ein Sammler gewesen, weil er ihr bei einer Gelegenheit ein paar seiner Stücke gezeigt hatte. »Er hat sie bestimmt jedem gezeigt, den er erwischen konnte«, betonte Althea. »Pfarrer Grandner hat mit Vorliebe Käfer und Schmetterlinge gesammelt. Du weißt schon, präpariert und genadelt und hinter Glas. Tot.«

Doch nicht nur deswegen hatte sie den verstorbenen Pfarrer nicht sonderlich gemocht. Sie war ehrlich genug gewesen, es Jadwiga zu gestehen, allerdings völlig umsonst. Hypselonutus. Das hörte sich an, als wären das noch mehr seltene Schmetterlinge.

»Es wird Zeit.« Sie hätte eigentlich schon vor zehn Minuten aufstehen müssen. Althea gähnte herzhaft, schwang ihre Beine über die Bettkante und streckte sich. Ein leises Knacken. Du wirst älter. Das wollte sie nicht denken und hatte ein Lächeln für sich übrig.

Die Vögel hatten schon früh am Morgen ihr zaghaftes Gezwitscher angestimmt, nun klangen sie bereits um einiges eindringlicher, vor allem lauter. Von ihr wurde ebenfalls Wachheit erwartet, in Kürze würde die Glocke zur Morgenmesse läuten. Dafür fühlte sich Althea leider an keinem Tag ausgeschlafen genug.

Sie schlüpfte in ihren Morgenmantel, schnappte sich ein Handtuch und den Kulturbeutel und hastete zur Tür hinaus. Sie hoffte, die meisten Schwestern hätten sich bereits frisch gemacht und sie brauchte das Badezimmer nicht zu teilen. Gerade hatte sie die Türklinke zum Bad nach unten gedrückt, da zerriss ein schriller Schrei die morgendliche Stille. Der Kulturbeutel fiel ihr aus der Hand und entleerte sich auf den Boden. Althea sammelte schnell alles ein, lief zurück zu ihrer Zelle, warf das Handtuch und den Beutel aufs Bett und zog die Tür wieder hinter sich zu.

Eine Ordensschwester rannte nicht, aber Althea tat genau das, über die Galerie und die Treppe hinunter. Einige der Schwestern standen bereits in ihren Ordensgewändern im Gang zur Küche, es schien, als würden sie von einer wundersamen Kraft an Ort und Stelle festgehalten. Das war merkwürdig, sonst waren die Mitschwestern weniger zurückhaltend.

Althea drängte sich durch das erschrockene Stimmengewirr. Keine wagte sich näher heran.

Mit einem Messer in der Hand stand Schwester Fidelis an der Schwelle zur Vorratskammer und sah verzweifelt aus.

»Was ist passiert?«, wollte Althea wissen.

Es wurde unverständlich durcheinandergeschnattert. Sie hatte es eigentlich von Fidelis wissen wollen, aber die war starr vor Entsetzen.

»Da … da ist Blut auf der Klinge«, stellte jetzt Schwester Ignatia fest. Ihre Hand fuhr vor Schreck an die Kehle, entsetztes Luftholen.

»Fidelis.« Althea berührte die Finger der Schwester, sie waren kalt. Beruhigend redete Althea auf sie ein, versuchte, ihr das Messer aus der Hand zu winden. »Das brauchst du nicht, gib es mir.«

Zögernd lockerte Fidelis ihren Griff und überließ Althea das Schneidwerkzeug. Ein erleichtertes Aufatmen war zu hören, so als wäre von Schwester Fidelis irgendeine Gefahr ausgegangen.

Althea schnupperte an der Klinge. Kein Blut, Himbeergelee.

Jammernd deutete Fidelis auf ihre Schuhe. »Das Biest ist über meinen Fuß geflitzt! Ich wollte mir doch bloß ein Marmeladenbrot schmieren. Der Herrgott möge mir vergeben. Mein Magen knurrt immer so grässlich, dass ich mich auf die Messe kaum konzentrieren kann.«

»Was für ein Biest?«, fragte Althea. Sie musste zugeben, ihr war hin und wieder auch schon der Gedanke gekommen, vor der Morgenmesse einen Happen zu essen.

»Eine Maus. Sie kam von da.« Fidelis' ausgestreckter Finger deutete auf eine Wand in der Vorratskammer. »Die ist sicher nicht allein.«

Aber Althea und Fidelis waren plötzlich allein. Die ganz und gar nicht frohe Kunde über Mäuse, die sich in der Küche blicken ließen, hatte die anderen Schwestern unversehens in die Flucht geschlagen.

»Was ist hier los?«, wollte jetzt Priorin Jadwiga wissen, die sich nicht abschrecken ließ. Sie musterte die beiden Schwestern. »Ich konnte den Schrei noch auf dem Weg zur Kirche hören.« Ihre lange Nase zuckte, als sie Althea musterte. Die musste nicht raten, dass Jadwiga gleich eine Bemerkung zu ihrem Morgenmantel machen würde.

»Der benediktinische Tag einer Ordensschwester beginnt mit der Prim – übrigens nicht erst seit Kurzem. Da bleibt genug Zeit, sich anzukleiden.« Fehlte nur, dass Jadwiga an Altheas Mantel zupfte. »Wir werden nicht in aller Herrgottsfrüh aus dem Bett geläutet.« Sie nickte feierlich.

Ach nein? Das sagte Althea besser nicht. »Es ist sozusagen eine

Notsituation«, erklärte sie. »Denn der Herrgott hat sicher etwas dagegen, wenn sein täglich Brot angefressen wird.« Das war übertrieben, und sie wusste es genau.

»Willst du mir damit sagen, du hattest keine Zeit, dein Marmeladenbrot aufzuessen? Wirklich, Schwester Althea …« Jadwiga beendete den Satz nicht und verzog den Mund, was wahrscheinlich ihre Enttäuschung zum Ausdruck bringen sollte. »Frühstück gibt es nach der Frühmesse – übrigens auch nicht erst seit Kurzem.«

Diese Diskussion wollte Althea nicht führen. Sie schaute zu Schwester Fidelis, die ihren Kopf gesenkt hielt. Von dieser Seite war keine Unterstützung zu erwarten. »Es geht nicht um unser Frühstück, sondern um das Frühstück der Mäuse in der Vorratskammer«, sagte Althea entschlossen.

Jadwiga blickte irritiert. »Mäuse«, murmelte sie, und ihre Hand krampfte sich um die Perlen an ihrem Rosenkranz.

***

Wenig später hatte sich Althea erfrischt und die Zähne geputzt.

Zuvor hatte sie noch gedacht, es wäre schön, das Bad für sich allein zu haben, jetzt war Tempo gefragt. Sie schlüpfte in ihr Ordensgewand, legte den Schleier an und lief eilig zur Messe. Während der Predigt schweiften ihre Gedanken immer wieder ab. Sie war sicher, diese Mäusesache würde Auswirkungen haben, aber das flinke Pelzgetier hatte bestimmt die längste Zeit Spaß in der Klosterküche gehabt. Als die Organistin ihre Hände von den Tasten der Orgel nahm und das letzte Gebet gesprochen war, legte sie das Gotteslob zur Seite.

Gespannt, was dieser Tag bringen würde, gesellte sich Althea zu den Schwestern an den Frühstückstisch. Es wurde offen über eine beginnende Mäuseinvasion gesprochen, obwohl außer Fidelis keine der Schwestern auch nur ein Schwänzchen zu sehen bekommen hatte.

»Wir könnten Fallen aufstellen. Mit Speck fängt man Mäuse«, schlug Schwester Ignatia gerade vor und tauchte den Löffel in ihr Müsli.

»Unsinn!«, behauptete Schwester Hortensis vehement. »Da kann nur ein Kammerjäger helfen.«

»Der sprüht Gift«, wusste Schwester Dalmetia. Sofort entbrannte eine heftige Diskussion.

Reinholda sagte: »Der Herrgott wird sich sicher etwas einfallen lassen, schließlich sind es *seine* kleinen Geschöpfe. Wir sollten beten.«

Ein wunderbarer Vorschlag, fand Althea und verdrehte die Augen. Nichtstun war natürlich auch eine Möglichkeit.

»Man könnte die Vorräte aus der Kammer in die Küche räumen und nachschauen, wo genau die Mäuse herkommen«, schlug sie vor.

»Hausmäuse kommen ursprünglich aus Afrika.« Fidelis, die Mäuseseherin.

Althea grinste. »Die, die du gesehen hast, Fidelis, hatte die einen Koffer dabei?«

»Natürlich musst du unsere Sorge wieder ins Lächerliche ziehen«, murrte Fidelis, und gleich darauf bekam Althea noch ein »Typisch!« hinterhergereicht.

»Ich nehme die Sache sogar sehr ernst«, erwiderte sie. Irgendwie zumindest. Doch was sie gar nicht leiden konnte, war das Gezeter.

Althea versuchte, nicht weiter zuzuhören, und biss in ihr Marmeladenbrot.

Schwester Fidelis stupste Althea an. »Wie du so genüsslich da reinbeißen kannst, wo du doch vorhin gesagt hast, die Mäuse hätten sich daran gelabt.«

Althea hätte besser den Mund gehalten. Der Brotlaib war nicht in der Vorratskammer, er lag im Brotkasten in der Küche. Die Vorräte lagen nicht offen herum, sie waren entweder verpackt, eingeschweißt oder befanden sich in Gläsern. Was die Mäuse offenbar nicht davon abhielt, herumzuschnüffeln.

Priorin Jadwiga wollte nichts glauben und auch den Herrgott nicht behelligen. »Ich rede mit Valentin Zeiser«, warf sie entschlossen ein. »Die Holzverkleidung in der Vorratskammer sollte entfernt werden. Anschließend reden wir darüber, welche Arbeiten sonst noch erledigt werden müssen.« Und damit hatte sie die Diskussion erst einmal abgewürgt.

Valentin Zeiser war der Pächter des »Klosterwirts«, das Hotel mit seinen Nebengebäuden befand sich in kirchlichem Besitz. Glücklicherweise war der Mann handwerklich ziemlich geschickt. Wenn es kleinere Probleme gab, hatten die Schwestern ihn schon des Öfteren um Hilfe gebeten. Althea erinnerte sich, dass er ihr von einer abgeschlossenen Schreinerlehre erzählt hatte. Hilfreich, insbesondere jetzt gerade, doch unglücklicherweise tratschte Valentin gern. Wenn es eine Mäusekolonie im Kloster gab, dann würde in Kürze die ganze Insel davon wissen.

Jadwiga kündigte an: »Nach dem Frühstück gehe ich rüber und bitte ihn, ob er nicht Hand anlegen kann. Wir werden aber nicht drum herumkommen, die Vorratskammer vorher auszuräumen. Schwester Althea hat ganz recht. Also brauchen wir etwas, um die Vorräte zu verstauen, und mehr als ein paar Hände, um alles zu schaffen, bevor Valentin mit seinem Werkzeug anrückt.«

»Mäuse sind Krankheitsüberträger, ich rühre da nichts an«, sagte Ignatia und brachte es fertig, einen Schmollmund zu ziehen.

»Genau«, fiel Pia ein und nach ihr auch die Übrigen.

»Wir helfen gern an anderer Stelle«, beeilte sich Fidelis anzumerken.

Jadwiga blinzelte überrascht.

Wenn Althea eine passende Bibelstelle eingefallen wäre, sie hätte sich nicht gescheut, sie zum Besten zu geben. Aber mit Bibelstellen war das so eine Sache, die fielen meist anderen ein. Stattdessen hatte sie einen Vorschlag.

»Die Vorratskammer ist schnell ausgeräumt. Ein paar stabile Kartons genügen, dann packe ich die Sachen hinein. Valentin ein bisschen zur Hand zu gehen, dürfte mich auch nicht überfordern. Allerdings würde ich für die Arbeit lieber Jeans tragen. Außerdem möchte ich wegen der ›himmlischen Fanfare‹ gern noch ein paar Worte verlieren.« Althea lächelte die Priorin unschuldig an. »Worte verlieren« war eine beschönigende Umschreibung.

Jadwiga sagte: »Du willst kneifen.«

Althea gab zurück: »Ich will nichts Falsches sagen.«

»Wirst du nicht«, behauptete Jadwiga, und damit hatte sich Altheas Widerspruch erledigt.

Es fühlte sich gut an, wieder einmal in eine Jeans zu schlüpfen und ein T-Shirt mit kurzen Ärmeln zu tragen. Die Gelegenheiten dafür waren allzu selten. Althea schüttelte ihr Haar mit den Fingern auf und schlang im Nacken ein Gummiband um die blonden Locken. Kein Habit, kein Schleier.

Althea hatte heute eigentlich vorgehabt, ein wenig Arbeit im Garten zu erledigen; der Herbst zeigte sich gerade von seiner sonnenwarmen Seite. Die Sieben-Söhne-des-Himmels dufteten mit dem Mönchspfeffer um die Wette. Aber wie es aussah, war die Mäusesache dringlicher.

»Vielleicht hast du gar keine Maus gesehen, Schwester Fidelis?« Der Gedanke war Althea gerade erst gekommen. Die Schwester hatte womöglich vor lauter Hunger halluziniert. Aber sie würden in Kürze herausfinden, ob sich Mäuse einquartiert hatten.

Ein paar leere Kartons standen im Gang bereit, die Küche war verlassen. Althea machte sich daran, den Inhalt der Vorratskammer in den Kartons unterzubringen; die Küchenuhr tickte vernehmlich. Bei der Arbeit hatte sie den Eindruck, als würden die Sachen auf den Regalen überhaupt nicht weniger, bloß ihre Kartons voller. Im hintersten Winkel entdeckte sie eine Kirschlikörmarmelade, von der sie dachte, die hätte man probieren müssen, sie war aber leider schon lange abgelaufen.

Nachdem Althea sämtliche haltbaren Vorräte verstaut hatte, wartete sie auf das Erscheinen des Klosterwirts. Sie setzte Kaffee auf, bestimmt würde auch Valentin das begrüßen. Kaffeetage waren für Althea ungefähr so selten wie die Jeans-und-T-Shirt-Tage.

»Die schöne Nonne«, schmunzelte Valentin Zeiser wenig später, als er sich mit einem chromfarbenen Koffer durch die Tür schob. Er hatte seinen Helfer im Schlepptau, von dem Althea wusste, dass er als Servicekraft im Restaurant arbeitete.

»Warum überrascht es mich nicht, ausgerechnet dich zu sehen, Schwester Althea«, sagte Valentin. Es war keine Frage, darum nickte sie nur. Als »schöne Nonne« hatte eine Zeitung Althea bezeichnet, als sie versucht hatte, einem Rätsel auf den Grund zu gehen, und dafür in den Chiemsee getaucht war. Ein Boot der Wasserwacht und ein neugieriger Reporter, der Fotos schoss, hatten Althea erwartet, als sie wieder auftauchte.

Einer Nonne in Unterwäsche zu begegnen, war nicht alltäglich, und diese Nonne hatte rote Unterwäsche getragen. Seitdem zog Valentin sie damit auf.

Althea schenkte die Kaffeetassen voll und stellte Milch und Zucker dazu.

»Wenn mir die Priorin gesagt hätte, dass du hilfst, dann hätte ich Hannes nicht gefragt«, erklärte Valentin. Er nahm sich eine Tasse und ließ fünf Zuckerwürfel hineinfallen.

»Jetzt bin ich schon mal da. Vielleicht ist ja mehr zu tun. Warum sollen die Holzpaneele weg?«, wollte Hannes wissen.

Althea kannte den vollen Namen des jungen Mannes nicht. Valentin hatte ihn erst vor zwei Monaten eingestellt, aber Hannes hatte sich bereits unentbehrlich gemacht. »Er ist verlässlich und kapiert auf Anhieb, was ich will«, hatte der Klosterwirt ihr verraten. Dass Hannes gut aussehend, schlank und groß gewachsen war, entging auch einer Nonne nicht.

Althea legte verschwörerisch einen Finger an die Lippen. »Vielleicht stoßen wir auf kleine graue, unfreundliche Nagetiere«, sagte sie.

»Dann erübrigt sich die nächste Frage, warum sich keine der anderen Schwestern blicken lässt.«

»Hannes, du bist nicht mitgekommen, um dich zu unterhalten«, beklagte sich Valentin, doch er maulte mit einem Grinsen im Gesicht. Er hatte sich Handschuhe angezogen und inspizierte den kleinen Vorratsraum.

»Die Regalbretter sind verzapft, die sind nicht zu retten«, erklärte er gewichtig. »Gib mir den Hammer«, sagte er zu Hannes. Der reichte ihm das verlangte Werkzeug. Die Schläge donnerten auf die Bretter, rissen an der Verzapfung. Das Holz kreischte, als Valentin an den Verbindungen riss. Hannes, der seinerseits Handschuhe übergezogen hatte, nahm ihm die Regalbretter ab.

»Unglaublich, Kastanienholz. So was gibt's heute nicht mehr. Könnte auch niemand bezahlen«, sagte Valentin, streckte die Hand aus und verlangte nach einem schmalen Hebeleisen.

»Jetzt bist du auch noch Handlanger«, sagte Althea lachend zu dem jungen Mann.

»Egal, das mache ich gern – und überlasse es dir, Schwester Althea, die Bretter genau anzuschauen, ob da irgendwo Nägel drin sind.«

»Vertraust du einer Nonne?«, scherzte sie.

»Im Moment sehe ich keine«, erklärte Hannes. »Und ärgern würde sich derjenige, der das Holz im Winter in den Kamin schlichtet.«

Valentin machte sich an den Paneelen zu schaffen. Dass Ärgernisse heute Thema waren, hatte Althea nicht vergessen, doch der eigentliche Ärger fing gerade erst an.

Sie kam nicht dazu, überhaupt einen Blick auf die Regalbretter zu werfen. Der Klosterwirt hatte vier zusammenhängende Paneele gegen die Wand gelehnt und war plötzlich verschwunden.

»Schwester Althea, schau mal, da ist was ziemlich Komisches.«

Was sie aufscheuchte, waren der Klang seiner Stimme und die Tatsache, dass es in der kleinen Kammer kein Versteck gab. Valentin konnte sich nicht in Luft aufgelöst haben.

Althea trat auf die Holzsplitter, ohne sie zu registrieren, und tauchte durch die Öffnung. Es roch plötzlich abgestanden, eine Spur modrig. Ihre Hand fuhr durch Spinnweben.

Valentin stand in einem kleinen Raum und blickte sich wie ein Entdecker um. Althea überlief eine Gänsehaut. »Ziemlich komisch« hatte es Valentin genannt. Ziemlich beängstigend nannte es Althea.

Alter Staub kitzelte sie in der Nase. Sie hörte, wie Hannes neben ihr murmelte: »Das gibt's doch nicht.«

In einer Ecke der Kammer lag ein Schlafsack, daneben ein prall gefüllter Rucksack, etwas, das aussah wie ein Fallschirm, und eine alte blaue Sporttasche, die ihren Blick magisch anzuziehen schien.

Nicht nur ihren.

Althea ließ sich auf ein Knie nieder. Zu erfahren, was sich in der Tasche befand, reizte sie, doch ihr Gefühl sagte ihr, das war im Moment nicht klug. Valentin beobachtete sie voller Interesse.

Der Klosterwirt hatte Stielaugen, ihm war anzusehen, dass er selbst gern die Hand nach dem Reißverschluss ausgestreckt hätte. »Das sieht mir wieder einmal nach einem Geheimnis aus, Schwester Althea. Sicher eines, das sich gewaschen hat.«

Ein angebissenes Stück Brot, auf dem sich längst schon Schimmel gebildet hatte, verriet, es war schon lange niemand mehr hier drin gewesen. Aber irgendwann war da jemand gewesen und hatte etwas zurückgelassen.

»Die Mäuse sind offenbar keine Brotliebhaber«, sagte Althea und stupste den kleinen Rest an. Damit würde sie vielleicht Schwester Fidelis beruhigen können. Beinahe hätte sie gelacht, denn sie hatte Jadwigas Bemerkung im Ohr, ein Sturm bringe meist etwas zum Vorschein.

Valentin hatte ihr die Überraschung mit Sicherheit angesehen. Sie musste versuchen zu retten, was zu retten war, doch versprach sie sich angesichts der begierigen Blicke des Klosterwirts nur wenig Erfolg.

»Wieder einmal bittet dich die Abtei um Stillschweigen, Valentin.« Althea begriff sofort, wenn sie das so sagte, dann würde Valentin die Bitte auf die Mäuse beziehen und sein Wissen von dem neuen Rätsel ausposaunen.

Von diesem hier hatte Althea nichts gewusst. Es war um die Mäuse gegangen. Darum ging es natürlich immer noch, und eine spitzte gerade aus dem Schlafsack.

Aber Valentin hatte recht mit dem Geheimnis. Im vergangenen Winter war der Klosterwirt Zeuge geworden, als nach einem Blitzschlag eine Mumie aus der Klostereiche geschnitten wurde. Ein gruseliges Spektakel war das gewesen, erinnerte sich Althea, und was war dagegen schon eine geheime Kammer?

Doch der Raum samt Inhalt genügte sicher, um an der falschen Stelle Interesse zu wecken.

»Valentin, Hannes – entschuldigt, aber von der Kammer und davon«, Althea machte eine entsprechende Geste zu den Gegenständen, »muss Priorin Jadwiga erfahren.« Diesen Raum hatte jemand irgendwann gekonnt hinter Holzpaneelen verschwinden lassen. Sie brauchte Valentin nicht zu fragen, wie alt die Bretter waren, er hatte ihr die Antwort schon gegeben. *So was gibt's heute nicht mehr. Könnte auch niemand bezahlen.* Altheas Übersetzung war: sehr alt.

Wie wurde man zwei Neugierige möglichst schnell wieder los?

Valentin blieb wie festgewurzelt stehen.

»Du solltest nachschauen, was da drin ist, Schwester Althea. Mich würde interessieren, wer da sein Lager aufgeschlagen hat. Ich sehe mich schon in meiner Zeitung etwas vom Geheimnis im Kloster Frauenwörth lesen.«

»Nein, Valentin«, sagte Althea und baute sich vor ihm auf. »Falls du auch nur ein Wort über das verlierst, was du hier gesehen hast, erschlage ich dich persönlich mit deiner Zeitung.«

Er kicherte. »Liebe Schwester, du würdest doch nicht gegen das dritte Gebot verstoßen.«

Drittes Gebot? So ein Unfug. »Heute ist Montag«, sagte Althea.

Auch wenn sie nicht mit Bibelversen aufwarten konnte, die zehn Gebote kannte sie.

Er runzelte die Stirn. »Dann war es eben eine andere Nummer. Die, die besagt, du sollst nie die Hand gegen einen Mitmenschen erheben.«

»Dafür gibt es keine Nummer.« Althea musste schmunzeln und wusste gleichzeitig, es war völlig sinnlos, weiter über die Gebote und welches wofür stand zu diskutieren. Valentin war kein Schweigsamer, da half auch keine Drohung.

Hannes dagegen hatte kein Wort mehr gesagt, er schien mit seinen Gedanken beschäftigt.

»Ihr nehmt bitte das Holz mit. Das Kloster entscheidet, was gegen die Mäuse getan wird und ob die Vorratskammer wieder eine Verkleidung bekommt«, sagte Althea. Allerdings erst, wenn das Rätsel um den Inhalt der blauen Tasche geklärt war.

Valentin warf noch einen letzten verlangenden Blick darauf, dann nickte er murrend.

***

Als Althea sicher sein konnte, allein zu sein, schenkte sie sich frischen Kaffee aus der Kanne nach, gab Milch dazu und nahm die Tasse mit in die kleine Kammer. Ihre Gedanken überschlugen sich, dabei hatte sie den Reißverschluss noch nicht einmal berührt. Sie trank einen Schluck und stellte die Tasse auf dem Boden ab.

»Lass es nichts Schändliches, Unrechtmäßiges, Kriminelles, Verbotenes und Böses sein«, bat sie denjenigen, der ihr sicher nicht immer zuhörte, doch vielleicht verfolgte er ja gerade gespannt, wie Althea die Tasche aufmachte. Der Reißverschluss klemmte, aber sie bekam eine Hand in die Öffnung. Es raschelte, als sie die Finger hin und her bewegte.

Sie kannte dieses Rascheln: Geldscheine. Einen Moment verharrte sie so, dann zog sie einen Schein heraus. Ein blauer Hunderter mit dem Konterfei von Clara Schumann, die unschuldig dreinblickte. »Die gibt es nicht mehr«, flüsterte Althea. Sie tauchte ihre Hand ein zweites Mal in die Tasche und förderte einen braunen Geldschein zutage. Ein Männerporträt. Auch der wurde nicht mehr herausgegeben.

Hundert Mark, fünfzig Mark, und wenn sie weiterkramte, was würde sie dann noch entdecken? Althea trank von ihrem Kaffee, er war nicht mehr heiß. Sie stellte die Tasse zurück.

Sie wollte es genau wissen und zerrte am Reißverschluss, dessen Schiebergriff sie gleich darauf in der Hand hielt. Sie hatte es irgendwie geschafft, die feinen Metallzähne zu verbiegen und die Naht aufzureißen. Das Papiergeld quoll ihr entgegen, Althea zuckte zurück, als hätte sie sich verbrannt.

Es war zu viel, um es herumliegen zu lassen, zu viel, um es einfach irgendwo zu vergessen. Viel zu viel. Etwas Schändliches, Unrechtmäßiges, Kriminelles, Verbotenes und Böses. Halleluja – alles, was sie zuvor aufgezählt hatte, befand sich in dieser Tasche.

»Was geht hier vor?«, riss sie die Stimme der Priorin aus ihren Gedanken.

Das wüsste ich auch gern, dachte Althea.

Jadwiga wollte zuerst wissen, wohin Valentin so schnell verschwunden war, er hatte sich doch um die Holzverkleidung kümmern sollen. Althea beobachtete, wie nach und nach ein Schimmer des Begreifens auf ihrem Gesicht erschien und sie sich gleich darauf erschrocken an der Wand abstützte. »Herr im Himmel, was ist das?«

Althea musste der Priorin nicht erklären, dass sie in einer zuvor abgetrennten Kammer des Vorratsraumes stand. Es war keine Zauberei. Was sie erklären sollte und nicht konnte, war das Geld in dieser blauen Sporttasche. Und das war auch keine Zauberei.

»Wusstest du von dem Raum?«, erkundigte sich Althea. Sie glaubte es nicht wirklich, Jadwiga machte nicht den Eindruck einer Wissenden.

Die Priorin widersprach. »Er wurde offenbar schon seit einer Ewigkeit nicht mehr benutzt. Ich hatte keine Ahnung.«

»Hier war jemand«, widersprach ihr Althea. »Es ist sicher schon länger her, aber keine Ewigkeit.«

»Wo vergräbst du deine Hände, Schwester Althea, und woher sind die alten Geldscheine?«, fragte Jadwiga überrascht.

Dass die Scheine aus dieser Tasche waren, dürfte fraglos klar sein. Althea stand auf und klopfte sich den Staub von der Jeans. Es waren alte Scheine, und genau darauf konnte sie sich gerade keinen Reim machen. »Irgendeine Beute, wir müssen es zählen«, sagte sie. »Es wäre vielleicht sinnvoll, wenn wir diesen Fund erst einmal für uns behalten.«

»Ja. Erst einmal«, stimmte Jadwiga zu. »Den Raum können wir nicht verschwinden lassen, aber das hier schon. Wäre heute Morgen nicht diese leidige Mäusediskussion gewesen, ich hätte dafür gestimmt, den Schwestern davon zu berichten. Jetzt stimme ich dagegen. Wir räumen den Schlafsack weg und stopfen alles andere in einen Wäschekorb.« Jadwiga deutete auf den Rucksack, den Fallschirm und die blaue Tasche. »Später sehen wir uns die Sachen im Büro genauer an. Warum nur müssen wir immer wieder auf etwas stoßen, das aufgeklärt werden muss?« Jadwiga verzog den Mund wie bei einem sauren Geschmack. »Die Mäuse sollten wir trotzdem loswerden.«

Aus dem Augenwinkel sah Althea, wie aufs Stichwort, einen kleinen Schatten.

»Worum ich mich kümmere«, versprach sie. Sie würde es mit Knoblauch versuchen. Die Nager reagierten empfindlich auf den Geruch, so hieß es zumindest. Weniger erfolgversprechend würde hingegen der Versuch sein, den Klosterwirt zu vertreiben. »Valentin hat den Raum natürlich gesehen und auch seinen Inhalt.« Althea hob die Hände in einer Dagegen-konnte-ich-nichts-ausrichten-Geste. Zum Glück hatte er keinen Blick auf den Inhalt der Tasche werfen können. Trotzdem.

Wenn er etwas interessant fand, dann drängte es Valentin stets, darüber ein paar Andeutungen fallen zu lassen, bis sein Gesprächspartner wissen wollte, worum genau es da ging. Althea hatte er damit auch schon geködert.

Jadwiga schluckte. Sie konnte kaum noch ratloser dreinschauen.

Althea stellte die Tasse mit dem mittlerweile kalten Kaffee zurück in die Küche. Sie hatte es bisher nicht erwähnt, aber hier musste sauber gemacht werden. So, wie es gerade aussah, würde keine der Schwestern etwas kochen wollen. Vielleicht würde auch in einer sauberen Küche keine kochen wollen. Schließlich gab es noch immer die Mäuse und dazwischen nichts mehr, keine Tür, die zumindest den Anschein erweckte, etwas abzuschließen.

Althea hätte es auch spannender gefunden, sich den Rucksack und die Geldtasche genauer anzuschauen, aber das mussten sie auf einen späteren Zeitpunkt verschieben. Sie würde die Sachen im

Wäschekorb ins Büro verfrachten und hoffen, dass es niemandem auffiel.

Priorin Jadwiga übernahm die undankbare Aufgabe, den Mitschwestern die Lage zu schildern. Ein zusätzlicher Raum, tatsächlich Mäuse und keine Barriere, Holzsplitter, Spinnweben, Staub, die Vorräte in Kartons und das Problem, dass die Heinzelmännchen die Putzarbeiten nicht übernahmen.

Althea konnte die lauten Proteste bis in die Küche hören. Schwester Jadwiga hatte ihren Befehlston angeschlagen, doch man drohte ihr mit Streik.

Wen oder was wollten die Schwestern denn bestreiken?, fragte sich Althea. Jedenfalls tauchte keine von ihnen auf.

Sie hatte keine Lust, sich mit leerem Magen an die Arbeit zu machen. Man konnte sie sicher nicht als gute Köchin bezeichnen. Als Althea noch Marian Reinhart geheißen hatte und in Europas Modemetropolen unterwegs gewesen war, war fürs Kochen selten Zeit gewesen.

Im Moment gab es die Wahl, etwas Essbares zu fabrizieren, die Priorin dazu zu überreden, sie alle in den »Klosterwirt« einzuladen, oder zu hungern. Genau betrachtet konnte man die Einladung sicher streichen, und Letzteres wollte sie nicht in Betracht ziehen. Althea stellte zwei Töpfe mit Wasser auf den Herd und suchte die Nudeln wieder heraus, die sie zuvor eingepackt hatte. Es würde Nudeln mit einer Schinken-Sahne-Soße geben, beschloss sie. Dafür hatte sie alles, sie würde es hinbekommen. Sie schnitt den Schinken, briet die schmalen Streifen kurz an, gab die Sahne dazu und ein paar Gewürze.

Jadwiga streckte den Kopf herein. »Schwester Althea, du erstaunst mich immer wieder.«

»Hoffentlich nicht«, gab Althea zurück. »Kümmerst du dich darum, dass jemand den Tisch für uns deckt?«

»Ich hätte mich auch um einiges mehr gekümmert«, gab Jadwiga zurück. »Aber ich darf keiner der Schwestern einen Vorwurf machen. Mir bleibt nichts übrig, ich muss ihre Angst ernst nehmen.«

Angst? Althea hatte bloß ein kleines Mäuschen aus dem Schlafsack schnuppern und wieder verschwinden sehen.

Halt den Mund, ermahnte sie sich. »Von unserem Wasser bekommt man wahrscheinlich üble Pusteln, und die Putzlumpen haben Zähne«, knurrte sie wider besseres Wissen, aber Jadwiga war längst geflohen.

Das Wetter hatte sich wieder beruhigt, Althea musste sich nicht beruhigen. Sie hatte einfach ihre Ohren verschlossen gegen die spöttischen Kommentare der Schwestern, die Nudeln seien sehr al dente gewesen. Sollten sie doch bissig sein, Altheas Nudeln waren es nicht.

Es fühlte sich schon jetzt nach einem langen Tag an, dabei schickte die Sonne sich gerade erst an, als orangeroter Ball über dem See unterzugehen.

Althea hatte drei Knoblauchzehen angeschnitten und sie in dem kleinen Raum ausgelegt. »Ihr müsst verschwinden, sonst wird es richtig ungemütlich«, warnte sie die Nagetiere.

Sie überlegte, den Schlafsack draußen im Garten auszuklopfen, aber damit würde sie vielleicht Spuren vernichten. Sie ließ es bleiben. Das Ding nannte sich Mumienschlafsack wegen der Rundung am Kopfteil, er war sicher nicht billig gewesen, sah aber gemütlich aus. Da hatte sich jemand auf einen längeren Aufenthalt vorbereitet, und die Person war nicht durch die Klosterküche gekommen.

An der Außenwand der verborgenen Kammer befand sich eine stabile Holztür, sie musste also auch auf der Seite des Hauses, die zum hinteren Garten hinausging, zu finden sein. Irgendwo unter dem Efeu, der über die Jahre meisterlich sein Geheimnis gewahrt hatte. Er rankte sich schon, seit Althea denken konnte, an dieser Mauer hinauf. Sie strich über die Blätter. Er wuchs wild und wurde hin und wieder gestutzt, in der kalten Jahreszeit verlor er seine Blätter nicht. Außerdem war dieser Teil des Gartens wegen der vielen Sträucher und Bäume kaum einzusehen. Althea wäre nie auf den Gedanken gekommen, dass hier eine Tür ins Freie führte. Sie ließ den Schlafsack liegen und ging nach draußen, um das Rätsel der Tür zu ergründen.

Ihre Augen forschten zwischen den Blättern und Ranken, ihre Finger spürten dem Untergrund nach, suchten Stein, der auf Holz traf. Wenn sie ihre Schritte richtig abgemessen hatte, musste der Zugang hier irgendwo sein. Ihre Hand griff durch das Grün, tastete umher, bis sie meinte, den Übergang von der Ziegelwand zur Holzfläche zu spüren.

Sie hörte, wie sich in der Stille die Küchentür wieder öffnete, die sie nur ein paar Augenblicke zuvor geschlossen hatte. Ein Rascheln, dann Schritte und eine Gestalt, die sich ganz hinten an den Zaun stellte. Wollte eine der Mitschwestern den Sonnenuntergang genießen? Aber diese Schwester schaute gar nicht auf, sie holte etwas aus der Tasche ihres Habits.

Althea wollte sich nicht anschleichen und auch niemanden erschrecken, darum trat sie leise auf. Die Schwester sprach in ein Handy. »Sie haben den geheimen Raum entdeckt.«

Der Satz war leise gesprochen, Althea duckte sich zurück in die Schatten. Sie konnte nicht behaupten, die Stimme zu erkennen, von ihrem Standort hatte sie nicht einmal die Möglichkeit, das Gesicht unter dem Schleier zu sehen. Sie konzentrierte sich auf die Worte.

Die Schwester sagte: »Althea wird es herausfinden.« Es klang wie eine böse Prophezeiung.

Althea zog sich wieder hinter die Büsche zurück, lautlos und unsichtbar. Als wäre sie diejenige, die etwas zu verbergen hatte. Aber wer war die Schwester, die so geheimniskrämerisch tat?

Althea achtete auf die Gestalt und ihre Bewegungen. Die Schwester war mittelgroß und ziemlich geschmeidig. Doch im nächsten Moment schon war sie verschwunden. »Mist«, schimpfte Althea. Eilig schlüpfte sie ums Hauseck, zog an der Tür zur Küche und lief weiter, den Gang entlang. Die Schwester mit dem Handy und der freudlosen Vorhersage »Althea wird es herausfinden« musste außen herumgelaufen sein. Vielleicht konnte Althea sie abfangen.

Jadwiga hielt sie auf. »Schwester Althea, ich würde sagen, es ist wirklich genug für heute.« Sie dachte, Althea hätte sich noch in der Küche nützlich gemacht.

Althea warf einen Blick zur Seitentür, die sich gerade langsam schloss. Sie hatte nicht sehen können, wer hereingekommen war, und brachte ein unglückliches Nicken zustande. »Und ich hab noch nicht mal ein Handy«, flüsterte sie.

»Dein Nudelgericht war fein«, lobte die Priorin. »Der Herr möge dich für deine Opferbereitschaft segnen.«

Hatte Althea »Opferbereitschaft« gehört? Sie biss sich in die Wange. »Möge der Herr lieber seinen Besen schwingen und die aufdringlichen Mäuse zur Tür hinausfegen, auf dass sie eine neue Heimstatt finden«, sagte sie und legte bedächtig ihre Fingerspitzen gegeneinander. »Dann können wir uns endgültigere Maßnahmen sparen, und die Küchenschwestern fänden keinen Anlass mehr, die Hände in den Schoß zu legen.«

»Dein Wort in Gottes Ohr«, war alles, was Jadwiga dazu einfiel. Die Priorin fügte hinzu: »Wenn die Schwestern zu Bett gegangen sind, nehmen wir die Fährte des Geldes auf.« Entschlussfreudig. So hatte Althea sie selten erlebt.

»Es wird dauern, bis wir es durchgezählt haben«, bemerkte Althea. »Die Tasche ist bis obenhin vollgestopft.«

»Und wenn es die ganze Nacht dauert, morgen früh wissen wir, wie viel es ist.« Jadwiga ließ nicht locker.

»Vielleicht will ich es gar nicht so genau wissen«, sagte Althea und dachte mit Schaudern an ihren aufdringlichen Wecker, der sie zur Morgenmesse rufen würde.

»Doch, bestimmt«, hielt Jadwiga dagegen. »Ich möchte außerdem nicht allein sein mit dieser Tasche und meinen Gedanken.«

Althea würde sich später einen Reim darauf machen. Man könnte auch eine üble Absicht heraushören. »Du hast vor, eine Handvoll Scheine zu nehmen, um dir etwas Schönes aus einem deiner Kataloge auszusuchen«, scherzte sie.

»Nein!«, rief Jadwiga erschrocken aus.

Althea hatte eigentlich nur Spaß gemacht, aber die Priorin missverstand es. Man hätte das Angebot dieser Kataloge auch »eine Auswahl von Scheußlichkeiten« nennen können.

✳✳✳

Jadwigas Vorschlag war, sich um einundzwanzig Uhr im Büro zu treffen. Althea saß derweil mit dem Rücken zum Fenster an ihrem Schreibtisch, den Blick auf ihren stillen Mitbewohner gerichtet, dem sie berichtete, was der Klosterwirt nicht zu sehen bekommen hatte.

»Nicht der Sturm hat uns all die fragwürdigen Sachen ins Haus geweht, aber Valentin wird keine Ruhe geben, bis er weiß, was in der Tasche ist. Ich hingegen interessiere mich mehr dafür, wer das alles zurückgelassen hat. Und ich möchte eigentlich nicht von einem Mord erfahren müssen.« Ein frommer Wunsch. »Weil niemand freiwillig eine Tasche mit so viel Geld abschreibt.« Etwas musste passiert sein, und zwar schon vor längerer Zeit. Sie schaute auf die Uhr auf ihrem Nachttisch. Noch ungefähr zehn Minuten. Die Priorin würde wieder auf eine Schwester in Jeans treffen. Althea sah sich schon auf dem Teppich des Büros sitzen und die Scheine bündeln.

Sie tippte mit dem Kugelschreiber auf den Schreibblock, auf dem sie versucht hatte, die Schwester, deren Gespräch sie im hinteren Garten belauscht hatte, ein wenig zu beschreiben. Die Nonne war mittelgroß, die Statur hatte Althea mit »ein wenig füllig« beschrieben, die Stimme als »belegt« und den Gang mit »flott«. Völlig unnütze Angaben. Außer einer: Der Saum des Habits war an einer Stelle ausgefranst.

»Was, würdest du denken, ist nötig, um in Erfahrung zu bringen, welche der Schwestern telefoniert hat?«, fragte sie ihren stillen Mitbewohner und wartete ungefähr eine Millisekunde auf Antwort. »Besser, du behältst es für dich.« Denn das, was Althea gerade dachte, würde er nicht vorschlagen. Sie müsste in jeder Zelle der Schwestern nachschauen, wer ein Handy besaß.

Vielleicht sollte sie darüber aber noch einmal nachdenken, zumindest eine Nacht darüber schlafen – wenn sie Glück hatte und sich das Geldzählen nicht so lange hinzog.

Sie stand auf, griff nach der Taschenlampe, die für Notfälle wie einen Stromausfall in ihrer Nachttischschublade lag, machte die Tür hinter sich zu und ging leise den Gang auf der Galerie entlang. An der Treppe schaltete sie ihre Lampe ein und kam sich vor wie ein Dieb.

Das ist lächerlich, mach das Licht an! Althea knipste ihre Lampe wieder aus. Wenn jemand den Schimmer sehen würde, ergäbe das am folgenden Tag wirklich eine Schlagzeile: »Heimlichkeiten im Kloster Frauenwörth«. Sie sah es geradezu vor sich. Doch im Augenblick machte sie sich mehr Sorgen, jemand könnte ihre lauten Gedanken hören, weil sonst kein Laut zu vernehmen war. Althea fragte sich, was die Schwestern so ermüdet hatte. Sie ging die Treppen hinunter und schaltete das Deckenlicht ein.

Im Büro hatte Jadwiga den Computer bereits hochgefahren. Der blaue Schimmer schlich sich unter der Tür durch. Althea klopfte kurz und öffnete die Tür. Der Wäschekorb stand in einer Ecke, Jadwiga hatte eine Decke ausgelegt und die Sporttasche in deren Mitte platziert.

»Ich habe uns Kaffee gekocht«, sagte die Priorin und deutete auf eine Kanne und zwei Tassen. Um wach zu bleiben?

Althea drehte den Schlüssel im Schloss herum. »Vorsichtshalber«, sagte sie.

Jadwiga zog die Vorhänge zu. »Vorsichtshalber«, sagte sie.

Der See war auf dieser Seite der Einzige, dem etwas auffallen könnte. Aus einer Packung zupfte Jadwiga zwei Paar Einmalhandschuhe. Althea überkam ein komisches Gefühl.

»Es könnten Fingerabdrücke auf den Scheinen sein. Ich weiß, du hattest deine Finger schon drin, aber das kann ich der Polizei erklären.« Jadwiga reichte ihr das eine Paar.

»Fingerabdrücke«, wiederholte Althea. Warum nicht, der Gedanke war gut. »Wir sollten einige abnehmen«, regte sie an und schenkte sich aus der Kanne Kaffee ein.

»Du weißt, wie man das macht?«, fragte Jadwiga. »Interessieren würde mich das auch.«

»Wir brauchen einen Bleistift, einen Pinsel, Tesafilm und ein Blatt Papier«, zählte Althea auf, und auf Jadwigas überraschten Blick hin sagte sie: »Ich habe als Jugendliche einmal ein Detektivset zum Geburtstag bekommen. Das wäre jetzt richtig praktisch. Wir müssen improvisieren.« Dann erklärte sie Jadwiga, wie sie mit Hilfe von Bleistiftabrieb Fingerspuren sichtbar machen konnten, indem sie sie vorsichtig einpinselten. Anschließend nahm man das Pulver mit dem Klebestreifen auf, drückte ihn auf das Papier und hatte den Abdruck.

Die erste Hürde war nicht der Bleistift, sondern ein Pinsel. Althea musste zurück in ihre Zelle und schweren Herzens den Rougepinsel aus ihrem Kulturbeutel holen. Sie schüttelte ihn einige Male aus, bevor sie ihn gleich darauf auf den Schreibtisch im Büro legte, wo die Priorin für die Bleistifte, das Papier und einen Klebebandroller gesorgt hatte. Außerdem für einen kleinen Mörser mit Stößel; der würde jemandem fehlen, glaubte Althea, und diejenige wäre bestimmt nicht erfreut, wenn sie wüsste, wofür er benutzt wurde. Althea fragte besser nicht nach, sie konnten ihn gut gebrauchen.

Jadwiga aber fragte: »Farbiger Puder?«, als Althea mit dem Pinsel zurückkam. »Kneif dich lieber einige Male in die Wangen für einen gesunden rosigen Farbton.«

Althea erwiderte nichts. Sie trank einen Schluck von ihrem Kaffee und verzog das Gesicht. Die Priorin machte nicht oft Kaffee.

»Gib mir den ersten Schein.« Althea drückte die Bleistiftspitze in den Mörser, die Mine brach, mit dem Stößel half sie nach, bis kleinere Partikel und Grafitstaub in der Schale lagen. Das wiederholte sie noch einige Male, bis sie glaubte, es könnte für etliche Abdrücke reichen. Jadwiga zog sich die Handschuhe über und griff in die Sporttasche. Sie zog einen Hundert-Mark-Schein heraus.

»Bitte auf den Schreibtisch«, wies Althea sie an, nahm das Grafitpulver des Bleistifts vorsichtig mit dem Pinsel auf und tupfte es auf den Hunderter.

»Sieht nach einer Drecklerei aus«, schnaufte Jadwiga.

Altheas Augen blitzten. »Dafür hab ich aber was.« Sie trug keine Handschuhe, zog einen Streifen vom Roller auf dem Schreibtisch ab und drückte ihn vorsichtig auf die Fingerspur auf dem Geldschein, die das Pulver sichtbar gemacht hatte. »Ich weiß nicht so recht, warum wir das machen«, sagte Althea, »wir haben nämlich keine Vergleichsspuren. Aber falls es welche gibt, wissen wir, wer den Geldtransport überfallen oder die Bank ausgeraubt oder als Erpresser eine Lösegeldforderung gestellt hat«, zählte Althea einige Möglichkeiten auf. »Was mich einigermaßen verwirrt, ist, dass die Person das Geld im Kloster zurückgelassen hat«, sagte sie. »Noch einen Schein, bitte.«

Die Priorin versenkte ihre Hand wieder in der Tasche und gab Althea einen weiteren Hunderter. »Es sieht so aus, als hätte eine Schwester damit zu tun«, bemerkte Jadwiga leise. Normalerweise war sie diejenige, die die Schattenseiten nicht sehen wollte. Jadwiga würde auch in tiefster Dunkelheit kein Licht entzünden, wenn es jemanden verriet, der lieber verborgen blieb.

»Zumindest sieht es aus, als wüsste eine der Schwestern mehr darüber«, sagte Althea.

Und ich habe gehört, wie jemand am Handy eine andere Person darüber informierte, der geheime Raum sei entdeckt worden.

Althea schwieg lieber, es war Halbwissen, sie hatte nicht einmal eine Ahnung, wer die Schwester war.

Sie unternahmen die Prozedur mit den Fingerabdrücken noch

einige Male, und Althea hatte am Ende einige ziemlich gute Exemplare, von denen sich drei wiederholten. »Na ja, Bankangestellte fassen die Scheine auch an«, sagte sie.

»Wir sollten uns anschauen, wie viele Scheine in der Tasche sind. Ich leere sie auf die Decke, wir sortieren erst, danach zählen wir«, schlug Jadwiga vor. Sie kippte den Inhalt der Tasche aus. »Es scheint eine sehr große Summe zu sein.« Sie klang beinahe ein wenig ängstlich.

Und warum sollte jemand das Geld einfach vergessen, wenn die Person vorher wahrscheinlich einiges dafür getan hatte, um es zu bekommen? Althea sah vor ihrem inneren Auge einen Mann, der mit einer Pistole einen Bankangestellten bedrohte. Eher nicht, sagte sie sich, so viel wäre in einer Bank nicht zu holen.

Ein Klopfen an der Tür unterbrach Altheas Überlegungen. Jemand drückte die Klinke.

Jadwiga sah kurz Althea an. »Wie erklären wir das?«, flüsterte sie.

Althea fand nicht, dass sie es erklären konnten. »Gar nicht. Du machst auf, nur einen kleinen Spalt, und ich mache mich unsichtbar.«

Schon klopften die Fingerknöchel einer Faust vernehmlich und entschlossen auf das Holz. »Schwester Jadwiga!«, rief eine Stimme. »Es ist vielleicht ein Einbrecher im Kloster. Valentin hat etwas gesehen.«

Althea zupfte an Jadwigas Ärmel. »Er hat das Licht meiner Taschenlampe gesehen«, flüsterte sie.

»Wozu brauchtest du eine Taschenlampe?«, flüsterte Jadwiga zurück. Sie schüttelte den Kopf, drehte den Schlüssel im Schloss und zog die Tür einen Spalt auf. »Ich bin sofort da – ich habe noch ein wenig in den Dokumenten von Pfarrer Grandner gelesen.« Sie schloss die Tür wieder, ohne auf eine Antwort zu warten, und zog sich die Handschuhe von den Fingern. »Ich kann zu Valentin schlecht sagen: ›Was du gesehen hast, war Schwester Altheas Taschenlampe.‹ Was sage ich also? Und was erzähle ich den Schwestern?«

»Die Schwestern dürften inzwischen alle hellwach sein. Valentin wird sich erst zufriedengeben, wenn er sich davon überzeugen konnte, dass kein Einbrecher durch unser Kloster streift. Das Geld und die anderen Utensilien verstaue ich einstweilen wieder im

Wäschekorb, dann kann ich mich euch hoffentlich unbemerkt anschließen. Wenn ich wegbliebe, würde es auffallen.« Althea begann damit, die Decke einzuschlagen und sie samt Inhalt in den Korb zu stopfen.

»Das gefällt mir gar nicht«, seufzte Jadwiga. »Es hört sich nach einem Komplott an.« Sie verschwand eilig durch die Tür.

»Es ist eins«, sagte Althea. Sie hatte kein gutes Gefühl dabei, das Geld zurückzulassen. Sie würde das Büro wieder abschließen und den Schlüssel einstecken.

Auf dem Schreibtisch suchte sie nach einer Mappe, um das Blatt mit den Fingerabdrücken zu verstauen. Sie mussten es verwahren – bis zu dem Tag, an dem sie einige Vergleichsabdrücke hatten. Auf diesen Tag kann ich wahrscheinlich lange warten, sagte sich Althea. Aber es hatte Spaß gemacht. Die Scheine zu zählen würde sicher keinen machen, doch wenn sie die Summe kannten, könnte man vielleicht herausfinden, zu welchem Fall dieses Geld gehörte. Es musste zu einem gehören. Was dich allerdings nichts angeht, sagte sie zu sich, und gleich darauf: Irgendwie doch. Ich habe es gefunden.

Sie nahm den Rougepinsel wieder an sich. Jadwigas Erstaunen war echt gewesen und die Botschaft darin eindeutig. Aber war der Pinsel nicht nützlich gewesen? Althea hatte ihn schon lange nicht mehr für Puder benutzt. Das hätte sie der Priorin vielleicht sagen sollen. Sie steckte ihn in die Tasche ihrer Jeans.

Kurzerhand lieh sich Althea für die erkennungsdienstlichen Ermittlungen die Mappe mit den Dokumenten des Pfarrers, denn sie lag aufgeschlagen gleich neben dem Computer. Jadwiga hatte zuvor tatsächlich darin gelesen. Die Priorin log nicht, wenn es zu vermeiden war. Wahrscheinlich tat sie es auch nicht, wenn es nicht zu vermeiden war.

Althea warf einen kurzen Blick in die Papiere. Sie wollte nicht schnüffeln, doch als sie die Zeichnung eines Gebäudegrundrisses sah, stutzte sie. Es war ein etwas ungelenk hingeworfener Plan ihres Klosters. Was dem Zeichner wichtig gewesen war, war nicht zu übersehen: ein kleiner Raum, der seitlich an die Küche angrenzte. Das Datum wies darauf hin, dass es die verborgene Kammer im Jahr 1802 schon gegeben hatte. Sie sah auf diesem Plan nur viel größer aus. Wie konnte das sein?

Maße waren keine vermerkt, doch hier beschrieb der Raum eine L-Form. »Wenn die Person zeichnet, was sie gesehen hat, bedeutet das, der Raum muss zur gegenüberliegenden, hinteren Hausseite hin noch weitergegangen sein«, fasste Althea ihre Gedanken in Worte. Der Zeichner hatte dem Inneren des Raumes die Zahl zwei zugeordnet. Und am linken Rand zu dieser Zahl »Commissum« notiert.

»Warum schreibst du nicht ›Celatum‹?« Althea wusste, eine Antwort würde es darauf nicht geben. Seltsam, denn beides stand für Geheimnis, aber »Commissum« war außerdem eine Schuld, ein Vergehen. 1802. So alt waren die Geldscheine nicht. Althea hätte interessiert, wer der Zeichner gewesen war und was das Blatt ausgerechnet in den Unterlagen von Pfarrer Grandner zu suchen hatte. Das findest du heute nicht mehr raus. Sie schob den Plan zwischen die anderen Papiere in die Mappe, er brauchte nicht unbedingt obenauf liegen.

Als sie sich im Büro umschaute, blieb ihr Blick an dem Wäschekorb hängen. Er fiel auf.

Althea stellte den Drucker auf den Deckel des Wäschekorbs. Schon besser. Sie schaltete den Computer aus, drückte auf den Lichtschalter, sperrte die Bürotür hinter sich ab und steckte den Schlüssel ein.

***

Den Stimmen nachzugehen war einfach. Valentin würde sicher zuerst die Küche ansteuern, schon aus Neugier. Er hielt hoffentlich den Mund, was die blaue Tasche und die übrigen Sachen anging, die sie in der geheimen Kammer gefunden hatten. Jadwiga würde sonst in Schwierigkeiten geraten und Althea auch.

Sie sollte sich beeilen. Prompt hatten die Schwestern im Gang innegehalten, keine mochte weitergehen. Dem Himmel sei Dank für die Mäuse.

Althea zwängte sich zwischen den schwarzen Ordensgewändern hindurch. Priorin Jadwiga war Valentin in die Kammer gefolgt. »Hier drin ist kein Einbrecher. Überhaupt scheint es fraglich, ob sich überhaupt jemand Zugang zum Kloster verschafft hat«, erklärte sie.

»Ich habe in der anderen Richtung geschaut. Niemand ist eingebrochen«, sagte jetzt Althea.

»Die Sachen sind fort«, fiel dem Klosterwirt auf.

»Wenn sie an einem Ort sicher sind, dann im Büro«, sprudelte Jadwiga mit gesenkter Stimme hervor.

Das hatte noch gefehlt. Althea presste die Lippen aufeinander, obwohl nicht sie es gewesen war, die etwas preisgegeben hatte.

»Dann seid ihr dem Geheimnis des Klosters also schon auf der Spur?«, fragte Valentin und brachte es fertig, sich vorzubeugen, als könnte er auf die Art noch mehr in Erfahrung bringen. Altheas Ansicht nach wusste er bereits zu viel.

»Es gibt kein Geheimnis«, erwiderte sie steif.

»Und dieser Raum?« Valentin ließ nicht locker. »Und deine schwarzen Finger, Schwester Althea?«

Sie würde den Blick jetzt nicht senken. Handschuhe hatte nur Jadwiga getragen, an ihren eigenen Fingern waren sicher Partikel vom Grafitstaub.

»Die Schwester schreibt gern mit Bleistift«, half ihr Jadwiga. »Und es gibt gerade einiges, das niedergeschrieben werden muss.«

Oje! Altheas Mund bemühte sich um ein unbekümmertes Grinsen.

»Natürlich, und ich backe den Kuchen für mein Lokal selbst.« Valentins Augen wanderten gen Himmel. »Wie auch immer, ich bin mir sicher, wir werden in Kürze etwas erfahren.«

Das verstand Althea als Drohung. Valentin hatte geredet. Nur mit wem? Priorin Jadwiga komplimentierte den Klosterwirt dezent wieder hinaus.

Althea warf einen Blick auf ihre Hände. Die sahen aus, als hätte sie mit ihnen Asche aus dem Kamin geschaufelt.

Was Valentin auffiel, blieb den Schwestern sicher nicht verborgen.

»Liebe Althea, auch wenn viel zu tun war und wir dir alle dankbar sind – die Hände hättest du dir getrost waschen können. Außer, du willst uns darauf aufmerksam machen, dass wir weniger geleistet haben, weil unsere Hände sauber sind.« Schwester Ignatia rümpfte die Nase. Sie hatte laut gesprochen, um überall gehört zu werden. Was Althea Gelegenheit gab, den Kopf zu senken. So konnte sie sich wenigstens die Säume der Ordensgewänder genauer anschauen.

Eine ausgefranste Naht und vielleicht ein wenig ausgefranste Nerven. Die Schwester am Handy hatte nervös geklungen, sogar eine Spur ängstlich. Und sie war schnell verschwunden.

Die Säume der Schwesterngewänder, auf die Althea schauen konnte, weil sie in ihrer Nähe standen, waren akkurat, keiner war fransig.

»Meine Arbeit war noch nicht beendet«, sagte Althea und hob den Kopf wieder. »Aber ich denke, nach diesem Schreck dürfen wir uns zurückziehen?« Die Frage richtete sich im Besonderen an Priorin Jadwiga.

»Es wird Zeit«, sagte Jadwiga und nickte.

Althea hatte nicht vor, sich zurückzuziehen, sie wollte nur, dass die übrigen Schwestern es taten. Es drängte sie, noch einmal einen Blick in die blaue Tasche zu werfen. Außerdem hatte sie den Schlüssel zum Büro eingesteckt.

Priorin Jadwiga wünschte ihr im Aufgang eine gute Nacht.

»Ich sehe dich morgen zur Frühmesse, Schwester Althea. Die Arbeit möge für den heutigen Tag erst einmal ruhen.«

Die Arbeit schon. Althea verschwand in ihrer Zelle. Es sollte aussehen, als hätte sie vor, sich bettfertig zu machen. Die feinen Partikel waren sogar unter ihre Nägel gewandert. Althea seifte ihre Hände gut ein und überließ den dunklen Grafitstaub dem fließenden Wasser. Ihren Rougepinsel steckte sie in seine Hülle zurück und kramte die Schlüssel aus der Hosentasche. Die Jeans hatte ebenfalls gelitten, ihre Fingerabdrücke waren auf dem Stoff verteilt. Dafür bräuchte sie ein gutes Fleckenmittel und eine Schwester aus der Wäscherei, die sich dieses Problems annahm.

Althea setzte sich aufs Bett und drehte den Wecker zu sich. Sie würde zwanzig Minuten warten und sich dann noch einmal ins Büro begeben. »Der verstorbene Pfarrer hatte einen Plan von unserer Geheimkammer«, verriet sie ihrem stillen Mitbewohner. Und Valentin hatte für ihr Gespür mit etwas zu großem Enthusiasmus über das Geheimnis im Kloster philosophiert. »Es ist schon spät, ich weiß, aber mit den dahinjagenden Gedanken ist es sowieso schwierig, einzuschlafen.«

Althea kramte eine hellgraue Jogginghose aus ihrem Fundus. Kein bisschen en vogue, das Stück hätte gut in Jadwigas Katalog gepasst.

Sie würde keine Taschenlampe benutzen, sonst wäre der aufmerksame Valentin vielleicht wieder zur Stelle.

Fast zwanzig Minuten waren vergangen. Sollte sie jetzt noch jemandem begegnen, dann einer Schwester, die sich in der Küche einen Schlaftee zubereitete. Wovon Althea nicht ausging, bei der Mäuse-Hysterie.

Sie drückte auf den ersten Lichtschalter am Gang und danach auf jeden, der auf ihrem Weg ins Büro der Priorin auftauchte. Ein und aus. Stromverschwendung, doch so konnte niemand einen Einbruch vermuten.

Althea steckte den Schlüssel ins Schloss, und sobald sie die Tür hinter sich zugezogen und Licht gemacht hatte, sperrte sie ab. Jadwiga hatte die Handschuhe ausgezogen, Althea streifte sie über. Sie nahm die Enden der Decke und breitete alles wie zuvor auf dem Boden aus. Die Geldscheine verbargen etwas – Althea hatte die rote Ecke des Zeitungspapiers schon vorhin bemerkt.

Vielleicht hatte es keine Bedeutung und war da einfach nur hineingeraten. Vielleicht aber lieferte es auch ein paar Antworten und lag nicht zufällig inmitten der Scheine.

Sie setzte sich im Schneidersitz auf den Boden und griff nach dem Ausschnitt.

Die Bild-Zeitung hatte dick getitelt: »Millionärstochter auf dem Schulweg entführt«.

Die sechzehnjährige Magda P., deren Vater ein millionenschweres Verlagsimperium leitet, wurde vor vier Tagen in München-Grünwald entführt. Die Kriminalpolizei wurde erst verständigt, nachdem Magda P. trotz der Übergabe des verlangten Lösegelds nicht freigelassen wurde.
Die Familie hat sich an die Presse gewandt. »Wir wollen unsere Tochter um jeden Preis zurück!«, sagt Judith P., die verzweifelte Mutter. »Wenn der Täter mehr Geld will, wir tun alles ...«

Ein Versprechen, das im September 1997 gegeben worden war.

Althea wusste, über wen da berichtet wurde. Die Entführung von Magda Pranner war damals durch alle Medien gegangen.

»Das Gestern ist doch längst fort, warum nur holt uns alle die

Vergangenheit irgendwann wieder ein?«, flüsterte Althea. Sie hatte ihre eigene Vergangenheit vor Augen, die sie ins Gefängnis gebracht und ihr dann einen neuen Weg aufgezeigt hatte.

Für Althea hatte es sich zum Guten gewendet. Für Magda Pranner womöglich nicht.

Im September 1997, fast genau vor zwanzig Jahren. Vielleicht war etwas schiefgegangen, oder dem Täter hatte gar nicht an Magdas Freilassung gelegen. Er hatte sein Geld bekommen, behauptete die Zeitung.

Hatte er das tatsächlich? Althea warf einen Blick auf die Tasche am Boden. War es ein Zufall, dass ausgerechnet dieser Artikel dabei lag? Sie glaubte nicht an Zufälle.

Ihre Entscheidung für das Leben im Kloster war auch kein Zufall gewesen, sondern ihre Rettung.

Der Computer starrte Althea einladend an. Das stimmte natürlich nicht ganz, denn der Bildschirm glänzte in mattem Schwarz. Aber die Gelegenheit, sich zu informieren, hätte nicht besser sein können.

War Magda Pranner irgendwann wieder aufgetaucht? Althea hätte es gewusst, wenn es so gewesen wäre. Sie glaubte eher, dass es der Presse damals nicht gelungen war, etwas auszugraben. Die Berichterstattung hatte irgendwann aufgehört. Hatte es einen Verdächtigen gegeben?

Nachdenklich faltete Althea den Bild-Artikel zusammen und legte ihn zurück. Als Nächstes aktivierte sie den PC, setzte sich in den Bürostuhl und stellte ihn sich bequem ein. Sie gab den Namen von Magda Pranner ein. Wie vermutet, gab es unzählige Berichte, aber die konnte sie nicht alle lesen, sie konzentrierte sich stattdessen erst einmal auf die Schlagzeilen. Teilweise reißerisch.

Magda war verschwunden geblieben, bis heute. Eine Leiche hatte man nicht gefunden.

Einem der Journalisten waren zwei Dinge seltsam vorgekommen, er hatte nicht davor zurückgescheut, sie anzusprechen. Magdas jüngerer Bruder schien das Verschwinden der Schwester nicht ganz ernst zu nehmen, und ihr Onkel, Patrick Schmitzler, war mit seiner Piper Cherokee ausgerechnet am Abend der Entführung zu einem Literaturfestival nach Italien gestartet.

Max Pranner hatte wutschnaubend erklärt, sein Schwager habe

sich für das Verlagsgeschäft noch nie ein Bein ausgerissen. Er verstand nicht, warum Patrick so tat, als wäre ausgerechnet dieses Festival so bedeutsam. Sicher, international war es und eines der größten in Italien, aber keine Buchmesse, auf der der Münchner Verlag einen Stand hatte, wo sich Kunden, Autoren und Leser trafen.

Die Pressevertreter wollten aus gut informierter Quelle wissen, dass Patrick Schmitzler davon gesprochen hatte, er wolle das Verlagsgeschäft neu ausrichten. Es ginge um konkurrierende Visionen und darum, neue Vertriebskanäle auszuloten, die Zielgruppen genauer zu beleuchten.

Die Journalisten glaubten auch, dass Max Pranner vorgehabt hatte, seinen Schwager zu feuern, sobald dieser wieder zurück war. Seine Ehefrau, Schmitzlers Schwester, hatte geschwiegen.

»Herrgott, es geht um Magda, nicht um meinen Schwager!«, hatte Max Pranner sich aufgeregt.

Um seinen Schwager ging es aber dann drei Tage später, am 29. September.

Althea hätte das Ereignis beinahe übersehen, hätte die Überschrift nicht gelautet: »Schwager des Verlagsmillionärs Max P. stürzt mit seinem Kleinflugzeug in den Chiemsee«.

Das Datum verriet, Patrick Schmitzler musste sich auf dem Rückflug von dem Literaturfestival in Italien befunden haben.

Althea ließ sich ein paar Augenblicke Zeit, sie konnte die angstvolle Szene vor sich sehen. Das Auftreffen und Knirschen der Flügel auf dem spiegelflächig-stillen See, das ächzende Geräusch der Maschine und das Gurgeln, wenn sie sich voll Wasser saugt und mit der Nase voraus im See untergeht.

Doch was hatte den Absturz verursacht?

Die Inselbewohner, einige zumindest, mussten es mitbekommen haben. Valentin zum Beispiel.

Du kannst dir nicht sicher sein, sagte sich Althea. Sie wusste tatsächlich nicht, wie lange Valentin Zeiser schon Pächter des »Klosterwirts« war und auf Frauenchiemsee zu Hause. Aber es wäre interessant.

Althea hatte sich in Gedanken verloren. Sie rief den Artikel über die Chiemseehavarie auf.

29. September 1997: Kleinflugzeug stürzt in den Chiemsee.
Der Pilot der einmotorigen Piper PA-28 Cherokee, Patrick S., be-
fand sich auf dem Rückflug von Verona nach München. Es war
22.35 Uhr und finstere Nacht, als die Maschine vom Himmel fiel
und die Bewohner der Fraueninsel aus dem Schlaf riss. Unklarheit
herrscht darüber, wie der Unfall geschah.
Der Pilot kam nicht mehr dazu, einen Notruf abzusetzen, Patrick S.
starb im Flugzeug. Das Geheimnis, ob er etwas mit Magda P.s
Verschwinden zu tun hat, hat Patrick S. mit in sein nasses Grab
genommen.

»Wohl kaum ein nasses Grab«, bemerkte Althea jetzt, zwanzig Jahre
später, zu diesem Artikel. Die Leiche des Piloten war kurz nach
dem Absturz geborgen worden. Das Wrack der Piper befand sich
dagegen noch immer auf dem Seegrund.

Es gab also mehr als nur ein Geheimnis.

Althea klickte auf Beenden und schaltete den Computer aus,
sonst ließe sie sich noch dazu verleiten, die ganze Nacht Artikel zu
studieren. Die Geldscheine blieben ungezählt. Althea schlug die
Decke wieder darum, packte das Bündel in den Wäschekorb und
stellte den Drucker auf den Deckel. Sie hoffte, niemand würde
neugierig hineinschauen, denn diesmal würde sie den Raum nicht
abschließen und den Schlüssel auf der Innenseite der Tür stecken
lassen.

Eilig huschte sie die Treppe hinauf, um möglichst unbemerkt in
ihre Zelle zu gelangen. Es musste schon ziemlich spät sein. Unan-
gemessen spät für eine Ordensschwester, aber Althea hatte vielleicht
etwas Wichtiges herausgefunden.

Ein Flugzeug fiel nicht einfach vom Himmel. Jedenfalls nicht
ohne Weiteres. Was, wenn außer Patrick Schmitzler noch jemand
an Bord gewesen war? Es könnte einen Streit gegeben haben, die
andere Person war mit einem Fallschirm abgesprungen und hatte
sich, die Tasche mit dem Geld und den Rucksack ins Kloster gerettet.

Der Rucksack. Sie ärgerte sich, dass sie sich ihm bislang noch
nicht gewidmet hatte. Wenn sie früh aufstand, konnte sie vor der
Morgenmesse noch schnell ins Büro verschwinden und wenigstens
einen kurzen Blick hineinwerfen. Guter Plan, Althea!

Sie gähnte und entledigte sich der Jogginghose, dankbar, dass sie niemand darin gesehen hatte. Dann zog sie ihr Nachthemd über den Kopf und schlüpfte unter die Decke. »Vater im Himmel, weil es schon«, sie schaute auf den Wecker und schluckte, »später als zwei Uhr morgens ist, kürze ich es ausnahmsweise ein bisschen ab und bitte dich, mich selig schlafen zu lassen, ohne schlechte Träume und Bilder. Amen.« Sie stellte den Wecker und schaltete ihre Nachttischlampe aus.

»Mir graut vor der Morgenglocke«, sagte sie und war gleich darauf eingeschlafen.

3

Cerebratio = geistige Tätigkeit

Althea hatte das Gefühl, nur kurz weggedämmert zu sein, als der Radiowecker sie an ihr Vorhaben, früher aus den Federn zu kommen, erinnerte. »Dahingegangene Seligkeit.« Es war kaum mehr als ein Flüstern, Althea hielt die Augen noch geschlossen.

Der Moderator der Morgensendung hörte sich bereits unglaublich fröhlich an. Seine Stimme klang aufgedreht, er würde etwas enthüllen.

»Liebe Hörer, wie immer halte ich mich euch zuliebe nicht zurück und stöbere und stochere gehörig. Es war eine recht schwierige Entscheidung, nämlich: Welche Meldung bringe ich zuerst? Was ihr wissen solltet …«

Althea konnte die drei Auslassungspunkte sogar hören. Doch was er von sich gab, ließ sie hochfahren, als hätte jemand ihre Füße in Eiswasser getaucht.

»Unglaublich zum Ersten, et in Spiritum Sanctum: Ein Rätsel im Kloster Frauenwörth – Bauarbeiten bringen einen Geheimraum zum Vorschein und mit ihm einige interessante Dinge. Mit der Reformation kann die mysteriöse Tasche nichts zu tun haben, so alt ist sie nicht. Aber genauso verschlossen wie der Raum. Was geht da im Kloster vor? Die Antwort hört ihr natürlich in Kürze bei mir.«

Rätsel im Kloster Frauenwörth. Valentin. Althea hatte es geahnt.

Die Antwort. Welche? Grauenhafte Vorstellung, im Chiemgau-Sender möglicherweise Spekulationen und Theorien serviert zu bekommen. Wahrscheinlich hörte außer ihr keine der Schwestern die Morgensendung, aber sie sollte es Jadwiga erzählen. Außerdem hatte da gerade jemand mit dem Geheimraum auf ein altes Priesterversteck aus Reformationszeiten angespielt. Auch das noch. Sie würde sich Valentin vorknöpfen, und dafür brauchte sie keine Einwilligung der Priorin.

»Für diesen Verrat schuldest du uns was, Valentin«, schimpfte Althea. Wie hätte sie auch ahnen können, was sich hinter der Holzwand der Vorratskammer verbarg? Jadwiga hingegen hätte es

40

wissen müssen, denn da war der Plan in den Unterlagen von Pfarrer Grandner.

Althea kam ein alter Spruch in den Sinn: »Alte Sünden werfen lange Schatten«. Eine dieser Sünden war zwanzig Jahre alt, denn nur jemand aus dem Kloster konnte etwas über die Kammer und vielleicht auch über ihren Inhalt gewusst haben. Und wie das gestern am Handy geklungen hatte, wusste auch noch jemand außerhalb des Klosters davon.

Althea hatte sich vorgenommen, nach dem Handy zu suchen, sobald sich die Gelegenheit bot. Sicher hatte nicht jede Schwester eins. Die nächste halbe Stunde würde sich gerade fabelhaft anbieten, aber Jadwiga würde ihr erneutes Fernbleiben der Morgenmesse nicht gutheißen. »›Nicht dulden‹ wäre richtiger«, verbesserte sich Althea.

Hatte der Moderator der Morgensendung »unglaublich zum Ersten« gesagt? Himmel. Es würde demnach »zum Zweiten« und womöglich auch »zum Dritten« folgen. Was gab es denn noch?

Althea war normalerweise keine, die leicht zu erschrecken war, doch diese Meldung hatte es tatsächlich geschafft, ihr Gänsehaut zu verursachen. Sie hatte sich eigentlich den Rucksack vornehmen wollen, doch war die Zeit viel zu knapp.

Die war irgendwie gerade für alles zu knapp, der Rucksack musste warten. Altheas erster Weg führte in die Küche, sie wollte überprüfen, ob der Knoblauch gewirkt und die Mäuse vertrieben hatte. »Uhh, er wirkt immer noch.« Und dabei hatte Althea erst den Gang erreicht. Hast du vielleicht ein wenig übertrieben? Die aufgeschnittenen Zehen dünsteten gewaltig. Sie würde sich beeilen, sie auf den Kompost zu werfen, bevor die Schwestern einen neuen Anlass fanden, weshalb in der Küche unmöglich gearbeitet werden könnte.

»Schwester Althea, die Erste beim Ruf der Glocke«, stellte Jadwiga erstaunt fest, als sie sich auf dem Weg zur Klosterkirche begegneten. Nur um gleich darauf die Augen zusammenzukneifen und zu bemerken: »Ich sollte mich wohl fragen, warum du dieses Mal das Matthäusevangelium nicht zu deinen Gunsten auslegst. Oder ich frage besser dich.« Jadwiga hob ihr Kinn.

»Die Letzten werden die Ersten sein«, hatte ihr Althea schon manches Mal geantwortet. Gerade war ihr nicht nach Ausflüchten zumute. »Das ganze Chiemgau weiß von heute an, dass im Kloster Frauenwörth ein Geheimraum mit Inhalt entdeckt wurde.«

»Du hast die Morgensendung im Radio gehört«, begriff Jadwiga und stöhnte. Sie blieb stehen, bildete mit der linken Hand eine Faust und biss sich in den Finger, um ihren Ärger nicht hinauszuschreien. Gleich darauf spreizte sie die Finger und schnitt damit durch die Luft. »Valentin Zeiser, ich erhöhe auf der Stelle den Pachtzins, das trifft dich wenigstens empfindlich«, drohte die Priorin. »Was wurde über den Inhalt des Geheimzimmers gesagt?«

Althea schüttelte den Kopf. »Nichts, was uns etwas anhaben könnte«, sagte sie.

Jadwiga atmete hörbar ein. »Wir müssen das Geld dringend zählen und den Schwestern davon berichten, bevor sie davon im Radio hören.« Sie lief weiter, Althea an ihrer Seite.

»Die Schwestern lesen Zeitung, außer mir hört normalerweise keine Radio«, erklärte Althea. »Aber Geheimhaltung ist wirklich nicht länger angeraten.«

»Ich sinne noch nach, wie ich es ihnen erkläre, vor allem, wie viel ich offenlegen kann.« Jadwiga rieb sich das Kinn.

»Vielleicht, indem du den Gebäudeplan mit dem versteckten Raum in den Unterlagen von Pfarrer Grandner erwähnst?«, schlug Althea vor. Sie wusste, dass sie sich und ihre Neugier damit enttarnte, aber sie verstand Jadwigas Zurückhaltung nicht.

»Gebäudeplan?«, fragte die Priorin unschuldig. Oder hatte sie tatsächlich keine Ahnung?

»Du hast die Mappe mit den Unterlagen noch gar nicht durchgeschaut«, stellte Althea fest.

»Das wollte ich gestern tun. Aber du warst offenbar schneller. Gut, denn ich möchte dich bitten, dich um Pfarrer Grandners Fische zu kümmern. Das Aquarium wird heute im Lauf des Tages gebracht.«

Die Abramites hypselonutus. Es ging gar nicht um Schmetterlinge. Dass sie Fische so viel angenehmer fand, hätte Althea nicht sagen mögen. Aber die lebten wenigstens noch.

»Ich glaube nicht, dass ich mich damit entsprechend gut auskenne«, sagte Althea. Natürlich nicht, sonst hätte sie auch gleich gewusst, worum es ging.

»Du bist gelehrig, Schwester Althea. Und du hast etwas für knifflige Angelegenheiten übrig. Die Ersten sind manches Mal die Letzten.«

»Das ist ein Kriminalfilm aus den Sechzigern«, gab Althea wenig amüsiert zurück. Sie hatte keine Ahnung von Aquarien und deren Bewohnern und keine Zeit, Jadwigas Tiefschlag zu verarbeiten, denn das Geläut hatte aufgehört. Die Organistin ließ das erste geistliche Lied erklingen, und Althea setzte ihren Fuß über die ausgetretene Vertiefung in der steinernen Schwelle zur Kirche, die unzählige Füße in ebenso vielen Jahren hinterlassen hatten.

Nach der Messe entschuldigte sich Althea, in der Küche gebe es noch einiges zu tun. Sie freute sich, wenigstens Jadwigas Präsentation entkommen zu sein, und auch auf ein Frühstück allein, mit einer Tasse Kaffee; den hatte sie sich nach den morgendlichen Aufregungen sicher verdient. Sie gab das Pulver in eine Filtertüte, brachte Wasser zum Kochen und goss es nach und nach über den gemahlenen Kaffee. Sofort duftete es angenehm, konnte jedoch den strengen Knoblauchgeruch nicht übertünchen. Sie musste unbedingt Fenster und Türen aufreißen, um den Gestank wieder loszuwerden.

Althea besann sich auf die Zeichnung, die sie gestern Nacht angeschaut hatte. Es musste noch eine Kammer geben und wohl auch eine weitere Tür. »Die dich gerade nicht kümmern sollte.« Sie hatte es ausgesprochen, um sich davon zu überzeugen, dass es vordringlich um das Geld in der blauen Tasche ging. Wenn der Zeitungsartikel, der zwischen den Geldscheinen lag, etwas zu bedeuten hatte, dann handelte es sich um Lösegeld.

Wohin war der Täter verschwunden? Das war beileibe nicht die einzige Frage, die Althea stellen würde. Wem würdest du sie stellen wollen?

Ihr fiel Katharina Venzl ein, die alte Kath. Die Einundneunzigjährige war in der ganzen Gegend dafür bekannt, dass sie Dinge sah, die andere nicht wahrnahmen, sie hatte das Zweite Gesicht. Althea hatte Kath schon länger nicht mehr besucht, es wäre wieder einmal an der Zeit. Sie bräuchte Jadwiga gegenüber nicht zu schummeln, aber vielleicht die Wahrheit ein wenig dehnen.

Wenn die Priorin schon wollte, dass sie sich um die Fische vom

Pfarrer kümmerte, dann brauchte sie jemanden, der sich damit auskannte – eine Zoohandlung. Ob sie ausgerechnet in Gstadt auf dem Weg nach Gollenshausen ein solches Geschäft fand, war allerdings fraglich. Natürlich würde sie es versuchen.

Das Aquarium wurde heute gebracht. Die Fische mussten verpflegt werden, und sie sollte sich erst schlaumachen, wie es sich mit dem Fischfutter verhielt. Sonst würde Jadwiga den Braten riechen, und Althea wollte ihr nicht verraten, dass sie von der alten Kath mehr über den geheimen Raum zu erfahren hoffte.

Sie konnte die alte Kath schon leise lachen hören, weil das Kloster Altheas Zuhause war und weil sie keine Ruhe geben würde, bis sie dieses Geheimnis ans Licht gebracht hatte.

Das Licht war diesmal Teil des Rätsels. Überall herrschte Dunkelheit. »In der geheimen Kammer, am Grund des Chiemsees, sogar im Herzen einer der Schwestern«, murmelte sie. Und sich selbst meinte Althea dieses Mal nicht.

Der Priorin hatte sie noch nicht einmal etwas über den Artikel in der Bild-Zeitung und ihre nächtliche Recherche erzählen können.

Althea verbreitete wenig später die freudige Kunde, es gebe keine Mäuse mehr in der Küche und im Vorratsraum, die Küche mit ihren Vorräten gehöre wieder ganz ihnen. »Es darf gewerkelt und gekocht werden.«

»Und wer verschließt den Raum dahinter?«, fragte Schwester Ignatia. »Womöglich kommen die Mäuse zurück. Und wie es dort riecht! Da will niemand werkeln und kochen.«

So ähnlich hatte sich Althea das schon gedacht. »Den Geruchssinn zu verlieren wäre wirklich grausam, aber du leidest höchstens an Schwarzseherei.«

»Für deine gemeinen Beleidigungen wird dich der Herrgott strafen, Schwester Althea«, giftete Ignatia.

»Für eine gemeine Beleidigung verdiente ich eine Strafe«, nickte Althea gelassen.

»Der Knoblauch hat gewirkt, Schwester Althea«, sagte Fidelis. Wenigstens bemerkte einmal jemand die positive Seite einer Sache.

»Da kommt eine Lieferung für Schwester Althea«, rief die Schwester an der Pforte durch den Gang. »Wohin soll der Tetra AquaArt Explorer Line?« Die Frage begleitete ein Kichern. Dass ihr jemand etwas schickte, hielt Althea nicht für sehr wahrscheinlich, es musste sich um des Pfarrers Aquarium handeln. Herrje, übersetzt hörte sich das Ding höchst kompliziert an.

»Vielleicht erst einmal in Priorin Jadwigas Büro«, sagte Althea. Dort gab es einen Dokumentenschrank, auf dem das Becken hoffentlich Platz fand.

Sie begleitete die Lieferung und stellte überrascht fest, dass das Aquarium nicht größer war als ein Katzenkistchen und durch die halbrunde Frontscheibe ein netter Blickfang. »Herr Pfarrer, wozu musste es ein Design-Aquarium sein?«, fragte sie und gab sich nach einem weiteren Blick selbst die Antwort. »Du hast nicht gut gesehen. Durch das Halbrund erscheint die Unterwasserwelt größer.«

Jedenfalls ging es im Innern lebhaft zu. Fische, wogende Pflanzen, es gab sogar einige Steine und Höhlen zwischen Sand und einer Art Kies. Althea musste zugeben, dass es ihr gefiel.

»Na endlich, Schwester Althea – können wir jetzt weitermachen?«, erkundigte sich Jadwiga.

Althea fuhr zusammen. »Du hast mich erschreckt.«

»Was sicher deinem schlechten Gewissen geschuldet ist«, sagte Jadwiga.

Genau da hakte Althea ein. Sie deutete auf das Aquarium. »Darum möchte ich morgen nach Gstadt fahren, um Futter zu besorgen und mich zu informieren.« Eine formidable Überleitung, hätte Althea es genannt.

»Ah ja. Futter. Am besten, du besorgst auch gleich einen Filter und sonstige Pflegeprodukte. Wenigstens hat das Ding eine leicht zu bedienende Technik.« Jadwiga hörte sich souverän an, vor allem hatte es den Anschein, als wüsste die Priorin genau, was sie da erzählte. Wunderbar, denn Althea hatte gerade überhaupt nichts verstanden.

Sie hob den Drucker vom Wäschekorb. »Du solltest die Tür abschließen«, sagte sie zu Jadwiga. »Deine Erklärung für die Mitschwestern?«, soufflierte sie dann.

Jadwiga grummelte. »Geld ist Teufelswerk, ließ mich Schwester Ignatia wissen. Dabei gehört es uns nicht, aber gerade sind wir die Verwahrer.«

Althea fand, die Beschreibung erfasste es genau.

»Die Erfindung des Geldes ist sicher einer von Luzifers größten Coups«, gab Althea zurück. Obwohl sie glaubte, das Übel hatte schon begonnen, als noch mit Muscheln bezahlt wurde.

Die Priorin verdrehte die Augen. »Das kannst nur du sagen, Schwester Althea. »Ich hatte sozusagen keine Wahl. Und dazu, etwas offenzulegen, kam ich gar nicht erst, weil Schwester Reinholda beim Klosterwirt eine Lage geräucherte Saiblinge holte, und er hatte natürlich nichts Besseres zu tun, als sie auszuhorchen. Gut, dass sie nichts wusste.«

Althea gefiel überhaupt nicht, was Jadwiga ihr da gerade eröffnet hatte. Gut, dass Reinholda nichts wusste? Althea war sich dessen nicht so sicher, denn wer nichts weiß, der fragt viel.

»Da klang Unsicherheit durch, Jadwiga. Was steht zu befürchten?«

»Ich war bei Valentin und habe ihm angekündigt, dass ich etwas tun werde, von dem er sich nicht sicher sein kann, ob es gut enden wird.«

»Nein«, sagte Althea. »Sag doch einfach, dass du ihm gedroht hast.«

»Ich war stinksauer, und eine Ordensschwester sollte ihre Gefühle besser im Zaum halten. Den Pachtzins zu erhöhen ist noch dazu eine unsinnige Behauptung, denn ich kann das nicht allein entscheiden«, gab Jadwiga kopfschüttelnd zurück. »Übrigens belegen heute schon den halben Tag eingehende Anrufe die Leitungen. Das Klostergeheimnis hat die Leute neugierig gemacht«, ließ sie Althea wissen.

Haltet euch zurück, bat Althea stumm.

»Und weil von den Schwestern niemand Genaueres wusste, war ich gezwungen, das Telefon zu übernehmen. Du hattest ja anscheinend noch in der Küche zu tun.« Jadwigas tadelnder Blick bedurfte keiner Worte, aber nachdem Althea nichts erwiderte … »Ich mag es gar nicht, mir den Mund fusselig zu reden. Das erschöpft. Aber ich hatte tatsächlich das Gefühl, dass alle Schwestern bei der Erwähnung des Geldes erschraken«, bekannte sie.

Und ich hatte das ungute Gefühl, dass die Schwester, deren Handygespräch ich belauscht habe, mit dem Gedanken spielte, sie müsste wegen der Entdeckung etwas unternehmen, dachte Althea. Was sie auch nicht sonderlich beruhigte.

»Den Rucksack hab ich lieber gar nicht erwähnt.« Jadwiga war anzusehen, wie sie es fand, in ihrem eigenen Haus aufpassen zu müssen, wem man vertrauen konnte.

»Wir schauen uns an, was drin ist«, sagte Althea. Sie kramte zum wiederholten Mal die Handschuhe heraus. Sollten sich irgendwelche Spuren an dem Rucksack befinden, wollte sie diese nicht ruinieren.

Der Gebirgsrucksack war aus robustem Stoff, an beiden Gurten befanden sich Schulterpolster. Er hatte zwei aufgesetzte Seitentaschen, einen Tragegriff und ein verstärktes Bodenteil. Richtig viel Platz war darin nicht, egal, wie man ihn packte. War der Rucksack an sich bereits eine Botschaft? Jemand wanderte vielleicht gern. Althea öffnete die Verschlüsse zum Hauptfach. An der Klappe war ein Namenszug eingearbeitet: »M. Pranner«.

Eine Jeans, ein Hemd, Socken und ein Kulturbeutel kamen zum Vorschein. Althea machte sich am Reißverschluss des Beutels zu schaffen. Ein Mann benutzte weder Kajal- noch Abdeckstift.

Sie legte sich einen Socken von der Ferse bis zur Spitze auf ihren Unterarm, um die Größe herauszufinden. Von der Armbeuge bis zu ihrem Handgelenk reichte er nicht, Althea trug Schuhe Größe 39. Die Socken waren kleiner, sie tippte auf Größe 37. »Die gehören einer Frau«, sagte Althea nachdenklich. »Die Creme spricht auch dafür und das Parfüm.« Sie schnupperte daran. »Oh, là, là.« Teuer. Ihr sagte die Marke etwas, aber Althea war früher auch öfter in Paris gewesen. Die Parfümerien in Deutschland führten es nicht.

»Die Hose sagt weiblich, der schlanke Schnitt des Hemdes auch. – Eine Frau hat eine Bank überfallen und im Kloster Zuflucht gefunden?« Jadwiga stieß den Atem aus. »Althea, die Fragen nehmen kein Ende, und ich habe Angst vor den Antworten«, bekannte sie.

Althea bemühte sich, die Sachen wieder zusammenzulegen und im Rucksack unterzubringen.

»Wir zählen das Geld und übergeben alles der Polizei.« Jadwiga nahm beherzt Aufstellung. »Ich zittere schon vor der Berichterstattung. Die Presse wird uns …« Sie fand offenbar nicht die richtigen Worte.

»Durch den Wolf drehen«, schlug Althea vor.

»Ausgesprochen bildlich. Ich hoffe, du hast unrecht«, sagte die

Priorin. Wie schon am Vorabend griff Jadwiga in die Tasche und holte das Geld heraus, während Althea die Hunderter, Fünfziger und Zwanziger auf separate Haufen packte. »Da ist ein Zeitungsausschnitt.« Mit spitzen Fingern fischte Jadwiga ihn heraus.

»Den habe ich gelesen.« Althea fasste zusammen, worum es darin ging.

»Lösegeld«, hauchte Jadwiga. »Um Himmels willen! Lieber Gott, wenn das wahr ist!«

Das war es mit Bestimmtheit, aber ob dieses Geld damit zu tun hatte, wussten sie nicht.

»Es ist ziemlich viel Geld«, meinte Jadwiga, als kein Schein mehr in der Tasche war. Sie hatten eine Million gezählt. »Warum hat es jemand im Kloster versteckt?«

»Ich glaube nicht, dass es versteckt wurde«, gab Althea zurück. Das angebissene Stück Brot und der Rucksack erzählten etwas anderes. Wenn nur die Steine in der geheimen Kammer reden könnten, sie waren seit Jahrhunderten an Ort und Stelle. Sie hätten es gewusst. Althea aber hatte den roten Faden noch nicht entdeckt.

»Ich kann meinen Neffen fragen, was man am besten mit einer Million anfängt«, sagte sie. Bestimmt gab es eine Behörde, die sich um herrenloses Geld kümmerte. Es gab für so ziemlich alles eine.

Stefan Sanders war der Sohn ihrer Schwester, Kriminalkommissar beim Dezernat München 11.

»Dann solltest du das tun, obwohl wir die Mordkommission eigentlich nicht brauchen. Es wurde niemand getötet.« Jadwiga schaute unglücklich drein.

»Das wissen wir nicht«, sagte Althea. »Das viele Geld ist immer noch da; jemand muss es hergebracht haben, aber es muss einen Grund geben, warum es zurückgelassen wurde.« Und auch der Rucksack. Althea schüttelte den Kopf. Dieser Jemand war vielleicht gezwungen gewesen, beides zurückzulassen. Der naheliegende Gedanke war, dass Magda Pranner sich selbst entführt hatte. Doch da gab es einen Haken. Althea hatte nichts darüber gelesen, dass Magda wieder aufgetaucht war. Und wohin sollte sie gegangen sein, ohne das Geld?

***

Althea hatte diese Handynummer schon länger nicht mehr einge-
tippt, aber sie freute sich ehrlich, ihren Neffen zu hören.

Auf sein gefälliges »Sanders« antwortete sie mit einem herzlichen:
»Grüß Gott, mein lieber Neffe.«

»Tante Marian, beschwingt wie immer – wie geht's dir auf deiner
schönen, einsamen Insel?«

Für Stefan würde sie immer nur Tante Marian sein, eine Nonne
hatte er in ihr nie gesehen.

»Den schwarzen Ladys kann es gar nicht schlecht gehen. Aber
wie es aussieht, ist ein Gewitter im Anzug. Wir brauchen deine
Hilfe.«

»Das mit den schwarzen Ladys lässt du Schwester Bärtchen besser
nicht hören«, empfahl Stefan ihr.

Schwester Bärtchen war Altheas Spitzname für Jadwiga, wegen
ihres Oberlippenflaums. Der Kriminalkommissar merkte sich solche
Details.

»Es ist ernst, auch wenn ich nicht so klinge. Es geht um eine
Menge Geld, das in unserem Kloster gefunden wurde. In einem
geheimen Raum in einer alten Sporttasche.«

»Eine Menge Geld«, wiederholte Stefan. »Welche Menge, und
wer hat es gefunden?«

»Ich«, sagte Althea. »Jadwiga und ich haben die Scheine gezählt.«

»Tante Marian, wo bist du da wieder reingeraten?«

»Ich bin nicht irgendwo reingeraten. Ich habe bei den Handwerksarbeiten geholfen, als Valentin den Raum entdeckte.« Althea
präsentierte Stefan die Kurzfassung.

»Himmel!«, ächzte er.

»Wirklich nicht«, widersprach sie.

»Ausgerechnet Valentin Zeiser.«

»Ist leider nicht zu ändern«, sagte Althea.

»Ein Geldfund wird behandelt wie jede andere Fundsache.
Zuständig für die Annahme sind die Polizei oder das Fundbüro
der Gemeinde. Dort wird auch ein Finderlohn bezahlt. Falls dein
Kloster Geld braucht.«

»Wie viel wäre das bei einer Million?«, fragte Althea.

»Eine Million.« Er klang überrascht. »Also, der Finderlohn wären
drei Prozent. Das ergibt eine nette kleine Summe.« Er lachte auf.
»Du sagst, es sind Hunderter, Fünfziger und Zwanziger, und die

Nummern sind nicht fortlaufend. Von welcher Bank die Scheine stammen, kann man nur nachvollziehen, wenn man weiß, zu welchem Fall sie gehören.«

»Da hätte ich eine Idee«, bemerkte Althea und konnte das Aufstöhnen ihres Neffen hören.

»Bitte nicht. Deine letzte Idee ist mir noch allzu schauderhaft in Erinnerung.«

Die letzte Idee, die sie mit Stefan erörtert hatte, hatte mit dem Grab der seligen Irmengard zu tun gehabt. Damit konnte sie sich jetzt aber nicht aufhalten. »Zwischen den Scheinen lag ein Zeitungsartikel. Es ging um die Entführung von Magda Pranner. Das war im September 1997.«

»Da muss ich mich schlaumachen«, sagte Stefan. »Aber das nenne ich einen handfesten Grund, wieder einmal auf die Fraueninsel zu kommen.« Jetzt klang er, als hätte er soeben eine Entscheidung getroffen. »Ich beeile mich mit der Info, und du sperrst das Geld bitte gut weg. Sorg dafür, dass niemand etwas erfährt. Davon wenigstens nicht.« Nach einem Moment Stille fügte Stefan hinzu: »Ich habe ein ganz ungutes Gefühl, Tante Marian.«

Althea auch, und darum hielt sie besser den Mund und sagte ihrem Neffen nichts davon, dass ein Radiosender heute Morgen schon über ihr Geheimnis im Kloster berichtet hatte.

»Falls ich dir fehle, dann schalt heute Abend zur besten Sendezeit das Erste Programm ein. ›Münchner Taten – ungelöste Kriminalfälle‹. Ich spreche in der Sendung über eine unbekannte männliche Leiche an der Isar und einen Aufruf zur Fernsehfahndung, mit dem wir Angehörige ermitteln wollen.«

»Ungelöste Kriminalfälle, das heißt, es gibt keine Geschichte dazu?«, riet Althea.

»Doch, die gibt es. Eine ziemlich interessante sogar. Aber wenn ich dir alles erzähle, schaust du die Sendung nicht. Der Fall und die Leiche sind von 1958. Aber egal, wie lange etwas zurückliegt, es ist ziemlich unbefriedigend, wenn eine Sache nicht irgendwann abgeschlossen werden kann«, sagte Stefan.

Althea war die Sendung zumindest ein Begriff, weil die Schwester an der Pforte gern Zeitung las und sich darin ein Mal wöchentlich ein Programmheft befand. Althea hatte die »Münchner Taten« schon lange einmal einschalten wollen, aber ihre Mitschwestern hatten keine Lust, als abendliche Unterhaltung die brutalen Details eines Kriminalfalls zu verfolgen.

»Hört sich spannend an. Vielleicht kommt auf diese Weise Neues ans Licht, weil jemand sich erinnert und zu reden beschließt. Könnte sein, dass der Fall Magda Pranner auch in die Kategorie ›ungelöst‹ fällt«, sagte Althea. Gerade erschien es ihr so, doch sie hatte ernsthaft vor, sich um eine Lösung zu bemühen. Es ging auch um den Ruf ihres Klosters. Außerdem war da noch ihre Neugier.

»Unmöglich ist es nicht. Manche Täter überkommt Reue, irgendwann halten sie es nicht mehr aus. Leider passiert das viel zu selten. Ich umarme dich. Und mach keinen Unsinn, hörst du?«, verabschiedete sich ihr Neffe schließlich.

»Ich verspreche, mich zu bemühen«, entgegnete Althea.

»Mehr darf ich wohl nicht erwarten.«

Womit Altheas Pläne für den Abend bereits geschmiedet waren. Sie hoffte, das Erste bot zur Sendung einen Livestream an, den sie im Büro am Computer aufrufen konnte.

Und nebenbei würden die Fische des Pfarrers auch zu ein bisschen Unterhaltung kommen.

Althea berichtete Jadwiga nach dem Abendessen vom Gespräch mit ihrem Neffen. Sie konnten das Geld nicht ewig im Wäschekorb verstecken.

Die Priorin sah müde aus, sie gähnte hinter vorgehaltener Hand. »Ich sollte einen Lehrausflug anbieten: Wie sahen die alten D-Mark-Scheine aus? Einige Schwestern wollten es unbedingt wissen. Ich habe den Deckel des Korbs heute schon einige Male aufgemacht.«

Was sie besser nicht getan hätte. Althea wünschte sich, sie wüsste bereits, welche der Schwestern die Auskunft über den geheimen Raum weitergegeben hatte. Aber sie konnte etwas tun. »Hat das Kloster einen großen Safe?«, fragte sie.

»Nicht so groß, um die Tasche unterzubringen. Aber wer sollte gestohlenes Geld stehlen wollen?«, gab Jadwiga zurück, Altheas Gedankengang auf der Spur.

Das Geld nicht unbedingt, man könnte seine Herkunft womöglich zurückverfolgen. Aber vielleicht hatte es jemand auf den Rucksack abgesehen. »Wir sollen die Beute gut verstecken, meinte der Kriminalkommissar. Ich könnte sie mit ins Bett nehmen.«

»Mit ins Bett? Das wäre ein absonderliches Versteck, Schwester Althea. Aber wenn du beruhigter schlafen kannst, wenn die Tasche neben dir liegt, bitte.«

»Und der Rucksack«, sagte Althea. Sie wollte ihn sich noch einmal vornehmen, in jede kleine Ritze schauen.

»Übertreibst du nicht?«

Es war Althea gleich, ob es so aussah. Sie wollte kein Risiko eingehen und auch die Tür ihrer Klosterzelle abschließen. Sie würde wirklich ruhiger schlummern, wenn sie heute Abend mit dem Geld und dem Rucksack einschlief. Sie würde den Wäschekorb später mit hinauf in ihre Zelle nehmen. Der Fallschirm war eher uninteressant, den musste sie nicht hüten.

Sie schielte auf die Uhr auf Jadwigas Schreibtisch. Die Zwanzig-Uhr-Nachrichten hatten gerade angefangen. »Später« war nicht jetzt, sie gab vor, sich noch ein wenig um die Abramites hypselonutus und die übrigen bunten Gesellen kümmern zu wollen.

Im Aquarium gab es auch einen Fisch mit einer großen Rückenflosse, und es sah aus, als würde einer der kleineren im Sand unter einem Algengestrüpp herumwühlen. Sie konnte sich vorstellen, dass den Pfarrer das Zuschauen beruhigt hatte.

Hätte Althea genauer hingeschaut, was sich da unter dem Sand verbarg, dann wäre diese idyllische Vorstellung arg beschädigt worden.

»Gute Nacht, Schwester Althea«, verabschiedete sich Jadwiga und erklärte, sie gehe ein wenig früher zu Bett, es sei ein langer Tag gewesen. Natürlich war das so. Außerdem konnten die meisten Schwestern mit dieser Art von Aufregung nicht gut umgehen, nur Althea hatte etwas übrig für Spannung – sie war auch diejenige, die Agatha Christies verzwickte Geschichten las. Um das Leid anderer ging es ihr dabei nicht, auch ein Mörder konnte Opfer sein, die bösen Gedanken kamen selten aus dem Nichts. Es gab immer eine Vorgeschichte.

Wie interessant war Magda Pranner? Althea würde es vielleicht schon bald erfahren, hoffte sie, denn Stefan müsste außer der Tasche mit dem Geld auch den Rucksack mitnehmen. Vielleicht würde das dazu führen, dass der Entführungsfall neu bewertet und womöglich sogar noch einmal aufgerollt wurde – wenn es eine aktuelle Spur

gab. Die gibt es, sagte sich Althea. Spätestens jetzt, mit der Entdeckung gab es sie. »Und ein dicker Finger zeigt auf unser Kloster.«

Den Wäschekorb sollte sie besser gleich in Sicherheit bringen. Die
Schwestern hatten sich hoffentlich bereits in ihre Zellen zurückgezogen. Auf der Treppe schlug sie einige Male mit dem länglichen
Korb gegen die Stufen; sie konnte ihre Füße nicht sehen. Aufpassen,
Althea! Vor lauter Geheimnis die Treppe runterzufallen, das hätte
noch gefehlt. Sie schaffte es unbemerkt in ihre Zelle, stellte den Korb
ab. In Gedanken schon bei der Sendung, überlegte sich Althea kurz,
ob sie die Sachen nicht besser irgendwo verbergen sollte. Der Korb
schaute einen allzu einladend an, fand sie. Vielleicht unter dem Bett?
Nein, beschloss sie und setzte die zweite Idee in die Tat um. Sie bat
den Herrgott, er möge ein wenig darauf achten.

Du musst dich sputen, Althea. Sie wirbelte herum, zog die Tür
hinter sich zu, schloss ab und steckte den Schlüssel ein. Eilig lief
sie die Treppen wieder hinunter und den Gang entlang zum Büro
und hoffe auch dieses Mal, dass kein wachsames Auge sie erblicken
möge. Das Intro der Sendung – falls es überhaupt einen Livestream
gab – hatte sie bestimmt schon verpasst.

Schnell zog sie die Vorhänge zu, versperrte die Tür und fuhr
den Computer hoch. Gerade rechtzeitig klickte Althea auf Start,
die Sendung begann.

Sie schaltete den Ton-Mixer des PCs so weit herunter, dass sie
die Sprecher des vorweg gezeigten Dokumentarfilms gerade noch
verstehen konnte.

Die Sendung verzichtete nicht auf Spannungselemente. Zunächst
wurde in einem kurzen Film rekapituliert, was sich 1958 mut-
maßlich zugetragen hatte. Der Tote hatte massive Schädelverlet-
zungen, die nachweislich von einer Axt stammten, die Leiche war
transportiert worden, am Fundort, unten an der Isar am Flaucher,
gab es kaum Blut. Man hatte das Gesicht des circa vierzigjährigen
Unbekannten rekonstruiert, nur war man damals noch nicht so
weit gewesen, die Bilder öffentlich zu zeigen. Jetzt aber tat man es.
Danach sprachen ein Rechtsmediziner und ein Kriminologe.

Hypothesen wurden aufgestellt, auch eine Journalistin kam zu
Wort. »Erschreckend. Man hat ihm den Schädel gespalten«, sagte
sie. Der rekonstruierte Schädel wurde eingeblendet. Das Gesicht
gehörte einem ansehnlichen Mann.

Es überlief Althea kalt. Ungelöst, rief sie sich in Erinnerung. Der Mörder könnte noch am Leben sein.

Althea vernahm ein Splittern. Mit der Vergangenheit hatte das Geräusch nichts zu tun, und in der Sendung war kein Fenster zu Bruch gegangen. Doch genau so hatte sich das gerade angehört.

Sie rollte mit dem Bürostuhl nach hinten, nahm sich nicht die Zeit, die Sendung auszuschalten, zog nur eilig die Tür hinter sich zu und lief den Gang entlang. Das Geräusch war aus der Küche gekommen. Im Gang war es dunkel, aber als sie um die Ecke bog und sich der Küche näherte, bemerkte sie einen fahlen Schimmer. Jemand wollte möglichst unbemerkt bleiben und leuchtete mit einer Taschenlampe. Althea hätte beinahe gelacht. Ein Einbrecher. Die Küchentür stand halb offen. Sie gab ihr einen kleinen Schubs. Dahinter bewegte sich nichts, doch der Lichtschein war plötzlich verschwunden. Althea wusste, wohin.

Sie schlich lautlos durch die Küche zum Vorratsraum, den es nicht mehr gab. Der Lichtschein der Taschenlampe glitt durch den geheimen Raum. Vom Schlafsack und dem gepackten Fallschirm, die noch immer auf dem Boden lagen, über die Ziegelsteine. Ein Murmeln war zu hören.

Althea tat etwas Dummes: Sie tippte dem Einbrecher auf den Arm. Der wirbelte herum, seine Taschenlampe traf sie am Kopf, ein kräftiger Stoß riss sie von den Füßen. Althea fiel auf den Schlafsack, rappelte sich, so schnell sie konnte, wieder auf und lief dem Einbrecher hinterher. Er war durch die Tür zum Garten gekommen und durch sie auch wieder verschwunden. Schritte auf dem Kies waren zu hören und dann – nichts mehr. Althea rannte hinaus und zum Steg hinunter.

»Schwester?«, rief eine Stimme, und ein Schatten näherte sich.

»Schwester Althea?«, sagte Valentin überrascht. »Was machst du um diese Zeit hier draußen? Vielleicht ein geheimes Rendezvous? Dann kann ich dich natürlich mit dem Boot fahren.« Er lachte.

Althea fuhr sich mit der Hand an den Kopf. Es begann zu pochen.

»Du kannst die Polizei verständigen. Oder mir deine Neugier gestehen. Im Kloster wurde gerade eingebrochen.«

Valentin rang nach Luft. »Ich soll …? Nein, ich breche doch bei euch nicht ein. Ihr seid doch arm wie Kirchenmäuse«, empörte er sich. »Und hinterher kann ich zum Ausbessern kommen, wenn was kaputtgegangen ist.«

Ob seine Entrüstung ehrlich war, konnte Althea nicht sicher bestimmen. »Valentin, das ist nicht lustig«, gab sie zurück.

Überhaupt nicht lustig, wenn man bedenkt, dass du eigentlich nichts von dem Geld in der blauen Tasche wissen kannst, dachte sie. Um Wissen ging es aber vielleicht gar nicht. Konnte Neugier einen wirklich zu so etwas treiben?

Sie glaubte es nicht und schob sich näher an ihn heran. Auch, um in seine Augen zu sehen. Vielleicht würde sie es bemerken, wenn er log, aber vor allem, weil ihr bei dem Einbrecher etwas aufgefallen war – er hatte nach Zigarettenrauch gerochen. Sie schnüffelte. Valentin roch danach. Fiel das nur jemandem auf, der seit vielen Jahren keine Zigarette mehr angerührt hatte? Althea hatte es irgendwann einmal schick gefunden, John Players zu rauchen. In einem anderen Leben.

»Was ist deine Marke?«, fragte sie ihn.

»Schnorrst du Zigaretten? Ich hab keine mit«, erklärte er.

»Mist«, gab Althea zurück, obwohl ihr gleich war, dass er keine dabeihatte. Valentin war Raucher.

Er räusperte sich. »Wir müssen es Schwester Jadwiga melden. Gestern, da ist jemand mit einer Taschenlampe durch die Klostergänge gelaufen, ich hab es ganz deutlich gesehen.«

Wir. »Valentin, ich weiß deine Fürsorge zu schätzen, aber das mit der Taschenlampe gestern, das war ich. Ich wollte mir einen Tee machen, aber niemanden wecken, und wenn das Licht angeht, machen die Neonröhren immer so ein Klack-Surr-Geräusch.«

»Sollten sie nicht tun, was habt ihr für alte Lampen im Kloster?« Er hob den Kopf und reckte das Kinn vor. »Schwester Althea, du ziehst mich doch auf. Die anderen Schwestern trugen gestern alle ihr Nachtgewand, aber du und Priorin Jadwiga, ihr wart angezogen.«

Der aufmerksame Beobachter.

Althea kam eine andere Idee, was Valentin für sie tun konnte. Fragen durfte man, sagte sie sich. »Weißt du zufällig, ob es in Gstadt eine Zoohandlung gibt?«

»Schwester Althea, du reibst deinen Kopf so seltsam. Um Lampen zu kaufen, muss man ins Elektrohaus.«

»Stell dir vor, das weiß ich, aber es geht um Fischfutter. Pfarrer Grandner hat dem Kloster sein Aquarium vermacht.«

»Du kannst einen erschrecken. In Prien gibt es eine Zoohandlung.«

Ausgerechnet. Nach Prien wollte sie nicht. Althea ließ einige Augenblicke verstreichen.

»Schreib mir einen Zettel, und ich besorge, was das Kloster braucht«, schlug ihr Valentin jetzt vor.

»Der Herrgott vergelt's dir. Morgen bringe ich dir den Zettel vorbei«, sagte Althea. Und im Anschluss daran würde sie die Fähre nach Gstadt nehmen.

»Wer könnte denn einbrechen wollen, was hat der gesucht?«, versuchte der Klosterwirt die Unterhaltung in eine interessantere Richtung zu lenken. Ihr Grinsen sah er nicht.

»Ich frage den Einbrecher, wenn ich ihn schnappe.« Was ihr allerdings sehr unwahrscheinlich erschien.

»Wenn du nicht mit mir reden magst, auch gut«, beschloss Valentin. »Ich bringe dich trotzdem bis zur Pforte.«

Genau darauf hätte sie verzichten können, denn Valentin läutete Sturm, ehe Althea seine Hand zurückhalten konnte. Die erste Schwester, die an die Pforte gelaufen kam, war Ignatia. Und diese Schwester war keine mit Samthandschuhen, konnte sie sicher sein.

»Schwester Althea. Natürlich. Warum bist du um diese Uhrzeit noch draußen?«

Die Antwort übernahm Valentin. Althea wäre gerade auch keine entsprechend demütig klingende eingefallen.

»Wegen dem Einbrecher, warum denn sonst? Schwester Althea, wachsam wie immer, hat den Kerl über die halbe Insel verfolgt«, polterte er. Althea biss sich vor Lachen in die Wange. Zum Glück war es dunkel, und man konnte nicht jede Regung in ihrem Gesicht sehen.

»Ich hab ihn leider nicht erwischt. Das Küchenfenster wurde eingeschlagen.« Und im Büro lief sicher noch immer der Livestream der ARD. Gar nicht gut gemacht, Althea.

In Windeseile fanden sich die besorgten Mitschwestern auch schon im Vorraum der Pforte ein. Sie hatte keine Möglichkeit, zu entkommen.

»Das war der von gestern«, behauptete Ignatia. »Herr im Himmel, wie sollen wir da ruhig schlafen? Am Ende dringt er noch einmal ein und entführt eine von uns.«

»Am nächsten Morgen würde er die Schwester sicher wieder zurückbringen«, sagte Althea.

Jetzt lachte Valentin gackernd auf.

Auch wenn Schwester Ignatia Althea mit ihrer Bemerkung nicht aufregen konnte, sollten sie doch das kaputte Fenster irgendwie verschließen. Valentin fand, da sei natürlich seine Hilfe gefragt. »Ich komme wieder, aber erst mal muss es ein starker Karton tun.«

Jadwiga raufte sich die Haare und seufzte: »Alles nur wegen dem Geld.«

Valentin reckte den Hals, Althea schloss die Augen. Das hatte noch gefehlt!

Die Glocke schlug zwölf, als der Klosterwirt schließlich mit Hilfe eines starken Klebebands das Stück Karton eingepasst hatte. »Danke, Valentin«, sagte Jadwiga.

»Schwester Althea, wie abgesprochen …«, begann er, aber Althea nahm seinen Arm und bugsierte ihn hinaus.

Keine fünf Minuten, nachdem sich die Klosterpforte hinter Valentin geschlossen hatte, stellte Jadwiga Althea zur Rede.

»Im Büro lief der Computer. Jemand hat sich eine Sendung angeschaut, der Livestream der ARD lief. Darf ich davon ausgehen, dass das nicht unser Einbrecher gewesen ist?«

»Hätte ich nicht auf Empfehlung meines Neffen hin die Sendung ›Münchner Taten‹ in der ARD geschaut, ich hätte den Einbruch gar nicht mitbekommen«, erklärte Althea.

»Dann war es wohl das Auge der Vorsehung«, sagte Jadwiga. »Schwester Althea, du hättest Valentin nicht gleich miteinbeziehen müssen.«

»Valentin war mein erster Verdächtiger«, erwiderte jetzt Althea. »Und Gott kann nicht wissen, was nicht gewusst werden kann.« Sie war von sich selbst überrascht.

»Er soll ins Kloster eingebrochen haben?« Jadwiga riss erschrocken die Augen auf. Zum ersten Mal schaute sie Althea genauer an. »Deine Schläfe. Du blutest.«

Etwas schmerzte auch. Althea winkte ab. »Die Taschenlampe des Einbrechers hat mich erwischt.«

»Der Klosterwirt verehrt dich, er hätte nicht zugeschlagen.«
Davon war Jadwiga überzeugt. »Wenn du etwas brauchst, werde
ich Schwester ... Unsinn, die Schwester, die für Salben, Tinktu-
ren, Teemischungen und Heilbringendes verantwortlich ist, bist du
selbst.« Sie strich Althea über den Arm.

»Schlaf wird mir helfen«, sagte sie und hatte noch nichts dergleichen vor. »Valentin versicherte mir, er könne unmöglich der Einbrecher sein, weil er anschließend nur die Arbeit mit dem Schaden
hätte. Bei uns sei im Übrigen nichts zu holen, wir seien ja arm wie
Kirchenmäuse.«

Jadwiga schüttelte den Kopf. »Daran glaubt er doch nicht wirklich.«

Jedenfalls nicht mehr, seit du das Geld erwähnt hast, dachte
Althea, sagte es aber nicht. Sie hoffte, Geld und Rucksack waren
bei ihr erst einmal sicher aufgehoben.

»Valentin zu bitten, die Scheibe zu ersetzen, ist vielleicht ein
guter Gedanke«, fand die Priorin.

»Er hat gedroht, dass er zurückkommt, also will ich glauben, dass
er genau das gemeint hat«, sagte Althea.

»Wenn du das nächste Mal eine Krimisendung sehen willst, dann
kannst du mir das sagen. Ich habe den Computer wieder ausgeschaltet«, teilte Jadwiga ihr mit. »Gute Nacht, Schwester Althea, möge
der Herrgott über deinen Schlaf wachen und deine Sinne schärfen.«

Althea wünschte sich das Gleiche und lief eilig die Treppen
hinauf. Ein Wunsch mit einem Hintergedanken, auch dafür war
Jadwiga nicht unbedingt bekannt.

Althea hatte ihre Tür zuvor verschlossen und klaubte jetzt den
Schlüssel aus der Tasche ihres Habits. Was, wenn jede dieser Türen
die gleiche Anfertigung war und *ein* Schlüssel alle Schlösser auf- und
auch zusperrte? Sie würde es irgendwann probieren, aber gerade
war diese Vorstellung eher furchteinflößend.

Althea konnte sich denken, dass die Mitschwestern genau wussten, wer sich angeboten hatte, auf die Tasche aufzupassen. Jadwiga
hatte nicht einmal bemerkt, dass sie dem Klosterwirt das Geheimnis
des Geldes verraten hatte. Sie würde erst recht nicht bemerken, wie
viel sie den Schwestern gegenüber hatte verlauten lassen. Die Priorin war manches Mal unangebracht auskunftsfreudig. Aber Althea
war nicht mehr zum Sinnieren aufgelegt, ihr Kopf auch nicht.

Sie verschloss die Tür wieder, sobald sie im Raum war, ging auf die Knie und steckte den Kopf unters Bett. Keine Tasche, kein Rucksack.

Erschrocken blieb sie ein paar Momente in dieser Haltung. Dann richtete sie sich auf. »Mein lieber Herrgott, wir haben doch ausgemacht, du hast ein Auge drauf.« Althea hob ihm ihre leeren Handflächen entgegen. Sie hatte den Wäschekorb mit in ihre Zelle genommen, der stand gemütlich in seiner Ecke. Sie hob seinen Deckel auf, natürlich war der Korb leer.

Du hast nichts unterm Bett versteckt.

Es war nur ein kurzer Gedanke. Sie nickte und lächelte kurz darauf. Sie hatte ihr Kopfkissen und die Bettdecke kunstvoll über die blaue Tasche und den Rucksack gelegt. Erleichtert atmete sie aus. »Entschuldige«, sagte sie etwas kleinlaut.

Sie wollte noch einen Blick in die Seitenfächer des Rucksacks werfen. Die Verschlüsse waren gleich gelöst, eine Tasche war leer, die andere nicht. Althea zupfte ein Kosmetiktuch aus der Packung, legte es sich in die Handfläche und griff damit in die Vertiefung.

Eine Schachtel Lucky Strike und ein Sturmfeuerzeug, chromfarben, bedruckt mit Flügeln als rot brennendes Herz.

Alles, was Althea bisher aus diesem Rucksack geholt hatte, war hochwertig und teuer. Auf dem Chrom befanden sich ganz deutlich Fingerabdrücke und, noch viel deutlicher, eine Gravur: »Sebastian«.

Als Geschenk gedacht? Schenkte man Feuer?

Althea wusste, die Überprüfung des Abdrucks musste sie diesmal wirklich allein der Polizei überlassen. Ihr Neffe würde kochen, wenn sie sich daran zu schaffen machte, und Stefans Zorn wollte sie nicht auf sich ziehen. Doch sie wollte gern erfahren, von wem der Abdruck stammte, denn zu raten brachte keine Antworten.

Ein kurzer Blick zum Kruzifix: Ihrem stillen Mitbewohner stand gerade auch nicht der Sinn nach einer Antwort. »Keine Geheimnisse mehr? Du machst immer welche«, klagte sie.

Sie musste Stefan gegenüber damit herausrücken, dass jemand eingebrochen war; sie wollte den Rucksack loswerden und auch die Tasche mit dem Geld. Zu einem Finderlohn würde sie natürlich nicht Nein sagen.

Althea nahm ihre Haube ab und schlüpfte aus ihrem Habit und in ihr Nachthemd. Sie kniete nieder, schlug das Kreuzzeichen und betete. »Ich weiß, du hast ein großes Herz, aber meines blieb beinahe stehen, als ich dachte, jemand hätte sich an den Beweismitteln vergriffen. Ich gebe es zu, der erste Gedanke galt der Schwester, die telefonierte. Und morgen zur Frühmesse musst du mich bitte entschuldigen. Ich komme etwas später. Beschütze und behüte uns vor allem Übel. Amen.«

4

Drapetomanie = krankhafter Trieb zum Vagabundieren

»Monday, Monday«, plärrte es aus dem Radio ausgelassen.

»Stimmt nicht«, hauchte Althea und fragte sich, warum sie den Titel nicht an einem Montag spielten. Es war Mittwoch. Ihre Hand schoss zum Nachttisch, um den Ton leiser zu schalten.

»Und da bin ich wieder, ihr habt euch sicher schon gefragt, was jetzt kommt, ich will euch nicht länger auf die Folter spannen.«

Der Sprecher hatte bestimmt nicht die leiseste Ahnung, was Folter bedeutete. Das galt auch für Althea, aber er hatte mit seinem angedeuteten »Ich weiß etwas, was ihr nicht wisst« dafür gesorgt, dass sie mit einem Mal hellwach war.

»Unglaublich zum Zweiten: Ein Jahrestag – die Entführung eines sechzehnjährigen Mädchens aus München vor zwanzig Jahren und was der Chiemgau damit zu tun hat … Es folgt in Kürze ›unglaublich, zum Dritten‹. Denn der Pilot des nur drei Tage später in den Chiemsee gestürzten Kleinflugzeugs war der Onkel des Entführungsopfers.«

Der Moderator begnügte sich erst einmal mit der sehr lebendigen Beschreibung, wie Magda Pranners Familie am Abend des 26. September bis spät in die Nacht gewartet hatte. Statt eines Anrufs war ein Zettel mit einer Drohung in den Briefkasten geworfen worden. Angeblich war die Nachricht mit Blut geschrieben gewesen. Magdas Blut?

Der Sprecher stellte das in Frage. Die Öffentlichkeit hatte es demnach nicht erfahren. Althea stellte den Ton erneut leiser, weil der Sprecher in der Hitze des Gefechts gern richtig aufdringlich wurde.

»Und noch jemand erinnert sich bestimmt bis heute an Magda Pranner, ihren ehemaligen Schützling.«

Althea stellte den Ton wieder lauter.

»Friederike Villbrock, die gut bekannt ist mit der Familie. Die damals Sechzehnjährige könnte sich ihr anvertraut haben. Die ehemalige Richterin hütet sicher so manches Geheimnis.«

Pause. Sehr wirkungsvoll, dachte sich Althea. Auch sie über-

61

raschte die Meldung des Sprechers, dass Friederike Villbrock Magda Pranner gekannt hatte.

Erfahren würden sie alle rein gar nichts, nicht von der ehemaligen Richterin, aber vielleicht bekäme der Moderator sein Fett ab, denn Friederike drohte gern, wenn man sie reizte. »Ein bisschen Spannung hin und wieder dürfen wir uns gönnen, sie ist das Salz in unserer Alltagssuppe«, meinte der Moderator jetzt kryptisch.

Altheas Alltagssuppe geriet allmählich etwas versalzen.

Die Bewohner auf der schönen Insel im Chiemsee hatten schon vieles erlebt und gesehen. Sogar ein Flugzeug, das vom Himmel fiel. Sie hatte vor, einige Leute um genau diese Erinnerung zu bitten.

Aber zuvor würde sie den Herrgott verärgern, weil ihr keine andere Möglichkeit einfiel, wie sie an die nötige Information kommen sollte.

Althea beeilte sich, und als die Glocke zur Morgenmesse rief, war sie bereit.

»Vergib mir, denn ich werde gleich sündigen!«, sagte sie.

Sie breitete die Bettdecke wieder über den Rucksack und die Tasche, warf einen vorsichtigen Blick in den Gang, zog die Tür ihrer Klosterzelle hinter sich ins Schloss und vergaß nicht, den Schlüssel herumzudrehen und ihn einzustecken.

Sie klopfte bei Schwester Ignatia; alles blieb ruhig. Althea holte einmal tief Luft und drückte dann die Klinke hinunter.

Ihr Blick erfasste weder Ordnungsliebe noch Verhau.

Wo bewahrte man ein Handy auf? Althea öffnete die Nachttischschublade. Außer einer Bibel war da nichts. Sie ging hinüber zum Schreibtisch. Einige Seiten Briefpapier, sonst nichts Interessantes. Kein Handy.

Althea sah zu, dass sie das nächste Zimmer in Angriff nahm. Sie musste sich beeilen.

Hildegunde bewahrte einige Liebesbriefe auf und Dalmetia ein Handbuch für Fotografie, im Zimmer von Amabilis fanden sich einige Kochrezepte und bei Fidelis zehn Packungen Taschentücher. Altheas Blick fiel auf den Liebesroman auf ihrem Nachttisch.

In Schwester Pias Nachttischschublade entdeckte Althea schließlich das Gesuchte. Seltsam. Die Schwester war über achtzig, ihr Gehör nicht mehr gut. Als Althea jetzt das Handy einschaltete, wurde ein PIN-Code verlangt. Schade, sie hätte zu gern gewusst, welche Nummer als Letztes gewählt worden war. Aber so flink wie die Schwester, die dort am Zaun gestanden und telefoniert hatte, war Pia längst nicht mehr.

Eine Klosterzelle noch. Schwester Reinholda. Althea drückte die Klinke hinunter. Verschlossen. Von den Schwestern sperrte keine ihre Tür ab. Dass Althea es tat, hatte einen guten Grund. Welchen hatte Reinholda?

Während Althea noch ratlos an der Tür stand, sagte hinter ihr jemand: »Kann ich dir helfen, Schwester Althea?«

Oja, lass mich kurz rein, und dann möchte ich noch wissen, ob du zufällig ein Handy hast.

Ganz ungünstig, Althea. Sie wandte sich um und versuchte, nicht allzu schuldig dreinzuschauen. »Ich habe angeklopft, aber du hast abgeschlossen. Gut, dass ich dich erwische.«

»Erwische«, widerholte die Schwester lächelnd.

»Ich wollte mir dein Handy ausleihen.« Die reine Wahrheit.

»Warum glaubst du, ich könnte ein Handy haben?«, fragte Reinholda. Kam es Althea nur so vor, oder spielte die Schwester gerade ein wenig mit ihr? Die nächste Frage wäre folglich: Und wofür brauchst du ein Handy, Schwester Althea?

Spätestens jetzt war es angeraten, zurückzurudern. »Na gut, ich werde Schwester Jadwiga bitten. Es ist ja nicht so, dass es einer Ordensschwester verboten ist, einen Mann anzurufen.« Althea lächelte ein ziemlich schmales Lächeln.

»Einen Mann. Hast du diese Gelüste nicht längst hinter dir gelassen?«

»Leider schon«, gab Althea zurück. War es wirklich ein »längst«? Gelüste waren eine ganz eigene Sache. Ein Verlangen jenseits von Leidenschaft. Altheas Nase hatte sie schon gestern darauf gestoßen, als sie Valentin fragte, ob er rauchte. Jetzt war da auch ein winziger Hauch.

»Wenn ich gern einmal eine Zigarette paffen möchte, frage ich dich, Schwester Reinholda. Das ist auch so ein Gelüstchen – manches Mal jedenfalls.« Althea wollte sich von der Schwester und dem unseligen Geplänkel lösen, doch vor ihr tat es Reinholda mit genervtem Blick. Da fiel Altheas schon auf den Saum von Reinholdas Habit. Seitlich links – »Treffer!«, entfuhr es ihr.

63

Reinholda würde ihr freudiges Grinsen nicht sehen. Der Saum war ein wenig ausgefranst. Sie hatte die Schwester gefunden, die jemanden am Handy informiert hatte, der geheime Raum sei entdeckt worden. Aber was nützt es dir?

Es brachte Althea gerade nicht weiter, aber vielleicht war Schwester Reinholda auch vor zwanzig Jahren bereits Ordensschwester im Kloster Frauenwörth gewesen. Reinholda hatte Althea schon beim Eintritt in den Orden Misstrauen und Abneigung entgegengebracht. Sie war es auch, die sich dagegen ausgesprochen hatte, dass eine Verbrecherin – wie sie es nannte – so einfach im Kloster unterschlüpfte. Althea versuchte, ihrer inneren Stimme kein Gehör zu schenken. Man begegnete nicht jedem Menschen mit Zuneigung. Sie fragte sich, wie alt Schwester Reinholda heute war.

Während sie noch überlegte, kam Jadwiga polternd die Treppe heraufmarschiert. Sie war ganz offenbar zufrieden, Althea anzutreffen.

»Schwester Althea, wir hätten deine schöne Stimme bei der Morgenmesse gern gehört – du schmetterst doch sonst immer aus voller Kehle ›Großer Gott, wir loben dich‹. Was hat dich heute davon abgehalten?« Schmeicheln wollte Jadwiga ihr nicht, Althea sah es deutlich in ihren Augen. Das war gerade nur ein Lüftchen gewesen, der Sturm drohte jeden Augenblick über sie hereinzubrechen.

»Oder geht es deinem Kopf so miserabel?«, erkundigte sich Jadwiga. Dass Althea nicht den Eindruck machte, das brauchte sie nicht zu sagen.

Althea schüttelte ihn verneinend und zog die Priorin mit sich. »Wir sollten nicht auf dem Gang darüber reden. Du hast vor, mich zur Schnecke zu machen, und ich habe nicht vor, alle mithören zu lassen.« Sie gab Jadwiga keine Möglichkeit, etwas zu sagen, sondern schloss gleich an: »Heute Morgen hat der Moderator des heimischen Radiosenders wieder aufgetrumpft – es ist Magda Pranners Todestag. ›M. Pranner‹ ist auch der Namenszug im Rucksack, den habe ich mir gestern noch einmal genauer angeschaut.« Althea öffnete die Tür zu ihrer Zelle und bat die Priorin einzutreten.

Jadwiga hatte das Versteck sofort bemerkt. Sie klopfte auf den Rucksack, den sie unter der Decke vermutete. »Was gab es außerdem zu entdecken?«

Althea berichtete von den Zigaretten und dem Sturmfeuerzeug.

»Diese Feuerzeuge, die nicht bei jedem kleinsten Windhauch ausgehen?«, fragte Jadwiga nach.

»Das war jedenfalls die Absicht des Herstellers. Und unser Einbrecher roch nach Rauch«, sagte Althea.

Schwester Reinholda gerade auch. Doch warum sollte sie sich schwarz anziehen und den Weg von draußen nach drinnen wählen, wenn sie bloß durchs Haus und die Küche gehen musste?

Um eine falsche Spur zu legen.

Althea würde es herausfinden, hatte Reinholda gesagt.

Aber Althea hatte nicht einmal herausgefunden, ob die Schwester ein Handy hatte. Nur dass ihr Saum franste.

»Wie kommt es, dass Schwester Pia ein Handy hat?«, fragte Althea, bevor sie sich besann, dass sie nicht offenbaren konnte, woher sie es wusste. Aber Jadwiga beantwortete glücklicherweise nur die Frage und stellte keine. »Oh, diese Schwester hat ein Patenkind in Uganda, da möchte sie hin und wieder anrufen.«

Althea hatte nicht einmal gewusst, dass Pia Englisch sprach.

»Sie war Dozentin für Anglistik und Amerikanistik«, warf Jadwiga ein.

In einem anderen Leben, dachte Althea. Das Vorher war durchaus interessant, sie vergaß es manches Mal. Althea erinnerte sich an die anderen Dinge, die ihr in den Zellen der Mitschwestern ganz nebenbei aufgefallen waren. Wie traurig musste ein Liebesroman sein, wenn die Leserin dafür zehn Packungen Taschentücher angeschafft hatte? Vielleicht aber nicht dafür, sagte sie sich. Wie auch immer, das waren alles Erkenntnisse, die rechtswidrig erlangt worden waren und vor allem niemandem halfen. Althea würde dafür um Vergebung bitten.

Jadwiga unterbrach Altheas Büßergedanken. »Ich muss entweder den Einbruch bei der Polizei melden, dann muss auch die Diözese informiert werden und mischt sich ein. Oder ich vergesse, dass es ihn gegeben hat.«

»Valentin wird sicher zur Stelle sein«, sagte Althea. Außerdem wusste der schon, was es darüber zu wissen gab.

»Ich muss eine Entscheidung treffen. In jedem Fall ist ein Karton kein Schutz. Die Schwestern mosern, dass sie ihre Türen absperren müssen, man sei seines Lebens nicht mehr sicher.«

»Das ist aber sehr dramatisch«, fand Althea. Das hatte sie am gestrigen Abend schon zum Ausdruck gebracht.

»Das ist es in der Tat. Noch dazu, wo du Valentin verdächtigt hast, den Einbruch begangen zu haben.«

Hatte sie so etwas angedeutet? Die Taschenlampe des Einbrechers musste sie wirklich hart am Kopf erwischt haben.

Kurz berührten ihre Finger die Stelle. »Es wurde nichts gestohlen, so viel Zeit war gar nicht«, gab Althea zurück. »Aber ich hatte den Eindruck, die Person kennt diesen verborgenen Raum gut.«

»Das Geheimnis im Kloster nimmt wirklich beängstigende Formen an.« Jadwigas Hand griff nach ihrem Kreuz.

Das konnte Althea nur bestätigen. Valentin zu verdächtigen, war unsinnig gewesen, doch eine Mitschwester zu verdächtigen, dafür fiel Althea gerade gar nichts Passendes als Rechtfertigung ein. »Wo erfährt man, welche der Schwestern vor zwanzig Jahren schon im Kloster war?«, erkundigte sich Althea.

»Im Archiv sind alle Dokumente zu finden. Wer in welchem Jahr sein Gelöbnis ablegte, woher die Schwester stammt. Man erhält auch einen kleinen Einblick in das Leben vor der Entscheidung, eine Braut Christi zu werden und den Ring zu tragen.«

»Sicher im Keller«, präzisierte Althea. Diesen Gang wollte sie noch ein wenig aufschieben. »Ich kümmere mich aber als Erstes um das Fischfutter. Diese Tiere sind nicht so pflegeleicht wie eine Katze, aber wenn sie der verstorbene Herr Pfarrer ausgerechnet mir anvertraut, dann soll er von seinem Tribünenplatz aus nicht mit ansehen müssen, wie ich es verderbe.«

»Wolltest du deswegen vorhin zu Schwester Reinholda?«, fragte Jadwiga. »Sie wäre als ehemalige Meeresbiologin jedenfalls die richtige Ansprechpartnerin.«

5

Emmetrophie = Normalsichtigkeit, wobei der Fernpunkt des Auges im Unendlichen liegt

Sie hätte den Jahrestag bestimmt nicht vergessen, aber jemand meinte, Friederike daran erinnern zu müssen. Wie hatte Magdas Bruder sie überhaupt gefunden?

Und jetzt fragst du dich, wie dir das gefällt. Genau darüber hätte sie gern mit jemandem geredet. Es gab niemanden.

Friederike saß in ihrem Liegestuhl auf der kleinen Terrasse und hing düsteren Gedanken nach. Eine Stimme grüßte zu ihr herein. Wenn das nicht nach Schwester Althea klang. Friederike drehte den Kopf, den Gruß erwidern mochte sie nicht. Für eine Nonne war Althea, die Friederike gedanklich noch immer unter »Marian Reinhart« führte, viel zu ausgelassen. Es war paradox. Da war diese hübsche Blonde in die Welt hinausgezogen – um zurückzukommen. Marian hätte sich besser einen anderen Ort gesucht. Nicht die Fraueninsel, wo sie und Friederike gemeinsam auf der Internatsschule gewesen waren. Die Insel war nicht groß genug, man lief einander hin und wieder über den Weg, bloß sorgte Friederike gern dafür, dass es möglichst selten vorkam.

Vielleicht bist du bloß bissig, weil sie alle Blicke auf sich zieht?, dachte sie.

Darum schaue ich nicht hin! Sie streckte der Stimme die Zunge heraus. Ihr Enkel Maximilian hätte gelacht und ihr eine seiner unnachahmlichen Bemerkungen präsentiert.

Lieber hörte sie den Chiemsee vor sich hin murmeln. Die ehemalige Richterin hätte sich selbst nicht als pflegeleicht bezeichnet. Mit beinahe sechzig lebte sie noch immer allein, konnte tun und lassen, was sie wollte; sie bedurfte gar keiner Pflege. Aber reden würde sie gerade jetzt ganz gern mit jemandem.

Florian Pranner auch. Magdas jüngerer Bruder hatte sie ausfindig gemacht. »Worüber ich mich richtig freue«, schrieb er. »Aber ausgerechnet du auf der Fraueninsel. Du am Chiemsee?« Mit einem Fragezeichen.

Vielleicht gab es zwischen ihnen noch mehr Fragezeichen.

Ich habe mich verändert, musste Friederike zugeben. Würde Florian sie überhaupt wiedererkennen? Es war lange her, und zwischendrin hatte sich einiges angesammelt. Geschichte und Geschichten. Es war *grässlich* lange her.

Sie erinnerte sich, wie sie damals gerade ihre Karriere als Juristin gestartet hatte. Ihr Großvater schrieb seine Memoiren und veröffentlichte sie im Münchner Verlag. Er war als Richter für die letzte zivile Hinrichtung verantwortlich gewesen, ein Raubmörder wurde zum Tode verurteilt. Der Mann starb durch das Fallbeil.

Friederike wusste noch sehr genau, wie klein sie sich gefühlt hatte, als ihr Großvater Max Pranner gegenüber betonte, natürlich sei es gar kein Thema, seine Enkelin würde sich gern ab und zu um die Kinder kümmern. Die Wahrheit war, Friederike hatte sich fast zu Tode gefürchtet. Kinder – da war vielleicht das Fallbeil noch gnädiger.

Wer Jura studiert hatte, galt gemeinhin als zuverlässig, es weckte Vertrauen, fand Großvater und meinte freudig, so könne sie sich ein wenig Taschengeld dazuverdienen. Sie hörte sich sagen: »Ich arbeite in einer renommierten Kanzlei, und etwas wie Taschengeld verdient man sich vielleicht als Teenager.«

Letztlich hatte sie sich über das Taschengeld gefreut, Max Pranner war nicht knauserig. Er schätzte und mochte sie, und Judith, seine Frau, war Friederike eine Freundin gewesen.

Magda wollte natürlich nichts davon hören, dass jemand auf sie aufpasste, sie war immerhin schon sechzehn. Ein Kindermädchen bräuchten sie nicht, betonte sie.

Friederike musste zugeben, dass sie sich getäuscht hatte; Magda und Florian waren freundlich und gut erzogen. Ein Kindermädchen war Friederike dann auch nie gewesen. Sie hatte sich einfach bei den Dingen zurückgehalten, die sie selbst schon nicht gemocht hatte.

Ein kleines Lächeln der Erinnerung stahl sich in ihre Mundwinkel. Magda hatte immer ein wenig höher in der Gunst der Eltern gestanden als ihr Bruder, der gescherzt hatte, sie sei eben ein Mädchen, die seien anders.

War es Magda passiert, weil sie ein Mädchen war? Oder waren die Entführer einfach nicht an Florian herangekommen? War es Zufall gewesen? Hatte das gar keine Rolle gespielt?

Die Fragen würde ihr vielleicht niemand beantworten können.

Diejenigen, die es anging, waren verschwunden oder tot. Aber Friederike strich sich in jedem ihrer Kalender den 26. September immer schon zu Beginn des Jahres an.

Florian hatte in seinem Brief geschrieben, er würde sie gern wiedersehen. »Ein Besuch. Einfach so. Du hast mich nie genervt, und du konntest zuhören. Ich erinnere mich gut, Rike. Wenn ich den Chiemsee vor mir sehe, dann auch meinen Onkel, der sich dort mit seinem netten kleinen Flugzeug in den Tod gestürzt hat. Er kam wieder zurück – als Leiche –, Magda aber nicht.«

An ein »einfach so« glaubte Friederike nicht. Auch nicht, dass es nur ein Besuch sein sollte. Florian würde sie vielleicht wirklich gern treffen, aber sicher wollte er auch mit ihr reden. Über früher.

Genau das wollte sie nicht.

Zum Glück war sie an diesem 26. September 1997 nicht einmal in der Nähe der Pranner'schen Villa gewesen. Judith hatte Friederike spät noch angerufen und gefragt, ob Magda vielleicht bei ihr sei. Als Friederike verneinte, wollte Judith wissen, ob ihre Tochter sich ihr anvertraut habe. Doch Friederike musste Judiths Hoffnung zerschlagen.

Du warst nicht ehrlich, du hättest ihr sagen können, was mit Magda los war.

Anvertraut hatte das Mädchen sich ihr nicht, aber Friederike hatte etwas beobachtet.

Hätte ein Zeuge in deinem Gericht etwas Wichtiges einen Fall betreffend verschwiegen, wäre der im selben Moment, in dem du dahintergekommen wärst, unglaubwürdig geworden.

Sie biss sich auf die Unterlippe.

Friederike war erst zwei Tage später zur Villa gefahren, um Judith und Max und auch Florian zu sagen, wie leid es ihr tat, und zu fragen, ob es etwas Neues gebe. Und dabei hatte sie sich jede Regung und jedes Gefühl verboten, sie hätte sonst womöglich losgeheult. Das brauchte eine Mutter, die ihr Kind vermisste, als Allerletztes.

Magdas Entführung war ein Schock gewesen, aber offenbar nicht für alle, denn Friederike konnte sich noch gut an Florians Gesicht erinnern. So als hätte er etwas Saures gegessen, verzog er den Mund. Sein Flüstern hatte Friederike nicht verstanden, ihn aber anschließend, als sie allein waren, gefragt, worüber er da gemosert hatte.

»Du musst es doch auch gesehen haben. Magda und Sebastian Baumgart.« Dazu hatte Florian Zeige- und Mittelfinger aneinandergelegt, die Geste sollte Zusammengehörigkeit anzeigen.

Etwas zu sehen hieß noch nicht, es richtig zu verstehen. Magda war wegen irgendetwas stinksauer gewesen, Friederike hatte mitbekommen, wie Magda ihren Nachhilfelehrer angeblafft hatte: »Es muss noch vor diesem Festival am Gardasee passieren. Du hast es versprochen.« Ein flehentliches »Bitte!«, als hinge davon alles ab, und dann der Versuch, ihn festzuhalten. »Du kannst alles von mir haben.« Ein verliebtes Mädchen.

Magda war eine Schönheit gewesen. Lange blonde Locken, die sie gern provokativ über die Schulter warf. Ein Blick aus türkisfarbenen Augen, ein Lächeln, das Butter schmelzen konnte. Sie war im Aussehen ihrem Vater sehr ähnlich, während Judith Pranner der kühle, dunkle Typ war.

Es kam gar nicht so selten vor, dass sich ein älterer Mann in eine Schülerin verguckte. »Du kannst alles von mir haben« war ein Versprechen, dem so leicht nicht zu widerstehen war. Friederike versuchte, sich zu erinnern, worauf ihr Gespür sie hingewiesen hatte. Sie schüttelte den Kopf. Zwanzig Jahre her. Sie wusste es nicht.

Etwas anderes wusste sie aber. Sebastian Baumgart war, als Magda entführt wurde, auf den Seychellen beim Tauchen gewesen. Friederike, die sich sonst rühmte, sich gut an Gesichter zu erinnern, hatte seines nicht abgespeichert. Kaum verwunderlich, sie hatte ihn in der ganzen Zeit vielleicht zwei Mal gesehen.

Die Polizei aber hatte sich aus irgendeinem Grund von Anfang an für Patrick Schmitzler interessiert, Magdas und Florians Onkel.

Am Chiemsee in den Tod gestürzt. Das hatte Florian absichtlich so formuliert. Woran glaubte er? Was wusste er?

Magdas Verschwinden hatte Friederike schon damals Rätsel aufgegeben und tat es bis heute.

Aber heute wäre sie dank ihrer Kontakte in der Lage, ein paar Dinge herauszufinden.

Als sie sich an die Vertrautheit zwischen Magda und Sebastian Baumgart erinnert hatte, war sie, wie Florian, auf den Gedanken gekommen, die beiden könnten gemeinsame Sache gemacht haben.

Doch damals hatte die Polizei sie nicht danach gefragt.

Das sagten alle, die aus freien Stücken nichts preisgeben wollten. Ungünstig, Friederike. Sebastian Baumgart hatte Magda damals etwas versprochen – sie hatte einen Ort genannt und eine Zeit. Das hätte Friederike den Beamten sagen können.

Doch auch jetzt würde sie das nicht tun, sondern nur jemanden anrufen, um sich zu erkundigen, ob sich jemals neue Spuren in dem Entführungsfall vom September 1997 gefunden hätten. Sie würde als Begründung den Jahrestag von Magda Pranners Verschwinden nennen.

Friederike wollte den Anruf bald machen, sie würde die Sache sonst nicht mehr aus ihren Gedanken bringen.

6

Fluttering heart = Herzflattern

Vor zwanzig Jahren.

Und dazwischen hatte er an jedem verdammten Tag an Magda gedacht.

»Ich bin doch am allerwenigsten schuld!« Behaupteten das nicht alle, die Dreck am Stecken hatten? In seinem Fall war es richtig viel Dreck. Florians sechzehnjährige Schwester war verschwunden, und er hatte geglaubt, sie spiele die Rachegöttin, weil etwas nicht so lief, wie sie es sich dachte. Aber er hatte auch darauf gewartet, dass sie zurückkam, wenn sie es satthatte. War sie nicht.

»Du hast deinen Rucksack gepackt, wie sollte ich da was anderes annehmen?«

Jemand, der entführt wird, packt vorher in aller Seelenruhe noch seinen Kram zusammen? Zweifel Nummer eins.

Jemand, der entführt wird, hat noch die Zeit, die Lösegeldforderung mit seinem Blut in den Briefkasten zu werfen? Zweifel Nummer zwei.

Jemand, der entführt wird, verlangt von einem Vertrauten einen Einbruch in den Verlag des Vaters? Zweifel Nummer drei.

Ihm waren noch einige weitere Dinge aufgefallen, die damals nicht dafür sprachen, dass irgendjemand Magda entführt hatte.

Jetzt rief er sich genau diesen ersten Abend noch einmal in Gedanken wach und begleitete sich selbst – den Elfjährigen. Der stinksauer war, weil sich seine Schwester wieder einmal in den Mittelpunkt katapultiert hatte, und dass seine Mutter ihn einen Lügner genannt und ihm eine Ohrfeige verpasst hatte.

Darum der folgenschwere Entschluss, seinen Eltern den Brief, den er eine Woche zuvor aus Magdas Tasche stibitzt hatte, nicht zu zeigen.

Während seine Eltern am Telefon hingen und auf einen Anruf hofften, ließ er draußen im Garten mit einem zufriedenen Lächeln das Papier in Rauch aufgehen, bis nur mehr die schwarzen stinkenden Reste umherschwirrten. Die Flamme des Feuerzeugs hatte auch seine Finger erwischt, sein Andenken an die Zündelei.

Er hatte am Abend des 26. September ebenfalls gewartet, aber seine Eltern hatte diese gemeine Warterei ihre Leichtigkeit und jede Sorglosigkeit gekostet. Von dem Zeitpunkt an schalteten sie auf Überwachung, und das betraf insbesondere das andere Kind. Sogar die Übernachtung bei einem Freund geriet stets zu einem Drama.

Der Tag, an dem Magda verschwand, war auch der Tag gewesen, von dem an Florians Leben nur noch die Hälfte wert war. Er könnte seine Schwester selbst ohne die winzigen Narben nie vergessen. Sie war tot, sonst hätte sie sich irgendwann gemeldet.

Dafür war er sicher nicht verantwortlich, aber war es ein großartiger Unterschied, ihr aus Zorn den Tod gewünscht zu haben? Erst später hatte er erkannt, was er angestellt hatte – die Polizei hätte mit dem Brief wahrscheinlich etwas anfangen können.

Bislang hatte Florian weder die Sendungen verfolgt, in denen nach vermissten Personen gesucht wurde, noch die, in denen ein Detektiv im Namen der Angehörigen etwas über eine verschwundene Person herausfinden sollte. Da war immer die Angst gewesen, dass Magdas Name plötzlich auftauchen könnte. Aber jetzt wollte er genau dafür sorgen. »Münchner Taten – ungeklärte Kriminalfälle«. Die Sendung verpflichtete das Publikum, genauer hinzuschauen. Vielleicht war es ein Wink des Schicksals, dass seine Fernbedienung neue Batterien brauchte und er nicht schnell genug den Sender wechseln konnte. Vielleicht war es auch endlich an der Zeit, Gewissheit zu bekommen, was Magda zugestoßen war.

Florian kaute auf seiner Unterlippe herum. Seine Gabe – so hatte es ein Lehrer einmal genannt – konnte manches Mal ein echter Fluch sein. Er hatte ein eidetisches Gedächtnis: die Fähigkeit, ein Erinnerungsbild gedanklich so zu sehen, dass er es wie eine exakte Kopie der ursprünglichen sensorischen Information innerlich betrachten konnte.

In seinem Hirn war so vieles gespeichert. Bloß hatte er nie gelernt, wo er etwas ablegen konnte und wie man Sachen schredderte. Ein Gehirn war keine Kaffeemaschine. Es gab keine Anleitung, und er kannte niemanden, den er nach der Funktionalität eines Gehirns fragen konnte.

So blieb ihm nur, ein bisschen Recherche zu betreiben. Scheiß Gabe. Er kramte den Brief, den Magdas Nachhilfelehrer ihr vor zwanzig Jahren geschrieben hatte, aus seiner Erinnerung hervor, nahm sich Block und Stift und faltete das Papier in Gedanken auseinander. Er konzentrierte sich, sah die Schrift gnadenlos scharf vor seinem inneren Auge. Die Worte flossen aus der Mine des Kugelschreibers. Mühelos. Erbarmungslos.

Er ließ den Kuli fallen, seine Hände fuhren zum Kragen seines Hemdes und rissen daran. Es fühlte sich an, als würde ihm etwas die Kehle zuschnüren. Feigling!, schrie die Stimme in seinem Innern, als wäre jemand ins Zimmer gekommen und brüllte ihn an. Hättest du nur ein bisschen weniger Theater um das verpasste Indianerlager gemacht. Das könnte er beinahe endlos fortsetzen: Wenn er dies und das nicht getan hätte ... Sinnlos, das brachte nichts.

Seine Augen sahen durch die Wirklichkeit hindurch, zurück ins Jahr 1997 und auf Magda, die versuchte, Sebastian Baumgart zu küssen, der den Kopf wegdrehte. »Nein, Magda«, hörte er ihn sagen und seine Schwester: »Klar, du machst es ja lieber mit Älteren.« Sie hatte geklungen, als würde sie ihn für dieses Nein bestrafen wollen. Magda wusste etwas sehr Persönliches über Sebastian.

Und doch, ein Fehler. Seiner. Denn es hatte kein Verhältnis mit ihrem Nachhilfelehrer gegeben. Aufzuschlüsseln, was es stattdessen gab, wäre besser gewesen.

Vielleicht hätte die Polizei dann mehr Glück. Die würde natürlich als Erstes wissen wollen, warum er erst jetzt damit ankam.

Weil ein komischer Typ in einem Chiemgauer Radiosender wusste, wann Magda verschwunden und was mit seinem Onkel passiert war. Zwei Gründe waren besser als einer. Aber Florian wollte in seinem Brief keinen davon nennen, er würde ihn nicht unterschreiben.

Sehr geehrte Damen und Herren, ich meine Sie, Herr Kriminalkommissar Sanders,
auch eine »Münchner Tat, ein ungelöster Kriminalfall«:
Ich möchte Ihnen von einer Nacht im September 1997 erzählen,
als eine Familie in Grünwald bange Stunden verbrachte, in ihrer
Mitte ein schweigendes Telefon. Das Warten war vergeblich, der
Erpresserbrief war in der Post, einen Anruf gab es nicht.
Entführung? Mord? Vielleicht, vielleicht auch nicht.
Finden Sie bitte heraus, was am 26. September 1997 wirklich geschah!
Sicher ist lediglich der Einbruch am 20. September, am Karls-

platz 19, im Münchner Verlag. Die Fingerabdrücke stammen von
Sebastian Baumgart. Woher ich das weiß? Ich vermute es nur.
Das war eine andere Nacht, aber womöglich wurde in dieser alles
entschieden.

Hoffnungsvolle Grüße

Er klebte den Umschlag zu. Die Anonymität brauchte er nicht, er
fand es nur eine gute Idee, wenigstens ein klein wenig geheimnisvoll
zu tun. Womöglich könnte er damit das Interesse der Ermittler
wecken, insbesondere das von Stefan Sanders.

Magdas Verschwinden musste etwas mit diesem rätselhaften
Einbruch zu tun haben. Sogar dem Elfjährigen war zu Ohren ge-
kommen, dass jemand im Verlagsgebäude die Schreibtische der
Mitarbeiter durchsucht hatte.

Auch wenn auf seinem Block jetzt die hingeworfenen Zeilen
des »zurückgerufenen« Briefs an Magda standen, beantwortete es
nicht das Warum.

Ich habe zugesagt, Dir zu helfen, etwas herauszufinden.
Der 20. September ist gut, Wochenende. Denk bitte dran, ich bin
offiziell nicht in der Gegend.
Den Zugangscode hat Max hoffentlich nicht geändert. Wenn ich
etwas finde, mache ich Fotos, dann weißt Du es sicher.

Also hatte Magda ihrem Nachhilfelehrer den Code gegeben. Sein
Vater hatte keinen Grund gehabt, ihn zu ändern, außer … Und
genau dafür musste es eine Erklärung geben, denn er war geändert
worden, sodass Sebastian an diesem 20. September ins Münchner
Verlagshaus einbrechen musste, um sein Versprechen zu halten.

Florian hätte für diesen Tag Alibis sammeln sollen, sagte er sich.
Er selbst war mit Sicherheit daheim gewesen, wo auch sonst? Und
Magda? Seine Schwester müsste auch zu Hause gewesen sein, be-
stimmt hatte sie gewartet.

Wo hatte sich seine Mutter aufgehalten, wo sein Vater? Und wo
war Patrick gewesen?

Da fehlte ihm ein Detail, er wusste nur, da war etwas. Er bekam
es nicht zu fassen.

Du hast keine Ahnung. Vielleicht steckt die Antwort in einem Fach in deinem Kopf, aber komm da erst mal dran.

So, Florian Pranner, was ist Magda wirklich zugestoßen? Die Polizei wird dich nach Einzelheiten zu damals fragen.

Sollten sie ruhig, schließlich war er es, der damit angefangen hatte. »Und dein toller Onkel gehörte wahrscheinlich zu den Entführern.«

Es tat ihm nicht leid, dass Onkel Patrick mit seinem Flugzeug abgestürzt war, aber es tat ihm verdammt leid, dass der Kerl es nicht überlebt hatte. Einer weniger, der Licht in die Sache bringen konnte. Aber der andere, der etwas wissen musste, Sebastian Baumgart, den gab es vielleicht noch irgendwo.

7

Gänsehaut = Veränderung der Haut durch Kälte, Schreck oder Angst. Durch Kontraktion der Musculi arrectores pili werden die Wollhärchen aufgerichtet und die Haarbalgmündungen knötchenartig vorgedrängt.

Wie vermutet war Friederike das einmal Angedachte nicht mehr aus dem Kopf gegangen. Das war auch schwer möglich, wenn sogar der Chiemgau-Radiosender ein delphisches Rätsel konstruierte. Aber doppeldeutig war der immer. Und die Welle konnte man von München bis Salzburg hören.

Sie wollte vorbereitet sein, wenn Florian nach all der Zeit auftauchte. So hatte Friederike es sich gedacht, jetzt aber musste sie sich fragen, wie eng ihre eigene Beziehung zu Magda tatsächlich gewesen war.

Ihre Verbindung zur Familie Pranner war in der Zeit nach dem schaurigen Vorfall eingeschlafen. Wie geht man mit jemandem um, der einen geliebten Menschen verloren hat? Sie hatte darauf keine Antwort gefunden, vielleicht gab es auch keine. Judith war ganz plötzlich älter geworden, in ihrem Gesicht die Spuren der Trauer. Ihr Bruder war tot, ihre Tochter verschwunden. Max hatte versucht, die Familie zusammenzuhalten, und Florian hatte alles getan, um sich möglichst unsichtbar zu machen.

Friederike war wieder eingefallen, wie Judith gefragt hatte: »Hat Magda etwas Dummes gemacht, aus Liebe? Was denkst du?«

Etwas Dummes gemacht. Ausgerechnet mich nach Liebe zu fragen, hatte Friederike gedacht.

Es gab einiges, was sie besser vergaß, weil es sie sonst unglücklich machte. Eine verbitterte Neunundfünfzigjährige sollte Florian Pranner nicht zu Gesicht bekommen.

Ihren privaten Entscheidungen war nie sonderlich zu trauen gewesen, da musste immer abgewogen werden. Während ihr im Beruf die Gesetzgebung Klarheit und strikte Weisungen diktiert hatte.

Die ehemalige Richterin drückte die Handflächen gegen die Schläfen. Die Nummer, die sie suchte, lachte ihr aus einem alten Notizbuch entgegen. Aber mit den alten Notizen war das so eine

Sache, sie waren nicht mehr sonderlich zuverlässig. Friederike hatte schon seit Langem keinen Kontakt mehr zu Edi Bahrens; als Richterin am Landgericht 1 in München war ihr der Polizeireporter mit seinen teils hinterlistigen Fragen nicht selten gehörig auf die Nerven gegangen. Aber sie musste ihm zugestehen, dass er zwar knallhart recherchierte, aber keine Lügen schrieb. Auch wenn das manches Mal einfacher gewesen wäre und die Leser dreckige Lügen liebten.

Heute hörte man Edi Bahrens hin und wieder im Bayerischen Rundfunk, wenn er zu brisanten aktuellen Themen Stellung bezog.

Friederike tippte die Nummer ein.

»Ich hab mir grade ein Hendl geholt. Wehe, wenn das jetzt nicht wichtig ist.« Eine kraftvolle Stimme und eine eindeutige Aussage, geeignet, um jemanden in die Flucht zu schlagen.

»Nicht wichtig genug, um das Hendl kalt und die knusprige Haut lappig werden zu lassen. Ich ruf später noch mal an, Edi.« Friederike schickte ein Lachen durch die Leitung.

»Edi«, wiederholte er, dem folgte ein kurzes Zögern. »Das war vor zig Jahren. So etwas ist es wert, das Hendl wieder einzupacken. Wem gehört die nette Stimme, und wer erinnert sich an Edi Bahrens?«

Sie hörte das Klappern von Besteck.

»Friederike Villbrock.« Sie nahm an, er konnte damit etwas anfangen.

»Die kämpferische Richterin. An dir hat man sich die Zähne ausgebissen. Würde nicht mehr funktionieren, denn seit meinem Unfall kaue ich auf den Dritten. Worum geht's?«

Genau, Friederike, worum geht's? Sie könnte ihr Ziel über Umwege ansteuern, aber dann würde Edis Hendlkruste wirklich lappig. »Sagt dir der Name Magda Pranner noch was? Die Entführung 1997. Die Sechzehnjährige ist auf dem Schulweg verschwunden«, fasste sie zusammen. »Ich wollte wissen, ob du dich an etwas Besonderes erinnern kannst, etwas, was du nicht verwendet hast.«

»Ich habe in den letzten fünfunddreißig Jahren über so ziemlich jedes Verbrechen in München berichtet. Aber die angebliche Entführung des Pranner'schen Mädels war von Anfang an merkwürdig.«

Friederike horchte auf. Sie war mit ihrem Telefon auf ihrer kleinen Terrasse herumgewandert, jetzt ließ sie sich in einen der

Korbsessel fallen. Edi Bahrens hatte gerade in Worte gefasst, was sie nur zu denken gewagt hatte.

»Kein Kidnapping auf dem Schulweg. Magda Pranner wurde danach noch einmal gesehen – im Chiemgau. Das weiß ich sicher, Frau Richterin, weil die Info von einem befreundeten Kriminaler stammte, und Polizisten merken sich Gesichter. Wenig später wurde dann das tränenreiche Fernsehinterview mit Judith Pranner ausgestrahlt, und da wurden genügend Fotos gezeigt, falls jemand unsicher gewesen sein sollte.«

Dass man Magda gesehen hatte, war zur Sprache gekommen, nur ernst genommen hatte das niemand. Was Friederike nicht wunderte, weil plötzlich jedem Hansdampf die Millionärstochter irgendwo aufgefallen war. In einer Münchner Bar, an einem Strand in der Bretagne ... Aber ein Kriminalbeamter passte wohl kaum in diese Reihe von fragwürdigen Möchtegernzeugen.

Friederike hatte immer ungern und entsprechend selten Details zu einem Fall nachgeforscht, dafür gab es Helfer. Aber oftmals vermochten kleine Dinge, die jemand aufstöberte, eine Sache so zu drehen, dass man sie aus einer anderen Perspektive betrachten konnte.

»Hast du unlängst mal die Sendung ›Münchner Taten – ungelöste Kriminalfälle‹ angeschaut?«, fragte Edi. »Da könnte man diese Entführung, falls es eine war, bei den rekonstruierten Kriminalfällen unterbringen. Es sind viele Fragen ungeklärt. Stefan Sanders, der Kriminalkommissar, der als Moderator agiert und die Fälle erzählt, macht seine Sache prima. Er hat Herz, und das tut dem Ganzen gut, es bringt die Leute zum Nachdenken. Wenn jemand helfen kann, wird er es tun. Das Gefühl, etwas unternehmen zu müssen, kann einem nicht jeder vermitteln, aber er bringt es fertig.«

»Mich hat er erpresst, um etwas zu erfahren.« Friederike hatte gerade ganz unüberlegt losgeredet. Stefan Sanders. Sie verdrehte die Augen.

»Frau Richterin, du hast einem oft auch keine große Wahl gelassen. Wenn Sanders seine Antwort auf die Art bekommen hat, dann Hut ab.«

8

Hyperästesie = gesteigerte Erregbarkeit bei Gefühls- oder Sinnesnerven

Die Ettstraße lag ein wenig abseits vom größeren Trubel der Neu-hauser Straße. Dort befand sich, von Löwengrube und Augus-tinerstraße eingerahmt, das Polizeipräsidium. Die Tore und ein aufmerksamer Pförtner hielten das restliche München auf Abstand.

Stefan Sanders schnupperte. Am Abend zuvor war die Putz-kolonne durchmarschiert, und es roch ungesund, aber penetrant sauber. Er öffnete das Fenster seines Büros.

Auf dieser Seite blickte man auf den Innenhof, in dem sich die Schatten zu zentralisieren schienen. Zu wissen, es war ein sonniger Tag, musste ihm für den Moment genügen.

Das Kuvert, das auf seinem Schreibtisch lag, sah aus, als hätte es der Absender einen ganzen Tag in seiner Tasche herumgetragen, um sich dann doch zu entschließen, es in einen Briefkasten zu werfen.

Wahrscheinlicher war, dass man diesen Brief genauer in Augen-schein genommen hatte, bevor er bei ihm gelandet war. Was ihm der begleitende Zettel mit dem Hinweis »anonym, wahrscheinlich männlich« verriet. Da war einem der Experten langweilig gewesen.

Stefan zog den Bogen heraus und faltete ihn auseinander. Es war eine Handschrift, keine gedruckten Buchstaben, und das Briefpapier hatte ein Wasserzeichen. Die Person hatte nicht viel Mühe darauf verwendet, sich bedeckt zu halten. Auch wenn der Kriminalkommissar keine Unterschrift serviert bekam, gab es gleich drei Hinweise, denen er folgen könnte.

Sehr geehrte Damen und Herren, ich meine Sie, Herr Kriminal-kommissar Sanders,
auch eine »Münchner Tat, ein ungelöster Kriminalfall«:
Ich möchte Ihnen von einer Nacht im September 1997 erzählen ...

Hochgestapelt. Eine ganze Nacht wurde da nicht beschrieben, nur ein kleiner Schnipsel. Er sollte ihn wohl neugierig machen. Übermäßig konkret wurde der Schreiber nicht, er äußerte einen

Verdacht, und er bat um etwas: »Finden Sie bitte heraus, was am 26. September 1997 wirklich geschah!«

Stefan war ziemlich schnell am Ende angelangt, denn erzählt wurde nicht viel, eher etwas angetriggert.

Eine Nacht im September 1997, offenbar eine Entführung, womöglich ein Mord, und dann noch ein Einbruch in ein Verlagsgebäude.

Das wurde als Tatsache hingestellt, denn Stefan bekam sogar den Namen des Einbrechers. Die Entführung und der Mord waren ihm dagegen einige »vielleicht« zu viel. Gab es womöglich keine Gewissheit? Und warum musste es sie jetzt geben, nach zwanzig Jahren?

Der 26. September, München-Grünwald und der Münchner Verlag samt Anschrift. Immerhin. Stefan konnte sich aussuchen, wo er als Erstes ansetzen wollte.

Er gab das Datum und den Ort in den Computer ein und fragte das System nach einer Entführung.

Er stutzte, als dazu der Name erschien. Den hatte er schon gehört. Von Tante Marian. Die Geldtasche mit dem Zeitungsartikel.

Stefan starrte den Bildschirm an. Er hatte Marian versprochen, sich schlauzumachen. Jetzt versuchte eine weitere Person, ihn zu Nachforschungen zu bewegen.

Von Magda Pranner gab es bis heute kein Lebenszeichen, hieß es. Was war damals passiert?

Stefan schloss das Fenster wieder, den Straßenlärm, der heraufschallte und den er sonst als angenehm empfand, weil er ihm sagte, dass er nicht weitab vom Schuss war, konnte er gerade nicht brauchen. Er musste telefonieren.

Stefan sprach mit einem der Beamten, die sich im Herbst 1997 um das Verschwinden des sechzehnjährigen Mädchens gekümmert hatten. Der musste wiederum in die Akte sehen, digitalisiert war längst nicht alles. Es sei ein bewegender Fall gewesen, erinnerte der Kollege sich tatsächlich. Keine Leiche, Indizien kaum vorhanden, die Theorien zahllos. Der Fall war bis heute ungeklärt.

Die Familie habe sehr zerrissen gewirkt, der Vater verdächtigte den Schwager, was die Mutter vehement verneinte, der jüngere Bruder des Opfers tat, als ginge ihn das gar nichts an, während Freunde der Familie ehrlich schockiert schienen und sich fragten, warum ausgerechnet Magda entführt worden war.

Dieser Schwager, den Max Pranner verdächtigte, war Patrick Schmitzler, und den konnte man nicht mehr fragen, denn er war mittlerweile mit seinem Flugzeug über dem Chiemsee abgestürzt.

»Mittlerweile« war gut. Spätestens diese Information machte Stefan klar, dass er sich die Sache auch einmal genauer anschauen sollte.

Vom Kollegen erfuhr er, der Entführer hatte drei Millionen Mark verlangt. Eine genaue Anweisung, was zu tun war und wohin das Lösegeld gebracht werden sollte, lag im Briefkasten. Die Polizei verständigte man erst, nachdem die Übergabe längst gelaufen war. Das Geld konnte nicht zurückverfolgt werden, kein polizeiliches Fahndungssystem hatte die Nummern der Scheine festgehalten. Ob das Geld jemals aufgetaucht war, hatte niemand nachprüfen können, und es hatte auch keiner versucht, etwas darüber herauszufinden.

Womöglich waren die Scheine ja aufgetaucht. Jetzt. Noch ein weiteres »vielleicht« in dieser Kette der Ungereimtheiten. Der Hinweis war ein Zeitungsausschnitt in einer Tasche mit Geldscheinen. Doch wie kam dieses Geld in ein Kloster auf der Fraueninsel?

Ging man davon aus, dass die Million ein Teil des Lösegelds im Entführungsfall Magda Pranner war, dann fehlte der Großteil.

Stefan konnte sich nicht für Rätsel begeistern, anders als seine Tante. Den anonymen Brief musste jemand geschrieben haben, der der Familie nahestand. Jemand, der etwas wusste, jemand, der etwas vermutete. Einer, der glaubte, er hätte Schuld auf sich geladen?

Schuld – das war eine Glaubensangelegenheit, und die besprach man am besten mit einem Pfarrer. Stand gerade keiner zur Verfügung, tat es auch eine Nonne.

Das hast du dir aber wirklich schön zurechtgelegt, sagte sich Stefan.

Einen kleinen Teil der Fragen konnte er jetzt beantworten, aber der Rest war eine Kartoffelsuppe, auf den Boden des Tellers konnte man nicht schauen.

Wenn einem so etwas einfiel … Stefan hatte Hunger. Mit leerem Magen dachte es sich mühselig, daher legte er eine Abwesenheitsnotiz auf den Schreibtisch und zog die Tür hinter sich zu. Er wollte wenigstens ein bisschen die Herbstsonne genießen und spazierte zum Viktualienmarkt, wo er sich in den Biergarten setzte. An der Bierkarte war er weniger interessiert, er bestellte sich ein Radler und ein Backhendl.

Die Stimmen plätscherten dahin wie das Wasser aus dem Karl-Valentin-Brunnen, er nahm sie kaum wahr.

Wie ein Spritzer traf ihn dann ein Gedanke: Magda Pranner hatte einen jüngeren Bruder.

Die junge Kollegin vom Einbruchsdezernat fand es sehr eigenartig, ins Jahr 1997 zurückzugehen. »Da war ich gerade mal geboren.«

Stefan erklärte ihr, die Sache hänge vielleicht mit einem anderen Fall zusammen, zu dem er aktuell einige Nachforschungen anstellte. Ihn würde interessieren, ob im September 1997 in ein Verlagshaus am Karlsplatz 19 in München eingebrochen worden sei.

Am Telefon hörte es sich an, als würde sie herumkramen, aber schließlich konnte sie ihm eine Antwort geben. »Es gab einen Einbruch am 20. des Monats, also im September 1997. Fingerabdrücke gab es auch, aber keinen Treffer dazu in der Datenbank.«

Er bat die Kollegin, ihm die sichergestellten Fingerabdrücke zu schicken. »Gern per Fax oder aufs Handy«, sagte er.

Und wieder fragte er sich: Warum hatte die Polizei diese Info und den anonymen Brief ausgerechnet jetzt bekommen? Aufgrund einer Fernsehsendung, oder weil jemanden sein Gewissen plagte?

Stefan musste zugeben, dass ihn die Sache interessierte.

Die Kollegin war flott, sein Handy meldete den Eingang einer Mailnachricht mit Anhang. Die Fingerspuren, die der Einbrecher im Münchner Verlag hinterlassen hatte. Der Briefschreiber nannte einen Namen, obwohl er zugab zu raten. Grundlos wohl nicht.

Als Stefan jetzt den Namen Sebastian Baumgart im System abfragte, erschien ein ganz anderer Hinweis. Der Zwanzigjährige war im Oktober 1997 vermisst gemeldet worden – von Judith Pranner. Sebastian Baumgart war von einem Tauchurlaub auf den Seychellen nicht zurückgekehrt.

Was war das denn? Stefan schüttelte den Kopf, schaute noch einmal auf den Namen. Judith hieß auch die Mutter von Magda Pranner. Warum war das niemandem aufgefallen? Wie konnte ihnen Sebastian Baumgart entgangen sein?

Wenn der im Oktober als vermisst gemeldet worden war, war seine Rückkehr früher erwartet worden.

Als Magda verschwand, hatten die Beamten ihre Familie und alle Personen in ihrem Umfeld genauer unter die Lupe genommen.

Jemand, der zu dieser Zeit nicht da war, wurde beschuldigt, einen Einbruch begangen zu haben. Wollte der Briefschreiber Verwirrung stiften?

Taschenspielertricks konnte Stefan überhaupt nicht leiden. Die sollte man stecken lassen, wenn man auf eine Antwort hoffte. Stefan wollte auch eine, und wenn er denjenigen auf den Kopf stellen musste, um sie aus ihm herauszuschütteln.

Ihm, männlich – Stefan übernahm ganz automatisch die Annahme des Experten, der den anonymen Brief zuerst in die Finger bekommen hatte.

Stefans Vorgesetzter Arno Wendlsteiner behauptete, das öffentliche Interesse an den »Münchner Taten« sei enorm. Und wenn die Einschaltquoten der Sendung das belegen konnten, dann müsste auch das Interesse der Mordkommission, die Finger nach einem alten Fall auszustrecken und ihn aufzuklären, riesig sein.

Stefan würde sich weit aus dem Fenster lehnen, wenn er mit »aufklären« ankam. Er hatte wenig bis gar nichts, bloß einen Haufen »vielleicht« und dazu noch einige »möglicherweise«. Nicht überzeugend, eher hauchdünn, aber er wollte es trotzdem versuchen.

Stefan klopfte und betrat nach einem knappen, zackigen »Ja!« das Büro seines Chefs, der vor einem Stehpult stand und auf seine Frau schimpfte, die den blöden Tipp mit dem dämlichen Pult von ihrer Physiotherapeutin bekommen hatte.

»Soll sie sich doch selbst so was Ungemütliches anschaffen, wie sieht das denn aus, komme mir vor wie ein Lehrer. – Was gibt's denn?« Die nervös hin und her wandernden Augen erfassten Stefan, und gleich straffte er die Schultern.

Entweder war es genau der richtige Moment, um Wendlsteiner zu überzeugen, dass es neue Erkenntnisse zu einem alten Entführungsfall gab und die Mordkommission die Akte wieder aufmachen sollte, oder es war genau der falsche.

Stefan hatte ihm bereits vom Anruf seiner Tante und dem Geldfund in der Sporttasche erzählt, jetzt erklärte er, dass ihn ein anonymer Brief erreicht habe, der auf diese Entführung von 1997 anspielte.

»Die Tante ist die Nonne in der Abtei auf Frauenchiemsee«, wusste Wendlsteiner. »Das deutsche Fundrecht ist verzwickt. Klären

Sie vorab, was Sie können, Sanders. Nix mit: Schau ma moi, dann seng ma's scho. Denn ist der Ruf erst ruiniert und so weiter.«

Jetzt warf Wendlsteiner gerade alles in einen Topf.

Stefan schmunzelte. »Die Kriminaltechnik muss sich die Sachen, die im Kloster gefunden wurden, unbedingt vornehmen. Ich werde sie abholen. Geben Sie mir einen Assistenten mit, dann wirkt es zwar ernsthaft, aber nicht allzu wichtig.«

»Wirken soll es auch noch?« Wendlsteiner blies die Backen auf.

»Wirken soll es eben nicht, darum der Assistent und kein Kollege. Für den Transport von einer Million Mark brauchen wir normalerweise ein Sicherheitsunternehmen, aber gerade das würde unnötig Aufsehen erregen. Ich hätte außerdem gern drei Prozent von einer Million, am besten in kleinen Scheinen, um sie dem Kloster zu übergeben. Die Tasche ist genau genommen eine Fundsache, und die Schwestern könnten die Tasche auch schnurstracks zum nächsten Fundbüro befördern.«

»Könnten sie?«, fragte Arno Wendlsteiner überrascht.

Stefan nickte. »Ein Whiteboard wäre praktisch, um den Überblick zu behalten.«

»Sie wollen aber jetzt keines von den interaktiven Dingern?«

Nein, ihm würde schon ein emailliertes oder lackiertes reichen. »So einfach wie möglich und so schnell wie möglich«, sagte Stefan. »Dazu ein paar farbige Marker. Es geht nur darum, etwas aufzuschreiben und vielleicht Fotos festzupinnen.«

Wendlsteiner notierte es sich. »Und Sie wollen Geld von mir, das Sie im Kloster gegen die Million eintauschen. Verzwickt, sag ich doch. Gut, ich lasse Ihnen … wie viel müssen Sie da mitnehmen?«, wollte Wendlsteiner wissen.

»Fünfzehntausendfünfhundert Euro, ein wenig aufgerundet«, sagte Stefan.

Wendlsteiner lüpfte die Brauen, wiederholte den Betrag und schnaufte, als ginge es um sein eigenes Geld. »Den Assistenten. Lassen Sie mich überlegen.«

Das Resultat der Überlegung würde Stefan erst in zwei Tagen bekommen, Assistent und Geld stünden dann zur Verfügung, hieß es.

9

Insons = unschuldig

Florian unterhielt eine kleine Wohnung in der Maxvorstadt, er hatte es in der Grünwalder Villa nicht mehr ausgehalten. Nicht die Fragen, nicht die Blicke, nicht das Warten darauf, dass die Tür endlich aufgehen würde und Magda hereinmarschierte, wie gewohnt ein lockeres »Hi, Leute« auf den Lippen.

Das Drama war immer gegenwärtig gewesen. Ihm hatte es gereicht. Er würde nicht abhauen, hatte er verkündet, aber erst mal für sich sein, und er würde zurechtkommen.

Und wie er zurechtkam, Opa hatte dafür gesorgt. Ein Sparbuch für den Jungen, damit er nicht aufgeschmissen wäre, wenn er volljährig würde. Nach Opas Maßstäben war man das allerdings erst mit einundzwanzig. Der ältere Herr war anfangs der Einzige gewesen, der in seinem alten Mercedes vorgefahren kam, bei Florian läutete und seine Zigarren mitbrachte. Magda hätte es gefallen.

Seine Eltern hingegen fühlten sich von ihm verraten. Das Haus in Grünwald sei groß genug, sie hätten doch Platz, und er könne tun, was immer er wollte.

Genau das konnte er nicht, da war immer jemand, dem er sich erklären musste. Er wollte endlich allein entscheiden. Ob richtig oder falsch war seine eigene Verantwortung, er hatte keine Lust mehr, ständig Rechenschaft abzulegen. Das Leben musste weitergehen, auch ohne Magda.

Florian hatte sechs Fachsemester Kunst und Multimedia belegt und mit dem Bachelor of Arts erfolgreich abgeschlossen. Er erstellte Designkonzepte für den Verlag, entwarf Plakate, erledigte die Werbung, kümmerte sich um die Website und begleitete die Autoren manches Mal auf ihren Lesereisen.

Für seine Familie zu arbeiten funktionierte, aber nicht, mit ihr zu leben.

Magda fehlte ihm, obwohl sie ihn meist genervt hatte, als sie noch da war. Sie hatte sich für den Verlag interessiert, er wusste, dass sie an einem Marketingkonzept gearbeitet hatte. Onkel Patrick hatte dagegen immer nur vorgegeben, sich zu engagieren, Kontakte zu knüpfen, neue Ideen zu generieren.

Darum war sein Vater auch erstaunt gewesen, als Patrick mehr oder weniger von jetzt auf gleich beschlossen hatte, das Literaturfestival am Gardasee zu besuchen. Es war der Nachmittag des 26. September, als er verkündete, er werde sofort aufbrechen.

Dass Magda verschwunden war, hatte da außer Florian, der sie den Rucksack packen gesehen hatte, noch niemand bemerkt.

Patrick Schmitzler hatte ein Apartment über der Garage der Villa bewohnt. Max Pranner mochte seinen Schwager nicht, Judith Pranner war stets bemüht gewesen, die Harmonie aufrechtzuerhalten. Florian hatte Patrick locker gefunden, obwohl er das heute vielleicht anders sehen würde. Sorglos und ein bisschen »Was kostet die Welt?«. Die von Patrick war in jedem Fall teuer, er hatte eine Vorliebe für schnelle Autos und schien ständig Geldprobleme zu haben.

Nur einen Tag, nachdem Patricks Kleinflugzeug über dem Chiemsee abgestürzt war, war Max Pranner ausgeflippt. Er hatte einen Container bestellt, die Ärmel hochgekrempelt und Patricks persönliche Dinge wutentbrannt über das Geländer der kleinen Terrasse geworfen. Er könne den ganzen Scheiß nicht mehr sehen. Noch am selben Abend hatte die Entsorgungsfirma den Container wieder abgeholt. Ausgerechnet in dem Scheiß wäre vielleicht die Antwort zu finden gewesen, was mit Magda passiert war, dachte Florian später.

Seine Mutter hatte geweint, aber um wen oder was, das war ihm nicht so ganz klar gewesen. Ihr vielleicht auch nicht.

Jetzt stieg Florian in die Tram, die ihn nach Grünwald bringen sollte. Stefan Sanders, der Kriminalkommissar, hatte seine Spur vielleicht schon aufgenommen. Schwer gemacht hatte er es ihm nicht.

Florian wollte für einige Antworten sorgen, aber weil ihm selbst noch etliche fehlten, musste er sich in Magdas Zimmer umschauen. War alles noch da? Er würde es herausfinden. Die Eltern hatten damals die Sachen seiner Schwester nicht angerührt, weshalb es bis zu seinem Auszug ausgesehen hatte, als würde Magda gleich wiederkommen.

Ein wenig wie Dornröschens Schloss, aber ohne die Prinzessin. Er hatte keine Ahnung, was ihn erwartete. Staubflocken sicher nicht. Die Putzfrau würde das Zimmer nicht aussparen.

Florian wusste nicht, was er zu finden hoffte, doch Magda hatte sicher etwas aufbewahrt. Wenn ein Mädchen keine beste Freundin hatte, der es sich anvertrauen konnte, dann musste es sich anders äußern, dachte er.

Lange Zeit war er einfach nur sauer gewesen. Magda hier, Magda dort. Dann war sie weg, aber nichts änderte sich. Immer noch hieß es: Magda hier und Magda dort.

Vielleicht war er derjenige, der sich geändert hatte, der über den Tellerrand hinausschaute und merkte, dass er sich getäuscht hatte. Magda war in Sebastian Baumgart verliebt gewesen – ihm könnte sie einige Dinge anvertraut haben. Aber wenn er zurückdachte, zog auch schon wieder der Nebel in seinem Kopf auf. Baumgart war wohl nicht in sie verliebt gewesen, geküsst hatte er sie jedenfalls nicht.

Florian hatte dem Kommissar von dem Einbruch berichtet.

Warum sollte Sebastian für Magda einbrechen? Die einzige Antwort, die ihm einfiel, war: Erpressung. Baumgart musste es tun, weil sie etwas wusste. Scheiße, Magda!

Etwas musste passiert sein. Florian hatte sich das Hirn zermartert, was das gewesen sein könnte.

Er hatte sich nicht angekündigt, aber eine Tageszeit gewählt, zu der normalerweise niemand in der Grünwalder Villa war. Er tippte den Code ein, unverändert war es das Geburtsdatum seiner Mutter. Das grüne Licht blinkte auf, Florian öffnete die Tür.

Die Treppenstufen schimmerten dunkel, er nahm zwei Stufen auf einmal und stolperte prompt über die vorletzte Stufe. Er hatte vergessen, dass sie eine Winzigkeit höher war als die übrigen. Die Tür zum Zimmer seiner Schwester war nur angelehnt, so als wäre kurz zuvor jemand hinein- oder hinausgegangen. Zögernd überprüfte er seine Schuhe, bevor er der Tür einen Schubs gab. Er wollte den Schmutz der Straße nicht hineintragen.

Ein seltsames, blödes und hinterfotziges Gefühl unberechtigten Spionierens. Im Stillen entschuldigte er sich dafür, dass er herumkramen würde.

Das Zimmer war in Weiß und Violett gehalten – es wirkte nicht, als hätte sich zwanzig Jahre niemand mehr darin aufgehalten. Es roch frisch, die Spiegel blitzten, auf den Flächen befand sich kein Stäubchen. Ihr Bett stand vor dem zweiflügeligen Fenster. Sie hatte es so gewollt. Eine Tagesdecke und zwei große Kissen lagen darauf. Die langen, breiten Vorhänge umrahmten das Bett und das kleine Nachtkästchen. Romantik kam einem da in den Sinn.

Ein schmaler Schreibtisch mit einem windigen Stuhl stand seitlich an einer Wand. Arbeiten für die Schule mussten schnell erledigt sein, Magda hatte keine Lust gehabt, stundenlang daran zu sitzen.

In einem hohen Regal hatte sie aus Büchern den Eiffelturm nachgestellt. Florian konnte sich erinnern, wie sie die schmalen Sperrholzhalterungen dafür selbst zusammengebaut und bemalt hatte. Wo verbarg man etwas, wenn man nicht wollte, dass es gefunden wird?

Gerahmte Fotos standen auf einer Kommode; vielleicht sollten ihm die Bilder in Erinnerung rufen, dass Magda ihre Familie geliebt hatte.

Die schwierige Zeit, in der alles durcheinandergegangen war, die hatte er auch durchgemacht. Längst vorbei, Florian war inzwischen einunddreißig. Er ließ seinen Blick weiterwandern und wurde mit einigen Erinnerungen belohnt.

Der Strandkorb, in dem Magda selten gesessen hatte, weil er so unbequem war, den sie aber unbedingt hatte haben wollen. Der Teppich auf dem weißen Holzboden, in dem man versank. Der Paravent, dessen Elemente wie ein großer Scherenschnitt gestaltet waren. Kerzen, die sie gern angezündet hatte, weil ihr das Licht der Deckenlampe zu weiß, zu rein, zu gnadenlos gewesen war.

Einzige Ausnahme bildete die kleine Schirmlampe, unter der ein großes Sitzkissen lag, auf dem sie gern fläzte und ihre Mystery-Hefte las.

Wo hätte eine Sechzehnjährige etwas versteckt? »Du musst mir helfen!«, flüsterte er. Sicher nicht unter dem Bett, sicher nicht in der Kommode zwischen ihrer Wäsche. Da mochte er auch wirklich nicht herumwühlen.

Er machte einen Schritt zur Seite, um Magdas Eiffelturm genauer in Augenschein zu nehmen. Er würde die Bücher herausnehmen müssen. Ein Schritt nach vorn, der Zipfel der Tagesdecke hielt seine

Schuhspitze fest, er versuchte noch, sich mit der ausgestreckten Hand abzufangen, was misslang.

Florian riss die Decke vom Bett und fiel gegen den Eiffelturm, aus dem die Bücher auf den Boden purzelten. Das Poltern war laut, die Umschläge klappten auf, die Seiten knickten, und etwas schepperte.

Florian fand sich am Boden liegend wieder, eingewickelt wie eine Raupe, um ihn die Fassade des Eiffelturms. Er hatte geglaubt, eines der Bilder wäre heruntergefallen, aber da war nirgendwo Glas.

Vor ihm aber lag ein Blechkästchen, das sich geöffnet hatte, er blickte auf ein kleines Notizbuch und auf ein Foto, das herausspitzte.

»Nein.« Er schüttelte ungläubig den Kopf.

10

Janiceps = Januskopf, Kopf mit zwei Gesichtern

Althea freute sich auf den kleinen Ausflug, den sie allerdings für sich behalten würde. Sie wollte niemanden wissen lassen, was sie vorhatte, vor allem Jadwiga nicht.

Eines der Geheimnisse würde sich vielleicht auflösen lassen, Althea hoffte es jedenfalls. Um Katharina Venzl nach einer Antwort fragen zu können, sollte sie den Gebäudeplan mit dem geheimen Raum aus den Unterlagen des Pfarrers kopieren.

Jadwiga hatte angekündigt, sie müsse etwas erledigen, was Althea die Möglichkeit gab, unbemerkt ins Büro zu schlüpfen.

Der Plan befand sich in der Mappe, sie nahm ihn und legte das alte Papier auf die Kopierfläche des Druckers. Es dauerte nur eine Sekunde, in der das Gerät die Zeichnung einlas, bestätigend summte und eine Kopie auswarf.

Althea faltete das Blatt und steckte es in die Tasche ihres Habits, den Originalplan legte sie wieder in die Mappe zurück.

Wegen des Fischfutters und der Reinigung hatte Althea sich einiges aufgeschrieben. Es gab Trockenfutter und Futtertabletten. Die Fische waren echte Gourmets, den Eindruck hatte sie jedenfalls. Die kleine Liste, gleichzeitig ihr Alibi, würde sie Valentin vorbeibringen.

Den traf sie nicht an, aber dafür den hilfsbereiten Hannes. »Gott zum Gruß, Schwester Althea. Sind die Mäuse wieder ausgezogen?«

»Ich hoffe, der Knoblauch hat sie vertrieben«, sagte sie. »Ich habe eine Riesenbitte.« Althea holte ihre Liste heraus und bat Hannes, sie Valentin zu geben.

»Wird gern erledigt«, versprach er. »Dein nettes Lachen weiß ich zu schätzen.«

Althea fragte sich, was auf die Andeutung gleich noch folgen würde.

»Die ehemalige Richterin macht am frühen Vormittag schon ein mürrisches Gesicht. Aber wie es aussieht, zieht diese Wolke weiter«, sagte er erleichtert, was Althea auf den Gedanken brachte, die ehemalige Richterin habe Valentin womöglich wegen irgendeiner Verfehlung am Wickel.

Das wollte sie nicht wissen, aber etwas anderes. Althea verabschiedete sich von Hannes und beeilte sich, der weiterziehenden Wolke zu folgen. Ein Gesicht zog Friederike meist, das konnte Althea nicht abschrecken. »Grüß dich Gott, liebe Friederike.«

Die wirbelte herum. »Himmel, was ist dir denn gerade Freudiges passiert? Ich rate mal, du hast heute Ausgang«, sagte sie.

»Dass dir noch nichts Freudiges passiert ist, muss ich gar nicht raten, man sieht es«, gab Althea zurück. Es war ein schöner Septembertag, der See glitzerte in der Sonne, nur Friederike Villbrock warf einen langen Schatten. Althea hob ihren Ornat ein Stück an, sprang über die dunklen Stellen und bemerkte: »Zu schade, dass du nicht über deinen Schatten springen kannst.«

Friederike hatte gezuckt, als hätte sie tatsächlich nicht bemerkt, dass sie grummelig dreinschaute. Auf ihre schmetternde Rückhand war Althea meist vorbereitet. Sie musste nicht lange warten. »Das Geheimnis im Kloster hat doch sicher wieder mit dir zu tun. Was hast du denn diesmal aufgestöbert?«, bohrte sie.

»Aufgestöbert« traf es. Es gab nichts zu verlieren und auch nichts auszuplaudern, weil dafür die Priorin schon gesorgt hatte. »Das aktuelle Geheimnis könnte mit Magda Pranner zu tun haben«, sagte Althea. Sie hatte es nicht als Köder gemeint, aber es zeigte Wirkung.

Friederike wurde blass, schluckte. Ihre Hand griff nach Altheas Schulter.

»Was redest du da?«, fragte sie heiser.

Reden – genau das hatte Althea gewollt, aber da bildete sie sich wahrscheinlich zu viel ein. Doch sie hatte nicht angenommen, dass die Erwähnung des Namens die ehemalige Richterin derart aus dem Gleichgewicht bringen würde. »Ein Geheimnis wird es wohl nicht mehr lange bleiben. Es wurde schon einiges darüber berichtet.«

Friederike kniff die Augen zusammen. »Was weißt du schon? Nonnen in ihrer monastischen Enklave sind vom Leben abgeschnitten.«

»Ich nicht, wo ich heute doch Ausgang habe«, sagte Althea.

Friederike hatte das »Geheimnis im Kloster« angesprochen. Gerade widersprach sie sich in ihrem Ärger, und ihre Hand lag noch immer auf Altheas Schulter. Wahrscheinlich hatte sie die vergessen.

»Klugscheißerin!«, stieß Friederike hervor und schnaufte. »Ich habe Magda vor zwanzig Jahren gekannt. Etwas muss damals passiert sein. Sicher nicht das, was *sie* wollte.«

Friederike schaute nun auf ihre Hand und sah ehrlich schockiert aus.

»Ich brauche keinen Beistand.«

Die Fähre legte an. Friederike war stehen geblieben, sie wartete auf jemanden. Althea wünschte ihr einen schönen Tag, die ehemalige Richterin wünschte ihr gar nichts.

Nachdem das Schiff seine Passagiere ausgespuckt hatte, ging Althea über die kleine Brücke an Bord und bezahlte die Überfahrt nach Gstadt.

Sie wollte sich in die Sonne setzen, und das ging am besten auf dem Oberdeck. Das satte Motorengeräusch klang, als würde ein Riese umherlaufen. Stimmen, geprägt von Dialekten und Akzenten, schwirrten durcheinander. Althea wunderte sich, woher plötzlich die ganzen Leute kamen. Ein leichter Wind schnappte die Satzfetzen von den Lippen, trug sie weiter und ließ einen rätseln, worum es da ging.

Von ihrem Sitzplatz sah sie, wie Friederike auf dem Steg einen jungen Mann umarmte. Sie ist kein Gefühlsmensch, hätte Althea gesagt und wurde daran erinnert, wie die Richterin sich an ihr festgehalten hatte.

Die Fähre hatte abgelegt, jetzt stampfte der Riese. Althea atmete den würzigen Herbstduft ein. Der See hatte seinen ganz eigenen Geruch. Am Ufer färbten sich allmählich die Blätter der Bäume, es blitzte goldgelb und orange.

Obwohl das Wasser des Chiemsees sicher schon abgekühlt war, wurde noch gebadet. Althea erinnerte sich daran, wie sie als Internatsschülerin der St.-Irmengard-Schule die zwei Kilometer von der Fraueninsel nach Gstadt geschwommen war, um einen Jungen zu treffen, den sie als Besucher seiner Schwester kannte. Sie steckte dem gut aussehenden Jungen einen Zettel zu, der ihm Zeit und Ort mitteilte, sein Blick verriet ihr, was sie wissen musste. Interessiert. Sie hatte sich gesagt, gegen ein kleines Abenteuer gebe es nichts einzuwenden.

An trockene Sachen hatte sie bei dem kleinen Ausflug ans gegenüberliegende Ufer nicht gedacht, weil sie die nicht brauchen würde.

Wie eine Nixe war sie in ihrem Bikini an Land gegangen, hatte lachend die Haare geschüttelt und die Blicke, die ihr zuflogen, genossen – er hatte sie angestrahlt, ein leises »Hey« geflüstert, ihr Gesicht mit den Händen umschlossen und sie zärtlich geküsst. Vielleicht war es ihm um Liebe gegangen, sie hatte ihn ins Gebüsch gezogen und ihm die Kleider abgestreift. Der Moment, in dem sie ihn in Besitz nahm, war der, in dem er sich in sie ergoss. Er entschuldigte sich für seine Erregung, sie verzog den Mund. Ganz sicher war ihr anzusehen gewesen, wofür sie ihn hielt.

Althea schüttelte die Gedanken ab. Die guten, schönen Momente waren zahlreich gewesen, sie hatte sie damals nicht zu schätzen gewusst. Als jetzt das Fahrgastschiff in Gstadt anlegte, beeilte sich Althea, als eine der Ersten von Bord zu gehen. Sie wollte nicht in den Touristenstrom geraten.

Die alte Kath wohnte am Uferweg des Chiemsees, Althea hoffte, sie wäre zu Hause. Bei ihrem Besuch im Winter hatte sie ein Fuchs begrüßt, den ein Auto angefahren und verletzt hatte. Renard hatte Kath ihn genannt, und Althea war es so vorgekommen, als könnte auch er bestimmte Dinge erahnen. Kath erklärte, sie würde ihn gesund pflegen. Sicher hatte sie Renard längst wieder in die Freiheit entlassen.

Althea stand auf der dem See zugewandten Seite des kleinen Hauses, als sie aus dem Garten jemanden schimpfen hörte: »Dass du dich nicht schämst!«

Sie löste den Riegel des kleinen Gartentors. »Wer muss sich schämen?«, fragte sie und sah Kath, wie sie in der Astgabel des Apfelbaums balancierte. »Komm bitte da runter, mir wird schwindlig.«

»Wieso dir, Schwester Althea? Das ergibt keinen Sinn«, gab Kath lachend zurück. Sie hatte die Hosenbeine und die Hemdärmel hochgekrempelt und sah nicht aus wie eine über neunzigjährige Frau. »Einer der Äpfel ist mir auf den Kopf gefallen, da darf ich mich schon beschweren«, fand sie und klopfte auf den Baumstamm. Sie schenkte ihrem Besuch ein Lächeln, was Althea ihre Freude verriet. »Der Apfelkuchen ist von gestern, aber den Kaffee mache ich frisch.« Kath zwinkerte.

»Ich nehme beides gern«, sagte Althea.

Kath setzte einen Fuß in ein Astloch und den anderen auf einen Vorsprung, dann hielt sie sich mit beiden Händen an einem dünneren Ast fest und schwang sich seitlich herunter. »Du schummelst, was dein Alter angeht«, flüsterte Althea.

Kath hatte sie sehr wohl verstanden. »Alte Frauen schummeln nicht mehr, die sind schon überreif.« Sie hob einen Apfel auf, roch daran und hängte sich bei Althea ein. Gemeinsam gingen sie ins Haus.

»Was hat denn der Krawallmacher vom Radio da in Erfahrung gebracht – ein Geheimnis im Kloster? Kaum gehen ein paar Monate ins Land, tönt es schon wieder von der Insel herüber.«

In der Küche setzte Kath Wasser auf und holte aus einem der Schränke eine Kanne, auf die sie einen Keramikfilter setzte. In einem anderen Fach war eine Packung mit Filtertüten, aus der sie eine herausnahm. Der Apfelkuchen sah gut aus, und einen Moment lang fragte sich Althea, wen die alte Frau wohl verköstigte, weil schon mehr als die Hälfte davon verschwunden war.

»Meine Klienten sind zahlreich, und meine Äpfel sind es in diesem Herbst auch«, beantwortete Kath Altheas unausgesprochene Frage.

»Du kannst Gedanken lesen«, erwiderte die.

»Man liest sie nicht, aber manchmal hört man sie. Dir geht etwas im Kopf herum. Das höre ich nicht, wohl aber das Papier, an dem du in deiner Tasche herumfummelst.« Kath schnitt ein großzügiges Stück vom Kuchen ab.

Althea zog den kopierten Plan heraus und berichtete der alten Frau, dass ausgerechnet der Klosterwirt zur Rettung wegen eines Mäusenests in der Vorratskammer gerufen worden war. »Stattdessen ist er auf ein Geheimnis gestoßen.« Althea setzte die kleine Offenbarung fort und erzählte, was außerdem gefunden worden war und was dieses Geheimnis alles beinhaltete.

»Der gute Valentin kann einen mit seiner gesteigerten Aufmerksamkeit schon in Schwierigkeiten bringen«, gab Kath zu und goss heißes Wasser auf das Kaffeepulver. Sofort zog der angenehm aromatische Duft durch die Küche.

Althea sah kurz vor sich, wie die Schwestern schon im Gang vor der Küche gegeneinanderstießen, weil keine sich dort hineintraute, und wie schon am Frühstückstisch über etwas gemeckert wurde. Nonnen waren keine zufriedenen Geschöpfe.

»Angst macht mir nicht die gefundene Million«, gab Althea

zu, »aber der Rucksack, der wahrscheinlich der sechzehnjährigen Magda Pranner gehörte, von der es heißt, sie sei im September 1997 entführt worden.«

»Und jetzt fragst du dich, wie es sein kann, dass der Rucksack im Kloster auftaucht. Für die meisten Dinge gibt es ganz einfache Erklärungen. Denk nicht zu kompliziert.« Wieder gab Kath heißes Wasser auf das Pulver. Althea schnupperte selig. Als Nächstes goss die alte Frau Althea und sich selbst eine Tasse ein, holte Milch aus dem Kühlschrank und Würfelzucker aus einem Schrank und stellte beides auf den Tisch.

»Der Priorin hast du aber nicht gesagt, dass du mich besuchen möchtest. Althea, gib acht, dass sich deine Geheimniskrämerei nicht einmal gegen dich wendet.« Kath berührte Altheas Hand.

»Ich wollte in die Zoohandlung und Fischfutter einkaufen. Pfarrer Grandner hat dem Kloster sein Aquarium vermacht. Jetzt hat aber Gstadt gar keine Zoohandlung«, sagte Althea.

»Wie scharfsinnig«, meinte Kath lachend. Sie nahm den Gebäudeplan von Althea entgegen, strich über das Papier und setzte sich damit an den Küchentisch. »Du weißt, dass ich keine Ahnung habe, was kommt. Dass ich dir nicht versprechen kann, ob etwas kommt«, sagte sie.

»Es hilft schon, mit dir zu reden.« Althea stach mit der kleinen Gabel ein Stück vom Apfelkuchen ab.

Dieses Sehen war nicht zu begreifen. Es waren Bilder aus einer anderen Welt, vielleicht sogar einer anderen Zeit, Kath musste nichts davon selbst erlebt haben. Die Szenen und Menschen tauchten auf und verschwanden wieder. Als hätte sie zugeschaut oder als wäre sie die Person, um die es ging und die am eigenen Leib erfuhr, was sich gerade abspielte. Das eine wie das andere konnte einem einen kalten Schauer über den Rücken jagen.

»Der Raum ist groß.« Kath tippte auf den Plan, ihre Augen hatten Maß genommen, ihr Blick zerteilte die Gegenwart. »Es geht dahinter noch weiter, und der Pfarrer hat es gewusst. Du wirst auf etwas stoßen, Althea.«

Die flüsterte: »Bitte nicht.«

»Oh«, machte die alte Frau überrascht.

Althea hörte auf, in ihrem Kaffee zu rühren. Aber Kath grinste plötzlich, die kopierte Seite flatterte zu Boden. »Die junge Frau trägt ein Ordensgewand, sie hat es über die Schenkel nach oben gezogen, als sie sich auf das erregte Glied des Mannes setzt.«

Oh. Althea hätte nicht mit einer Sexszene gerechnet.

Kaths Wahrnehmung befasste sich immer noch mit dem geheimen Raub, aber es ging nicht mehr um das Wissen des Pfarrers. Darum ganz bestimmt nicht.

»Er liegt auf einem Schlafsack. Es ist Nacht. Sie hat eine Lampe mitgebracht, sie mag die Finsternis nicht. Ziegelwände und eine Tür, die sich dunkel abhebt. *Endlich, du bist zurückgekommen.*«

Kaths Stimme hatte sich verändert, ihr Gesicht wurde weich. Freudestrahlend streckte sie die Hand aus. Als würde sie jemandem über die Wange streicheln.

»*Nur die Zeit kennt unser Vorher. Mein Gefühl für dich hat sich nicht verändert.* Er beugt sich ihr entgegen, seine schönen Hände reißen an ihrer weißen Haube, die zu Boden fällt. Sie wirft ihr dunkles Haar zurück, lässt ihn ein glückliches Lachen sehen. Doch er küsst sie nicht auf den Mund, er drückt nur sein Gesicht in ihr Haar und bittet sie, etwas für ihn zu tun. Er flüstert etwas von einem Anruf, den sie machen muss. *Es geht um Leben und Tod. Meine Stimme würde man erkennen. Sie darf nicht sterben, sie ist jemand ganz Besonderes.*«

Kath sprang unvermittelt von ihrem Stuhl auf, Althea erschrak. Jetzt sah die Hand aus, als würde sie jemanden ohrfeigen. Als die alte Frau sich wieder zurücksinken ließ, fiel auch die Freude von ihr ab, in ihren Augen standen Tränen.

Althea wartete, was weiter passieren würde. Träger eines Gefühls zu sein, mit dem man nichts zu tun hatte – es konnte einen innerlich zerreißen. Was Althea dann zu sehen bekam, war das Lächeln einer zutiefst verletzten Frau, und als Kath sich ihr zuwandte, richteten sich die Härchen auf Altheas Armen auf.

»Sie wird sich dafür an ihm rächen«, flüsterte Althea. Der Gedanke war hereingeplatzt wie ein ungebetener Gast mit einer schlechten Nachricht.

Kath schüttelte sich, atmete einige Male tief ein und ließ die Luft entweichen. Und im gleichen Maß vielleicht auch das eben Gesehene. Minuten vergingen, bevor sie ins Hier und Jetzt zurückkehrte. »Was war das Geheimnis?«, fragte sie. »Eine Nonne, die mit einem Mann schläft? Oder der Mann, der nicht sie meint, der von einer anderen redet, der Besonderen?« Kath rieb sich über die Oberarme, goss ihren Kaffee weg und schenkte sich neuen ein.

Althea dachte zurück an Kaths Beschreibung der Frau im Ordensgewand. »Keine Nonne«, sagte sie. »Die weiße Haube, die du beschrieben hast, tragen Novizinnen. Du hattest kein Gesicht vor Augen?«

»Für einen Augenblick war ich sie, und ihre Gefühle waren meine«, sagte Kath. »Ich würde mich als hübsch bezeichnen, und ich hatte unglaubliche Lust auf diesen Mann. In meinem Alter stößt man da schon ein erstauntes ›Oh‹ aus«, sagte Kath.

»Ausgerechnet auf der Herfahrt habe ich mich an ein Abenteuer erinnert. Nichtsnutzig, wie ich war, hat mir der Junge damals zu Schulzeiten nichts bedeutet, aber er sah gut aus, ich wollte ihn.« Althea schnippte mit den Fingern. »Er hatte keine Chance auf ein Nein.« Sie schluckte. »Für mich war es Spaß, bloß ein hitziger Augenblick, schnell war es vorbei. Ich kann mich nicht einmal an seinen Namen erinnern. Das ist schäbig.«

»Nur gut, dass du es weißt.« Kath suchte Altheas Blick. Sie schien zu überlegen. »Eine Lüge wäre mir gerade nicht entgangen. Der Mann ist nicht schäbig, sein Gewissen macht ihm zu schaffen. Er liebt sie nicht und will ihr nichts vormachen. Er hat etwas getan und hat Mühe, seine Furcht zu bezwingen.« Kath rührte Milch in ihren Kaffee und gab zwei Zuckerwürfel dazu. »Namen sind keine gefallen«, sagte sie. »Wann sich diese Szene abspielte, wann die Novizin mit ihm … Das weiß ich nicht zu sagen. Es muss Herbst gewesen sein, denn da war ein kleines goldenes Blatt am Saum ihres Habits. Ach, Althea – über die Liebe weiß ich schon lange nicht mehr viel.«

Althea hatte das Bild nicht gesehen, aber Kaths Beschreibung, wie er sein Gesicht in ihrem Haar verbirgt. »Sie kennen einander, haben sich vielleicht irgendwann einmal geliebt, aber gerade liebt nur einer.« Und das war zu wenig. »Sie wird ihn dafür bezahlen lassen.«

»Glaubst du? – Natürlich, du hast meine Miene gesehen.«

Herbst, überlegte Althea. Im September wurde von Magdas Entführung berichtet, im September stürzte das Kleinflugzeug in den Chiemsee. Jetzt war es auch September.

»War in dem Raum neben dem Schlafsack noch etwas anderes zu sehen?«, fragte sie.

Die alte Kath schloss einen Moment lang die Augen. »Du hast vorhin einen Rucksack erwähnt und eine Tasche, die mit Geld gefüllt ist. Eine Tasche aus blauem Stoff und ein Rucksack waren auch da und noch ein schmales Ding, das aussah wie ein Paket.«

Der Fallschirm. Althea faltete die Hände, nachdenklich berührten die Spitzen der Zeigefinger ihre Nase. Im September vor zwanzig Jahren hatte jemand in ihrem Kloster Zuflucht gesucht, spann Althea ihre Gedanken weiter. Mit der Beute. Der Mann war vertraut mit der Novizin, er hat sie um etwas gebeten, was die junge Frau wütend machte.

»Ich muss unbedingt auch den Rest herausfinden«, sagte sie. Die Unterlagen im Archiv, die sich Althea sowieso vornehmen wollte, verrieten, welche Schwester in welchem Jahr die Gelübde abgelegt hatte. Vielleicht wurden dort auch die Daten der Novizinnen erwähnt.

Eine verliebte junge Frau, die sich für den Herrgott entscheidet? Sie dachte an Schwester Reinholda und konnte sie sich beim besten Willen nicht als diejenige vorstellen, die lustvoll einen Mann reitet.

»Die Nebenwirkungen deiner Herausfinderei haben mich schon einige Male schwindlig gemacht«, sagte Kath zu Althea und gab ihr den ausgedruckten Plan zurück.

»Einfach die Hände in den Schoß zu legen und den Herrgott anzurufen kann ich mir schwer vorstellen. Ich glaube, das würde ihm auch nicht gefallen.«

Kath nickte nur.

»Kannst du dich an die Nacht erinnern, als ein Kleinflugzeug in den Chiemsee stürzte?«, wollte Althea wissen. Die alte Kath lebte schon lange am See, es war denkbar, dass sie ihr etwas darüber erzählen konnte.

»Das kleine Paket«, kombinierte die alten Kath. »Jemand ist mit dem Fallschirm abgesprungen?«

»Vielleicht ist es gar nicht möglich, weil es dazu eine bestimmte Höhe braucht, aber es würde zu allem anderen passen«, gab Althea zurück.

»Es war eine schwarze Nacht, obwohl wir Vollmond hatten. Das Flugzeug hab ich nicht runterkommen sehen, aber kurz darauf hörte man die Sirenen, und jeder wollte wissen, was da los ist. Die Bewohner der umliegenden Ortschaften waren auf den Beinen, man hätte denken können, es hätte einen Angriff gegeben. Im Radio kam tags darauf eine Warnung, dass Schwimmer und Segler sich vom See fernhalten sollen. Ein bisschen spät, dachte ich mir.«

»Der Pilot starb im Flugzeug, hieß es«, sagte Althea.

Kath übernahm das Ende. »Die Unterströmungen des Chiemsees sind verteufelt. Die Bergungsmannschaft der Wasserwacht hat zwei Tage gebraucht, um den Toten raufzuholen. Um das Flugzeug aber wollte sich niemand kümmern, dazu wäre schweres Gerät erforderlich gewesen. Der See hält noch einige Tote in der Tiefe fest, da war ein Flugzeug wohl nicht so wichtig.«

Althea sah die Meldung einer aktuellen Entdeckung wieder vor sich, erst nach siebenunddreißig Jahren hatte man einen Toten gefunden. An den Füßen des Mannes befanden sich noch die Schlittschuhe, mit denen er ins Eis eingebrochen war. Viel Zeit war da vergangen, bis der See die Leiche herausrückte.

Anders als bei Magda Pranner war es hier nicht die Ungewissheit gewesen, aber die Verzweiflung, den Angehörigen nicht beerdigen zu können. Für Magda galt beides.

Die Glocken der Pfarrkirche St. Simon und Judas klangen aus Gollenshausen herüber. Zwölf Uhr. Althea zuckte zusammen. »Oje«, sagte sie. »Priorin Jadwiga wird nicht erfreut sein, dass ich wieder einmal die Zeit vergessen habe.« Sie stand auf und verabschiedete sich von der alten Kath. »Danke für Kaffee und Kuchen. Auch fürs Schauen danke ich dir. Versprich mir, dass du auf dich achtest.« Sie umarmte Kath.

»Und du passt auf, dass der Teufel vom See dich nicht bemerkt.«

»Ein Teufel am Chiemsee?« Davon hatte Althea noch nichts gehört. Doch den Teufel gab es auch in Menschengestalt.

»Weiß man's?«, gab Kath prompt zurück. »Wie es scheint, war das sechzehnjährige Mädchen, dessen Rucksack du gefunden hast, nie in dem geheimen Raum. Ich hätte es sehen müssen.« Ihr Blick fing sich einen Moment, dann fügte sie hinzu, als wäre es ihr gerade erst mitgeteilt worden: »Du wirst deinen Schlüssel finden und das Geheimnis lüften.«

11

Korrelation = Wechselbeziehung

Magda Pranner. Das Lächeln gefror ihm, als seine Vorstellung das Bild des hübschen blonden Mädchens heraufbeschwor.

Heute war der 26. September. Vor zwanzig Jahren ...

Die Zeit heilte keine Wunden, sie vergab auch keine Schuld, sie konnte nur einen Heilungsprozess in Gang setzen. Das Zurückdenken aber störte diesen empfindlich. Ausgerechnet jetzt holte ihn dieses eisige Gefühl wieder ein.

Hannes stand in der Küche des »Klosterwirts« und sortierte das benutzte Geschirr der Wandergruppe in die Spülmaschine ein. Heute war er wieder einmal Mädchen für alles, doch das störte ihn nicht. Er fand nicht, dass ihm ein Zacken aus der Krone brach, wenn er mithalf und Arbeiten erledigte, die eigentlich nicht seine waren.

Ein Unterteller rutschte ihm aus der Hand und zerschellte auf dem Steinfußboden. Er holte den Handbesen aus dem Schrank und kehrte die Scherben auf.

Vreni, die Bedienung, steckte ihren Kopf in die Küche und erkundigte sich besorgt: »Hannes, was ist denn los? Du bist heut gar nicht du selbst. Geht's dir nicht gut?«

»Alles wunderbar«, sagte er bemüht fröhlich.

Der 26. September. Auch wenn es ihm tatsächlich ganz wunderbar ginge, was überhaupt nicht der Fall war, für Magda galt das sicher nicht.

Doch um das herauszufinden war er nicht auf die Insel zurückgekommen. Er war hier, um seine Haut zu retten. Immer weiter zögerte er hinaus, was getan werden musste. Hannes lebte seit mehr als zwei Monaten auf Frauenchiemsee, erledigte seitdem alle möglichen Aufträge, bediente im Café-Restaurant des »Klosterwirts« und half Valentin sogar bei den Handwerksarbeiten. Was für ein Zufall, dass der Wirt ihn ausgerechnet ins Kloster mitgenommen hatte, um die Holzpaneele zu entfernen, weil dahinter angeblich Mäuse hausten.

Vielleicht war das eine Warnung gewesen, dass er endlich tauchen gehen sollte. Er hatte das kleine Flugzeug bestens in Erinnerung, hörte noch den singenden Ton, als die Piper Cherokee in die Tiefe stürzte. Das würde er nie vergessen. Das Flugzeug schien dort unten zu warten.

»Hannes!«, rief der Klosterwirt wieder durchs ganze Haus.

»Ich kommeee«, schrie er zurück und musste grinsen. Du wirst mir fehlen, und dein Geschrei auch.

Dass Hannes zur Hauptsaison ausgerechnet an dem Tag auf der Fraueninsel aufgetaucht war, als eine der Bedienungen sich den Fuß verstaucht hatte, war ein wirklich glücklicher Umstand gewesen. Valentin hatte natürlich einiges über ihn wissen wollen – Persönliches –, und er hatte ihm den Gefallen getan.

Hannes Gärtner lebte und arbeitete in Salzburg, hatte in München studiert. Seine Freundin wollte ihm damals die Fraueninsel zeigen. An das schöne Fleckchen Erde hatte er sich gern erinnert und sich spontan dazu entschlossen, allein ein paar schöne Tage auf Frauenchiemsee zu verbringen. Die Freundin war längst weg und würde nicht zurückkommen. So war Hannes allein zurückgekehrt.

Urlaub zu machen war nun aber gar nicht sein Ding, da fand er es befriedigender, etwas zu tun zu haben.

Am besten so nahe wie möglich an der Wahrheit bleiben, hatte er sich gesagt, die war leichter zu behalten. Erlogenes ließ sich nicht wieder aufrufen, das Gehirn war eine Zicke.

Während seines Informatikstudiums hatte Hannes hinter der Theke einer Münchner Bar gestanden. Die Gäste wollten schnell, aber freundlich bedient werden, einige wollten reden, anderen genügte ein nettes Lächeln. Was er draufhatte, reichte, um im Café-Restaurant auf der Fraueninsel einen guten Eindruck zu machen.

Ein bisschen komisch hatte Valentin es wohl schon gefunden, dass einer arbeiten wollte, wenn er gerade Urlaub hatte.

Kein bisschen komisch, hätte ihm Hannes antworten können, wenn dieser eine recherchieren musste, wo genau das abgestürzte Kleinflugzeug lag und wie er dorthin kam, ohne Aufsehen zu erregen. Ein Gesicht, das man auf Frauenchiemsee kannte, fiel weniger auf.

Wie er feststellen musste, hatte der Klosterwirt einen Hang zum Tratschen. Besser, man hielt sich mit dem Erzählen zurück. Als

Hannes den Rucksack dort in dem Raum hinter der Speisekammer im Kloster gesehen hatte, hatte es ihn wie ein Blitz getroffen.

»Hannes, Herrschaftszeiten, ich brauch dich gleich, nicht erst in einem Jahr.« Valentins aufgeregte Stimme kippte.

Wer wusste schon, was in einem Jahr sein würde. Der Radiosprecher hatte »unglaublich zum Ersten« und »unglaublich zum Zweiten« gesagt.

Hannes war sicher nicht der Einzige, der schon mit Spannung auf »unglaublich zum Dritten« wartete.

12

Lanzette = zweischneidiges Messerchen mit beweglichen Griffplatten

Althea hatte sich nach Kräften beeilt, aber Valentin war ihr zuvorgekommen. Priorin Jadwiga erwartete sie an der Pforte, den Mund zusammengekniffen, die Augen funkelnd, die Stimme schneidend. »Schwester Althea, wie kann es sein, dass da jemand das Fischfutter bringt, das du dich so großzügig erboten hast einzukaufen?«

Auch das noch!

»Das Missverständnis besteht darin, dass der Klosterwirt wie immer schneller war«, gab Althea zu. »Hat Valentin auch an den Reiniger fürs Aquarium gedacht? Ich bat ihn um das Futter und auch darum.«

»Was hast du getrieben?«, polterte die Priorin, die Altheas Gegenfrage überhörte.

»›Getrieben‹ trifft es überhaupt nicht«, erklärte Althea. »Ich war in Gollenshausen.« An »treiben« hatte sie sich nur erinnert, und Kath hatte eine sexuelle Vereinigung gesehen. Was Althea der wütenden Jadwiga lieber verschwieg und wofür sich diese auch erst einmal nicht interessierte.

»Du warst bei Katharina Venzl. Warum konntest du mir das nicht sagen? Warum die Heimlichkeiten?« Jadwiga reagierte beleidigt, leider Gottes laut genug, dass auch einige der Schwestern mithörten. »Ich dachte, du wolltest im Archiv recherchieren, aber du gehst lieber zu einer …« Jadwiga schluckte den Rest hinunter.

Althea hatte es auch so verstanden. Sie war kein Schulmädchen mehr, das sich abkanzeln lassen musste, sie marschierte ungerührt an der Priorin vorbei. »Ein Segen, dass dir die Worte fehlen«, raunte sie. Sie würde Jadwiga später um Verzeihung bitten müssen, aber nicht gleich. Althea hatte außerdem ein »vielleicht« dazugedacht. Vielleicht um Verzeihung bitten …

»Jetzt ist es an der Zeit, ein wenig im Archiv zu schmökern.« Althea sagte es so gelassen wie möglich. Und die nächsten fünfhundert Jahre dortzubleiben, denn das Klosterarchiv war riesig. Sie hätte eigentlich fragen müssen, wo die Daten der Schwestern zu finden waren. Oh, Althea.

»Dein Neffe hat übrigens angerufen, er wird mit seinem Assistenten am frühen Nachmittag eintreffen.« Die Priorin sprach es in Altheas Rücken.

»Stefan!«, rief Althea freudig und wirbelte herum. Mit seinem Assistenten. Das war neu. Kriminalkommissare hatten so was doch nur in Fernsehfilmen.

Die Million wäre in Sicherheit. Althea hatte damit nicht unbedingt friedlich geschlafen, zu viele Fingerabdrücke auf dem Geld, zu viele Fragen, was da passiert war.

Ins Archiv wollte sie unbedingt und endlich herausfinden, seit wann Schwester Reinholda, die ehemalige Meeresbiologin, eine Schwester war.

Kaths Teufel vom Chiemsee kam ihr in den Sinn.

»Du sitzt in hundert Jahren noch im Keller, wenn du nicht weißt, um welche Akten es geht. Ich komme mit«, bot ihr jetzt Jadwiga an, ihre verdrossene Miene glättete sich.

»Und du erzählst mir, was die alte Kath weiß.« Ein aufforderndes Nicken von Jadwiga. Althea feilte in Gedanken schon einmal an Kaths Bild, diese Szene war wirklich nicht leicht umschreibbar. Die Priorin ging ihr voraus den Gang entlang und steuerte das Büro an. »Die Dokumente sind nicht im alten Archiv zu finden, sie wurden digitalisiert«, erläuterte sie Althea.

Wann denn? Das fragte sie besser nicht.

Der Computer lief, Jadwiga setzte sich in ihren Bürostuhl und schaute Althea an, die seitlich vom Schreibtisch stand. »Warum hast du nichts gesagt? Was du verschweigst, kann natürlich keine Lüge sein, aber wie nennst du es sonst? Immerhin hast du so getan, als würdest du dich um das Aquarium und die Fische kümmern.«

Sie hatte getan, als ob ... Jadwiga hatte schon recht. Es war an der Zeit, sich zu entschuldigen. Ohne das »vielleicht«.

»Es tut mir leid, dass ich dich etwas anderes glauben ließ. Mir lag viel daran, Kath zu fragen, ob sie uns etwas zur geheimen Kammer sagen kann. Die Liste der Besorgungen für die Fische habe ich Hannes gegeben, bevor die Fähre ablegte.«

»Konnte sie etwas sagen? Ich verstehe nicht, wie es funktioniert, wenn die Person nicht dabei war. Vor dem Ungewissen habe ich mich schon immer gefürchtet. Jemand hat einen Vorhang zugezogen.«

»Den Vorhang müssen wir aufziehen«, sagte Althea. »Darüber waren wir uns klar, denn niemand von außerhalb kann von dem Raum hinter der Vorratskammer gewusst haben.«

Jadwiga begriff. »Dein Zögern hat mit der Person zu tun. Wen hat die alte Kath gesehen?«

Sie tippte auf ihrer Tastatur, wahrscheinlich, um eine der digitalisierten Dateien zu öffnen.

»Kein Gesicht, aber eine junge Frau, die dort auf dem Schlafsack mit einem Mann schlief.« Althea wollte nicht gleich mit ihrem Verdacht um die Ecke kommen. Keine Anschuldigung ohne einen Beweis, und der fehlte hier.

»Eine Schwester, die ein Versprechen gab und es brach.« Die Priorin schnaufte, auf ihrem Gesicht erblühten rote Flecken.

Wie konnte jemanden der Sex einer anderen nur so verlegen werden lassen? Althea war sicher, Jadwiga hatte gerade auch ein Bild vor Augen.

»Kath beschrieb, was sie gesehen hat«, erklärte Althea. »Die junge Frau trug einen weißen Schleier.«

»Eine Novizin.« Jadwiga bewegte den Kopf nachdenklich hin und her. Dann blinzelte sie einige Male und wandte sich wieder Althea zu. »Du hast gefragt, wer vor zwanzig Jahren im Kloster war, zu den Novizinnen müsste es einen Vermerk geben«, sagte sie. »Ich hatte den Ring schon angesteckt, falls du mich in Verdacht hattest.«

Althea konnte nicht anders, sie musste lachen. »Darauf wäre ich nicht unbedingt gekommen.«

Jadwiga räusperte sich.

»Schwester Reinholda?«, fragte Althea.

Ein Finger folgte dem Pfeil auf dem Bildschirm nach unten. »Schwester Reinholda, Schwester Fidelis und Schwester Ignatia legten die Gelübde im Sommer 1987 ab. Es gibt ein Foto.«

Althea, die an Reinholda gedacht hatte, schob den Gedanken weg. Das passte nicht, nicht das Jahr und auch nicht die Haarfarbe. Die Schwester war auf diesem Foto blond, außerdem nicht unbedingt hübsch zu nennen. Aber Reinholda hatte über den geheimen Raum Bescheid gewusst. Wie konnte das sein? Und mit wem hatte sie telefoniert?

»Das hilft uns nicht weiter«, sagte Jadwiga. »Hinter einigen Namen sind Sternchen – aber wo sich die Auflösung dazu befindet, was es zu bedeuten hat ...«

Eine Jagd nach der Auflösung zu starten, dazu kamen Jadwiga und Althea nicht mehr, denn es wurde an die Tür geklopft.

13

Mitaffiziert = mitbeteiligt

Bruno Bär, der aussah wie ein Grashüpfer, war Stefan Sanders' erster Gedanke, als er seinen Assistenten erblickte. Der hielt ein großes Kuvert in die Höhe. »Fünfzehntausendfünfhundert, zu Ihrer Verfügung.« Der Hüpfer war jugendlich, sah aus wie unter zwanzig. Es fehlte nur noch, dass er salutierte.

»Ich sitze normalerweise bei den Asservaten, und jetzt werde ich auf eine Insel verbannt.« Sein Adamsapfel hüpfte unruhig.

»Da ist was dran«, bestätigte Stefan. »Die Nonnen auf Frauenchiemsee sind ganz schön gruselig.« Er schnappte sich das Kuvert. Der verbissen dreinschauende Lockenkopf in einer Bundfaltenhose und einem Hemd mit der kleinen Abbildung eines Tiers – war es das Logo eines Golfclubs? – zog ein Gesicht.

Stefans Blick hatte sich vielleicht einen Moment zu lange daran festgehakt, weil er tatsächlich eine Rechtfertigung bekam. »Ich bin der Praktikant, mich sieht niemand, wenn ich da im Untergrund hocke.«

»Klar.« Stefan nickte langsam. Golf. Wer zum Geier beaufsichtigte da die Asservate? Wie auch immer, das ging nicht, der hörte sich ja an, als wäre er dazu gezwungen worden, den Kommissar zu begleiten. »Vergiss mal den Assistenten, ich bin nur der Ältere von uns beiden. Angenehm wäre ein lockeres Zusammenspiel – wenn du das hinkriegst.« Er sah aber nicht aus, als könnte er locker, eher im Gegenteil. Eine Jacke hing über seinem Unterarm und wirkte allzu kompakt, so als hätte Bruno Bär sich bewaffnet.

»Zusammenspiel. Ja. Ich schaffe das wirklich.«

Das hörte sich an, als müsste er sich davon selbst überzeugen. »Sie fahren doch nicht schnell?« Der Grashüpfer schluckte.

Sie waren noch gar nicht ins Auto gestiegen, standen nicht einmal im Hof, sondern im Präsidium im Gang. Stefan nahm Bruno Bär am Arm, zog ihn mit sich. Sie stiegen in den Paternoster, was den Assistenten heftig atmen ließ; er drückte sich in die hinterste Ecke. »Ich mag Treppen«, hauchte er.

Das konnte ja was werden. Stefan nickte.

Bruno wartete, bis Stefan eingestiegen war, dann erst öffnete er die Beifahrertür. Das Geldkuvert verstaute Stefan im Handschuhfach, Bruno knautschte seine Jacke auf dem Schoß zusammen.

Während der Fahrt auf der A 8 nach Prien am Chiemsee behielt Stefans nervöser Beifahrer konstant die Straße im Blick. Es sah anstrengend aus. »Wie wäre es mit ein wenig Unterhaltung?«, fragte Stefan.

»Sie haben sicher nicht gerade meine Musik eingepackt.«

»An Musik hab ich auch weniger gedacht. Ein Praktikant bei der Kriminalpolizei, wie kommt's?«, wollte Stefan wissen. Da stimmte etwas nicht, denn er war Bruno Bär noch kein einziges Mal begegnet. Ein Praktikum war dazu gedacht, dass jemand die unterschiedlichen Aufgabenfelder kennenlernte. Der Grashüpfer hingegen wurde versteckt.

»Vor Leichen fürchte ich mich, darum ist die Pathologie nichts, ich kann auch nicht mit Blut und dem süßlichen Geruch. Spannend finde ich aber die Bedingungen für kriminelles Verhalten.«

Ah. Stefan hob die Augenbrauen. Langsam wurde es interessant. Er machte eine Handbewegung, die »Und weiter?« andeutete.

»Ich studiere Rechtspsychologie, und wenn ich keine Vorlesungen habe, helfe ich, die Asservate zu katalogisieren. Und noch einiges mehr. Ganz ernsthaft, dort im Keller liegen die Beweise zu einigen interessanten Kriminalfällen«, betonte er.

Ernsthaft? Stefan hatte ihn schon zuvor nicht witzig gefunden. Bruno half, die Asservate zu katalogisieren und noch einiges mehr. Was war dieses »mehr«? Stefan würde es herausfinden.

Das war viel besser als Musik, denn so ermittelte der Kommissar, wie Brunos Vater ihn erwischt hatte, als er dessen Schreibtisch mit seinem selbst gebauten Dietrich knacken wollte. Er drohte dem Zehnjährigen, dass es schlimm enden würde, wenn er sich auf die falsche Seite schlug. Martin Bär arbeitete im Raubdezernat.

»Hat dein Dietrich funktioniert?«, fragte Stefan.

»Bombig.« Der Grashüpfer grinste. Er sah jetzt eine Spur entspannter aus.

Stefan bog auf den Parkplatz beim Fähranleger in Prien.

»Ohhh«, machte Bruno, und im Nu war die Entspannung futsch. »Das ist ganz übel.«

»Was genau?«, fragte Stefan. Er parkte ein, stieg aus, ging auf die

Beifahrerseite, wo Bruno zögernd einen Fuß vor die Tür setzte. Stefan öffnete das Handschuhfach und nahm den Umschlag heraus. Fünfzehntausendfünfhundert Euro waren nicht wenig Geld, fühlten sich aber so an. »Wir müssen übersetzen, das Kloster liegt auf der Fraueninsel.« Er nahm einen kleinen Koffer vom Rücksitz, klappte ihn auf und legte das Geldkuvert hinein.

»Genau das«, gab sein Begleiter zurück. »Ich könnte seekrank werden.«

Was hieß, dass Bruno etwas schwer im Magen lag? Wie schon zuvor nahm Stefan seinen Arm, und sie liefen zum Ufer hinunter. »Die Sache im Kloster ist eines auf jeden Fall, nämlich ein spannendes Rätsel. Wir sind hier, um uns umzuschauen.« Stefan umriss für Bruno Bär, was er bislang erfahren hatte, und erzählte auch von dem anonymen Brief.

»Was haben Sie dabei?« Bruno deutete auf den Koffer. »Sicher eine farbige Schutzbrille mit UV-Licht, ein Fingerabdruckband, einen Kriminalpinsel.«

Was glaubte er, was sie vorhatten? »Wir sind hergekommen, um eine große Summe Geld abzuholen und eine kleinere dazulassen. Untersuchen wird die Scheine die Kriminaltechnik.«

Was hast du dabei?, hätte Stefan um ein Haar gefragt, weil Bruno seine Jacke an sich drückte.

»Ich kenne die meisten Altfälle. Diese Geschichte um Magda Pranner ist keiner«, gab der erstaunt zurück.

»Weil es noch kein Mord ist. Die Leiche des Mädchens wurde nie gefunden«, gab Stefan Auskunft. Oder Magda wurde nicht umgebracht.

»Der See scheint missgestimmt«, fand der Grashüpfer. Sein Kennerblick streifte über das Blau.

Sicher nicht mal ansatzweise so wie in der Nacht, als Patrick Schmitzlers Piper Cherokee in den See gestürzt war. Stefan hatte ein wenig recherchiert. »Heute ist er ziemlich ruhig, manches Mal kann man ihn brüllen hören«, behauptete Stefan, obwohl er das selbst nie erlebt hatte.

Das Schiff legte an. Bruno hangelte sich am Geländer vorwärts. »Mir ist ganz elend«, flüsterte er und hielt Stefans Ellbogen umklammert. »Können wir aufs Oberdeck? Ich muss irgendwie die Schaukelei ausgleichen.«

Was ihm hoffentlich gelingen würde. Stefan kaufte ihre Karten. »Der is ja kaasweiß«, steuerte der Kontrolleur schaudernd bei. »Meng S' a Tütn?«

Guter Gedanke, fand Stefan. Über die Reling spucken wäre unangenehmer, der Wind kam aus der Gegenrichtung.

Sie setzten sich aufs Oberdeck. Zum Glück dauerte die Fahrt keine Ewigkeit. Bruno fixierte starr einen Punkt am Himmel. Was auch immer er dort sah, es schien zu helfen. Stefan behielt ihn im Auge und die Tüte im Anschlag.

Die Fähre legte rumpelnd seitlich am Steg auf Frauenchiemsee an. Über die schmale Zugangstreppe konnten die Fahrgäste aussteigen. Stefan steckte die Tüte weg, Bruno atmete einige Male tief ein und wieder aus, es hatte den Anschein, als wäre er gerade einem schlimmen Schicksal entronnen.

»Ich muss was essen.« Bruno zog den Reißverschluss der Jacke auf und holte eine Flasche Cola heraus, dazu einen Riegel und etwas, das er in Alupapier eingeschlagen hatte.

»Wir setzen uns vielleicht da vorn auf die Bank«, schlug Stefan vor.

»Wenn Sie mögen, ich hab noch einen zweiten Energy-Riegel.«

Bruno zog etwas Schlankes unter der Jacke hervor. Seinen Riegel hatte er in Lichtgeschwindigkeit aufgefuttert und machte sich jetzt über sein XXL-Sandwich her.

»Klingt gut.« Stefan nahm den Riegel entgegen. Er hatte ihn gerade zur Hälfte gegessen, als Bruno verkündete: »Wir können!«

An der Klosterpforte teilte ihnen eine Schwester mit, dass die Priorin gleich Zeit für sie hätte.

»Und Marian Reinhart – Schwester Althea«, sagte Stefan.

Bruno schaute verdutzt.

Klosterschwestern umarmten und küssten normalerweise keinen Mann. Stefans erster Gedanke: Sie ist die Sonne in diesem dunklen Bau. Er würde nie kapieren, warum sich Marian ausgerechnet für ein Leben im Kloster entschieden hatte.

»Endlich, ich dachte schon, wenn du dich nicht bald sehen lässt, muss ich meinen neuesten Köder flottmachen«, lachte sie.

Er hatte es nicht überhört, aber zuerst stellte er seinen Begleiter vor. »Bruno Bär, unser Praktikant – meine Tante Marian, Schwester Althea.« Er deutete in die jeweilige Richtung.

»Praktikant – das klingt wie ein Schimpfwort«, raunte Althea Stefan zu.

»Kriminalkommissar Sanders – unter anderen Umständen würde ich sagen, welche Freude«, begrüßte ihn die Priorin.

»Und welche Umstände wären das, Schwester Jadwiga?«, erkundigte sich Stefan.

»Kommen Sie mit, bevor unsere Althea den Fall allein löst«, sagte Jadwiga, wies den Weg und ließ die Frage unbeantwortet. »Es wird Zeit, den Ort der …« Pause. Die Priorin fand den Anschluss offenbar nicht.

»Den Ort der Entdeckung zu sichten«, half ihr Marian. Sie liefen durch einige Gänge und kamen schließlich in der Klosterküche an.

»Instandsetzungsarbeiten?« Stefan warf einen Blick in den anschließenden Raum und stellte den Koffer ab.

»Renovierungsarbeiten«, präzisierte Jadwiga. »Dabei fand man die Geldtasche und alles andere.«

Stefan schaute sich neugierig um. »Hier drin hatte sich jemand versteckt? Mit dem Geld? Wenn das mal nicht wieder ein Sonderfall mit Erzbistumsbeteiligung wird.« Er schnaufte.

Jadwiga schüttelte den Kopf. »Der Raum war verschlossen, in den alten Plänen ist er aber eingezeichnet. Wir geben das Geld zurück, somit ist es Sache der Polizei, herauszufinden, wer es angeschleppt hat. Die Beamten sind doch sicher verschwiegen und reden nicht über einen aktuellen Fall.«

Damit hatte es sich für die Priorin. »Angeschleppt« war eine ziemlich bagatellisierte Umschreibung dafür, dass das Kloster einen Dieb, möglicherweise einen Entführer, vielleicht sogar einen Mörder in seinen Mauern beherbergt hatte.

»Das Geld und die anderen Sachen sind in meiner Zelle. Bis auf den Schlafsack und den Fallschirm«, sagte Marian.

»In der Zelle? Was haben Sie verbrochen?« Bruno Bär klang beinahe schockiert.

»Es handelt sich um eine Klosterzelle«, betonte Stefan. Obwohl Jadwiga Marian einen Seitenblick zugeworfen hatte, der besagte, ein Unschuldslamm war diese Schwester durchaus nicht.

Die Steinkammer hinter der Küche wirkte mehr wie ein Gefängnis. Es roch außerdem ziemlich streng. Bruno fingerte an seiner Nase herum, sein Blick war wach und aufmerksam.

Ein Mumienschlafsack lag am Boden. Der Grashüpfer ließ sich auf ein Knie nieder; die schöne, saubere Bundfaltenhose.

»Vielleicht finden sich darauf Spermaspuren oder das weibliche Gegenstück, ein Sekret. Es wäre spannend, das herauszufinden«, sagte Marian.

»Sex im Kloster?«, vergewisserte sich Bruno. Sein Gesicht verzog sich.

»Schwester Althea!«, mahnte die Priorin, fügte aber hinzu: »Jemand will gesehen haben, wie sich hier zwei Menschen vergnügten.«

Stefan konnte sich nicht vorstellen, dass sich jemand hinter einer Ecke verborgen gehalten und zugeschaut hatte, auch wenn das so klang. Etwas sehen, ohne wirklich Zeugin zu sein – das konnte nur eine. »Katharina Venzl?«, riet Stefan. Er mochte und schätzte die alte Kath, die es immer wieder fertiggebracht hatte, ihn zu überraschen. Aber sie war deutlich und sehr direkt, ohne umständliche Beiwörter.

»Was kein Beweis dafür ist, dass es sich wirklich so verhält«, gab Jadwiga zurück. »Sicher ist, hier hat jemand übernachtet.«

»Was bedeutet, diese Tür ist zu öffnen.« Bruno erhob sich wieder, ging zur massiven Holztür hinüber. Er tippte sich auf seine Herzseite.

Der Anschlag der Tür war rechts, wie die Türbeschläge zeigten, sie ging nach innen auf. Was befand sich auf der Außenseite?

Marian beantwortete die nicht gestellte Frage. »Der Efeu verdeckt an der Außenwand das Holz ganz wunderbar. Man muss schon sehr genau hinschauen, um überhaupt etwas zu erkennen. Wenn die Sonne richtig steht, dann ist es einfacher.«

»Dort im hinteren Garten gab es früher einmal ein Gemüsebeet«, steuerte Jadwiga bei.

»Wann war ›früher einmal‹?«, fragte Stefan.

Marian war anzumerken, dass sie es nicht gewusst hatte.

Die Priorin erklärte: »Es ist bestimmt schon fünfundzwanzig, vielleicht sogar dreißig Jahre her. Als Novizin habe ich hin und wieder dort draußen gearbeitet und etwas für die Küche geholt.«

»Sie waren Novizin hier im Kloster?«, hakte Bruno nach. An Jadwigas Gesichtsausdruck war ablesbar, dass sie wusste, woran er gerade dachte. Ihr ausgestreckter Finger drohte, ihr Blick hatte ihn schon aufgespießt, sagen musste sie nichts mehr.

Stefan unterbrach das Gefecht der Blicke und bat die Priorin um zwei Müllsäcke. »Dafür.« Den Schlafsack konnten sie nicht hierlassen, den gepackten Fallschirm auch nicht. In den Koffer passten sie nicht.

Jadwiga wandte sich ihm zu. »Nehmen Sie alles mit, was wir gefunden haben. Schwester Althea hat sich um den Rest gekümmert.«

»Es finden sich Fingerabdrücke auf den Geldscheinen und auf einem Feuerzeug im Rucksack«, erklärte Marian. »Den Fallschirm habe ich mir noch nicht genauer angeschaut.«

Stefan zog seine Tante zur Seite. »Was wird hier gespielt, Tante Marian?«

»Jadwiga und ich haben uns ein paar von den Scheinen vorgenommen«, gab sie zurück. Jadwiga und sie. Stefan staunte. Nicht über ihre Initiative, die war nicht verwunderlich, vielmehr über die Beteiligung der Priorin.

»Wir haben keine Vergleichsspuren. Vielleicht kannst du ...« Marian deutete den Vorschlag nur an.

Woher sollte ich die haben?, fragte sich Stefan. Die einzigen Abdrücke stammten von einem Einbruch und waren vor zwanzig Jahren sichergestellt worden. Auch dafür fehlten ihnen die Vergleichsspuren.

Marian holte etwas aus den Taschen ihres Habits, glättete das Papier ein wenig und hielt es ihm hin. Stefan wusste nicht so genau, warum er jetzt sein Handy hervorzog und den Abdruck aufrief, den ihm die Kollegin vom Einbruch geschickt hatte.

Marian hielt ihr Blatt neben den kleineren Handybildschirm.

»Als Praktikant muss man mich miteinbeziehen«, erklärte Bruno. Er tippte sich erneut kurz auf die Herzseite.

»Mich als Priorin auch.«

Wie gebannt verglichen vier Augenpaare das Display und den Zettel. Die Schleife auf der Fingerkuppe war dieselbe, sie sah zumindest auffallend so aus. Das musste noch genauer geprüft werden und würde es auch, denn die Kriminaltechniker konnten beide Spuren übereinanderlegen.

»Das kann eigentlich nicht sein«, sagte Stefan.

»Ein und dieselbe Person?«, fragte Marian.

»Dieser Fingerabdruck wurde im September 1997 bei einem Einbruch im Münchner Verlag gesichert. Es gab keinen Namen in der Datenbank.« Stefan klopfte auf das Handybild. »Dann bekam ich einen anonymen Brief, und jemand behauptete, er wüsste vielleicht, wer diesen Einbruch damals begangen hat.«

»Etwas daran stört dich«, sagte Marian.

»Derjenige, der diesen Einbruch angeblich begangen haben soll, gilt offiziell als verschollen. Und jetzt präsentierst du mir diesen Fingerabdruck. Was davon stimmt also, frage ich mich.«

»Verschollen oder untergetaucht«, meinte Bruno. Er hatte plötzlich eine rosige Gesichtsfarbe. »Ein Rätsel, das es in sich hat. Wenn der Einbrecher auch derjenige war, der eine Nonne gevö…«, er schaute zu Jadwiga, »sich mit einer Nonne vergnügt hat, dann kann der nicht an zwei Orten gleichzeitig gewesen sein, dann war der hier.«

Stefan wollte nicht lachen wegen der Wortklaubereien, so nickte er nur bemüht ernsthaft. In einen Verlag einbrechen, eine Millionärstochter entführen, mit einer Nonne intim sein und spurlos verschwinden, bevor einer auf Magda Pranners Nachhilfelehrer kam.

»Es geht um drei Millionen Mark, die der Entführer für Magda Pranner forderte.« Stefan hatte Marian noch nichts von seiner Recherche erzählt.

Ihm fiel sein Kuvert wieder ein, das er loswerden wollte. »Können wir bitte kurz in Ihr Büro gehen?«, bat er Jadwiga.

Sie beäugte ihn einigermaßen misstrauisch.

»Es geht um den Finderlohn, den Schwester Althea mit unserer Behörde ausgehandelt hat.« Er wurde amtlich.

Jetzt überzog Röte Jadwigas Gesicht. »Finderlohn!«, flüsterte sie.

Nachdem Stefan der Priorin das Kuvert übergeben hatte, holte diese die Müllsäcke.

»Sie müssen es loswerden, wir müssen es untersuchen lassen«, sagte Stefan. Sie rollten den Schlafsack in der Kammer zusammen und tüteten ihn blickdicht ein. Im zweiten Sack fand der Fallschirm Platz.

Daran hätte er früher denken müssen. Zwei Männer, die mit einem Koffer, einem Rucksack und zwei großen Mülltüten aus dem Kloster marschierten.

»Drei Millionen Mark«, sagte Jadwiga. »Wir haben nur die eine. Wo ist der Rest geblieben?«

Genau das würden sie herausfinden müssen, erklärte er. Stefan hatte Marians Blick bemerkt und den schief gelegten Kopf, der ihm mitteilte, dass sie nachdachte. Sollte er sich Sorgen machen, worum sich ihre Gedanken drehten?

Sie begleiteten Marian die Treppen hinauf, in ihre Zelle.

»Der Koffer ist leer«, sagte ein erstaunter Bruno.

»Wenn wir uns verabschieden, wird er voll sein«, gab Stefan zurück.

»Und ich dachte, da wäre unser Equipment zur Spurensicherung drin. Ein Geruchsneutralisator wäre richtig fein gewesen!«, meinte Bruno.

Hatten sie so was überhaupt? »Du übernimmst den Rucksack«, sagte Stefan.

»Irgendwie gar nicht so unauffällig«, bemerkte Bruno.

»Irgendwie fürchterlich auffällig«, fand auch Stefan. »Aber wir können nichts davon hierlassen. Die Spuren auf dem Schlafsack könnten wirklich … heiß sein.«

Bruno kicherte.

Marian schloss die Tür zu ihrer Klosterzelle auf und bat die Männer herein, was Jadwiga mit einem »Schwester Althea, das muss nun wirklich nicht sein« kommentierte.

»Wie recht du hast«, gab Marian zurück, »wir sollten die Tür schließen.« Sie griff an Jadwiga vorbei und zog die Tür zu.

Stefan biss sich in die Wangen, um nicht zu lachen, Bruno wandte sich plötzlich zum Fenster um, die Priorin schüttelte den Kopf. Marian zog ihre Bettdecke weg. Eine blaue Sporttasche, deren Reißverschluss kaputt war, und ein Rucksack kamen darunter zum Vorschein.

Stefan machte den Koffer auf, nahm die Tasche und stellte sie samt Inhalt hinein. Bruno übergab er den Rucksack.

»Und schon verabschieden wir uns wieder«, sagte Stefan und küsste die Wange seiner Tante.

»Wie heißt dieser Sebastian, Magdas Nachhilfelehrer, mit vollem Namen?«, fragte sie mit unschuldigen Augen.

»Baumgart. Er war ein Freund der Familie.«

»Dann kommst du vielleicht zurück und fragst Friederike Villbrock, was sie von damals noch weiß.«

War das ein Zwinkern?

»Was hat denn die ehemalige Richterin damit zu tun?« Jetzt war Stefan einigermaßen überrascht. Marians Schulfeindin hätte sich ihr sicher nicht anvertraut. Sie war zugeknöpft wie nur irgendwas und extrem bissig.

»Sie kannte Magda Pranner. Das wusste ein hiesiger Radiosender – und jetzt rede ich schon, als wäre Magda tot.«

»Das dürfte die Wahrheit sein«, sagte Stefan. »Sei bitte nicht leichtsinnig und hör auf deine Priorin, die es gut meint.« Ein Lächeln spielte um seinen Mund.

Marian zuckte die Schultern. »Ich muss schon achtgeben, dass der Teufel vom See mich nicht bemerkt.«

»Die Geschichte kenne ich noch nicht«, sagte Stefan.

»Ein Vergleich?«, fragte Bruno. »Wenn es als solcher gemeint ist, dann könnte dieser Teufel ein Mensch mit böser Absicht sein.«

Sie hatten die kleine Zelle verlassen und standen an der Treppe, als von unten jemand tönte: »Schwester Althea, ich hab dir das große Praxishandbuch für die Pfarrerfische besorgt. Dann bist du richtig gut informiert.«

»Das klingt nach Valentin Zeiser«, sagte Stefan.

»Ausgerechnet«, klagte Jadwiga.

»Der neugierige Klosterwirt«, grummelte Marian.

»Was sind Pfarrerfische?«, wollte Bruno wissen. Er tippte sich erneut auf die Herzseite.

Der Klosterwirt konnte damit unmöglich etwas zu tun haben. Eine andere Frage war, ob Stefan sich Gedanken machen sollte, ob der Praktikant ein schwaches Herz hatte.

***

Valentin hatte ganz zufällig gesehen, wie der Kriminalkommissar aus München aus der Fähre stieg. Er war nicht allein, und er hatte einen komischen Koffer im Gepäck. Das Geheimnis im Kloster, für das sich Valentin schon seit der Entdeckung der verborgenen Kammer interessierte, ließ sich jetzt vielleicht auflösen. Den Aquariumratgeber hatte vor Jahren einer der Hotelgäste auf seinem Zimmer liegen lassen, und siehe da, jetzt konnte er ganz unverhofft etwas damit anfangen.

Der Kriminalkommissar befand sich schon wieder im Aufbruch,

auch gut, dann konnte sich Valentin anschließen. »Was macht denn der Kriminalkommissar auf der Insel, dachte ich mir«, versuchte er, ein Gespräch anzufangen.

»Es nur zu denken, genügt dir aber nicht«, gab Stefan Sanders zurück.

»Ich kümmere mich, weil unlängst im Kloster eingebrochen wurde, und Schwester Althea ...«

Valentin hätte gern noch weitererzählt, was da an Sonderbarem vorgefallen war, aber der Kriminalkommissar ließ den Koffer fallen. »Einen Moment.« Er lief zurück und klingelte an der Pforte Sturm.

Stefan war außer sich. Warum hatte sie nichts gesagt? Das war doch kein Zufall. »Marian!«, rief er und wusste, dass den Schwestern weltliche Namen in der Regel wenig sagten. »Schwester Althea!«, versuchte er es noch mal. Die Frau kostete ihn Nerven, um keine andere war er jemals so besorgt gewesen.

»Mäßigen Sie Ihren Ton, das ist ein Kloster«, wetterte die Schwester von der Pforte.

»Du hast etwas vergessen?«, fragte Marian, die die Mitschwester beruhigte, sich seinen Arm griff und mit ihm davonspazierte, außer Hörweite.

»Nein, aber *du* hast etwas vergessen. Im Kloster wurde eingebrochen, und du hast es gar nicht erwähnt«, schimpfte Stefan.

»Ehrlich? Daran habe ich gar nicht mehr gedacht. Valentin natürlich schon, der hört und sieht alles«, sagte Marian. »Ich habe die ›Münchner Taten‹ im Livestream geschaut, als eine Scheibe in der Küche zu Bruch ging. Der Einbrecher war nicht sonderlich gerissen, aber schneller als ich. Er rannte mich um und entkam in die Nacht. – Es war niemand mit einer schlimmen Absicht.«

»Oh nein, du bist doch nicht die Frau, die in jedem Menschen zuerst das Gute sieht«, schnappte Stefan.

»Die bin ich wirklich nicht. Der Einbrecher hat nicht gefunden, was er suchte.«

»Was denkst du, suchte er?«, fragte Stefan zurück.

»Natürlich eines eurer netten Gepäckstücke. Sagst du mir, wem der Fingerabdruck auf dem Feuerzeug im Rucksack gehört? Da ist einer drauf, ich wollte ihn nicht kaputt machen.« Marian hatte offenbar nicht vor, weiter über den Einbruch zu reden, der wurde durchgewunken, schon vorbei.

Stefan war sicher, sie hatte schon etwas herausgefunden. »Rätst du, wem der Rucksack gehört, oder weißt du's?«, ließ er sich auf das neue Thema ein.

»›M. Pranner‹ steht auf einem Stückchen Stoff im Innern. Magda? Das Feuerzeug sollte wohl ein Geschenk sein, aber das ist jetzt geraten. ›Sebastian‹ ist dort eingraviert.«

»Sebastian.« Stefan leckte sich über die Lippen. Magda Pranner und Sebastian Baumgart?

»Dein junger Begleiter versteht sich gut darauf, Gesagtes zu filtern. Jemanden, der etwas verheimlicht, würde seine Art der Befragung ganz schön nervös werden lassen. Jadwiga ist aber sicher nicht diejenige, die mit einem Mann dort drin herumgevögelt hat.«

»Oh, Schwester Althea«, meinte Stefan.

Auf der Fähre klammerte sich Bruno Bär an die Reling, Stefan hatte die Tüten und den Koffer abgelegt und war mit der Spucktüte zur Stelle.

Valentin war das arg fahle Gesicht des Praktikanten aufgefallen, er hatte angeboten, sie mit dem Boot nach Prien zu bringen.

Bruno lehnte das Angebot ab. »Schaukelt noch mehr.«

»Geht aber schneller«, wandte Valentin ein.

Stefan war froh, als jetzt der Ufersaum zu sehen war. Das Schiff würde gleich anlegen.

»War vorher nicht so ernst gemeint, die Verbannung auf die Insel«, sagte der Grashüpfer. »Aber die Nonnen sind sogar ziemlich gruselig. – Natürlich nicht Schwester Althea«, schob er eilig nach.

»Hilft es irgendwie, sich auf die Herzseite zu tippen, wenn etwas unangenehm wird?«, fragte Stefan. Jetzt war er der Umschreiber.

»Was? Äh, nein.« Brunos Finger zwirbelte verlegen eine Locke, während sein Kopf von einer Seite auf die andere pendelte. »Da ist eine versteckte Kamera in meinem Hemd. Sie haben doch auch auf das Logo geschaut. Ist ziemlich praktisch für einen Einsatz.«

Der Praktikant hatte eine Kameralinse im Hemd, und der Kriminalkommissar wollte für sich nicht einmal ein interaktives Whiteboard.

»Ein Einsatz war das aber nicht«, widersprach Stefan. »Können wir uns die Bilder heute noch anschauen?«

»Sicher.« Brunos Miene hellte sich auf. »Mache ich gleich, wenn wir zurück sind.« Er steckte den Kopf in die Tüte. »Mir geht's gut, mir geht's gut …«, klang es verschwommen an den gebogenen Rändern der Tüte vorbei.

Stefans Blick glitt über den blauen Spiegel des Sees, auf dem Sonnensprenkel wie kleinste Diamantsplitter hüpften. Er wollte sich nicht vorstellen, was sich darunter alles verbarg, aber es war mit Sicherheit einiges.

»Nehmen Sie mich wieder mit?«, drang die Stimme des Grashüpfers aus der Tüte.

14

Nonpalpabilitas = Nichtfühlbarkeit

Althea lief durch den Äbtissinnengang, die Hände in den weiten Ärmeln, ihr Blick verhangen. Das war ein kurzer Abstecher auf die Insel gewesen, sie hatte mit ihrem Neffen kaum reden können. Eigentlich war alles nur angeschnitten worden, und »alles« war beileibe nicht alles. Stichpunkte – Althea wollte sich ein paar notieren, und dazu musste sie möglichst ungestört sein. Eine weiße Tafel, wie sie in manchen Büros benutzt wurde, wäre jetzt hilfreich, da konnte man die Punkte anschließend miteinander in Verbindung setzen. Althea klopfte an Jadwigas Bürotür.

»Wir sind alles losgeworden«, sagte die Priorin zufrieden und drehte ihren Stuhl in Altheas Richtung.

Und damit auch die möglichen Antworten, dachte Althea weiter. Sie hätte sich zu gern noch ein wenig länger mit den Sachen beschäftigt. Die Kleidung aufgelegt, den Fallschirm entpackt.

Doch damit hätte sie die verbliebenen Spuren wegermittelt.

»Schwester Jadwiga, kannst du mich entbehren?«, fragte sie. »Ich möchte im Garten Blumen schneiden. Regen ist angekündigt, und ich habe ein Versprechen gegeben.«

Das Versprechen war noch keine Sekunde alt.

»Dass es regnen soll, habe ich gehört«, erwiderte Jadwiga. »Dann sollte ich besser gleich noch mit Valentin wegen der Scheibe reden. Einen Wasserschaden können wir nicht auch noch brauchen.«

Das hatte Althea jetzt von ihrer Übertreibung; natürlich würde es irgendwann wieder regnen, von heute oder morgen hatte sie gar nichts gesagt. Und obendrein den Wetterbericht verpasst.

»Wir haben eine Glasversicherung, aber wenn ich den Einbruch dort melde, muss ich ihn auch der Polizei melden. Verschlingungen. Ich mag sie nicht und überlasse es dir, Schwester Althea, das fehlende Glied zu finden.«

Hatte Jadwiga absichtlich dieses Wort gewählt? Sicher nicht, aber in Altheas Kopf manifestierte es sich. Keine Versicherung, keine

Polizei, nur Valentin, der Aushilfsglaser. »So sei es«, stimmte Althea zu.

Sie hatte sich nicht drücken wollen, sie mussten wissen, wofür die Markierungen hinter den Namen der Mitschwestern standen. Nur schien es Althea gerade ebenso wichtig, ihre Gedanken zu ordnen und den Ablauf der Fakten nicht durcheinanderzubringen. In ihrer Zelle hatte sie eine Decke, die in einem klirrend kalten Winter zum Einsatz kam, dann mummelte sie sich damit in ihrem Bett ein. Jetzt würde sie sich mit der Decke auf die kleine Wiese beim Blumengarten setzen. Althea holte eine Schere aus der Küche, lief in ihre Zelle und nahm die Wolldecke aus dem Schrank. Den Schreibblock und den Stift steckte sie in die Tasche ihres Habits.

Althea hoffte, dass niemand auf sie achtete. Hinter dem braunen Lattenzaun begann die Idylle, und im Frühjahr und Sommer verschwand man inmitten der Blumen und Sträucher. Das würde ihr jetzt nicht gelingen, doch es sah schön aus, die verschiedenfarbigen Chrysanthemen und Zinnien, die Anemonen und Dahlien, die Herbst-Krokusse, der Mönchspfeffer und die Sieben-Söhne-des-Himmels. Ein wundersames buntes Potpourri.

Althea breitete ihre Decke aus. Die Nachmittagssonne war noch immer kräftig, und sie nahm ihren Schleier ab. Solche spontanen Einfälle wurden nicht gern gesehen, das wusste sie.

Sie holte ihren Block und den Stift aus der Tasche.

Tatsachen und Rätsel. Sie sollte jeweils ein Blatt für jeden Einfall auswählen. Dann könnte sie die passenden Blätter zusammenlegen, als Stütze im Gedankenstrudel.

Kath sieht Novizin auf jungem Mann reiten.
Sebastian Baumgart war Magdas Nachhilfelehrer.
Sebastian Baumgart brach im September 1997 in den Münchner Verlag ein.
Sebastian Baumgart angeblich verschollen seit Sommer 1997.
3 Millionen Lösegeld für Magda gefordert.
1 Million Mark in der Tasche gefunden.
M. Pranner. Magdas Rucksack im Kloster?
Fingerspuren auf Geldscheinen und im Münchner Verlag – identisch?
Wer war der Einbrecher im Kloster?

Feuerzeug im Rucksack für Sebastian, als Geschenk?
Magda verliebt in Sebastian?
Sebastian Baumgart intim mit Novizin?
Was weiß Friederike?

Althea besaß längst nicht alle Informationen, das war ihr klar. Sie hatte schon mehr Rätsel als Tatsachen aufgeschrieben, und die kannte sie auch nicht alle.

Auffallend war, dass Sebastian Baumgart immer wieder auftauchte, obwohl er doch angeblich verschwunden war.

»Wenn derjenige, der im September 1997 ins Kloster kam, nur die eine Geldtasche dabeihatte, dann hatte der andere den Rest vom Lösegeld. Und dieser andere war vielleicht Patrick Schmitzler«, sinnierte Althea.

Noch einige Fragen mehr, sie schrieb auf:

Teil des Lösegelds noch im Flugzeug?
Patrick Schmitzler der Entführer?
Sebastian Baumgart der Komplize des Entführers?
Wo ist Magda?
Wo ist Sebastian Baumgart?

Es gab sicher noch weitere Fragen, aber für heute musste es genug sein. Wolken hatten sich vor die Sonne geschoben, Wind kam auf, die ersten Regentropfen fielen neben Althea ins Gras. Der Regen, der gar nicht angekündigt war.

Althea stand auf und beeilte sich, die Decke zusammenzulegen und ihre Haube darunter in Sicherheit zu bringen. So schnell konnte sie die nicht wieder anlegen.

Ein Windstoß hatte ihre Notizen erfasst, wirbelte sie hoch, trug einige über den Zaun und legte sie auf dem Weg ab. Althea stopfte den Rest der Blätter in die Tasche ihres Habits und jagte den anderen hinterher.

Jemand lachte. »Schwester Althea, hast du denn die Regenwolken nicht gesehen?«

Sie hatte den Sonnenschein genossen und nicht auf die Schatten geachtet. Der Hilfssheriff des Klosterwirts war zur Stelle, um einer Nonne in Nöten unter die Arme zu greifen. Sollte sie es eigenartig finden, dass immer jemand um eine Ecke spähte? Sie machte das kleine Gartentor auf.

»Da vorn, bitte«, deutete Althea.

Hannes hob eines ihrer Blätter auf. »Und da.« Sie verzog den Mund und wies auf einen Schirm, den gerade eine Frau aufgespannt hatte. Das Blatt klebte an einer Seite.

»Mist«, schimpfte sie. Jemand hatte ihre Überlegungen mit Füßen getreten.

Hannes schnappte sich auch dieses Blatt. Inzwischen teilte der Himmel seine nassen Vorräte ganz brüderlich mit ihnen. Damit war doch nicht zu rechnen gewesen. Vielleicht hatte der Herrgott die Nase voll von Altheas Jägerlatein?

»Sind das alle?«, fragte Hannes und hielt Althea die Blätter hin. Er richtete den Blick nach unten, und sein Lachen brach unvermittelt ab.

Althea nahm die Seiten dankbar entgegen. Auf dem obersten Blatt stand immer noch gut lesbar: »Teil des Lösegelds noch im Flugzeug?«

»Danke, du warst meine Rettung, sonst hätte ich die letzte Stunde ganz umsonst nachgedacht«, sagte sie.

»Natürlich, immer gern«, gab er zurück. Zerfahren und grüblerisch, wie es Althea schien.

Sie war klatschnass, die Decke auch, und Blumen hatte sie keine einzige geschnitten. Althea winkte, drehte sich um und ging zurück in den Garten, wo sie sich beeilte, etwas für die Vase in der Klosterkirche auszusuchen.

Ungesehen kam Althea zwar in die Kirche, aber nicht durch die Seitentür zurück ins Kloster.

»Schwester Althea, was ist das für eine Sauerei?«, fuhr Ignatia sie an, dass Althea zusammenzuckte. Die Schwester war aus dem Dunkeln gekommen.

»So etwas nennt sich Regen«, sagte Althea. »Ich hänge die Sachen schnell im Wäscheraum auf. Am besten auch mein Gewand und den Schleier.« Den sie gar nicht trug. »Sonst tropfe ich alles voll. Der Regen hat mich im Garten überrascht.«

»Du kannst dich doch hier nicht ausziehen«, japste Ignatia entsetzt.

»Nicht hier, ich ziehe mich im Wäscheraum aus«, wiederholte

Althea. Vielleicht lag da ein Spannbetttuch, in das sie sich einwickeln konnte.

Ignatia begleitete sie zum Wäscheraum, als müsste sie achtgeben, dass ... was? Was erwartete die Mitschwester denn Schauderhaftes?

Althea nahm Block, Stift und die beschriebenen Blätter aus der Tasche ihres Habits, zog das Ordensgewand aus und hängte es an eine Leine, ihren Schleier daneben.

Ignatias Augen wurden groß, als sie Althea in schwarzer Unterwäsche sah. »So etwas habe ich nicht einmal in meiner Zeit mit den Novizenschülerinnen erlebt. Eitelkeit ist eine persönliche Ruhmsucht, sie verhärtet das Herz.«

»Oh! Du musstest das tatsächlich am eigenen Leib erfahren?«, fragte Althea.

»Das reicht.« Ignatia stob wütend aus dem Wäscheraum. Althea griff nach einem der cremefarbenen Spannbetttücher, die glücklicherweise gerade zum Zusammenlegen bereitlagen.

Die Blätter aus ihrem Notizblock musste sie auch trocknen, doch sollte sie das lieber in ihrer Zelle tun. Der kurze Ausflug in den Garten war nicht als Abenteuer gedacht gewesen.

Althea konnte sichergehen, Schwester Ignatias schwarze Beobachtung hatte bis zur Vesper schon die Runde gemacht.

***

Zwischen ihnen herrschte keine Distanz, nur eine gewisse Vorsicht. Der elfjährige Florian hatte sich Rike als Kind einige Male anvertraut, der einunddreißigjährige Florian wollte es genauso halten. Sie hatten sich, als er mit der Fähre ankam, am Steg umarmt, und obwohl viele Jahre dazwischenlagen, fühlte es sich nicht so an. Rike hatte gesagt: »Du bist älter geworden, aber ich hätte dich überall erkannt«, und ihm übers Haar gestrichen.

Er erwiderte nicht, dass auch sie älter geworden sei, nur dass er sich bei ihr kein einziges Mal wie ein dummer Junge gefühlt hatte. Sie hatte ihn und auch seine Sorgen immer ernst genommen.

Rike bestand darauf, dass er das Gästezimmer in ihrem Haus bezog. »Ich hoffe, du hältst es ein bisschen aus auf der Insel und wir finden vielleicht gemeinsam ein paar Antworten.« Das war ehrlich und direkt. Sie konnte nicht wissen, was er in Magdas Zimmer gefunden hatte, aber sie wusste, er wollte sich endlich mit Magdas Verschwinden auseinandersetzen, dem alten Schmerz nachspüren, um den er sich bislang mehr oder weniger erfolgreich herumgedrückt hatte.

Später machten sie es sich in den Korbsesseln auf der Terrasse gemütlich. Eine Kanne mit frischem Kaffee stand auf dem Tisch, dazu Tassen, Milch und Zucker. Rike schenkte ihm ein. Ihr Blick fiel auf das bunte Kästchen, das er in die Tischmitte gelegt hatte.

»Ich wollte es mir nicht allein anschauen«, gab Florian zu. »Magdas geheimes Kästchen.« Die Büchse der Pandora, hätte er auch sagen können. Und das Übel war bereits entwichen.

»Sie hatte es gut versteckt in ihrem Zimmer. Zufall, dass ich es überhaupt entdeckt habe.« Er hatte es auch nicht wirklich entdeckt. Du musst mir helfen, hatte er kurz zuvor noch geflüstert und sich dann in der Tagesdecke verhakt.

Seine Mutter hatte ihn ertappt, als er die Bücher wieder in die Halterungen stellte, die heil geblieben waren. Er hatte sich für die Unordnung entschuldigt, er sei gestolpert, der Eiffelturm sei ein wenig instabil gewesen. Keiner von ihnen hatte gelacht. Ansehen konnte er sie in dem Moment nicht. Er hätte es wahrscheinlich nicht erwähnen sollen, aber er wollte sie verletzen, wollte ihr sagen, dass ihm jemand wichtig war und es nichts mit ihr zu tun hatte. »Ich werde Rike besuchen. Sie hat sich ein Haus auf der Fraueninsel gekauft, ich freue mich sehr auf das Wiedersehen.«

»Friederike Villbrock?«, hatte sie in seinen Rücken gefragt, denn er hatte sich eilig umgedreht, um schnell aus dem Haus zu kommen. Erbärmlich, doch in dem Moment tat es gut, ihr zu verstehen zu geben, dass es da jemanden gab.

Das Foto hatte Florian jetzt umgedreht auf den Tisch gelegt. Rikes Finger tippte darauf, und er nickte. Sie drehte das Bild um. »*Das* war bei Magdas Sachen?«

Er hatte sie schlucken sehen. »Und ich dachte die ganze Zeit, Magda und Sebastian Baumgart wären zusammen abgehauen. Ich hätte doch nie geglaubt, dass meine Mutter etwas mit ihm hatte«, sagte er.

»Das da lässt überhaupt keine andere Vermutung zu«, gab ihm Rike recht.

Nein, überhaupt nicht. Auf dem Bild hatte Sebastian die Hand um eine von Judiths Brüsten gelegt, sein Mund liebkoste ihre Brustwarze. Ihre Augen waren geschlossen, die Lippen geöffnet, als würde sie stöhnen. Ein Bild gab Auskunft über ein intensives Gefühl.

»Es nimmt Sebastian aber nicht aus der Gleichung, er könnte trotzdem etwas mit Magdas Verschwinden zu tun haben«, sagte Rike.

»Sie hatte das Foto, sie könnte ihn mit ihrem Wissen erpresst haben«, gab Florian zu bedenken. »In der Art ›Du tust, was ich will, sonst erfährt mein Vater, was du für einer bist‹.«

»Was war Sebastian denn für einer? Ich kannte ihn nicht, bin ihm bloß einige Male in der Villa über den Weg gelaufen.«

Florian berichtete ihr, wie Max Pranner Sebastian kennengelernt hatte. »Mein Vater dachte, er wäre ihm etwas schuldig – na ja, die großartige Wahrheit ist, er schuldete Sebastian sein Leben.«

Sein Vater kletterte gern oberhalb von Aschau im Chiemgau. An jenem Tag war er allein unterwegs gewesen. Die steile Südwand am Hauptgipfel der Kampenwand hatte er sich nicht zum ersten Mal ausgesucht, aber beinahe wäre es das letzte Mal gewesen.

Eine Seilschaft über ihm hatte einen Steinschlag ausgelöst. Max Pranner hing im Seil, blutete am Kopf, war kaum bei Bewusstsein. Sebastian hatte den Verletzten mit dem Seil möglichst nah an die Wand gezogen, sodass die größeren Felsstücke über sie hinwegdonnerten.

Ganz typisch für seinen Vater, dass er seinen Retter zum Dank bezahlen wollte. Sebastian hatte abgelehnt. *Wir kommen wieder, denn wir sind Brüder auf Leben und Tod.*

Es imponierte Max Pranner mächtig, dass Sebastian das Volkslied kannte und vor allem, dass er danach handelte. Der Retter hatte ihm nur seinen Namen genannt, nichts weiter.

Er wollte aber unbedingt mehr über ihn herausbekommen und hatte den Studenten schließlich ausfindig gemacht.

»Magda hätte das Vertrauensverhältnis zwischen den beiden mit nur einem Fingerschnippen kaputt machen können. Und sie hätte es auch getan, ganz sicher. Sie wollte Sebastian, und sie wollte ihn für sich.«

Rike summte das Bergsteigerlied. »Max liebte Judith, aber einige der Freizeitaktivitäten haben sie nicht geteilt. Er brannte fürs Klettern, Judith tauchte. – Du willst sagen, Sebastian war einer der Entführer?«, übersetzte Rike für sich.

»Wenn es so einfach wäre. Ich hab keine Ahnung«, gab Florian zu. »Mein Onkel verhielt sich komisch, dann stürzte er mit seiner Piper ab, und Sebastian verschwand auf Nimmerwiedersehen. Meine Mutter hat ihn sogar vermisst gemeldet. Jetzt weiß ich wenigstens, warum.« Er biss die Lippen zusammen.

»Nein, darum nicht«, widersprach ihm Rike. »Dass Judith vielleicht eine Affäre mit ihm hatte, hätte sie nicht dazu gebracht, zur Polizei zu gehen. Sie wollte vielmehr wissen, wo er ist. Deine Mutter hatte die gleiche Angst wie du – dass Sebastian etwas mit Magdas Verschwinden zu tun haben könnte. Dass sie vielleicht jemandem vertraut hatte, der euch alle aufs Schändlichste hinterging.«

Florian deutete auf das Kästchen. »Zusammen?«, fragte er. Vier Augen sahen mehr als zwei, aber wenn eine Hand von zweien zurückzucken würde …

Er hatte keinen Blick hineingeworfen, nur eingesammelt, was vor ihm auf dem Boden gelegen hatte. Mit geschlossenen Augen, soweit das gegangen war. Feigling.

Rike musste es an seiner Miene abgelesen haben, sie nahm das bunte Kästchen, öffnete es und nahm den Inhalt heraus.

Ein Notizbuch, eine Visitenkarte und ein Freundschaftsarmband.

Florian schluckte, als er den mühevoll geknüpften Bast sah. »Das Armband hab ich ihr geschenkt. Ich hatte mir eigens ein Buch gekauft, um herauszufinden, wie man so was macht. Sie hat es nie getragen. Ich dachte, sie hätte mein Geschenk weggeworfen.«

»Magda konnte ganz schön anstrengend sein und genauso verschlossen«, sagte Rike.

»Ja«, sagte Florian.

Rike las vor, was auf der kleinen Karte stand.

Damals wäre er kaum beeindruckt gewesen, dass Magda es geschafft hatte, sich die Visitenkarte des Juniorchefs von Janus-Bücher zu angeln. Jetzt war er es.

»Wir kommen irgendwie zusammen«, hatte der Mann für Magda aufgeschrieben, und Florian glaubte, dass es dabei um etwas rein Geschäftliches gegangen war. »Heute zählt Janus-Bücher zu einer der größten Ladenketten, damals hatten sie vielleicht zwei Filialen?«

Das Fragezeichen, weil er nur wusste, dass Janus Ende der Neunziger noch am Anfang gestanden hatte. »Aber mit einer konkreten Vorstellung, wohin ihr Weg sie führt.« Ihren Traum hatte seine Schwester nicht mit ihm geteilt, aber wahrscheinlich mit Sebastian, wenn sie dazu noch gekommen war.

Florian griff sich das Notizbuch. Todesmutig, wie es ihm vorkam.

»Wovor fürchtest du dich bloß so?«, wollte Rike wissen.

Dann überwand ihr Blick plötzlich die kleine Hecke und flog hinüber zum Klostergarten. »Wenn das ihre Schwestern sähen.«

Mit ihm hatte ihre Bemerkung nichts zu tun, ahnte Florian. Dort drüben in der Wiese saß eine Nonne auf einer Decke, rupfte an ihrem Schleier und schüttelte zufrieden die blonden Haare aus.

»Hübsch. Wie auf einem Gemälde von Monet.«

Rike versteinerte regelrecht. Vielleicht mochte sie die Nonne nicht? Er fragte besser nicht, sondern konzentrierte sich auf das Notizbuch. Es hatte ein Gummiband, mit dem man es verschließen konnte. Er schnippte es auf.

»Ich hab mir damals, in dieser Nacht, als wir vergeblich auf einen Anruf warteten, etwas Schlimmes gewünscht«, beantwortete er Rikes Frage, seine Zaghaftigkeit, seine Furcht betreffend. Florian kribbelte es in den Fingerspitzen, als er zum letzten Eintrag blätterte. Er wollte wissen, woran Magda vor ihrem Verschwinden gedacht hatte.

»Ich möchte es laut vorlesen«, sagte er. »Diese Gedanken sind schon alt, aber für mich sind sie sehr neu.«

Rike nickte ihm zu, er konnte die Spannung, die er selbst empfand, auch an ihrem Gesicht ablesen.

»Am 20. September 1997: ›S. hat ein schlechtes Gewissen, er will mir helfen, meinen Onkel auszuspionieren. Das ist doch nett. Von mir bekommt er den Zugangscode zum Verlagsgebäude. Leider, leider wird der nicht funktionieren, ich hab dafür gesorgt, dass er geändert wurde. Wird er einbrechen? Ich hoffe. Dann ist er geliefert, denn P. wird ihn erwarten. Muss mir für meinen Onkel noch was Glaubhaftes einfallen lassen, warum er ausgerechnet noch an dem Abend in den Verlag soll. Papa will ich das nicht antun, ich tue ihm schon etwas anderes an; wegen Mama, der Betrügerin.‹«

Florians Stimme klang trocken wie altes Papier. Davon hatte er gewusst, vom Einbruch, dass Magda zusammen mit Sebastian etwas ausgeheckt hatte und darum sicher Spuren von ihm im Verlag zu finden waren. »Dass sie Patrick auf Sebastian angesetzt hatte, davon habe ich nichts geahnt.«

»Magda hat offenbar alle gegeneinander ausgespielt«, sagte Rike. »Von einem Polizeireporter weiß ich, dass deine Schwester zuletzt im Chiemgau gesehen wurde.«

Florian konnte nicht anders, sein zweifelnder Blick verriet ihr, dass ihm dieses Nachher nicht neu war.

»Es war gruselig, wie viele Leute bei der Polizei anriefen, weil sie angeblich etwas gesehen hatten. Mutters Augen glänzten immer so hoffnungsvoll, bis …«, er schüttelte den Kopf, »… sie sich die Ohren zuhielt und schrie, sie wolle nichts mehr hören, es sei sowieso gelogen. Ihre Tochter sei längst tot.«

★★★

Das Geheimnis im Kloster. Friederike hätte zu gern mehr darüber gewusst.

Sie hatte beobachtet, wie Stefan Sanders und ein jüngerer Mann durch die Klosterpforte verschwunden waren, nur um eine halbe Stunde später wieder herauszuspazieren, bepackt wie Lastesel und den Klosterwirt im Gefolge.

Was Marian dort auf der Wiese getan hatte, dafür reichte Friederikes Phantasie nicht aus.

Aber schon kurz darauf setzte der Regen ein, und der Kellner vom Klosterwirt, oder was er sonst war, bemühte sich, ihr zu gefallen. Marian Reinhart wusste noch immer, wie es ging, dass man Aufmerksamkeit erregte.

Friederike musste lachen. Marian hatte eine seltsame Bemerkung gemacht, und sie durfte sich fragen, wie die gemeint war. Natürlich hatte sich Friederike gleich geärgert und darüber völlig vergessen, genauer nachzuhaken.

Jetzt wünschte sie sich tatsächlich, sie wäre freundlicher gewesen.

★★★

Nachdem sie bei der Kriminaltechnik den Schlafsack, den Rucksack, den Fallschirm und die Fingerabdrücke zum genauen Abgleich vorbeigebracht hatten, fuhren Stefan und der Praktikant mit ihrem Millionenkoffer weiter ins Präsidium.

»War ziemlich gut, der Ausflug auf die Insel. Ich hab die Tüte gar nicht gebraucht. Ich schau gleich mal nach den Fotos und mache mir ein paar Gedanken«, sagte Bruno.

Dazu gehörte einiges Hintergrundwissen, über das er momentan nicht verfügte, was sich aber ändern ließ. Bei den Asservaten konnte man auch versauern.

»Wenn du etwas hast, komm in mein Büro, dann gehen wir es gemeinsam durch.«

»Ich werd was haben«, lachte der Grashüpfer überzeugt.

Mit Brunos Vater Martin hatte Stefan in seiner ersten Zeit zusammengearbeitet, bevor Martin zum Raub wechselte.

»Mord und Totschlag packe ich nicht länger«, hatte er gesagt. »Jemand, der klaut, mordet normalerweise nicht, der muss nachdenken. Ein Mörder denkt nicht so viel.«

Das hatte sich Stefan gemerkt. Auch er machte sich ein paar Gedanken. Mit seiner Recherche über Magda Pranner war er schon verwirrend früh in einer Sackgasse gelandet, musste wenden. Er würde mit dem anonymen Briefeschreiber weitermachen. Die Spur führte direkt nach Grünwald.

Zu zweit würden sie mehr Eindruck machen, wenngleich Stefan bei diesem Gedanken schmunzeln musste. In jedem Fall sahen zwei Paar Augen mehr, und jemand, der die Zusammenhänge von einer anderen Seite her betrachtete, stellte vielleicht andere Fragen.

Im Präsidium war man unschlüssig – was tat man mit einer Million?

Herausfinden, wem sie abgeht, hätte Stefan gesagt. Sein Job. Unschlüssig war auch Arno Wendlsteiner, der sich über den Kopf strich und an einer möglichst nachdenklichen Miene bastelte. Das Stehpult hatte sein Chef eiligst wieder gegen seinen Schreibtisch und den bequemen Sessel eingetauscht, was seine Laune aufgebessert hatte.

»Da haben Sie ja allerhand mitgebracht, Sanders. Das wächst sich noch zu einem Fall aus.«

»Das war schon vor zwanzig Jahren einer – ein Entführungsfall. Ich möchte weiter dranbleiben. Wenn man in der Asservatenkammer auf den Praktikanten verzichten kann, übernehme ich Bruno Bär.«

Damit hatte er Wendlsteiners volle Aufmerksamkeit, der die Bitte, den Praktikanten übernehmen zu dürfen, einigermaßen seltsam fand. Nun setzte er einen fragenden Blick auf.

Stefan erläuterte: »Im Studium wird von ihm verlangt, Kriminalfälle zu analysieren. Er macht es dauernd, denkt sich hinein, pult die einzelnen Schalen ab, bis er den Kern erreicht. Kurz: Er versteht etwas von der Seele des Verbrechens.«

Was für ein Kern? Welche Schalen? Die Detailbeschreibung hakte etwas, das fiel sogar ihm auf.

»Dachte, Seelen sind die Sache der Tante auf Frauenchiemsee, Sanders«, erwiderte sein Chef. »Aber wenn Sie den Bären dabeihaben wollen, schön, denn sonst reißt sich niemand um den Kameraden. Blass wie eine Wachskerze, ein Schussel, und in unserem altehrwürdigen Paternoster windet er sich wie ein Aal und verbeißt sich in einer Ecke das Spucken. Nicht mein Problem, Sie müssen ihn aushalten.« Wendlsteiner nahm den Telefonhörer ab und wählte. »Der Bär gehört fürderhin Kriminalkommissar Sanders«, lautete die Anweisung. Schmunzelnd.

Dann hatte Wendlsteiner die Unterbrechungstaste gedrückt, der letzte Satz war allein für Stefan bestimmt. »Der mag noch länger Kindermädchen spielen.«

Nur gut, dass es einen amüsiert, dachte sich Stefan.

»Die weiße Tafel haben wir Ihnen ins Büro gefahren. Marker liegen bereit. Könnte das eventuell was für die ›Münchner Taten‹ sein?«

Stefan winkte ab. »Wenn der Bär und ich damit fertig sind, können wir es wohl unter ›gelöste Kriminalfälle‹ ablegen.«

»Jetzt aber …« Arno Wendlsteiner horchte auf. »Mir sind sie gelöst ja auch viel lieber«, räumte er ein.

15

Ohrenklingen = eine auf innerer Erregung des Gehörnervs beruhende Hörempfindung, ein hohes Singen oder Zirpen

Althea hatte die Vorhänge gegen den aufdringlichen Mond zugezogen, der dick und silbern hereinleuchtete und das Zimmer in Helligkeit tauchte. Da konnte man keinen ruhigen Schlaf finden. Althea fand auch mit Vorhang keinen.

Von ihren Notizen, die in einer Reihe auf dem Holzboden lagen, schauten ihr zu viele Fragezeichen entgegen. Darüber wollte sie sich jetzt nicht hermachen. Dafür drängte etwas anderes zurück an die Oberfläche, wollte unbedingt bemerkt werden. Althea schob sich ans Kopfende des Bettes. Ihr fiel wieder ein, was die schimpfende Schwester Ignatia gesagt hatte, als sie sie in ihrer Unterwäsche sah.

»Ich glaube, ich habe wenigstens einen Teil des Rätsels gelöst«, bemerkte sie zufrieden. Jemand musste einer Novizin zur Seite stehen, sie durch das Noviziat begleiten. Eine Schülerin im Glauben und ihre Lehrerin. Die Entscheidung ist getroffen, der Schleier aber noch weiß, bis zur ersten Profess, dem Gelübde vor dem endgültigen Versprechen.

Dieser Novizin war aber die Liebe dazwischengekommen.

Ihren eigenen Koffer mit Erinnerungen hatte Althea schon vor langer Zeit gut verstaut.

Es war wirklich an der Zeit, abzuschalten. Agatha Christies Fall war auch gelöst. Da hatte es nur so gestrotzt vor Geheimnissen, und die waren verzwickt und komplex gewesen; kein Vergleich zu einem geheimen Raum mit einer Tasche voller Geld in einem Kloster.

Ein Schmöker wartete noch darauf, gelesen zu werden.

Althea hatte Jadwiga vor einigen Wochen gebeten, eine Bestellung in einer Online-Buchhandlung aufgeben zu dürfen. Die Priorin hatte ihr bereitwillig den Computer überlassen, aber sicher nicht damit gerechnet, dass Althea sich einen Klosterkrimi bestellen würde.

Die Lieferung war angekündigt worden, und als Althea ihre Sendung abholen wollte, kam sie gerade noch rechtzeitig, weil die

Schwester an der Pforte sich schon an der Verpackung zu schaffen machte und dabei war, mit einer Schere das kleine Päckchen aufzuhebeln. Althea hatte ihr Schere und Päckchen abgenommen. »Monasterium Frauenwörth‹ steht dort nicht als Adressat, denn das wäre dir natürlich sofort aufgefallen, liebe Schwester Hortensis. Dort steht nur ›S. Althea, Frauenchiemsee 50, 83256 Chiemsee‹.«

Hortensis hatte Latein unterrichtet, sie wusste, was dort nicht stand. Wenigstens hatte Althea ihr Päckchen vor fremden Blicken retten können.

Jetzt schlug sie genussvoll den Krimi auf. Der erfundene Blickwinkel einer Nonne war schon reizvoll, aber der von Apodemus, der Waldmaus, die in der Abtei Mariahain großäugig in alle Ecken schaute und mit ihrem Spürsinn zur Auflösung eines Verbrechens beitrug, lockte Althea.

Die Autorin Lore Wagner gab an, selbst einige Zeit in einem Kloster verbracht zu haben. Also doch keine gänzlich erfundene Perspektive. Der Aufenthalt im Kloster war womöglich wahr. Eine hübsche Vierzigjährige schaute Althea von einem Schwarz-Weiß-Foto entgegen. Biografien offenbarten gern ein Stückchen Wahrheit, vor allem, wenn es interessant klang.

Apodemus' Abenteuer würden es hoffentlich sein.

Sie wachte auf. Das Buch war zur Seite gerutscht und lag aufgeschlagen auf der Bettdecke, genau unter dem Kreuz an der Wand. Es hatte den Anschein, als hätte der Herrgott darin gelesen.

Nichts hatte sie geweckt, dachte sie noch, da ging es auch schon los. Althea erkannte Bryan Adams' »Heaven«. Ein musikalischer Zufall?

»We're in heaven.«

»Dazu kommen wir hoffentlich noch«, sagte Althea. »Am Ende.«

Sie hatte gerade den Vorhang zurückgezogen, öffnete das Fenster und schnupperte in den frühen Morgen hinaus, den Blick auf den eben besungenen Himmel gerichtet – heute in klarem Blau –, da ertönte eine bekannte Stimme: »Wie man mir berichtete, wird mit einiger Spannung erwartet, wie es weitergeht. Die Erinnerung wurde ja schon angeschubst, und heute habe ich ein Intro: Eine alte Meldung wird nicht aktueller, nur weil jemand sie nach genau zwanzig Jahren ausgegraben hat. Neu ist, dass ein toter Pilot keinen

Notruf mehr absetzen kann, er kann auch nicht mehr steuern und nicht landen. Patrick Schmitzler war schon tot, als sein Flugzeug abstürzte – so steht es im Obduktionsbericht.«

»So leicht stirbt man doch nicht«, flüsterte Althea und hatte eine Rätselfrage mehr, die sie aufschreiben und ihrer kleinen Sammlung hinzufügen konnte.

Wer tötete Patrick Schmitzler?

Falls ihn tatsächlich jemand getötet hatte.

Derjenige, der abgesprungen war? Derjenige, der sich mit einem Teil der Beute auf die Insel gerettet hatte?

Althea verzog das Gesicht. Das konnte unmöglich schon das Ende sein – nicht für den Sprecher, dessen Grinsen sie förmlich vor sich sah.

Er hatte »Intro« gesagt. Die Neuigkeiten schon frühmorgens machten Althea schwindlig.

»Wer neugierig ist, kann sich alsbald die Beine in den Bauch stehen und Zeuge werden, was man im Chiemgau unter dem Begriff ›Wracktauchen‹ versteht. Der Tauchclub Chiemsee schickt seine Leute in die Tiefe, zu den Resten der abgestürzten Maschine. Zum Beweis, dass man wirklich dort unten gewesen ist, muss man etwas abliefern. Die Taucher müssen also ins Flugzeug hinein, um diesen Nachweis zu erbringen.«

Das betonte »ins Flugzeug« entging Althea nicht, und sie dachte an den Einbruch. Das sogenannte Geheimnis im Kloster hatte für Unruhe gesorgt. Vielleicht würde die Aussicht, man könnte dort unten in diesem Flugzeug etwas entdecken, auch jemanden nervös machen.

»Ein solcher Tauchgang ist keinesfalls uninteressant und auch nicht ganz ungefährlich, denn die Bergungsfirma, die damals den Auftrag erhielt, die Maschine zu heben, sprach von gefährlichen Strömungen und einem Sog, weshalb die Piper Cherokee auch noch immer auf dem Seegrund nordöstlich der Fraueninsel liegt, in circa achtunddreißig Metern Tiefe. Angeblich ist der unterirdische Sturm jahreszeitbedingt. Es kann auch ganz friedlich sein dort unten. Vor allem aber ist es dunkel. – Unser Chiemsee lüftet von Zeit zu Zeit eines seiner Geheimnisse, er holt auch seine Leichen wieder herauf. Das Flugzeugwrack muss aber ein anderer raufholen, das schafft der See nicht allein. Eine Münchner Spezialfirma hat angekündigt, die Maschine spätestens im nächsten Jahr zu heben. Es wird demnach das letzte Mal sein, dass man sich nur im Licht einer Handlampe in einem bayerischen See etwas anschauen kann, was normalerweise oben am Himmel zu bestaunen ist.«

Althea drehte jetzt dem offenen Fenster den Rücken zu. Die alte Kath hatte sich an den Absturz erinnert, einige andere konnten es sicher ebenfalls.

Die Taucher würden am kommenden Wochenende in die Tiefe gehen, verkündete der Sprecher, und Althea wünschte sich, sie hätte Jadwiga darum gebeten, einen Tauchkurs machen zu dürfen. Schwester Dalmetia hatte einige Kurse für Fotografie besucht, und auf ihren Bildern sah man wirklich unglaubliche Dinge. Insbesondere welche, die sie angeblich gar nicht absichtlich fotografiert hatte. Für einen Tauchkurs war es zu spät. Althea würde nichts anderes übrig bleiben, als sich zu den anderen Neugierigen zu gesellen, die am Ufer des Chiemsees warteten und mitfieberten, wer da etwas aus dem Flugzeug holen würde und was das war.

Jadwiga wäre sicher nicht sonderlich angetan, wenn Althea ihr sagte, sie müsse unbedingt dabei sein. Aber immerhin war es nicht unmöglich, dass sich auch ein anderer blicken ließ. Falls Patrick Schmitzler Magda entführt hatte, konnte er das unmöglich allein bewerkstelligt haben, denn er war, wie es hieß, tatsächlich auf dem Literaturfestival am Gardasee gewesen. Das nannte man ein »wasserdichtes Alibi«.

Andersherum gedacht, falls Magda sich selbst entführt hatte, musste sie sich ebenfalls jemandem anvertraut haben, also gäbe es auch einen Komplizen. Spurlos verschwand in der Regel niemand. Außer, die Person hatte einen anderen Namen angenommen oder war nicht mehr am Leben.

Leider funktionierte es nicht, sich Erinnerungen wie Bücher auszuleihen, weshalb Althea den Flugzeugabsturz beim gemeinsamen Frühstück ansprach.

»Woher hast du die Nachricht überhaupt?«, wollte Schwester Ignatia wissen. »Informationen sind ja bekanntlich deine Achillesferse.«

Warum klang es schon wieder so, als könnte ihr dieser Schwachpunkt gefährlich werden? Bedrohlich war es für den Helden der griechischen Sage gewesen, dem diese Ferse gehörte. Doch Ignatia war mit ihrem sagenhaften Einwurf noch nicht zu Ende.

»Um welche Brisanz ging es denn, als du dich gestern Nachmittag in die Wäschekammer geschlichen hast?«

Fragende Blicke, gespitzte Ohren, ratternde Rädchen in den Gehirnen und eine höchst gespannt wartende Priorin.

»Wind und Regen hatten unsere liebe Schwester durchnässt«, ergänzte Ignatia freundlich.

»Ich war im Garten, Blumen schneiden«, versuchte Althea die bissige Bemerkung zu entschärfen.

»Natürlich mit Block und Stift.« Ignatia legte eine von Altheas Notizen auf den Tisch. »Sebastian Baumgart intim mit Novizin, Fragezeichen«, las sie vor.

Jadwigas Miene geriet in Bewegung, Althea schaute weg. Der Zettel musste ihr gestern beim Aufhängen des Habits entkommen sein. »Das Fragezeichen steht dafür, dass ich es noch nicht sicher weiß«, sagte Althea. »Dafür nimmt der Chiemgau-Radiosender seine Berichterstattung sehr ernst.« Damit beantwortete sie Ignatias Frage, woher sie die Nachricht vom Flugzeugabsturz hatte.

»Ernst nehmen die gar nichts, die verzerren bloß die Wahrheit.« Ignatia verdrehte die Augen, was Althea gar nicht deprimierte.

»Aber die Gewinnspiele sollen richtig gut sein«, fand Dalmetia. Nur um mehr darüber zu erfahren, wollte Althea nicht vom eigentlichen Thema abkommen. Sie versuchte es anders. »Das Flugzeug ist vor zwanzig Jahren in den See gestürzt. War eine von euch damals Zeugin?« Zeugin zu sein war interessant, denn man konnte etwas erzählen.

»Priorin Jadwiga?« Fidelis' Kopf ruckte erwartungsvoll herum. Das hätte ihr Jadwiga doch gesagt, glaubte Althea.

»Gerade da nicht, vor zwanzig Jahren war ich in der Abtei in Montecassino, kurierte meinen Keuchhusten und verabschiedete meine Tante.« Ein kleines Stückchen von Jadwigas Vergangenheit. Interessant, musste Althea zugeben.

»Der Pilot starb in seinem Kleinflugzeug, er wurde aus der Maschine geborgen – daran kann ich mich erinnern«, sagte Reinholda. »Wir standen am Ufer und bezeugten mit Aahhs und Oohhs unser Entsetzen, als die Taucher den Leichnam an Land brachten.«

Warum klang es dann so, als hätte sie das Bild vor Augen, nicht aber den Moment des Schauderns? Reinholdas Erzählweise kam Althea kaltblütig vor. Aahhs und Oohhs – was Althea an die männerreitende Novizin denken ließ.

Jadwiga hatte Althea bereits in der geheimen Kammer für sich ausgeschlossen, und Reinholda konnte selbst vor zwanzig Jahren keine junge Frau mehr gewesen sein, auch diese Schwester musste sie aussortieren. Aber Reinholda war die Schwester mit dem fransigen Saum, diejenige, die telefoniert hatte. Ein kleines zweifelndes Stimmchen ließ anklingen, dass Althea sich täuschen könnte. Sie hatte auch mit dem Gedanken gespielt, Reinholda könnte der Einbrecher mit der Taschenlampe gewesen sein. Einziger Hinweis: Er hatte nach Zigarettenrauch gerochen.

***

Die schön geschwungene Schrift auf dem Zettel hatte Hannes zuerst an eine Aufstellung für das Kloster denken lassen. Darum hatte er Schwester Althea gern geholfen, sich die Blätter zu schnappen, bevor der Regen es tat. Aber weit gefehlt, und die Überraschung war ihm wahrscheinlich anzusehen gewesen. Gern hätte er sich auch die anderen Notizen angeschaut. Die eine, die er als letzte erwischte, hatte ihn aufmerksam werden lassen. »Teil des Lösegelds noch im Flugzeug?«

Was tat Schwester Althea da? Oder sollte er sich lieber fragen, was die Nonne herauszufinden versuchte? Es hatte natürlich mit der Entdeckung im Kloster zu tun. Althea würde es vielleicht nicht schaffen, die ganze Geschichte aufzuschlüsseln, aber sie brachte sich mit dem wenigen schon in Gefahr. Vielleicht würde sie nicht herausbekommen, wer der Einbrecher im Kloster war, doch Valentin hatte eine komische Bemerkung gemacht, die Hannes hellhörig werden ließ. Die Nonne wusste mehr, als ihr guttat.

Ausgerechnet Schwester Althea musste auftauchen! Sie hatte ihn erschreckt, und er wusste nichts Besseres zu tun, als ihr mit der Taschenlampe einen Hieb zu versetzen, sodass sie stürzte. Wahrscheinlich, weil sie im ersten Moment überrascht war. Das hoffte er jedenfalls, denn verletzten wollte er Schwester Althea nicht, aber sie hätte ihn erkannt. Dabei hatte er nichts stehlen, sondern sich nur vergewissern wollen. Doch bei seiner Rückkehr hatte er nichts mehr vorgefunden. Was glaubte er – dass die Schwestern nicht aufräumten? Dafür hätte er gar nicht erst einbrechen müssen.

Wieder einmal hatte er die Flucht ergriffen.

Hannes hatte aufgepasst, dass er keine Fingerabdrücke auf der Scheibe hinterließ. Valentin hatte ihm von dem Einbruch berichtet und auch von Schwester Altheas Vermutung, der Einbrecher sei jemand von der Insel. Er musste wirklich vorsichtiger sein.

Damals hätte ihm ein bisschen mehr Vorsicht auch nicht geschadet. Doch daran hatte er überhaupt nicht gedacht.

Keiner von ihnen war vergessen. Magda nicht und auch nicht Judith und Max und Florian und Patrick. Vor allem Patrick nicht.

Hannes wanderte einmal um die Insel. Bald würde hier ein Haufen Leute aufkreuzen. Es war seine Chance – wahrscheinlich die einzige.

Vor zwanzig Jahren hatte ihn schiere Panik beherrscht, keine Zeit für größere Entscheidungen. *Wenn du nicht sterben willst, musst du springen. Wenn du springst, wirst du es vielleicht nicht überleben.*

Patrick würde jedenfalls nie wieder etwas entscheiden. Als er sagte, dass es ihm gleich sei, ob Magda die Sache überleben würde, hatte Hannes seinen Kopf gegen das Armaturenbrett im Cockpit geschmettert. Besser, sie überlebte nicht, hatte Patrick betont.

Die Erinnerung an Magda verfolgte Hannes seit der Nacht des Absturzes. Ausgerechnet die wichtigtuerische Morgensendung rührte die Vergangenheit auf, die so lange Zeit keinen interessiert hatte. Genauso wenig wie das Kleinflugzeug, das da unten immer noch seelenruhig lag.

Ums Überleben ging es für ihn jetzt nicht mehr, aber darum, mit heiler Haut davonzukommen. Er musste endlich hinunter zum Wrack.

Und unversehens ergab sich eine Möglichkeit, ohne dass Hannes sich etwas ausdenken und sich erst den Anzug und das ganze Equipment auf die Insel schicken lassen musste. Noch dazu im Verborgenen, weil Valentin so gern fremde Post öffnete. Da wäre es schwierig gewesen, ein großes Paket zu erhalten, dessen Inhalt er niemanden sehen lassen wollte.

Außerdem hätte er sich dann nachts davonstehlen müssen, und seinen Berechnungen zu den Absturzdaten vertraute Hannes nicht unbedingt.

Der Tauchclub Chiemsee, der einlud, zum Wrack hinunterzutauchen. Besser konnte es nicht passen. Er könnte so tun, als gehörte er dazu. Für Valentin hätte er schon eine passende Erklärung parat, warum er gern tauchen wollte.

Entweder er wurde dort unten im Cockpit des Flugzeugs fündig, oder einer der anderen Taucher brachte etwas herauf, was verriet, wer damals der Komplize von Magda Pranners Entführer gewesen war.

Was glaubte er denn? Dass er alle Zeit der Welt hatte?

Er hatte mitbekommen, wie Valentin gestern Nachmittag wie von der Tarantel gestochen aus dem Kloster gestürmt kam, ein altes Buch herauskramte und damit wieder loszog.

Kurz darauf war der Klosterwirt mit zwei Männern den Weg entlanggekommen, die einen Koffer und gefüllte Mülltüten trugen. Das wirkte kein bisschen zufällig. Der eine mit dem Koffer war stehen geblieben und zurückgelaufen, um kurz darauf mit Schwester Althea wieder aufzutauchen. Wenn Valentin ihm nicht gesagt hätte, dass der Kofferträger Altheas Neffe war, hätte Hannes etwas ganz anderes vermutet.

Valentin, der sich furchtbar wichtig vorkam, hatten die Worte sicher nicht in der Kehle gebrannt, aber Hannes' Magen zog sich zusammen. Schwester Altheas Neffe war ein Kriminalkommissar aus München.

Du lässt mich wachsam werden, Schwester Althea.

16

Pyrogen = fiebererzeugend

Jadwiga hatte angeordnet, den geheimen Raum erst einmal wieder zu verschließen. Sie wollte Valentin bitten, neue Paneele einzuziehen und Regale für die Vorratskammer zu bauen.

»Die Mäuse sind, wie es scheint, ausgezogen. Die Polizei hat mitgenommen, was für den Fall von Interesse ist. Und unser Anliegen muss es sein, dass der Alltag im Kloster wieder einkehrt.«

Althea wollte diese geplante Schließung irgendwie verhindern. Sie hatte noch keine Möglichkeit gehabt, die Kammer genauer zu untersuchen. Das wollte sie aber unbedingt.

Die Mitschwestern aber mochte sie an dieser Überlegung nicht teilhaben lassen, darum passte sie Jadwiga im Gang ab.

»Wir können den Raum nicht wieder verschließen. Der Grundriss verrät, es muss außer diesem noch ein weiteres Zimmer geben.«

»Und in dem sind dann Magda Pranners Knochen«, sagte Jadwiga und schüttelte sich.

Althea fragte sich, wie sie ausgerechnet darauf kam. »Wenn das ihr Rucksack ist, muss Magda dann auch hier gewesen sein?« Die alte Kath hatte es nicht gesehen.

»Du bist doch von uns diejenige mit der kriminalistischen Ader. Ich habe den historischen Klosterkrimi auf deinem Nachttisch liegen sehen«, sagte Jadwiga.

Althea hätte sich denken können, dass eine der Schwestern ihren Lesestoff bemerken würde. Nun war es die Priorin.

»Gib die Regale für die Vorratskammer in Auftrag, aber lass uns zuerst den Gebäudegrundriss von 1802 mit unseren aktuellen Maßen vergleichen.«

»Na schön, Schwester Althea, bevor ich Angst haben muss, dass du diese Tür von außen öffnest …«

Althea nickte zufrieden. Glücklicherweise fragte die Priorin nicht, was sie tun würden, sollten die Maße nicht übereinstimmen.

Jadwiga wandte ihre Aufmerksamkeit schon wieder einem anderen Thema zu.

»Ich werde den Einbruch nicht anzeigen«, sagte sie. »Ich will nicht, dass jemand von außerhalb Wind davon bekommt. Valentin hat mir versprochen, er erneuert die Scheibe, den Unterschied wird niemand bemerken.«

Welchen Unterschied?, fragte sich Althea. »Ein bekanntes Übel ist besser als ein unbekanntes?« Sie zuckte mit den Schultern. Aber sie könnte den Klosterwirt, das bekannte Übel, fragen, ob er sich an den Flugzeugabsturz vor zwanzig Jahren erinnerte.

»Du wolltest doch in den alten Akten nach den Namen der Novizinnen schauen«, erinnerte Jadwiga sie. »Was hat dich geritten, ausgerechnet diese Frage aufzuschreiben?«

Altheas Augen funkelten belustigt. »Mich ritt nichts und niemand. Es sollte nur eine Gedankenstütze sein.«

»Wenn du beim Radiosender auch so geschickt mit Worten umgehst, können wir uns freuen.«

»Radiosender?«, hatte Althea schon gefragt, bevor es ihr wieder einfiel. »Die himmlische Fanfare«.

»Schwester Althea ...« Jadwiga unterbrach sich und senkte den Blick. »Ach, nichts.«

»Nichts« konnte man das nicht nennen, was Althea in den digitalisierten Akten im Computer der Priorin entdeckte. Sie war den Markierungen hinter den Namen der Mitschwestern auf die Spur gekommen. Die Kreuzchen standen dafür, dass diejenigen die Obhut über eine Novizin übernommen hatten. Leider fand sich hinter Reinholdas Name keine solche Markierung.

Drei Novizinnen waren in den Jahren 1996 und 1997 in der Abtei, um in sich zu gehen. Althea rief die Biografien auf und schaute sich die Fotos der Mädchen an, die zwischen neunzehn und vierundzwanzig waren und etwas scheu in die Kamera blickten.

Das konnte doch nicht sein!

Althea brachte ihre Nase näher an den Bildschirm, dann drehte sie den Bürostuhl herum und stand auf. So schnell sie die Füße trugen, lief sie die Treppe hinauf in ihre Zelle, griff sich den Historienkrimi und eilte wieder hinunter. Sie klappte die vorletzte Seite im Buch auf, die mit dem Bild und der Biografie der Autorin. Lore Wagner oder Hannelore Wagner. »Du hast tatsächlich über etwas geschrieben, womit du dich auskennst«, sagte Althea. Hannelore alias Lore Wagner war 1997 Novizin im Kloster Frauenwörth gewesen. Sie lebte in Spanien, hieß es im Buch. Althea suchte und fand in den Akten die damalige Adresse der Eltern in Moosinning bei München.

Zwanzig Jahre, und du glaubst, da hat sich nichts verändert?

Althea nahm das tragbare Telefon und tippte die Nummer ein. Freizeichen, dann eine feste Stimme: »Annemarie Wagner.«

Althea stellte sich mit Namen vor, entschuldigte sich für die Störung und fragte nach Hannelore. »Unser Kloster trägt sich mit dem Gedanken …« Tja, mit was für einem? Das war etwas unüberlegt von ihr. Ein Glück, dass die Gesprächspartnerin Althea nicht ausreden ließ. »Die ist schon vor zwanzig Jahren weggegangen.« Annemarie klang niedergedrückt, so als würde sie der Weggang noch immer belasten.

»Sind Sie sicher?«, fragte Althea. Sie hatten es mit Verschollenen und Vermissten zu tun, da wollte sie es ganz genau wissen.

»Ob ich sicher bin? Ich bin ihre Mutter. Der Vatter und ich haben die Arbeit auf dem Hof bis vor ein paar Jahren noch allein gemacht; es wäre mir schon aufgefallen, wenn im Sommer ein paar Hände mehr beim Heumachen geholfen hätten.« Altheas Hand, die den Apparat hielt, zuckte bei der Lautstärke zurück. »Wir mussten uns Saisonarbeiter dazuholen, und die kosten Geld. Lore schickt uns hin und wieder was, und ich frag immer, wann sie wiederkommt.«

Althea ließ sich das durch den Kopf gehen. Hannelore schickte der Familie Geld, wollte aber nichts mehr mit den Eltern zu tun haben? Althea konnte das nachvollziehen, so ähnlich hatte sie es auch gehalten – nämlich ihre Familie auf Abstand.

»Ich bin traurig, Schwester Althea, das habe ich Lore auch geschrieben. Der Vatter hat sie vertrieben mit seinem ewigen ›Dein Leben ist hier bei uns …‹.«

»Ihre Tochter schreibt spannende Krimis.« Das hoffte Althea zumindest. Sie hatte das Buch gerade erst angefangen. »Ich lese gerade den Klosterkrimi und dachte mir, unsere Abtei könnte die ehemalige Novizin vielleicht nach Frauenwörth zu einer Lesung einladen.«

»Na, das möchte ich sehen«, sagte Annemarie. »Sie schreibt Bücher, sagst du, Schwester Althea?« Jetzt hörte sich Annemarie sanfter an.

Du, Schwester Althea – sie würde es genauso halten. Althea

143

stellte sich eine ältere Frau mit zusammengebundenen Haaren in Bluse und Strickjacke vor.

»Bei uns hat sie sich bloß noch einmal sehen lassen, um uns ihren neuen VW Golf vorzuführen. Sie sei dann jetzt weg.« Ein undefinierbares Geräusch begleitete diese Aussage.

Auch andere hatten das schon behauptet, aber Althea konnte sich gerade einen kleinen Teil der Geschichte zusammenreimen.

»Und wir dachten doch, sie würde im Kloster bleiben«, sagte Annemarie. »Plötzlich wollte sie aber nicht mehr. Dabei hat sie der Liebeskummer erst zu euch getrieben.«

Liebeskummer war nicht gerade der beste Grund, sich für ein anderes Leben zu entscheiden. »Ihr Freund hat mit Hannelore Schluss gemacht?«, vergewisserte sich Althea.

»Hannelore hat erzählt, es ist wegen einer anderen. Er hat sie verlassen, und sie hat getrauert, als wäre jemand gestorben. Ich hab ihr nicht helfen können.«

Althea sah es nicht, aber es hörte sich an, als würde Annemarie sich hinsetzen. Ihr Ärger und ihre Energie schienen erst einmal verpufft. Sie ließ Althea an ihren Erinnerungen teilhaben.

»Als sie mit dem schicken Auto auf den Hof fuhr, dass der Kies aufspritzte, hat sie gesagt, sie habe sich selbst geholfen. Ich hab gefragt, woher sie das Geld für das Auto hat. Da hat sie bloß gelacht.«

Drei Millionen minus einige Zehntausend oder einige Hunderttausend, um sich ein neues Leben zu finanzieren? Jetzt dachte Althea böse. Die Fingerabdrücke, die sie und Jadwiga von einigen der Geldscheine genommen hatten – waren auch Hannelores dabei? Wieder hatte sie kein Vergleichsmaterial. Dafür eine Idee. »Annemarie, hast du die Briefe noch, die dir deine Tochter geschrieben hat?«

»Ich hab sie alle aufgehoben. – Schwester Althea, ich möchte gern ein Votivtaferl in Auftrag geben und die selige Irmengard bitten, uns unsere Lore zurückzuschicken.«

Wenn die Predigt Althea nicht mitriss und sie in der Kirchenbank kniete, wanderte ihr Blick häufig zu den kleinen Tafeln mit ihren Bitten oder Dankeschöns, die sich an die Selige richteten.

»Wenn du einverstanden bist, dann male ich die Fürbitte, und du schickst mir unterstützend Lores Briefe, damit ich etwas Persönliches herauslesen kann.« Eine Übertreibung.

»Das würdest du machen?«

Althea bejahte, doch das war auch der Moment, in dem sie sich gemein vorkam, weil sie die Briefe wollte, um einen Fingerabdruck zu bekommen. Eine Szene auf eine kleine Tafel zu malen traute sie sich aber wirklich zu; naive Malerei wäre das, und sie musste sich nur das Material und die Farben dafür besorgen.

Ist mein Herz auch randvoll, rein ist es nicht.

Wie viele Entschuldigungen würde sie dem Herrgott denn noch anbieten? Und wie viele Wiedergutmachungen?

Althea müsste versuchen, an Lore Wagner heranzukommen, ein paar Antworten von ihr zu erhalten.

Lore Wagner, du bist mindestens verdächtig, einem Kriminellen die Tür zur Abtei geöffnet zu haben.

Keine Anfrage wegen einer Krimilesung, denn die Mitschwestern würden die Hände über dem Kopf zusammenschlagen.

Nach dem Frühstück würde sich die Priorin mit Valentin wegen der eingeschlagenen Scheibe in der Küche aufhalten, und Althea hatte nicht ganz uneigennützig angeboten, den Abwasch zu übernehmen. Jetzt sah sie sich einem wahren Geschirrberg gegenüber. Bevor sie auch nur ein ungestörtes Wort an Jadwiga richten konnte, tauchte auch schon der Klosterwirt auf.

»Priorin Jadwiga, Schwester Althea«, grüßte Valentin, der mit seinem Werkzeugkoffer munter durch die Küche jonglierte. »Das sieht aber ein bisschen nach Strafarbeit aus.«

»Ist es nicht«, erwiderte Jadwiga.

»Was ist es dann?« Althea hob die Augenbrauen. »Wo unser Valentin grade da ist, möchte ich etwas zur Sprache bringen«, begann sie.

Jadwiga stutzte, der Klosterwirt auch. Althea versenkte einige Tassen im heißen Spülwasser und rubbelte mit dem Schwamm über die Keramik. »Ich habe jemandem ein Votivbildchen zugesagt. Annemarie hat eine Bitte an die selige Irmengard und hat mir die Situation beschrieben. Valentin, würdest du einen kleinen Holzrahmen für mich anfertigen? So ungefähr.« Sie deutete mit nassen Händen Postkartengröße an. »Ich möchte das Bild hinter Glas einrahmen. Denkst du, wir bekommen das hin?«

Jadwigas Lippen formulierten etwas, Althea verstand nicht, was gemeint war, aber Valentin witterte offenbar eine Geschäftsidee. »Eine Schwester, die Votivmalerei anbietet. Schön, Schwester Althea, was für eine wunderbare Idee!«

»Was für eine wunderbare Idee?«, bohrte die Priorin nach. »Annemarie wer?«

Der Klosterwirt überhörte den Zwischenruf. »Und ich mache die Rahmen, und wir verdienen uns eine Kleinigkeit dazu.« Er klatschte lachend in die Hände.

»Annemarie Wagner, die Mutter einer ehemaligen Novizin«, sagte Althea, und zu Valentin: »Es ist eher eine Art Gefallen.«

»Wir verdienen uns keine Kleinigkeit dazu«, präzisierte er und widmete sich wieder dem Fenster, maß die Scheibe aus und setzte einen Glasschneider an. Er drückte auf die Bruchkante und rückte dem Glas mit einem Schleifklotz zu Leibe. »Schwester Althea, malst du mir auch eine Bitte für die Selige? Ein Gefallen gegen einen anderen – diesen.« Er deutete auf die Glasscheibe. »Das kostet das Kloster dann keinen Cent. Ich verlange nichts fürs Material und nichts für den Einbau.«

»Das ist sehr großzügig, Valentin. Ich würde mich auch Sünden fürchten, zu sagen, mit deiner Ratscherei von einem Geheimnis im Kloster hast du diesen Einbrecher erst neugierig gemacht.«

»Bestimmt nicht!«, gab er überzeugt zurück.

»Kannst du dich eigentlich noch an den Flugzeugabsturz vor zwanzig Jahren über dem Chiemsee erinnern?« Das kostete ihn jetzt mindestens eine Erinnerung. Althea hatte die Schwestern schon um das Gleiche gebeten.

»Das Flugzeug – ja, das war so …« Und Valentin erzählte, dass er in jener Nacht mit seinem neuen Teleskop den Vollmond bestaunen wollte. »Dann tauchte da ein Schatten auf.« Er hatte das Werkzeug und die Scheibe zur Seite gelegt und fuchtelte mit den Händen in der Luft herum, um Althea und Jadwiga die Szene zu beschreiben. »Der Flieger geriet ins Trudeln, dann gewann er plötzlich wieder an Höhe. Ich verlor ihn kurz aus den Augen, und als ich mit dem Rohr wieder draufhielt, da habe ich es gesehen. Der Mond war voll, das Licht gut, und im Flugzeug war die Tür auf. Aber bevor ich mir Gedanken machen konnte, warum die plötzlich offen stand, stürzte die Maschine ab. Das hab ich nicht richtig mitbekommen, aber schon einen Moment später wurde es unsäglich laut, so ein Kreischen. Ich

146

hatte Angst, sie fällt mir auf den Kopf. Aber bis ich unten am See war, war das Flugzeug schon gluckernd verschwunden. Das Licht im Cockpit brannte noch eine Weile, auch unter Wasser – dann wurde es rundum schwarz. Ob der Vogel seine Flügel behalten hat, weiß ich nicht, es wurde jedenfalls nichts angespült. Darauf hat nämlich jeder Inselbewohner in den nächsten Tagen gewartet.«

»Was hätte man damit anfangen wollen?«, fragte Jadwiga.

»Na, wo der Typ am Steuer doch der Onkel von dem vermissten Mädchen aus München war. – Ich tu so was nicht, aber wahrscheinlich hätte man das Zeug, wenn etwas angespült worden wäre, gut verkaufen können.«

Was für eine gruselige Idee. Du tust dafür etwas anderes, dachte Althea. »Das muss eine denkwürdige Nacht gewesen sein«, sagte sie und drückte den Schwamm aus. Jadwiga sagte keinen Ton, aber sie schien zu überlegen. Althea überlegte auch – jemand war aus dem Flugzeug abgesprungen, wenn man Valentin beim Wort nehmen konnte.

Die Taucher, die die Leiche geborgen hatten, würden es wissen, doch wahrscheinlich stand in keiner Akte, ob die Flugzeugtür offen gewesen war.

»Was ist jetzt mit meinem Votivbild?«, fragte der Klosterwirt.

Jadwiga schaute stumm zwischen Valentin und Althea hin und her.

»Ich weiß nicht, ob dir meine Malerei gefällt«, sagte Althea.

»Wenn sie dieser Annemarie gefällt, dann ist das für mich auch in Ordnung.« Valentin nahm eine Acrylkartusche aus dem Werkzeugkasten.

Als die neue Scheibe eingesetzt war, gehalten von einer schnell trocknenden Acrylmasse, und Jadwiga Valentin zur Pforte brachte, setzte sich Althea an den Küchentisch und atmete einige Male tief durch.

»Oh nein, gerastet wird erst nach getaner Arbeit!«, rief Jadwiga, die mit wehenden Rockschößen wieder hereinrauschte kam. »Wer ist diese Frau, und was ist das für ein Gefallen, Schwester Althea?«

Althea stand auf und ging hinüber zum Spülbecken. »1997 im September war eine Novizin namens Hannelore Wagner im Kloster Frauenwörth.« Und sie berichtete, was sie außerdem herausgefunden hatte. »Ich male ein Votivbild und bekomme dafür Lores

Briefe – es ist ein Handel. Ich bin neugierig, welche Fingerabdrücke sich darauf finden.«

Jadwiga hielt sich am Tisch fest, als wäre ihr schwindlig. »Die Bibel verurteilt die Gläubiger ...«

Die Priorin hatte den letzten Teil des Satzes weggelassen. Althea wusste auch so, dass sie gerade auf einem schmalen Grat balancierte.

***

Stefan würde noch Informationen brauchen und hatte sich dazu einige Fragen aufgeschrieben. Ein paar Hausaufgaben zum Entführungsfall Magda Pranner und zur Lösegeldübergabe, über die er nicht genug wusste.

Er hatte sich die Ermittlungsprotokolle der Staatsanwaltschaft von damals kommen lassen. Dünn war nicht nur die Akte, die Aussagen widersprachen sich stellenweise, oder sie entbehrten einer soliden Grundlage.

Die ermittelnden Beamten hatten ein paar Anmerkungen notiert. Eine besagte, Judith Pranner wolle das Lösegeld um Punkt Mitternacht am vereinbarten Ort abgelegt haben, danach habe sie sich einige Zeit im Wald versteckt gehalten und gewartet. Niemand sei gekommen.

Mutig oder bloß unüberlegt?, fiel Stefan dazu ein. Am nächsten Tag war das Geld offenbar doch von jemandem abgeholt worden. Eine Entführung mit vielen Variablen. Stefan kam der anonyme Briefeschreiber in den Sinn, mit seinen vielen »vielleicht« und »möglicherweise«.

Was ihm immer wieder sauer aufstieß, war, dass die Familie die Polizei bis nach der Lösegeldübergabe auf Abstand gehalten hatte.

Eine neuere deutsche Statistik besagte, in knapp siebzig Prozent der Fälle wurde Lösegeld bezahlt, ohne Zahlung kamen dreizehn Prozent der Opfer frei, neun Prozent konnten sich befreien, sieben Prozent starben und drei Prozent gelang eine Flucht.

Nur Zahlen, keine Gesichter, keine Geschichte; die Angst spielte hier keine Rolle. Stefan hasste Statistiken, er brauchte Substanz und ein Bild für seine Vorstellung.

Er wollte mit der Familie reden und sich anschauen, an welchem Ort das Geld hinterlegt worden war. Der Ort, den der Erpresser gewählt hatte, war der Römerwall im Grünwalder Forst, die ehemalige Römerstraße von Augsburg nach Salzburg war noch immer als breiter Damm im Gelände sichtbar.

Die Suchmaschine im Internet führte Stefan in einen bunten Herbstwald. Ein Erpresser, der sich darauf eingerichtet hatte, die Summe bei Dunkelheit abzuholen? Aber Judith Pranner hatte gewartet, und niemand war gekommen. Sagte sie.

Eine Lichtquelle hätte den Täter wahrscheinlich verraten, dieses Risiko war er nicht eingegangen. Vielleicht anders? Stefan googelte, ob es vor zwanzig Jahren schon Nachtsichtbrillen gegeben hatte. Hatte es, aber die fielen unter Spionagetätigkeit und waren verboten. Das Geld tagsüber abzuholen war vielleicht genauso wenig aufgefallen. Immerhin herrschte dann Betrieb im Forst, Wanderer waren unterwegs.

Es klopfte an der Tür. Ein dunkler Lockenkopf quetschte sich durch den Spalt. »Der Praktikant aus dem Untergrund, Herr Sanders!«, rief Bruno Bär, als würde ihn der Kommissar, der seitlich mit dem Rücken zum Fenster saß, womöglich übersehen.

»Du hast die Fotos schon fertig?«, fragte Stefan überrascht.

»Es ging eigentlich bloß darum, einen guten Drucker zu finden. Und ich hab einen gefunden.« Bruno hielt ihm einen Ausdruck hin. »Für Sie.«

Stefan verzog das Gesicht. Der Grashüpfer hatte ihn dabei erwischt, wie er fragend das Golf-Logo auf seinem Shirt angestarrt hatte. Fabelhaft.

»Ich hab außerdem Bilder von dem Stinkeraum im Kloster, vom Schlafsack, dem Fallschirm, dem Rucksack et cetera, und ich habe darüber nachgedacht, warum die Nonne mit dem Mann geschlafen hat. Darf ich?« Er packte seine Ausdrucke auf Stefans Schreibtisch, fischte nach einem farbigen Marker und ging hinüber zur Tafel.

Stefan schaute sich die Fotos genauer an. Wenn das eine kleine Kamera fertigbrachte, dann durfte er sich beeindruckt zeigen.

Bruno begann. »Der Hintergrund, warum wir ins Kloster mussten, war das gefundene Geld. Eine Million kann nicht aus dem Nichts auftauchen – was heißt, jemand hat sie mitgebracht. Und um diesen Hintergrund kümmern wir uns.«

Stefan schaltete sich ein und berichtete, was er bislang herausgefunden hatte, was er nur glaubte und was sich beweisen ließ.

»Eine Frau, die Sex mit einem Mann hat, obwohl sie es nicht darf – es zumindest nicht sollte –, versichert sich, dass er etwas für sie tun wird; sie will etwas. Der Sex ist ihr Mittel, es zu bekommen.«

Stefan überlief eine Gänsehaut. Der Grashüpfer hörte sich an, als hätte er tatsächlich eine Ahnung. Es musste an Stefans erstauntem Blick liegen, dass Bruno hinzufügte: »Na ja, das hab ich gelesen. – Was ich nicht gelesen habe, war, dass diese beiden in dem geheimen Raum sich gekannt haben. Es gab ein Vorher. Dazu muss aber klar sein, wer die beiden waren. Aber genau das scheint nicht so eindeutig, oder?«

»Nein«, bestätigte Stefan.

»Wir haben nicht alle Fotos der Handelnden in der Geschichte. Können wir die bekommen?«, wollte Bruno wissen.

Stefan sagte ihm, die müssten sie sich besorgen. Er wollte sich ohnehin ein Bild machen, wo damals die Übergabe des Lösegelds stattgefunden hatte. Bisher hatte er es mit halben Sachen zu tun, es war nur wenig Konkretes dabei.

»Was haben Sie vor?«, wollte Bruno wissen.

»Ins Nobelviertel zur Familie Pranner fahren und herausfinden, wer da Brotkrumen im finsteren Wald streut.«

»Gretel vermutlich.« Bruno zuckte die Achseln.

»Du hast genug zu essen eingepackt?«, erkundigte sich Stefan vorsichtshalber.

»Hm«, bestätigte Bruno.

Sie nahmen die Treppe, was Bruno ein überraschtes Lächeln aufs Gesicht malte.

»Wahrscheinlich sogar gesünder«, sagte Stefan.

Münchens Grünwald. Das Viertel der Reichen und Begüterten. Eingegrenzt vom Grünwalder Forst und dem Isar-Hochufer.

»Sie sind der Kommissar und ich … Warum bin ich dabei?«

»Spielst du wirklich Golf?«, wollte Stefan von ihm wissen und zupfte an seinem Hemd, um zu zeigen, dass er das Logo meinte.

»Meine Tante betreibt das Clubrestaurant in München-Riem. Ich hab eine Jahresmitgliedschaft gewonnen, indem ich eine Gewinnspielkarte ausfüllte. Schläger kann man leihen. Golf ist auch eine Wissenschaft, man muss das Wetter und den Wuchs des Grüns beachten. Ich wollte beweisen, dass es auch ein Ahnungsloser zu einem guten Handicap bringt.«

Am Ende war das Handicap der Praktikanten besser als das von Arno Wendlsteiner. »Ich bin der Kommissar, und du beweist, dass auch ein Ahnungsloser zielgerichtete Fragen stellen kann«, nahm Stefan die Vorgabe auf. »Die Kamera könnte nützlich sein.« Er drückte ihm einen Ordner in die Hand.

»Was da drin ist, hat Bedeutung?« Bruno klemmte sich den Ordner unter den Arm.

»Sonst hätten wir es nicht dabei. Ich hoffe, jemand wird darauf reagieren«, sagte Stefan wahrheitsgemäß.

Er hatte sich bei den Pranners nicht angemeldet, wahrscheinlich war es unfair, das Überraschungsmoment nutzen zu wollen, aber genau darauf spekulierte er. Zusammen mit der Gewissheit, dass jemand etwas erfahren wollte und bereit war, dafür etwas preiszugeben. Hoffentlich standen sie an der Villa in der Tobrukstraße nicht vor verschlossenen Türen.

»Uii.« Bruno hatte die Unterlippe zwischen die Zähne gezogen.

Stefan musste ihm zustimmen, der Porsche Cayman, der da in der Auffahrt stand, war ein Hingucker.

Stefan parkte am Straßenrand und stieg aus. Bruno packte den Inhalt seiner Jacke um, dann vernahm Stefan ein umständliches Räuspern, und der Wagenschlag wurde aufgestoßen, als hätten sie Großes vor.

»Ich halte mich zurück, bis Sie mir ein Zeichen geben«, sagte Bruno.

Stefan drückte auf die Klingel und zog seine Marke aus der Tasche. Bruno kramte seinerseits irgendeine Karte hervor. »Mein Bibliotheksausweis«, sagte er auf Stefans Seitenblick hin.

Die Frau, die ihnen die Tür öffnete, trat einen Schritt zurück, als müsste sie mit einem Überfall der unangemeldeten Besucher rechnen.

»Kriminalkommissar Stefan Sanders«, stellte sich Stefan vor und deutete auf seinen Begleiter. »Bruno Bär.« Er kam sofort auf den Grund ihres Besuchs zu sprechen, bevor Judith Pranner die Hand, die sie vor den Mund geschlagen hatte, wieder wegnahm.

»Wir sind wegen eines Briefes hier, den jemand aus Ihrer Familie an die Mordkommission geschickt hat. An mich. Dürfen wir reinkommen?«

»Mord. Polizei.« Eine dumpfe Feststellung. »Haben Sie Informationen zu meiner Tochter?«, fragte Judith Pranner mit schreckgeweiteten Augen.

Stefan glaubte zumindest, dass da Judith Pranner vor ihnen stand, er hatte Fotos gesehen. Im Internet grassierten genügend Artikel zum Verschwinden von Magda, und nicht bloß einer hatte vom Leiden der Familie berichtet und eine gebrochene Frau gezeigt. Vorher und nachher, oder: Wie ein Schicksalsschlag ein Leben verändern kann.

Sie war eine hübsche dunkelhaarige Frau, unter deren Augen Schatten lagen, die geschwungenen Brauen konnten ihren Blick nur ein klein wenig heben. Ihre Finger bearbeiteten ein großes Medaillon an einer Kette.

Stefan war nicht der Überbringer einer Todesnachricht, er überbrachte gar keine. Im Moment fühlte es sich trotzdem so an.

Die Frau vor ihm rechnete mit etwas, und er wollte etwas.

In der Sendung »Münchner Taten – ungelöste Kriminalfälle« versuchte er Aufmerksamkeit zu erregen, die Erinnerung zu aktivieren, Tätern ihr Tun vor Augen zu führen, Behauptungen aufzustellen. Das mochten die kranken Mistkerle am allerwenigsten. Wenn ihnen jemand erklärte, wie etwas abgelaufen war, wo doch nur sie allein die Wahrheit kannten.

Im Anschluss an die Sendungen häuften sich die anonymen Mitteilungen, ein Profilerteam kümmerte sich um deren Auswertung und eine Sonderkommission darum, Beweise erneut zu prüfen und Verdächtige zum wiederholten Mal zu befragen.

Es war nicht weniger als eine Pirsch, und Stefan war einer der Jäger. Nun bedeutete er Bruno, den Bibliotheksausweis einzustecken, bevor ihn jemand genauer mustern konnte.

Judith Pranner gab die Tür frei und ließ sie eintreten. »Was für ein Brief?«

Stefan nickte Bruno zu, der klappte ein wenig theatralisch den Ordner auf. »Die Schrift sollten Sie eigentlich erkennen«, sagte Stefan und erkundigte sich, ob sie sich setzen durften. Judith Pranner ging ihnen voraus, eine Stufe hinunter in ein großzügiges Wohnzimmer, wo ihnen ein offener Kamin kalt entgegenschaute. Neben einer orangefarbenen Ledercouch glänzte ein Marmortisch. »Bitte.«

Sie deutete auf die Sitzgelegenheit, die ihm gerade wärmer schien als der Ton der Gastgeberin.

Judith Pranner nahm den Ordner. »Florian.« Zumindest Erstaunen. »Wir haben unseren Sohn mit unserer Angst und Fürsorge vertrieben«, gestand sie, doch Stefan wollte keine tiefgehende persönliche Reminiszenz, das würde zu nichts führen und ihnen keine Antworten auf ihre Fragen geben. Ihm ging es um ein ganz anderes Geständnis.

»Würden Sie den Brief lesen?« Ein höfliches Ersuchen.

»Bitte laut«, merkte Bruno an. Ein guter Einwurf, wie Stefan fand, sie würden an Judith Pranners Stimme hören, was sie fühlte und wie viel sie vielleicht wusste.

Sie sahen sie, während sie die Zeilen las, einige Male heftig schlucken. Ihre Finger rissen am Papier. Stefan wollte ihr nicht sagen, dass sie aufhören solle, den Brief für seinen Inhalt zu bestrafen – es war egal, die Seite eine Kopie. »Die Fingerabdrücke im Verlag können nicht die von Sebastian gewesen sein, er war doch auf den Seychellen. – Er ist nie zurückgekommen.« Das hauchte sie bloß. »Was soll das bedeuten – dass womöglich in dieser Nacht alles entschieden wurde?«

Stefan antwortete nicht, sein Blick sagte Bruno, er solle es auch nicht tun. Sie warteten, bis Judith Pranner weiterredete. Vielleicht tat sie es nur, weil die Stille plötzlich laut zu werden drohte und ihre Gedanken mit dem Finger auf etwas zeigten.

»Patrick war an dem Abend noch einmal im Verlag. Er erzählte, er sei beunruhigt, der Zugangscode sei womöglich geknackt worden. Es war eigentlich Magda, die damit anfing. Aber als Patrick viel später am Abend zurückkam, berichtete er tatsächlich von einem Einbruch und dass er lange auf die Polizei gewartet habe. Was soll das mit Magdas Entführung zu tun haben?«

Wenn Stefan den Rest wegließ, blieb, dass Magda ihren Onkel an diesem Tag im Verlag haben wollte.

»Patrick ist im Verlag auf den Einbrecher getroffen. Er hat ihn erkannt.« Bruno formulierte es als Tatsache. Gewagt. Die Andeutung war klar, Sebastian Baumgart war dieser Einbrecher gewesen.

Ein vehementes Kopfschütteln. »Patrick hat gesagt, er habe den Einbrecher flüchten sehen. Der Mann habe sich an seinem Schreibtisch zu schaffen gemacht.« Ihre Stimme löste sich auf.

Stefan sah, wie Brunos Hand auf seine Herzseite wanderte.

Judith Pranner schaute plötzlich durch sie hindurch, ihr war etwas eingefallen. In ihren Augen hatte es kurz aufgeblitzt. Dieses Etwas war von Bedeutung.

Sie hatte die Geschichte zeitversetzt erzählt. Erst der flüchtende Einbrecher, dann der Mann, der sich an Patricks Schreibtisch zu schaffen machte. Stefan wies sie auf die kleine Unstimmigkeit hin.

»Sie fragen mich nach einem beschissenen Einbruch? In diesem Brief steht, Magda ist tot. Darum wollte sich niemand mehr kümmern, auch nicht darum, was genau passiert ist.« Judith Pranner wurde laut.

»In diesem Brief steht, Magda ist *vielleicht* tot«, präzisierte Stefan.

»Und wenn nicht?«, schrie ihn Judith Pranner an. »Wo ist sie?«

»Dann ist aus Ihrer Tochter eine herzlose Frau geworden.« Brunos Stimme war eisig.

Stefan ließ ihr keine Zeit. »Wo finden wir Florian?«, fragte er.

»Vielleicht hat er das im Brief nicht ernst gemeint. Er ist gerade auf der Fraueninsel, bei Rike. Sie freut sich sicher über den Besuch.« Sie wandte den Blick ab.

Eifersucht?, fragte sich Stefan. Das war unsinnig, aber das musste er ihr sicher nicht sagen. Er stand auf und tippte Bruno auf die Schulter. »Wenn Sie tatsächlich eine Antwort auf die Frage wollen, wo Ihre Tochter ist, dann sollten Sie damit aufhören.«

»Womit aufhören?«, flüsterte sie.

»Einen Toten zu schützen und sich ängstlich in die eigene Tasche zu lügen.« Stefan musste sich zusammenreißen, er wusste, seine Augen glitzerten gefährlich. »Gab es eine Verbindung zwischen Sebastian Baumgart und Patrick?«

»Ich glaube, sie mochten sich nicht. Sebastian studierte Informatik, er schrieb an einem Programm, soweit ich das noch weiß. Außerdem gab er Nachhilfeunterricht und arbeitete an den Abenden in einer Bar. Patrick hat im Verlag gearbeitet. Max würde sagen, er hat sich kein Bein ausgerissen.«

»Was für einen Wagen fuhr Patrick?«, fragte Stefan.

»Etwas Englisches – ich glaube, einen Jaguar.« Judith Pranners Lippen schoben sich übereinander.

»Wenn Sie sich an Patrick erinnern, als er zurückkam und über den Einbruch an diesem 20. September berichtete – wie wirkte er?«, schaltete sich Bruno ein.

Judith Pranner wandte den Blick und strich sich die Ponyfransen aus der Stirn. »Eigenartig gelassen.«

»Vergleichen Sie die Situation. Er sah aus, als …« Bruno bedeutete ihr, sie solle weitermachen, den Satz zu Ende bringen.

»Er sah zufrieden aus. Wie jemand, der etwas erreicht hat?« Es war eine angedeutete Frage, wie es sein konnte.

Stefan ließ sich das durch den Kopf gehen.

Bruno raunte: »Ideen kosten Geld. Immer schon.«

Stefan merkte ihm an, dass er an Sebastian Baumgart dachte, der laut Judith Pranner dabei gewesen war, ein Computerprogramm zu entwickeln.

Patrick und Sebastian. Zwei, die sich nicht mochten, aber zwei, die Geld brauchten?

Vielleicht war das Fragezeichen unnötig.

Stefan und Bruno verabschiedeten sich, wenn sich weitere Fragen ergäben, würden sie zurückkommen.

Judith Pranner stand noch in der Tür, da drehte sich Stefan um. »Hier in der Gegend fand doch die Lösegeldübergabe statt. Helfen Sie mir kurz.« Er nahm Fühlung auf. »Magda verschwand am Nachmittag des 26. In der Nacht zum 27. sollten Sie die drei Millionen hinterlegen.« Stefan musste an die Anmerkung des Kollegen denken und fragte: »Sie sollten Punkt Mitternacht dort sein und waren es auch. Sind Ihnen Leute begegnet?«

»Leute, um diese Zeit? Kein Mensch«, sagte sie.

»Wo genau sollten Sie das Geld deponieren?«, wollte Stefan wissen.

»An der Römerschanze im Forst, vielleicht zwei Kilometer von der Straße entfernt.« Judith Pranner beschrieb ihnen, wohin der Erpresser sie mit dem Geld bestellt hatte.

»Eine helle Borke zwischen zwei dunklen Buchen. Das Geld in zwei braunen Papiertüten hinterlegt. Darüber sollte ich ein wenig Erde, Blätter und einige Zweige packen. Es musste normal aussehen und unauffällig. Mit einer starken Taschenlampe hab ich mich auf den Weg gemacht, eisern entschlossen, mein Kind freizubekommen. Ich kannte mich mit Bäumen nicht aus, aber diese drei waren gut zu finden.«

»Der Erpresser wollte, dass Sie das Geld dort verstecken?«, fragte Stefan. Die Person musste sich ausgekannt haben.

»Ich habe getan, was der Erpresser wollte«, gab sie zurück.

»Vielleicht nicht ganz. Überlegen Sie genau«, forderte Stefan sie auf.

»Ich war noch ein paar Minuten länger da. Und am nächsten Morgen bin ich noch einmal rausgegangen. Da lagen die Tüten nicht mehr dort.«

»Erinnern Sie sich daran, was im Brief stand?«

Jetzt könnte sie sagen, den hätte die Polizei. Stefan hatte sich noch nicht darum kümmern können. Aber sie nickte.

»Ich habe ihn fotografiert, die Polizei hat das Original. Soll ich …« Sie bot ihnen an, das Foto zu holen. »Ich musste es entwickeln lassen, noch ganz altmodisch.«

Altmodisch oder nicht, Stefan sagte, dass sie es gern sehen würden. »Haben Sie auch ein Bild von Sebastian Baumgart?«

Judith Pranner hatte ihr Gesicht bereits abgewandt, doch als sie mitten in der Bewegung innehielt, konnte Stefan an ihrer Haltung erkennen, dass sie überlegte – nicht, ob sie ein Foto hatte, aber ob sie es ihnen zeigen wollte.

»Ich glaube, Sebastian mochte keine Fotos von sich, ich habe bestimmt keins.« Eilig ging sie über die Außentreppe nach oben. Wahrscheinlich würde sie einige Male tief Luft holen, riet er.

»Vermutlich könnte das gelogen sein«, meinte auch Bruno. »Ich weiß, es klingt eine Spur grausam, aber ich bin mir noch nicht sicher, ob sie mir leidtun soll.«

Das wusste Stefan auch nicht.

»Nachts im Wald, das ist ganz schön gemein. Wie konnte der Typ überhaupt sicher sein, dass sie die Polizei nicht einschalten wird?«, überlegte Bruno.

»Das konnte er eigentlich nicht. Außer der Typ war jemand aus der Familie oder mit den Pranners gut bekannt. Dann konnte er todsicher sein, dass ihm niemand in die Quere kommen würde«, sagte Stefan und hatte einige der Alibis im Sinn. Patrick Schmitzler, der wortwörtlich ausgeflogen war, und Sebastian Baumgart, der angebliche Seychellen-Tauchurlauber, dessen Fingerabdrücke im Verlag sichergestellt worden waren.

Wie dämlich konnte jemand sein, einzubrechen und seine

Fingerabdrücke zu hinterlassen, obwohl er sich zuvor alles genau zurechtgelegt hatte?

Judith Pranner nahm das Bild aus einem Kuvert und gab es an Stefan weiter. Sie hatte sogar eine Leselupe mitgebracht und warf mit Stefan einen Blick auf das Foto. Sie habe es seit damals nie mehr angeschaut.

Die Forderung war in Großbuchstaben gehalten:

ICH LIEBE EUCH – BITTE ZAHLT DREI MILLIONEN IN 20-, 50- UND 100-MARK-SCHEINEN UND FOLGT DEM PLAN. SONST WERDET IHR MICH NIE WIEDERSEHEN.

Darunter Magdas Unterschrift. Dann der Hinweis:

KEINE POLIZEI.
MAMA, DU ÜBERNIMMST DAS MIT DEM GELD.

Ein gezeichneter Plan funktionierte als Mamas Lotse, dazu Anweisungen, was zu tun war.

ÜBERGABE: PÜNKTLICH UM MITTERNACHT!!!

Spuren von Rot, ein verwischtes Geschmier, das Blut sein konnte – oder Farbe. In jedem Fall dazu gedacht, jemandem Angst einzujagen.

Stefan zückte sein Handy und machte ein Foto vom Foto. Er musste nachfragen, was die Spuren ergeben hatten. Ob es Blut war oder etwas anderes. Der Tonfall des Briefes war eindringlich, es klang nach Magda. Jemand hatte genau gewusst, welchen Ton er anschlagen musste.

»Warum wollte Patrick ausgerechnet an diesem Tag fliegen?«, fragte Stefan abschließend. Das war auffällig, denn kein Familienangehöriger machte sich in einer Notsituation davon.

Judith Pranner beantwortete die Frage nicht, sie stellte eine andere. »Warum hätte Patrick Magda etwas antun sollen?« Ihre Hände fuhren abwehrend in die Höhe.

»Mit Geld kann man kein Glück kaufen, aber genügend anderes, was glücklich macht. Magda hat Patrick vielleicht nicht so viel bedeutet.« Bruno beschäftigte sich mit der Materie. Psychologie war nicht Stefans Steckenpferd, war es nie gewesen. Umso härter klang diese Vermutung.

Judith Pranner fror, das Frösteln kam von innen.

Stefan und der Praktikant fuhren hinaus zum Grünwalder Forst und liefen das Stückchen zum Wall. Stefan schaute auf die Uhr und versuchte, sich die Strecke bei Dunkelheit vorzustellen.

Gerade waren Bruno und er jedenfalls nicht allein unterwegs.

»Nicht uninteressant, was die Historie zu diesem Flecken hier alles weiß«, steuerte Bruno bei. »Es ist ein gemeindesfreies Waldgebiet – praktisch, um die Zuständigkeiten ein wenig zu verwässern. Die Ortsteile Sauschütt und Brunnhaus waren einst vollständig vom Grünwalder Forst umschlossen. An der Sauschütt wurde 1995 ein Walderlebniszentrum eröffnet. Erlebnis bedeutet, es werden Waldführungen angeboten, es gibt verschiedene Pfade, auch ins Moor, und Ausstellungen. Die Daten zur Römerschanze sind ein wenig kontrovers, die Forscher sind sich offenbar nicht ganz einig, was das Alter betrifft. Die Abschnittsbefestigung stammte womöglich aus der späten römischen Kaiserzeit, aber die darunter befindlichen Mauerreste und ein Burgstall sind aus dem hohen Mittelalter, die Brücke ist römisch und zwei Grabhügel sind aus vorgeschichtlicher Zeit.«

Stefan ging es um die drei markanten Bäume, die Judith Pranner beschrieben hatte. »Da vorn«, sagte Bruno und tippte sich einmal auf die linke Brust.

»Baumgarts Fachgebiet war aber nicht Geschichte. Wie kommt jemand ausgerechnet darauf, an dieser Stelle das Lösegeld zu deponieren?«

***

Sie hatte aus dem Gästezimmer schon am frühen Morgen Musik gehört, danach erklang eine Sprecherstimme. Friederike musste sich zuerst zurechtfinden – nicht in ihrem eigenen Haus, aber dass da jemand gerade aufgestanden war.

Florian hatte einen Regionalsender eingestellt, sagte, er wolle sich informieren, was in der Gegend geboten werde, Neuigkeiten hören. Offenbar gab es da etwas.

Er war in Boxershorts und T-Shirt auf dem Weg ins Bad. »Ich hab einen Tauchschein, aber auf die Idee bin ich ehrlicherweise noch gar nicht gekommen«, sagte er.

Friederike kümmerte sich um das Frühstück. »Auf welche Idee?«, fragte sie und versuchte, das Glitzern in seinen Augen zu übersehen. Worüber war da berichtet worden?

»Mir das Flugzeug auf dem Grund des Chiemsees genauer anzuschauen.« Er berichtete, was ein Tauchclub offenbar für das kommende Wochenende geplant hatte.

»Das halte ich für keine so gute Idee«, fand Friederike.

»Warum nicht?«, lautete die undeutliche Gegenfrage. Florian hatte eine Zahnbürste im Mund.

Ja, warum nicht? Darauf hatte Friederike keine Antwort, jedenfalls keine, die ihn zufriedenstellen würde. »Vielleicht ist es nur ein komisches Gefühl«, sagte sie.

Vielleicht war es wirklich nur das. Möglicherweise aber war dort unten etwas, was die ganze Angelegenheit in einem anderen Licht erscheinen lassen würde.

»Mit Mutter bin ich schon in gefährlicheren Gewässern als dem friedfertigen Chiemsee getaucht«, witzelte er. »Und dunkel ist es unter Wasser überall. Mal schauen, vielleicht bietet der Tauchclub eine komplette Leihausrüstung an.«

»Und darauf kann man sich verlassen?«

»Das Equipment muss top sein, wenn es verliehen wird. Es wird auch alles einzeln berechnet. Neoprenanzug, Tauchflasche mit Luftfüllung, Bleigürtel, Tauchmaske, Atemreglerset und Einzelteile wie Füßlinge und Flossen, eine Lampe und ein Computer. Bequemlichkeit ist natürlich nicht garantiert.« Er zuckte die Achseln.

»Warum musst du dort runter?«, hakte Friederike nach.

»Ich will es mir einfach anschauen«, sagte er. »Du sagst, jemand hat Magda zu einem späteren Zeitpunkt noch gesehen. Klar, da unten bekomme ich keine Erklärung für das Ganze, aber es könnte doch sein, dass Patrick etwas dabeihatte, irgendetwas, und sei es nur ein noch so kleiner Hinweis.«

»Klar« schien er sich dessen aber nicht zu sein.

»Hat sich denn noch etwas in Magdas kleinem Notizbuch gefunden?«, fragte Friederike.

Florian hatte darin geblättert, sich sogar einiges aufgeschrieben.

»Sie war richtig sauer auf Mutter, aber ich traue ihrem Urteil nicht. Die Augen der Eifersucht machen womöglich aus einem einfachen Gespräch etwas Geheimbündlerisches.«

»Nach dem Frühstück rufe ich Edi Bahrens an. Der Polizeireporter, von dem ich erzählt habe«, erklärte Friederike. »Entweder erinnert er sich noch an den Namen des Polizisten, der damals etwas gesehen haben will, oder er hat sich etwas aufgeschrieben.«

Der ehemalige Polizeireporter blätterte. »Wenigstens hab ich immer den Fall zu der Notiz vermerkt, sonst hätte ich jetzt gar keinen Plan. Warte einen Augenblick, ich schalte dich auf laut.« Edi legte das Telefon zur Seite, Friederike hörte ihn murmeln: »Der karge Chris.« Ein Lachen. »Ja, ich hab ihn. Da steht, er war geizig.«

»Mit Informationen für die Presse?«, fragte Friederike.

»Offenbar. Christian Karger war noch nicht sonderlich etabliert in der Ettstraße. Vielleicht hat er deshalb nichts weitergegeben.«

»Muss doch irgendwo festgehalten sein, dass Karger damals eine Beobachtung machte«, überlegte Friederike.

»Nein, es war bloß eine Bemerkung. Die hab ich mir aber notiert. Das wurde nicht offiziell. Ich weiß schon, was du sagen willst. Also, ich würde es jedenfalls sagen. Man hätte dem auf jeden Fall nachgehen müssen.«

Damals hätte man einigem nachgehen müssen. Friederike sagte es nicht, dachte es nur. Vor zwanzig Jahren hätte sie darüber grübeln sollen.

Edi Bahrens gab ihr die Anschrift von Christian Karger. »Die Nummer dazu wirst du schon ermitteln«, sagte er. »Heute macht er was mit Technik – seine Firma stellt Alarmanlagen her.«

Eine Nummer wusste die Telefonauskunft.

Florian saß gespannt am Tisch, Friederike hatte die Lautsprechertaste gedrückt, sodass er mithören konnte. Es war ein Versuch.

»Karger.«

»Christian Karger?«, vergewisserte sich Friederike.

Ein bestätigendes »Ja«. Die Stimme klang einen Deut hektisch, was ihr sagte, sie musste möglichst viel in den ersten Satz packen.

»Friederike Villbrock. Es geht um eine Entführung von 1997, zu der es neue Hinweise gibt. Ich hatte damals damit zu tun. Ich bin über eine Notiz gestolpert – genauer, über Ihre Beobachtung.«

»Magda Pranner. Ich hab's schon im Radio gehört«, erklärte Karger. »Da tut sich offenbar was.«

»Was haben Sie damals gesehen?«, fragte Friederike.

»Es hat aber niemand erwähnt, dass der Fall wieder aufgerollt wird.«

Ruderte er zurück? »Herr Karger, wir beschleunigen das jetzt etwas. Magda Pranner wurde am 26. September 1997 vom Grundstück der Familie in Grünwald bei München entführt.« Nicht bestätigt!

»Es war früher Nachmittag, das Wetter freundlich.« Möglich!

»Die Familie fand das Erpresserschreiben noch am selben Abend im Briefkasten.« Denkbar!

»Sie sagten, Sie hätten Magda Pranner noch einmal gesehen. Wo genau, wann genau?« Abwartend.

»Ja, also, ich muss kurz überlegen.« Unsicher.

»Haben Sie damals etwas beobachtet oder nicht? Die Staatsanwaltschaft hat keine Lust, Zeit zu verschwenden.« Dickfellig. Und kein Interesse.

Florian riss die Augen auf und zeigte ihr seine leeren Handflächen. Friederike bedeutete ihm: »Augenblick!«, und ließ die Fingergeste einfrieren, mit der anderen Hand schaltete sie auf Aufnahme. Egal, was Karger sagte, egal, was er wusste – er müsste die Aussage zu Protokoll geben. Aber erst einmal gehörte sie ihnen.

»Es war am Nachmittag des 26. September. Ich bin mir sicher, dass es Magda Pranner gewesen ist, weil zwei Tage später alle verrücktspielten, die Sechzehnjährige sei entführt worden, die Lösegeldübergabe habe nicht zu ihrer Freilassung geführt. Jedes kleine Käseblatt brachte Fotos. Und ich dachte mir, so ein Quatsch – die Kleine ist in Marquartstein oben an der Burg direkt an mir vorbeigelaufen, auf dem Rücken einen Rucksack.«

Friederike sah Florian mit der Faust auf den Tisch schlagen. Sie erfuhren von Karger, dass der Weg zur Kapelle am Schnappen führte.

Florian schrieb etwas auf einen Zettel.

Friederike fragte Karger: »War sie allein?«

»Da war ich mir nie sicher. Ich hab von hinten einen Kerl gesehen, aber ob der zu ihr gehörte, ist wirklich fraglich.«

»Wissen Sie, wie dieser Kerl ausgesehen hat?«

»Ich versuch's mal«, sagte ihr Gesprächspartner. »So um die eins fünfundsiebzig, eins achtzig, schlank, gut gebaut, nicht zu dünn. Ziemlich dunkles Haar, guter Schnitt, wenn Sie damit was anfangen können. Jedenfalls hat es so ausgesehen, nämlich ordentlich, keine Haarfransen.«

Florian zog die Unterlippe zwischen die Zähne.

»Herr Karger – warum haben Sie damals keine Aussage gemacht?«, fragte Friederike.

»Wozu denn? Magda Pranner war nicht entführt worden. Sie kommt zurück, dachte ich mir.«

»Sie kam nie zurück«, sagte Friederike.

»Tja, das ist schaurig. Aber was da auch gelaufen ist und mit wem, es hatte nicht den Anschein, als würde jemand sie zu etwas zwingen. Wer auch? Wie gesagt, ob der Kerl dazugehörte, weiß ich nicht, wusste es schon damals nicht.«

Friederike bedankte sich, tippte auf den roten Schalter und stützte den Kopf in die Hände. »Wirklich Magda? Und Patrick oder Sebastian – wer?«

»Oder keiner. Dunkles Haar würde für Patrick sprechen«, sagte Florian. »Was wollte sie da? Die Kapelle am Schnappen sagt mir was. Man sieht sie auch von unten, dicht an den Berg gebaut, auf über tausend Meter. Das Kirchlein schaut über den Chiemsee.«

»Wenn du statt zu tauchen lieber wandern gehen möchtest, sag Bescheid«, schlug Friederike vor.

»Es ergibt überhaupt keinen Sinn.« Er schüttelte den Kopf, meinte nicht das Wandern. »Genauso gut könnte ich mir vorstellen, Magda hätte mit Patrick im Flugzeug gesessen.«

»Dann hätten die Taucher damals zwei Leichen im Flugzeug gefunden«, gab Friederike zu bedenken.

»Die Wasserwacht ist aber bei der Bergung nur von einer Person ausgegangen«, sagte Florian.

»Wie gut kann man sich in so einem Flugzeug verstecken? – Ich sag ja, die Vorstellung ist hirnrissig.«

***

»Fraueninsel« verkündete ein großes Schild.

Das Wiedererkennen weckte Erinnerungen, es war wirklich lange her.

Die Fähre rumpelte gegen den Anleger, sodass ihre Fahrgäste Halt suchen mussten und mancher ins Stolpern geriet.

Ein Herbsttag wie aus dem Bilderbuch. Das Gefühl passte so gar nicht zur sonnigen Laune der Natur.

Die alte Kastanie im Biergarten des »Inselhotels zur Linde« war der höchste Punkt der Insel, das war auf der Internetseite zu erfahren. Kein Blätterteppich, doch musste man auf seine Schritte achten, damit man nicht auf die reifen, stacheligen rotbraunen Früchte trat, die beim Aufprall zersprangen.

Die Rezeptionistin legte einen Schlüssel auf den Tresen und wünschte einen schönen Aufenthalt.

Ein erster Blick aus dem Fenster in dem kleinen, gemütlich wirkenden Zimmer rückte den See wieder in den Mittelpunkt, am Kloster vorbei.

Es war bereits Nachmittag. Die Dämmerung würde die Gesichter der Leute modellieren, wie nur sie es konnte. Eine Begegnung mit jemandem würde sich ergeben. Keine Eile.

Die Sachen waren schnell ausgepackt und im Schrank verstaut, es waren nur wenige. Das kleine Notebook würde jetzt gute Dienste leisten, denn einiges musste noch einmal genauer angeschaut werden, und das ging besser im Verborgenen, unbeobachtet.

Sogar ein Foto von Schwester Althea war zu finden, die am 1. Oktober, zum Erntedankfest, im kirchlichen Radiosender »Die himmlische Fanfare« Einblicke ins benediktinische Klosterleben geben sollte. Ein Lachen, dann der Zeigefinger auf die Lippen gelegt. Das hätte interessant sein können, nur würde die Schwester ihren Auftritt leider Gottes nicht mehr erleben.

***

Kath hatte sich gebackene Apfelringe mit einer Zimt- und Zuckermischung gemacht und überlegte, ob sie ihre restlichen Äpfel auf dem Bauernmarkt anbieten sollte. Sie trug den Teller, das Besteck und die Schüssel mit dem Kompott hinaus, richtete alles auf dem kleinen Tisch an und setzte sich auf ihre Gartenbank.

Ein dumpfes Gefühl. Etwas stimmte nicht – der Wind in den Blättern, die Schatten, die über den Rasen krochen.

Der Himmel verdunkelte sich urplötzlich, obwohl es bisher ein schöner Tag gewesen war. Sie hörte den See rumoren. Seine Geheimnisse gab der normalerweise nicht auf diese Art preis.

Die Bilder, die sie sah, hatten keine Farbe, dafür waren die Gedanken hell umrissen. Die Gabel mit dem aufgespießten Apfelring fiel ihr aus der Hand. Kath streckte die Hand nach der Frau im dunklen Ordensgewand aus, von der sie sich vor Kurzem verabschiedet hatte.

»Althea!« Ihr Ruf verhallte ungehört.

Der Chiemsee stöhnte vernehmlich, ein Riss zog sich ein Stück weit auf, wie ein geöffneter Reißverschluss. Sie hatte Althea gewarnt. »Der Teufel hat dich im Blick«, sagte Kath jetzt und trommelte mit den Fäusten auf den Tisch, dass Besteck und Teller klirrten. Der See barg sicher ein Geheimnis, aber er war es nicht, der bezahlt werden wollte, etwas forderte. Das war ein Mensch.«... und kommt auf die Insel, um Verderben zu bringen.« Ihr war nicht bewusst, dass sie flüsterte.

Kath sah etwas Dunkles, das der Nonne folgte. Warum kein Gesicht? Wo war Althea überhaupt? Sie konnte es nicht genau sagen. Die Nonne lief bergauf, ohne außer Atem zu kommen.

»Dreh dich doch endlich um!« Wieder hörte Althea sie nicht. Kaths Hand griff durch sie hindurch.

Zwischen Büschen, Gestrüpp und Tannen tauchte eine Hütte auf, wie es schien, ein wenig vergessen.

Althea wusste etwas darüber. Sie suchte nach dem Schlüssel, streckte sich und strich über das oberste Brett am Türrahmen. Dort lag er. Seit langer Zeit hatte diese Tür niemand mehr aufgesperrt.

Kath erstarrte. Keine Lücke, kein heller Fleck im Grafit des Himmels. Nur ein dunkler Schatten vor dem Grau.

Die Person hatte etwas in der Hand und schlug damit zu.

Als Kath den flüchtenden Schatten sah, glänzte es auf dem weggeworfenen Etwas feucht und schwarz, schwarz schimmerte es am Boden, schwarz ...

Kath wusste auch ohne farbige Bilder, dass dieses Schwarz in Wirklichkeit Blut war.

17

Quivering = Zucken

Wochenende, sagte sich Althea, als wäre das auch für eine Ordensschwester gleichbedeutend mit Freizeit.

Sie hatte sich ungemein früh wecken lassen und als Erstes den Kopf zum Fenster rausgestreckt.

Kneipp hatte kalte Waschungen empfohlen, um den Kreislauf anzuregen, und was schon so lange funktionierte, konnte nicht schlecht sein, dachte sie sich und machte sich auf den Weg ins Bad. Heute schien sie die Erste zu sein.

»Oh, lieber Kreislauf«, schnaufte Althea, während sie sich zwei Hände voll kaltes Wasser auf Brust und Oberkörper schaufelte. Sie biss die Zähne zusammen.

Kniebeugen waren sicher angenehmer. Sie zählten auch als Morgengymnastik, und davon wollte sie sich nun einige gönnen. Am besten am geöffneten Fenster.

Im Chiemgau-Sender lief Begleitmusik, bis etwas knackte, und Althea wusste, aus dem Lautsprecher kam das nicht.

Der Moderator grüßte alle Morgenmuffel und Schweraufsteher.

»Heute geht's auf den Grund des Chiemsees. Auf Anfrage haben wir vom Tauchclub erfahren, was da genau passiert – der Ablauf, nicht, was dabei herauskommen wird. Darauf sind wir alle schon sehr gespannt und schicken natürlich unseren Berichterstatter auf die Insel. Wer sich die Ausrüstung leihen will, kann das tun. Natürlich muss man einen Schein oder ein Tauchabzeichen vorzeigen; eine erfolgreich absolvierte Ausbildung zum Sporttaucher ist ein absolutes Muss. Zuschauer sind willkommen, ich sag's dazu, aber auch, dass Neugier der Katze Tod ist.«

Sehr spürig, dachte Althea, zumal doch die meisten Katzen wasserscheu waren.

»Wenn du auch meinst, wir sollten schauen«, suchte sie den Herrgott zu überzeugen. »Falls wir Jadwiga irgendwie herumkriegen«, sie schüttelte den Kopf, »oder überzeugen.« Althea legte ihren Schleier an.

Und heute schmetterte sie aus voller Kehle: »Großer Gott, wir loben dich«, und wollte zu einer neuerlichen Strophe ansetzen, doch die Organistin schlug keine Taste mehr an.

Die Priorin nahm Althea nach der Morgenmesse beiseite. »Schwester Althea, deine schöne Stimme würde den Chor bereichern.«

»Meine schöne Stimme möchte dich um etwas bitten«, sagte Althea, worauf Jadwiga ihr Kinn nach vorn reckte, ein untrügliches Zeichen dafür, dass sie die Nachtigall bereits trapsen hörte. »Ah.« Nach gespannter Erwartung klang der gestraffte Kommentar nicht. Althea versuchte, den Unterton zu überhören. »Der Tauchclub Chiemsee wird mit seinem Equipment und den Booten heute auf der Insel eintreffen. Der Tauchwettbewerb ist bereits in aller Munde.« Zumindest in dem des Radiosprechers. »Ich gebe meine Neugier zu, aber vielleicht lassen sich außerdem noch einige Fragen klären«, schob sie hinterher.

»Einige Fragen?«, meinte Jadwiga.

»Eine Frage bestimmt«, behauptete Althea.

Jadwigas fragender Blick verlangte Gewissheit.

»Ob der Pilot etwas mit der Entführung von Magda Pranner zu tun hatte.«

»So. Und wie ließe sich das beweisen, Schwester Althea?«

Althea hätte dazu einige Vorschläge gehabt, doch musste sie erst mit Stefan reden. Sicher wusste sie kaum etwas. »Es findet sich etwas im Flugzeug«, gab sie zurück und hoffte, es würde sich tatsächlich etwas finden.

Die Priorin nickte etwas zögerlich. »Schwester Reinholda wäre auch interessiert, was ich natürlich verstehe«, betonte sie. »Als ehemalige Meeresbiologin.«

Die Meeresbiologie war natürlich ohne Weiteres auf den Chiemsee übertragbar, aber Althea wagte besser keinen Scherz.

»Wo du schon die Pferde scheu gemacht hast wegen dem Absturz vor zwanzig Jahren und sich dafür auch der Kriminalkommissar interessiert, könnte auch Dalmetia mitkommen und Fotos machen. Dann hat jede was davon.«

Besser in Begleitung von Reinholda und Dalmetia mit dem etwas anderen Blickwinkel und der kuriosen Schärfeneinstellung, als eine Arbeit zugeteilt zu bekommen und gar nichts zu sehen.

Althea marschierte zwischen Reinholda und Dalmetia zur Pforte hinaus. Sie schlugen den Weg zum Nordsteg ein, vorbei am Haus von Friederike Villbrock. Der größere, offene Weitsee war im Nordosten gelegen, die Chieminger Bucht und Seebruck waren jeweils in dreißig Minuten mit der Fähre zu erreichen.

Irgendwo in diesem Delta musste das Kleinflugzeug in den See gestürzt sein. Valentin hatte mit seiner lautstarken Beschreibung, er habe das Gefühl gehabt, die Maschine fiele ihm gleich auf den Kopf, ein wenig übertrieben, fand Althea. Das Flugzeug war vielleicht irgendwo in Sichtweite am Horizont zu erkennen gewesen, aber es war nicht einmal in die Nähe des Klosterwirts gekommen, außer der Pilot hatte eine Runde gedreht. Sehr unwahrscheinlich.

Als Erstes bemerkte Althea Friederike – und die ehemalige Richterin sie.

»Das ist ja hoch spannend, gleich drei von der Abtei«, scherzte die.

Sie wirkte auf Althea gelassener als noch vor ein paar Tagen. Dass sie Althea ihrem Begleiter vorstellte, war nicht zu erwarten, der junge Mann kam ihr trotzdem bekannt vor. Sie merkte sich den Schnitt des Gesichts und verschob das Nachdenken auf später.

An dem schmalen Strandabschnitt hatte ein Boot angelegt, auf großen Klapptischen lagen Tauchutensilien. Es sah nach Verkleidung aus. Unter der Maske und in den schwarzen Neoprenanzügen würde sie jedenfalls niemanden erkennen.

Draußen auf dem See markierten Bojen die Absturzstelle. Wie es aussah, wollte auch Friederikes junger Begleiter dort hinuntertauchen.

Einer der Organisatoren schimpfte: »Das kann doch nicht wahr sein, wer hat denn jetzt den Hefter mit den Anmeldungen?«

Kopfschütteln und Handflächen, die in die Höhe gereckt wurden, um anzuzeigen: »Ich nicht!«

Dalmetia drehte geschäftig an ihrem Kameraobjektiv. Auch Reinholda schaute sich um. Ein wenig sah es aus, als würde sie jemanden erwarten.

Vielleicht denkst du dir bloß zu viel, gestand sich Althea ein. Aber auch sie erwartete jemanden. Zumindest hatte sie überlegt, außer ihr könnte noch einen die Neugier hergetrieben haben – Sebastian Baumgart. Althea war ziemlich sicher, dass er am Leben war.

Ob das Flugzeug tatsächlich ein Geheimnis barg, wusste vielleicht einer, der damals abgesprungen war.

Sie hätte ihren Neffen nach einem Foto von Sebastian Baumgart fragen sollen. Aber der hatte vielleicht nur Fingerabdrücke. Wie sollte sie jemanden erkennen, wenn sie keine Ahnung hatte, wie derjenige überhaupt aussah? Ein Handy zu haben wäre manches Mal wirklich praktisch.

Es wurde gerempelt, jemand trat Althea auf den Fuß. Sie wandte sich um. Hinter ihr wogte eine Menschenmenge, umzufallen würde hier niemandem gelingen.

Einige Stimmen wurden laut, es ging um die Atemgeräte und die Sauerstoffflaschen. Der Ordner mit den Anmeldungen blieb verschwunden.

***

In Florians Hosentasche klingelte es. Er merkte es daran, dass sein Smartphone hin und her zappelte; er hatte es ganz automatisch eingesteckt.

Bei der Geräuschkulisse hätte er das Telefon kaum hören können. Sich ein ruhiges Plätzchen zu suchen war genauso unmöglich, wie in der Menge nach jemand Bekanntem Ausschau zu halten. Rike sah seine Bewegung. Er bedeutete ihr, jemand riefe an, schaute auf das Display. Mit den Lippen formte er: »Mutter.« Florian quetschte sich ein wenig an den Rand und nahm den Anruf an.

»Was hast du dir dabei gedacht, einen Brief an die Mordkommission zu schreiben?« Judiths Ton klang scharf.

Er räusperte sich, aber da nahm seine Mutter schon wieder Fahrt auf, und wenn er sich zuvor noch Sorgen wegen der Lautstärke gemacht hatte – ihr Ton war eindringlich genug. »Der Kriminalkommissar ist nicht erfreut, dass du alle möglichen und unmöglichen Varianten, was vor zwanzig Jahren mit deiner Schwester passiert sein kann, in diesen Brief gepackt hast. Was ich bin, muss ich dir nicht sagen. Er will mit dir reden, und glaube mir, er wird dich am Chiemsee finden.«

Sie holte Luft, schien es Florian. Er musste grinsen. Stefan Sanders hatte ihn also aufgespürt. »Wenn Onkel Patrick ein Geheimnis hatte, dann finde ich es vielleicht«, sagte er, ohne den Zusammenhang zu erläutern.

»Was?«, brandete die Frage überlaut an sein Ohr.

»Mama, ich hab grade nicht viel Zeit, ich melde mich wieder. Ich gehe mit ein paar anderen Tauchern gleich runter zum Wrack des Flugzeugs, mach dir keine Gedanken.«

Sie hatte nicht gesagt, dass sie sich welche machte. Florian steckte das Telefon wieder ein.

»Ich wollte gar nicht zuhören, aber wegzuhören war unmöglich, ich habe sie hervorragend verstanden. Du hast an die Mordkommission geschrieben?« Rike machte ein ungläubiges Gesicht. »Aber in einem hat Judith recht: Stefan Sanders kommt deinetwegen ganz gewiss noch einmal auf die Insel.«

»Noch einmal«, wiederholte er. »Also ist der Kriminalkommissar öfter da?« Hatte er richtig verstanden?

»Seine Tante ist eine Nonne«, gab Rike zurück, und ihre Stimme entglitt ihr. Zumindest kam es ihm so vor. Rikes Blick flog hinüber zu den drei Frauen, die Ordensgewänder trugen, und er wusste, welche sie anschaute.

»Monet«, sagte er, völlig sicher, dass Rike von der Schwester auf der Wiese sprach.

»Pfff«, machte sie abfällig.

Florian nickte zu der Frau im Ordensgewand hinüber. »Du könntest mir bei nächster Gelegenheit einmal mehr verraten.«

Rike hatte ihn gehört, aber sie wollte ihn nicht verstehen.

Später, sagte er sich. Schon vor dem Telefonat hatte er die Flasche, die Maske und den Atemregler zum Anzug gelegt; es war kaum Platz, sich umzuziehen. Noch dazu musste man es vor aller Augen tun.

Rike hatte offenbar in seinem Gesicht gelesen. »Wenn ich die Arme ausbreite, hilft es vielleicht, ich bin ja nicht gerade gertenschlank.«

»Schön, dich lachen zu sehen«, gab er zurück und umarmte sie spontan. Sie schaute ihn erstaunt an, er zuckte nur mit den Schultern.

Florian schlüpfte in den geliehenen Tauchanzug, probierte die Brille aus, ließ die Handlampe kurz aufblitzen. »Er könnte doch hier sein, obwohl ich mich vielleicht falsch erinnere. Gesichter verändern sich.«

»Er – Sebastian Baumgart«, sagte Rike. »Ein Gesicht wird zwar älter, aber du würdest ihn bestimmt erkennen.«

Er fuhr sich über die Stirn. Bislang hatte er nicht genügend Zeit gehabt, bewusst nach Baumgart Ausschau zu halten. Vielleicht später.

»Du bist im ersten Team«, sagte ihm jemand. Florian nickte und schaute zu Friederike. »Bis gleich.«

Sie biss sich auf die Lippen, und er konnte sich denken, was sie ihm gern mit auf den Weg gegeben hätte: Pass auf dich auf, du musst nicht unbedingt etwas entdecken.

Ja, und er musste auch nicht unbedingt tauchen gehen, um den Gedanken zuzulassen, dass Patrick vielleicht Magdas Tod eiskalt eingeplant hatte. Florian wäre zu gern mit Eiseskälte da hinuntergegangen, aber das Gegenteil war der Fall, er fühlte gerade eine Spur von Angst. Denn er war sicher, dort unten war etwas.

✶✶✶

Althea glaubte kurz, sie hätte jemanden gesehen, ein Gesicht, das ihr etwas sagte, dann war der Augenblick vorbei.

Gleich würde die erste Gruppe mit dem Boot hinausgebracht werden, zu den Markierungsbojen.

Wieder verschaffte sich einer der Organisatoren Gehör. »Nach zwanzig Jahren, vielen Geschichten und Mutmaßungen begibt sich der Tauchclub Chiemsee hinab in die Finsternis. Ihr seid die Ersten«, betonte er. »Darum geht's: Um zu beweisen, dass ihr im Flugzeug wart, bringt etwas mit – das kann alles Mögliche sein, aber traut uns zu, zu erkennen, wenn jemand schummelt. Wer runtergeht zum Wrack der Piper Cherokee, wird mit einem X versehen – wer wieder auftaucht, wird abgehakt.« Ein paar Details kamen noch, dann ein grummeliges: »Leute, wehe, ich erwische denjenigen, der die Liste verschusselt hat …«, und zum Abschied: »Fünfzehn Minuten Zeit. Abgeblubbert und wieder aufgetaucht, möge die Luft mit euch sein!«

Die Taucher hatten ihre Anzüge angezogen, Atemgeräte und Sauerstoffflaschen bereit gemacht und überprüften ihre Handlampen.

»Witzig, Chief!«, warf einer der Organisatoren ein. »Wo keine Liste ist, da kann man auch nichts x-en und abhaken.«

Althea sah das Boot ein Stück hinausfahren und stoppen. Vier Taucher ließen sich nach hinten kippen und verschwanden.

Neben ihr sagte jemand: »Da unten ist es schwarz wie in einem Hühnerhintern.«

Was für ein Vergleich! Als hätte das jemand überprüfen wollen.

Ein anderer fragte: »Was soll da unten sein, was man raufholen kann?«

Sie würden es in Kürze wissen. Die Zeit für die Taucher war vorgegeben. Fünfzehn Minuten im Dunkeln.

***

Er stieg ins Boot, sie legten ab. Florian schaute zurück.

Von hier aus hatte er einen weitaus besseren Blick in die Menge. Eines der Gesichter kam ihm vertraut vor. Die Haare waren länger, doch jetzt machte der Typ eine Geste, an die sich Florian erinnerte: den Daumen unters Kinn gelegt, nachdenklich. Vor zwanzig Jahren hatte er sie öfter gesehen.

Er stand auf, das Boot schaukelte von der abrupten Bewegung.

»Hey, hinsetzen«, blaffte ihn jemand an und zog ihn wieder auf den Sitz. Florian entschuldigte sich. Konnte es sein? Er hatte darauf spekuliert, dass Baumgart sich sehen lassen würde. Aber der Typ hatte wie er einen Tauchanzug getragen. Kurz darauf waren die Gesichter nur noch schemenhaft zu erkennen. Das Boot hatte die Markierungen erreicht und stoppte.

»Bereit machen!«, lautete die knappe Anweisung. Sie zogen die Atemmasken mit den Mundstücken an und gaben das übliche Okay – Zeigefinger und Daumen bildeten ein O, die anderen Finger waren ausgestreckt.

Er sollte den Gedanken an eine Erinnerung besser nicht mit hinunter in die Tiefe nehmen. Eine unentspannte Atmung konnte er sich nicht erlauben, der Stress belastete den Kreislauf. Ziemlich ungünstig. Florian ließ sich nach hinten fallen.

Das Seewasser schlug über ihm zusammen. Er konnte die Schatten der anderen Taucher neben sich und in einiger Entfernung ausmachen. Jetzt war jeder auf sich allein gestellt. Der Wettbewerb kannte keinen Gewinner.

Er schaltete die Lampe ein. Sie war leuchtkräftig, sodass man damit regelrecht durch das Dunkel schnitt. Er schaute auf die Kompassuhr, ließ sich von ihr leiten, sah den Schimmer der anderen Lampen. Er ging tiefer. Aus dem Augenwinkel bemerkte er etwas und zuckte kurz. Fische gab es im Chiemsee auch, was für eine Überraschung. Jetzt zu lachen wäre keine gute Idee.

Da vorn. Ihm stockte der Atem. Im seidig schimmernden Grün des Wassers lag sie, ein wenig zur Seite geneigt, der rechte Flügel geknickt, der linke befand sich auf der ihm abgewandten Seite, die Cockpittür war geöffnet. Eine Aufforderung, musste er denken.

Er nahm die Einladung an und schwamm darauf zu. Wie es schien, war er der Erste der Taucher.

In dieser Tiefe hatten sich Algen über die Flugzeughaut hergemacht.

Florians Gedanken ließen sich nicht abschalten. Vielleicht aber war es der Zorn seines Vaters, der ihn abgehalten hatte, etwas über Patricks Beteiligung an Magdas Verschwinden herausfinden zu wollen? Oder sein eigener?

Wie ein Gast stand Florian an der Tür, in seiner Kehle hatte sich ein Kloß gebildet. Seine Atmung war alles andere als entspannt. Er schickte das Licht nach links, machte einen Schwenk auf die rechte Seite. Die Instrumente in der Kanzel waren im Strahl der Lampe nur mehr als kleine Erhebungen erkennbar, der Steuerknüppel ein undefinierbares Ding, das aus dem Boden ragte. In Florians Hals kratzte etwas.

Gestänge, dazwischen vielleicht Plastikteile, die abgebrochen waren und verrotteten, weil der Austausch von Sauerstoff selbst in dieser undurchlichteten Bodenzone mit ihren geringeren Temperaturen noch erfolgen konnte. Der absolute Verschluss fand erst viele Meter tiefer statt. Vielleicht schaute er gerade auf die Reste des Pilotensitzes, auf dem bis zuletzt jemand gesessen hatte. Da war etwas, sagte ihm sein Instinkt.

Er ging in die Knie, seine Hände wühlten Schlick und Schlamm auf und wollten doch nur entdecken, was darunterlag. Er trug keine Handschuhe, und es war zuerst gruselig weich, bis er etwas Stabiles zu fassen bekam. Leder?

Auf seinen Augen war ein ungewohnter Druck. Ihm wurde schwindlig, er schaute auf die Uhr, er war erst wenige Minuten unten. Etwas stimmte nicht, er atmete keinen Sauerstoff.

Er musste zurück an die Oberfläche. Seine Hand tastete nach der Öffnung, er schwamm ein Stück, hangelte sich hinaus und hielt sich am Flügel fest. Er versuchte, sich an den Lichtern zu orientieren. Keine Lichter. Das konnte nicht sein.

Er riss am Schlauch, zog sich das nutzlose Mundstück heraus. Die Handlampe fiel auf den Grund, ihr Licht versank mit dem Plastik im Schlamm. Er war blind, die Schatten empfingen ihn.

Wohin jetzt?

Seine Lungen brannten. Etwas streifte ihn, aber seine Augen hatten sich schon geschlossen, seine Gedanken schalteten ab.

18

Ratatinement = Schrumpfen

Stefan hatte an diesem Samstag als Erstes bei der Kriminaltechnik nachgefragt, ob es Neuigkeiten gab. Neuigkeiten hieß: Was gibt es zu dem ziemlich schmuddeligen und stinkenden Schlafsack zu sagen, was zum Rucksack und insbesondere zum Fingerabdruck auf dem Feuerzeug.

Der genetische Fingerabdruck habe mit dem realen eines gemeinsam, er sei individuell, bekam Stefan gesagt. Das war ihm durchaus bekannt. Das Sperma auf dem Schlafsack gehörte zum Fingerabdruck auf dem Feuerzeug. Beides wiederum verriet den Mann, der 1997 im Münchner Verlag eingebrochen war.

Die anderen Spuren seien weiblich, die auf dem Schlafsack und die an der Kleidung aus dem Rucksack. Nicht dieselbe Frau.

Im Grunde war das nur die Bestätigung, dass Sebastian Baumgart tatsächlich im Kloster gewesen war. Alles andere waren immer noch nur bloße Vermutungen.

Das angebliche Blut auf dem Erpresserschreiben, in dem Judith Pranner all die Zeit ängstlich das ihrer Tochter vermutet hatte, war in Wahrheit Lebensmittelfarbe. Ein Rätsel, das Stefan mit nur einem Anruf gelöst hatte.

Sollte das ein Spaß gewesen sein?, fragte er sich. Die nächste Frage wäre gewesen: Hatte der Erpresser die Familie so gehasst, dass er ihr das angetan hatte?

Auf der Treppe ins Büro begegnete Stefan dem Grashüpfer, der zwei Stufen auf einmal nahm und vor sich hin summte.

Stefan hatte seit jeher gern den Paternoster benutzt, jetzt ertappte er sich auf der Treppe. Er hielt Bruno an. »Guten Morgen!«

»Auch so einen, obwohl mein Morgen schon früh angefangen hat – ich hab was.« Er wedelte mit einigen Papieren herum. Wollte er damit vielleicht andeuten, der Morgen des Kommissars fange logischerweise später an?

Im Büro öffnete Stefan zuerst ein Fenster, um die milde Herbstbrise hereinzulassen.

Bruno legte sich einige Magneten und einen Marker zurecht und ging hinüber zur weißen Tafel. Stefan setzte sich auf die Schreibtischecke. Während Bruno die Ergebnisse der Kriminaltechnik wiederholte, klickte er seine Fotos mit Magneten fest. Als Stefan geendet hatte, schaute er auf die Bilder, die Protagonisten ihres Kriminalfalles. Für Stefan war es inzwischen einer.

»Judith P. und der Erpresserbrief.« Bruno tippte auf die Bilder von Magdas Mutter und des vergrößerten Schreibens. »Florian P. und der anonyme Brief.« Wieder ein Tippen. »Max P., Magda – richtig hübsch – und der Onkel, Patrick Schmitzler.« Bruno schaute nur kurz in Stefans Richtung, bevor er ein letztes Bild befestigte. »Und hier …«, er unterbrach sich, »… leider nur der Name in einem Jahrbuch. Da sollte eigentlich auch ein Foto sein.« Er verzog den Mund.

»Du hast Sebastian Baumgart tatsächlich aufgestöbert.« Was Stefan beeindruckte, war die Kürze der Zeit, in der Bruno das geschafft hatte. Auch wenn es kein Bild gab.

»Judith P. sagte damals, Baumgart wäre Student, und was wäre naheliegender als die LMU München? Das war mein erster Gedanke«, erläuterte Bruno. »Es stimmte, aber leider – nirgendwo ein Foto.«

»Immerhin ein Hinweis.«

Der Grashüpfer brachte es auf den Punkt. »Er hatte das Geld und ist ohne die Kohle verschwunden. Was ist da passiert?« Bruno hob fragend die Hände. »Dass er Gefahr lief, dass sein Name bei den Ermittlungen auftaucht, verstehe ich irgendwie. Bloß hat zu dem Zeitpunkt niemand danach gefragt.« Damit spielte er Stefan den Ball zu.

Der nahm ihn an. »Es wurde nicht ermittelt, weil der Eindruck erweckt wurde, Magda sei weggelaufen. Auf Sebastian Baumgart fiel nie der Verdacht, er könnte etwas mit Magda Pranners Entführung zu tun zu haben. Er war schon vorher verschollen, wurde sogar für tot gehalten. Das beste Alibi überhaupt.«

»Aber da gab es die Novizin, die hätte ihn auffliegen lassen können – hat sie nicht. Vielleicht hat sie etwas anderes getan?« Da war sich Bruno nicht mehr so sicher. »Wie bekommen wir etwas über diese Novizin heraus?«

»Das ist Schwester Altheas Aufgabe«, sagte Stefan. Er lachte und entschuldigte sich, er werde seine Tante gleich anrufen.

Er hatte diese Nummer schon öfter gewählt, er war auch schon öfter abgeblitzt.

»Sie sollten sich angewöhnen, Ihre Tante bei ihrem Namen zu nennen«, wies ihn wenig später Priorin Jadwiga zurecht.

»Ich nenne meine Tante bei ihrem Namen. Dem Herrgott ist es doch gleich, ob ich nach Marian oder nach Althea frage.«

»Dem Herrgott kann es nicht gleich sein, welche Frau er sich genommen hat«, erwiderte sie.

Stefan wollte jetzt lieber nicht andeuten, dass der Herrgott bei den vielen Frauen wahrscheinlich selbst etwas den Überblick verloren hatte. Jadwiga würde ihn für eine solche Bemerkung anschließend nicht mehr durch die Klosterpforte lassen.

»Würden Sie bitte schauen, ob Schwester Althea einen Augenblick Zeit hat?«, bat er Jadwiga.

»Schwester Althea wollte unbedingt hinunter zum See. Der Tauchclub Chiemsee veranstaltet einen Wettbewerb.«

Was war das denn? Stefan durfte als gesichert annehmen, die Priorin erzählte ihm keinen Unsinn – nicht absichtlich. Doch was sie ihm erzählte, klang dennoch seltsam.

»Tante Marian, oder wenn Sie so wollen, Schwester Althea hat sich noch nie fürs Tauchen interessiert«, bemerkte er verständnislos.

»Und ob«, gab Jadwiga zurück. »Sie löchert die Mitschwestern und ihre Umgebung, was ihnen zu dem Flugzeugabsturz vor zwanzig Jahren einfällt. Schwester Althea ist nicht die Einzige, die neugierig ist, was man dort unten im See findet.«

Ein Kleinflugzeug, das fand man da. Aber in dem Flugzeug wäre vielleicht noch etwas anderes zu finden. Der Tauchclub Chiemsee veranstaltete den Wettbewerb; da brauchte er sich nicht zu fragen, warum man in der Landeshauptstadt nichts davon gehört hatte. Oder vielleicht hatte man, Stefan aber nicht. Über den Absturz hatte er nachgeforscht, ihn abgehakt. Vielleicht zu eilig.

Stefan ließ Jadwiga artig ausreden und fragte dann, ob sie Marian bitten würde, ihren Neffen anzurufen. »Schwester Althea«, betonte die Priorin. Aber dafür hatte er jetzt überhaupt keinen Sinn. Haarspalterei.

★★★

Jadwiga wurde erneut ans Telefon gerufen, weil jemand Schwester Althea sprechen wollte. Hatte sich die Schwester nicht beklagt, dass sie kein Handy hatte? Die Priorin hatte so etwas im Ohr. »Was ist es diesmal?«, fragte sie ein wenig ungnädig und fand es gleich darauf ungerecht, die Überbringerin anzuschnauzen. »Gott zum Gruß«, sagte sie ins Telefon.

»Hat man dich geärgert, Jadwiga?«

Die Stimme kannte sie, und so formlos war normalerweise nur eine. Die alte Kath.

»Ich mich über mich«, bekannte Jadwiga.

»Es geht um Althea. Sag ihr, sie muss sich vom Berg fernhalten. Der Teufel wird sie nicht übersehen. Auch wenn ich nicht weiß, was er will – was Gutes ist es nicht, hörst du, Priorin? Ich hab ihn zuschlagen sehen.«

Jadwiga sagte ihr, sie werde es Schwester Althea ausrichten. Die Nachricht war verschlüsselt, kryptisch und nicht zu deuten.

Aber dafür war Katharina Venzl bekannt.

***

Hannes hatte ihn erkannt, also vielleicht auch umgekehrt?

Das würde er wissen, wenn Florian Pranner vom Tauchgang zurückkam. Ausgerechnet er war in dieser ersten Gruppe.

Fünfzehn Minuten waren vorbei, niemand wusste, ob abgewartet wurde, bis die anderen wieder an Land waren, oder ob man gleich die nächste Gruppe hinunterschicken würde.

Das Boot kam zurück.

Drei nasse Männer, die ihre fünfzehn Minuten in der Tiefe gehabt hatten. Das Mundstück am Atemschlauch hängend, ihre Flossen in einer Hand, berichteten sie gut gelaunt, was sie gesehen hatten.

»He-hey«, rief jetzt einer freudig und kramte etwas aus seinem Beutel, den er am Gürtel trug.

He-hey, der Typ hatte ein paar durchweichte Geldscheine in der Hand.

»Das sind alte Scheine, die Kohle war im Cockpit«, schrie er, küsste seinen Daumen und heftete sich einen imaginären Orden an die Brust.

»Also doch – Schmitzler hatte mit der Entführung zu tun«, hörte Hannes jemanden sagen.

Wie war das möglich?, fragte sich Hannes. Er wusste genau, er hatte die beiden Geldtaschen gepackt und abgeworfen. Da konnte gar kein Geld mehr im Flugzeug sein. Er erinnerte sich, Patrick hatte den Reißverschluss der Taschen misstrauisch aufgezogen, um zu überprüfen, ob sein Komplize auch die ganze Summe in den Taschen verstaut hatte. Bei der Gelegenheit – der einzigen, wie er glaubte – könnten ein paar Scheine rausgefallen sein.

Einer der anderen Taucher hatte einen Schuh gefunden, der nächste hielt ein Plastikteil in die Höhe; möglich, dass diese Dinge tatsächlich im Cockpit gewesen waren.

Dem Finder des Geldes wurde beinahe sofort ein Mikrofon entgegengestreckt, der Chiemgau-Radiosender hatte seine Leute vor Ort.

»Wo ist der vierte Mann?«, wollte jetzt einer wissen.

Hannes schaute den Tauchern ins Gesicht, nachdem er sich zuvor abgewendet hatte, um nicht aufzufallen. Derjenige, den er als Florian Pranner identifiziert hatte, war nicht dabei.

Einen der Veranstalter danach zu fragen, war unsinnig, denn eine Teilnehmerliste wurde offenbar nicht geführt. Oder wenn doch, war sie verschwunden. Hannes hatte auf die Zeit geachtet, aufgepasst, dass er sich, wenn die Männer zurückkamen, möglichst nicht auffällig hinstellte, bis er selbst ins Boot steigen konnte.

Hannes überlegte keinen Moment, es war ein wenig wie damals am Berg, als er Max Pranner am Seil an den Fels herangezogen hatte, damit er den Steinschlag nicht abbekam.

»Bringen Sie mich raus, der vierte Taucher ist schon zu lange unten.«

»Du bist wer?«, wurde Hannes gefragt. Ein kurzes Zögern, dann nannte er seinen Namen und fügte hinzu: »Sporttaucher.«

»Alles klar. Ich bin Paul Breiter, ohne Witz, bitte richtig verstehen.«

Hannes schmunzelte. Zu den anderen sagte Paul: »Leute, das zweite Team geht ein wenig später runter.« Die Aussage enthielt keine Begründung.

»Was ist da los?« Erste Frage.

»Da fehlt doch einer.« Erste Feststellung.

»Da hat jemand den Goldschatz gefunden und hat keine Eile.«
Erste haarsträubende Vermutung.

Die anderen Kommentare überhörte man besser.

»Neugier ist manches Mal schon extrem nervig«, fand Paul und
verdrehte die Augen. Er schlug Hannes auf die Schulter. »Okay,
los geht's. Da unten ist einiges geboten, ich hab's mir vor ein paar
Tagen angeschaut. Das Flugzeug liegt ungefähr auf dreiundzwan-
zig Metern Tiefe, aber du weißt, ab dreizehn Metern kann die
Strömung zunehmen, und an einigen Stellen setzt sie urplötzlich
ein. Wenn du musst, tauche quer aus ihr heraus. Das sollte für dich
kein Thema sein, außer du hast mir einen Bären aufgebunden, von
wegen Sporttaucher.«

»Ich schätze, wir haben keine Zeit, das lang und breit zu bereden.
Wenn es dich nervös macht, gehen wir zu zweit. Solange es keinen
Sog nach unten gibt, wüsste ich nicht, wo das Problem liegt ...«

»Am Tauchplatz gibt es sicher keinen Sog«, sagte Paul.

Der Chiemsee sah aus dieser Perspektive ein wenig schmuddelig
aus, wie ein Mann in einem fleckigen Hemd. Das fiel ihm als Erstes
auf, als er mit der Lampe durch die Finsternis leuchtete. Vielleicht
roch er auch so, Hannes wollte es nicht ausprobieren.

Die Markierungen dienten mehr als Orientierung oberhalb
der Wasserlinie, senkrecht nach unten wollte er nicht gehen, aber
einigermaßen die Richtung einhalten. Er tauchte lieber in klarem
Wasser als in dieser Suppe. Der Chiemsee regenerierte sich im
Winter, nicht im September. Aber Klarheit hatte Hannes auch nicht
erwartet.

Hatte er wirklich Florian Pranner gesehen?

Die Piper lag in einer Mulde. Kurz hatte er den Gedanken, das zu
tun, wozu er überhaupt hergekommen war. Die Flugzeugtür stand
offen, seit er sie geöffnet hatte, aber Patricks Leiche war geborgen
worden, und die Macht des Wassers hatte schon beim Aufprall
verheerend gewütet.

Er ließ die Öffnung der Maschine im Dunkeln und schwamm
um den Rumpf herum. Da lag etwas. Zuerst glaubte er, ein Teil
der Tragfläche hätte sich gelöst.

Dann: »Scheiße!«, nur ein Gedanke. Hannes klemmte sich die
Lampe an den Gürtel. Keiner der Männer in der ersten Gruppe hatte

den Körper bemerkt, der reglos dalag, vom einige Kilo schweren Bleigurt auf dem Grund festgehalten. Der Schlauch der Atemmaske bewegte sich geisterhaft in der Wasserströmung. Hannes leuchtete ins Gesicht des Tauchers. Florian Pranner – kein elfjähriges Kind wie in seiner Erinnerung, aber er war es.

Manche Gedanken kosteten Zeit, er wusste, er hatte keine, und musste sie sich doch nehmen. Er griff Florian unter die Arme und hob ihn hoch, was leicht ging. Es war ein Notaufstieg, doch er musste darauf achten, dass er die Druckdifferenz ausglich und sehr langsam nach oben ging. Würde er versuchen, die Entfernung zur Oberfläche zu schnell zu bewältigen, bewirkte das einen Unterdruck, und der hätte gruselige Auswirkungen auf Lunge, Ohr und Nasennebenhöhlen.

Ihm kam es endlos vor, bis er den großen Schatten des Bootes über sich sah. Hannes tauchte seitlich auf, nahm das Mundstück heraus und rief: »Funkt die Rettung an – Beeilung.«

Paul übernahm Florian und hievte ihn ins Boot, Hannes kletterte selbst hinein. Von da an ging es schnell. Der Tauchclub Chiemsee hatte solche Maßnahmen sicher mit seinen Mitgliedern geübt.

»Hey, Sporttaucher, das hat jetzt aber echt gedauert«, sagte Paul.

Hannes hatte Florian die Flasche abgenommen, den Schlauch und das Mundstück. Der erste Blick wägte ab, ob Florian atmete.

Der Puls flatterte unter Hannes' Fingern, aber er spürte ihn noch. Der zweite Blick hakte sich an der Schlauchverbindung fest, er griff sich das Mundstück.

»Was stimmt damit nicht?«, fragte Paul, der Hannes' Miene gesehen hatte.

»Einiges«, gab der zurück.

Hannes sollte in der zweiten Gruppe tauchen und hätte die Gelegenheit gehabt, sich im Cockpit der Piper genauer umzuschauen.

Es musste noch dort unten sein. Keiner der anderen Taucher hatte etwas mitgebracht, worum er sich Sorgen machen müsste. Aber er nahm an, der Tauchclub Chiemsee würde die Veranstaltung abbrechen. Die Veranstalter glaubten vermutlich, die Gefahr wäre dort unten zu suchen. Sie hatten unrecht.

»Abbruch?«, fragte Hannes, obwohl davon noch niemand gesprochen hatte.

»Wahrscheinlich.« Ausweichend. Paul stieß den Atem aus. »So

ein Scheiß, wir dachten doch nicht, dass es irgendwie gefährlich werden könnte. Das hätte doch niemand riskiert.«

Hannes würde dazu nichts sagen. Er hatte nicht mal an Florian Pranner gedacht. Aber Judith war Taucherin, und das Flugzeug dort unten hatte ihrem Bruder gehört. So abwegig war es nicht, dass ihr Sohn nicht wie sein Vater auf Berge stieg, sondern sich für die nasse Leidenschaft entschieden hatte.

Das Boot hielt auf die Insel zu. Abwartende Gesichter blickten ihnen entgegen, eins davon mehr als nur ein wenig besorgt. Die ehemalige Richterin kam auf sie zugestürzt, kaum dass sie angelegt hatten. »Florian!« Ein Schrei, eindringlich und so unangenehm schrill, dass er Glas springen lassen konnte.

***

Dalmetias Hand an Altheas Ärmel setzte ihre Gedanken in Gang, nachdem sie zuvor den triumphierenden Ruf gehört hatte, es sei altes Geld im Cockpit gefunden worden. War der restliche Packen irgendwo in einer Tasche dort unten im Flugzeug? Eine Handvoll durchgeweichter Scheine war noch kein Beweis dafür, dass Patrick Schmitzler an Magda Pranners Entführung beteiligt war. Ein paar Scheine waren nicht viel, und ob es die überhaupt gab, war fraglich. Vielleicht hatte Patrick sein Geheimnis wirklich mit ins Grab genommen.

Althea kaute auf ihrer Unterlippe herum. Wie gern hätte sie selbst einen Blick in dieses Cockpit geworfen.

Um sie herum wurde es plötzlich laut, mehrere Stimmen wussten etwas über einen Unfall. Das Boot legte an, darin lag ein lebloser Taucher. Sie sah, wie Hannes ans Ufer sprang und sich Friederike unter Zuhilfenahme der Ellbogen rüde an den Ufersaum und zum Boot schob.

»Florian!«, schrie sie, und da wusste Althea, wer der Besucher der ehemaligen Richterin war. Jetzt war vielleicht wirklich Beistand gefragt. Althea schob auch, aber die Ellbogen ließ sie angelegt. »Lassen Sie bitte eine Ordensschwester durch.« Sie wiederholte es einige Male, bis sie jemanden sagen hörte: »Mei, 'etz gäd's scho um de letzte Ölung.«

Althea schnaufte und sagte gar nichts mehr.

Einer der Taucher hielt Friederike davon ab, ins Boot zu steigen. »Bitte, liebe Frau, wir kümmern uns schon, wir tun, was wir können.«

»Ich bin nicht Ihre ›liebe Frau‹!«, polterte sie.

Das größere und schnellere Boot der Wasserwacht würde den Verunglückten übernehmen. Es steuerte bereits längsseits. Die Retter griffen eilig zu. Althea hoffte inständig, dass die letzte Handreichung nicht nötig sein würde.

»Tu offiziell, dann lassen sie dich mit«, raunte Althea an Friederikes Ohr.

»Du bist nicht gefragt«, schoss Friederike zurück.

»Du aber auch nicht, wenn du dich nicht auf der Stelle daran erinnerst, was du am besten kannst.«

Friederike grummelte etwas, dann straffte sie sich. »So, Herrschaften«, ihre Stimme war fest und ihre Ansage klar und deutlich, »die Behörden müssen verständigt werden, aber erst werden Sie alles in Ihrer Macht Stehende tun und für das Überleben des jungen Mannes Sorge tragen.«

Genau das wurde versucht, ein Rettungssanitäter delegierte seine Leute. Althea hatte es bislang nur gedacht. Warum gerät ein Taucher in Schwierigkeiten? Was war überhaupt geschehen?

Aber jetzt hatte auch Friederike umgeschaltet. »Die Beweise müssen erst einmal untersucht werden. Über einen Fahrlässigkeitsschuldvorwurf nach strafrechtlichen Maßstäben wird später befunden.«

Althea schluckte, die ehemalige Richterin war dazu übergegangen, die üblichen Drohgebärden vorzubringen. »Packen Sie alles ein, die Kollegen werden es sich anschauen und sich um die Spurensicherung kümmern.«

Wenn es auch sonst niemand bemerkte, Althea tat es. Friederike versuchte, niemanden ihr Zittern sehen zu lassen, und streckte eine Hand aus, damit jemand sie ergriff und ihr an Bord des Rettungsbootes half. Niemand verweigerte der ehemaligen Richterin den Zutritt zum Boot der Wasserwacht. Sie durfte den Verunglückten begleiten.

Althea überhörte die Zwischenrufe. Irgendjemand spekulierte doch immer auf den Tod. Sie konnte sich vorstellen, wie hilflos Friederike sich fühlte.

Reinholda und Dalmetia waren verschwunden, Althea hatte es nicht mitbekommen. Etwas anderes dagegen schon: Hannes' Blick, als er vom Boot sprang.

»Du warst doch grade unten, du hast den Taucher gerettet«, meinte jemand und schlug Hannes anerkennend auf die Schulter. Der schüttelte nur den Kopf und tauchte eilig durch die Menge.

Lob wollte er keins, doch was Althea irritierte, war sein Verhalten, der schnelle Rückzug. Sie musste gestehen, sie mochte ihn, aber vielleicht waren seine Motive scheinheilig oder gar niederträchtig.

»Wer ist dieser Hannes?«, flüsterte sie zu sich und ihrem Herrgott.

Sie wollte ein wenig trödeln, sie wollte sich noch ein paar Gedanken machen und kam nicht dazu, weil Valentin ihren Arm ergriffen hatte. »Ein Drama um das Flugzeug reicht scheinbar nicht. Ich hab unserem Lokalradiosender gleich erklärt, dass es seit geraumer Zeit auf unserer Insel nicht mit rechten Dingen zugeht.«

Valentin klang kein bisschen nach Traurigkeit, eher eine Spur übermütig. Es war wieder einmal etwas passiert, und er bekam es hautnah mit, stand direkt daneben. Und natürlich hatte er etwas zu sagen.

Althea hatte Luft geholt für eine Erwiderung, aber der Klosterwirt war schon wieder inmitten seines schwunggeladenen Dramas. »Wenn ich mir vorstellte, dass es da unten auch Hannes hätte erwischen können. Der wollte unbedingt tauchen, wo wir doch ausgerechnet heute in aller Früh schon die Reisegruppen unterzubringen hatten.«

»Aha«, steuerte Althea bei. »Du bist doch auch schon die ganze Zeit über am Beobachten.«

»Ja, schon, ich bin der Chef und muss doch wissen, was bei uns am Chiemsee passiert. Das Schlimme kann niemand gewollt haben. Eine solche Werbung braucht's wirklich nicht.«

Hatte er es gerade »Werbung« genannt? Althea versuchte gar nicht erst, seinen verqueren Gedanken zu folgen.

»Brauchte man bei der Anmeldung nicht einen Tauchschein?«, wollte sie wissen.

»Den hat der Hannes. Friederikes junger Freund vielleicht nicht, aber unser Chiemsee ist kein Bergsee. Da scheint das Tauchen weit gefährlicher. Aber um Gefahr ging's nicht, hat Hannes gemeint, jedenfalls nicht um die, von der sie alle wussten.«

Althea stutzte.

Eine unbekannte Gefahr? Sie musste an diesen Teufel vom See denken, den die alte Kath erwähnt hatte. »Unsinn«, flüsterte sie.

»Zugelassen waren heute nur Sporttaucher. Die Formulare sind irgendwohin verschwunden – da hätte sich auch ein anderer was leihen und von sich behaupten können, dass er einen Schein hat«, spekulierte Valentin munter.

»Irgendwohin verschwunden«, als hätten sich die Formulare höchstselbst auf den Weg gemacht.

»Schwester Althea, die ganze Aufregung verlangt nach einem Enzian.« Er schüttelte sich.

»Genau«, stimmte sie zu.

Wenig später hatte sich Valentin versichert, dass Nonnen Hochprozentiges trinken durften – was Althea nicht so genau wusste – und ob sie Schnaps vertrugen – was Althea auch nicht sagen konnte –, und hatte ihnen zwei schmale, hohe Gläser hingestellt, in die er großzügig einschenkte.

Die Steingutflasche, die den vierzigprozentigen Gebirgsenzian enthielt, sah grau aus wie ein Felsmassiv, doch ihr Inhalt brannte wärmend in der Kehle und die Speiseröhre hinunter.

»Auf einem Bein kann man nicht stehen«, lachte der Klosterwirt und schenkte die Gläser noch einmal voll.

Althea hoffte, sie konnte danach noch auf ihren zweien stehen.

»Was ist mit meinem Votivbildchen?«, wollte er plötzlich wissen, als hätte sich ihm die Frage offenbart – oder das Bild, das ihm vorschwebte.

»Falsche Frage zur falschen Zeit«, gab Althea zurück, nicht ahnend, dass ihr in Kürze noch jemand die gleiche stellen würde.

Sie schwankte nicht, aber es war sinnvoll, sich nicht zu beeilen, um wieder einen klaren Kopf zu bekommen. Der Enzian war gut, vor allem beinahe überwältigend. Etwas grummelte, zog sich zusammen und schnackelte. Jetzt hatte sie auch noch Schluckauf. Den Mund zusammengepresst, den Rücken gerade, ging Althea durch die Pforte.

»Schwester Althea?«

Sie wäre dankbar gewesen, die Treppe hinauf und in ihre Zelle schleichen zu dürfen, doch offenbar hatte Jadwiga schon auf sie gewartet.

Der Blick der Priorin glomm diesmal nicht, aber er beinhaltete mehr als nur eine Frage, und dem sah sich Althea im Moment gar nicht gewachsen. Sie überlegte, was passiert sein könnte. So schnell kam sie auf nichts, daher hielt sie weiter den Mund, schluckte und wartete.

»Da ist eine Frau aus Moosinning für dich gekommen. Sie sagt, du hättest sie ins Kloster eingeladen. Sie hat Gepäck dabei.«

»Ein-hicks-geladen?«, vergewisserte sich Althea.

Jadwiga fächelte sich Luft zu und schnupperte. Dann schob sich ihr Kinn vor. »Wonach riecht dein Atem?«

»Nach hicks zwei hicks Gebirgs-hicks-enzian«, zerhackte Altheas Schluckauf den Satz. Sie bedeutete, es ginge gleich wieder.

Jadwiga sagte: »Ich bringe dir ein Glas Wasser, und du hältst derweil die Luft an.«

Das war nun die allerschlechteste Idee. Sie würde sich hinsetzen und auf das angebotene Wasser warten. Althea nahm auf der untersten Treppenstufe Platz. Eine Frau aus Moosinning. Sie kannte doch gar niemanden. Doch, berichtigte sie sich.

Sie kannte Annemarie Wagner nicht wirklich, aber Lore Wagners Mutter war aus Moosinning. Althea musste erst einmal die Fakten sortieren, aber sogar ihre Gedanken wurden von dem bösartigen Schluckauf zerpflückt.

»Das wird dir guttun«, sagte Jadwiga und reichte Althea ein Glas. Die Kohlensäure half sicher nicht, das reflektorische Einatmen wieder unter Kontrolle zu bekommen, aber es half, den Enzian zu verdünnen. Althea trank in großen Schlucken und versuchte, schneller zu sein als die nervenden Hickser.

»Dein Neffe hat sich nach dir erkundigt, ich musste sagen, Schwester Althea ist nicht im Haus.«

»Schwester Althea – das dürfte Stefan gleichgültig sein. Tante Marian bittet darum, ihn zurückrufen zu dürfen.«

»Diese Namensdiskussion hatte ich heute schon«, gab Jadwiga gar nicht erfreut zurück. »Außerdem hat die alte Kath angerufen. Irgendwas mit dem Teufel am Berg. Schwester Althea, was hat es denn mit diesen Rätseln auf sich?«

»War es nicht vielleicht der Teufel vom See?«, fragte Althea nach.

»Ein Rätsel bleibt es trotzdem«, schnarrte die Priorin.

Für Kath nicht, da war Althea überzeugt.

»Wozu war denn der Schnaps um Himmels willen nötig?«

»Es hat einen Unfall gegeben«, sagte Althea.

»Davon hat Schwester Reinholda schon erzählt. Ihr hätte ein Schnaps vielleicht auch gutgetan, sie schien richtig aufgewühlt. Was uns zurückbringt zu deinem Gast«, sagte Jadwiga. Althea fragte nicht nach, was die konsternierte Reinholda genau mit dem Gast aus Moosinning zu tun hatte.

»›Schwester Althea möchte diese Zettelwirtschaft haben und zahlt mit einem Votivtaferl. Sie sagt, dass das Kloster sich eine Einladung überlegt hat.‹ Originalton könnte man das nennen«, erklärte die Priorin. »Normalerweise weiß ich, was das Kloster sich überlegt hat.« Jadwiga nahm Althea das leere Glas wieder ab.

Die atmete einige Male ein und presste die Luft aus den Lungen. Es funktionierte. Kein Gepolter mehr im Innern. Sie musste nur das Durcheinander schnell berichtigen. »Schwester Althea hat die Frau aus Moosinning gefragt, ob sie ihr Lore Wagners Briefe überlassen würde. Eingeladen hat Schwester Althea niemanden«, fasste Althea das Dilemma zusammen und hatte den Eindruck, Jadwiga wusste mit dem Namen nichts anzufangen. »Lore Wagner alias Hannelore Wagner, die Novizin, die vor zwanzig Jahren in der geheimen Kammer einen Mann bestiegen hat.«

Die Priorin nickte zögernd, rümpfte die Nase. »Es klingt ungut.«

Was auch immer Jadwiga meinte, ein Schatten wanderte über ihre Züge. Vielleicht war das auch eingebildet.

»Ungut wäre es, wenn ich der Frau im Gegenzug nichts anbieten würde«, sagte Althea. »Ich möchte die Briefe, und Annemarie bekommt ein Votivbild. Ich gebe sie ihr natürlich zurück, wenn ich sie gelesen und auf Fingerabdrücke untersucht habe.«

»Ich höre nicht zu«, ließ die Priorin sie wissen. »Annemarie ist im Gästehaus untergebracht. – Ich wusste gar nicht, dass du malst, Schwester Althea. Auch nicht, dass du dich auf Votivbilder spezialisiert hast.«

»Man wächst mit seinen Aufgaben«, sagte die und hoffte, diese expandierten nicht noch weiter. »In Prien am Marktplatz gibt es ein Geschäft für Künstlerbedarf.«

»Papier und Bleistift gibt es auch in meinem Büro. Künstler fertigen doch meist eine Skizze an?«

»Diese Künstlerin hätte keine angefertigt«, widersprach Althea.

Jadwiga ließ sich nicht erweichen.

»Versuche bitte herauszufinden, wie lange dein Besuch vorhat, zu bleiben. Und rufe deinen eigensinnigen Neffen an.«

Ersteres hatte Althea schnell in Erfahrung gebracht.

»Bis mein Bild fertig ist, wird es bestimmt noch dauern, und bis du die Briefe entziffert hast, dauert es wahrscheinlich auch. Lores Schrift ist nicht gerade schön, sie krakelt.« Annemarie, die sich Althea schlank, mit zusammengebundenem Haar und in einer Strickjacke vorgestellt hatte, war in Wirklichkeit eine gewichtige Frau in einem blau-weiß gestreiften Schürzenkleid und mit einer blonden Kurzhaarfrisur. Die flachen Schuhe mit zwei breiten gekreuzten Riemen ließen Althea an Jadwigas Katalog mit den gesammelten Scheußlichkeiten denken.

Hoffentlich kam man auf ihrem Hof nicht sehr lange ohne Annemarie aus. »Ich freue mich, dass du den Weg zu uns gefunden hast«, sagte Althea und kreuzte die Finger hinter dem Rücken.

»Das sind die Briefe von unserer Lore.« Annemarie gab Althea einen kleinen dünnen Packen. Es waren nur vier oder fünf. Da konnte die Schrift noch so krakelig sein, Althea hätte sie sicher schnell gelesen.

»Priorin Jadwiga meint, jedes Bild braucht eine Skizze, und damit fange ich spätestens morgen an. Wir wollen dich nicht zu sehr beanspruchen, liebe Annemarie.«

»Gar nicht.« Sie lachte. »Ich habe Sachen für eine Woche eingepackt. Ich bin eine gute Köchin, und meine Männer kommen auch mal ein paar Tage ohne mich aus.«

Jemand, der kochen konnte, jemand, der es nicht auf freie Kost und Logis abgesehen hatte. Vielleicht jemand, der ein wenig Raum brauchte, Abstand vom Alltag. »Wir freuen uns wirklich über deinen Besuch«, bekräftigte Althea.

»Hast du schon gesagt.«

Aber jetzt meinte Althea es auch.

Annemarie hatte das Heft in die Hand genommen und fürs Abendbrot in der Küche eine kalte Platte gezaubert, verziert mit Gürkchen, Tomaten und gefüllten Champignons, über die sich die Schwestern mit ungewöhnlichem Heißhunger hermachten.

Althea bot wieder einmal an, den Abwasch zu erledigen. Sie wäre wirklich gern allein gewesen mit ihrem schlechten Gewissen, aber Annemarie griff sich ein Geschirrtuch. »Du machst selten was mit den Händen, oder, Schwester Althea? Sie sind ohne Runzeln und Schwielen, so schön glatt.«

Darauf gab es nichts zu sagen. Zumindest fiel Althea nichts Passendes ein.

»Oh, ich wollte nicht andeuten, dass du faul bist«, schickte Annemarie gleich hinterher.

Althea musste lachen. Sie unterhielten sich darüber, was die Schwestern für Arbeiten erledigten, wenn sie nicht gerade damit beschäftigt waren, faul zu sein.

»Der Raum da, der sieht aus wie ein Lager«, deutete Annemarie hinter sich. »Seid ihr am Umbauen?« Sie trocknete schneller, als Althea abspülte.

»Das Kloster ist noch nicht entschieden, was damit anzufangen wäre«, sagte Althea.

»Lore hat immer davon erzählt, dass es in der Abtei oftmals geheimnisvoll zuginge. Bis sie schließlich nicht mehr viel erzählt hat.«

Althea konnte nicht alles gleichzeitig – abspülen, sich auf das Gespräch konzentrieren und aufpassen, was sie sagte. »Mir würde jetzt ein Tee schmecken«, meinte sie.

»Mir auch«, fand Annemarie.

»Ich kann im Sitzen besser denken«, gab Althea zu.

»Ja, gell – das dachte ich mir. Das ist sonst ja nicht deine Arbeit, Schwester Althea.« Annemarie war eine einfache Frau, aber liebenswert, offen und ehrlich.

Althea brühte einen Schwarztee, presste eine Zitrone aus und gab einige Löffel braunen Zucker dazu. »Hat dir Lore mehr von diesen Geheimnissen im Kloster erzählt?«, hakte sie nach.

»Vielleicht hat sie die aufgeschrieben – du hast mir doch davon erzählt, von Lores Krimi, der im Kloster spielt.«

Apodemus, die Waldmaus, in der Abtei Mariahain. Althea lächelte. Möglich, dass diese schlaue Maus etwas entdeckt hatte. Oder hatte Lore Wagner etwas entdeckt? Sie füllte den Tee in zwei doppelwandige Gläser.

»Weißt du zufällig noch, wer Lore durch ihr Noviziat begleitet hat?« Gespannt war Althea drauf und dran, die Luft anzuhalten.

188

Sie hatte noch nicht versucht, Lore Wagner zu erreichen. Annemarie und sie könnten es vielleicht gemeinsam versuchen.

»Eine ältere Schwester stand ihr zur Seite, das weiß ich noch. Es ist doch etwas wie eine Ausbildung und die Vorbereitung auf die Ordensgelübde. Ihr habt alle so bedeutungsvolle Namen. In deinem schlummert eine Thea, darum kann ich ihn mir merken, der Name dieser anderen Schwester hatte etwas mit tadellos zu tun. Ich weiß ihn nicht mehr«, entschuldigte sich Annemarie.

Dazu fiel Althea gerade keine Verbindung ein. Sich etwas zu merken, hieß oftmals, sich eine Brücke zu bauen. Nur welche Eselsbrücke Annemarie da konstruiert hatte …

Althea trank einen Schluck Tee. »Vielleicht fällt es dir wieder ein«, sagte sie.

»Ich hab wirklich geglaubt, Lore würde einmal den Hof übernehmen, würde jemanden heiraten, der zupacken kann. Das Glück bei uns finden. Aber das wollte sie nicht. Weil Sebastian es nicht wollte.«

»Sebastian«, wiederholte Althea. Sebastian. War es so einfach? Eine Jugendliebe?

»Sebastian Baumgart. Die beiden kennen sich seit Schulzeiten. Er war der Studiosus, wollte hinaus in die Welt und hat ihr Flausen in den Kopf gesetzt. Es waren seine Träume, aber Lore war so verliebt, sie hätte wahrscheinlich alles für ihn getan. Auch ihre Träume für ihn aufgegeben.«

Althea machte eine Faust. Annemarie konnte ihr Schweigen nicht deuten.

»Aber dann hat er mit ihr Schluss gemacht«, erzählt sie weiter. »Lore hat geglaubt, sie müsste sterben.« Ein mitleidiges Nicken, Annemarie fasste sich an die linke Brust. »Liebeskummer bringt einen nicht um, aber mir wurde himmelangst. Der Vatter war hart. ›Der will dich nicht‹, sagte er, ›der schaut zu gut aus‹, ›der nimmt sich die Geldige, wenn er sie haben kann‹.«

»Liebeskummer lässt einen manches Mal unüberlegte Sachen tun«, sagte Althea und wusste genau, wovon sie redete.

»Das versteh ich nicht. Wenn man sich lieb hat und es ernst meint, dann schaut man doch gar keine andere an.« Annemarie schüttelte den Kopf. »Und dann verkündete sie, sie will ins Kloster gehen, kein Mann mehr, keine Liebe, keine Familie und was alles dazugehört.«

Es hatte den Anschein, als wäre Hannelore Wagner unentschlossen gewesen, bis sie für sich einen Ausweg gesehen hatte.

»Wer war denn die Geldige?«, fragte Althea und wusste, sie würde Annemarie noch um einen Gefallen bitten – nachher.

»Du stellst komische Fragen, Schwester Althea, man könnt denken, du fängst was mit den Antworten an.«

»Vielleicht«, versetzte Althea, die in jedem Fall etwas mit den Antworten anfangen wollte.

»Ich glaub, du kennst dich damit aus, mit der Liebe. – Die Geldige war älter, verheiratet. Sebastian hat Lore gesagt, wie *anders* alles mit der ist, und dass er sich sowieso nie als Bauer gesehen hat. Lore solle nicht auf ihn warten, es sei aus und vorbei.«

»Und Lore ist ins Kloster gegangen. Kein Mann, keine Liebe, keine Familie. Aber dann ...« Althea wartete gespannt auf die Fortsetzung. Als würde ihr jemand eine Geschichte erzählen. Es war nur so viel mehr, es war ein Stück Leben.

»Lore war im Kloster ganz glücklich, bis Sebastian plötzlich wieder auftauchte. Er hat sie verführt, und sie hat sich wieder einwickeln lassen.« Enttäuschung.

Und jetzt hatte Althea vor Augen, was sich in der geheimen Kammer abgespielt hatte. Lore hatte wahrscheinlich durch einen Zufall bei der Gartenarbeit die Tür hinter dem Efeu entdeckt. Wie sie es geschafft hatte, sie zu öffnen, nachdem sie sicher lange Zeit verschlossen gewesen war, konnte sich Althea nicht denken, aber im Moment war das nicht maßgeblich.

Sebastian Baumgart hatte damals vor zwanzig Jahren einen Grund gehabt, zurückzukommen, aber der konnte nicht Liebe gewesen sein. Kath hatte es gesagt, und Althea glaubte ihr. Er hatte vielleicht eine Straftat begangen – da stockte Althea. Das Geld hatte er jedenfalls dabeigehabt. Seine Ex-Freundin war dort, sie konnte er bitten, ihm zu helfen, und sie könnte diese Bitte falsch verstanden haben. Er hatte mit ihr geschlafen oder, wie Kath es gesehen hatte und wie es viel eher passte, sie hatte ihn unbedingt gewollt.

Als hätte Annemarie Altheas dahinzischende Gedanken erraten, sagte sie: »In den Zeitungen schrieb man gerade über die Entführung der Sechzehnjährigen und über ihre Familie mit der Villa in Grünwald, und dann kommt Lore plötzlich mit dem neuen Auto angefahren und sagt uns, dass sie weggeht. Mir kam das komisch vor. Der Wagen hat geblitzt wie frisch aus der Fabrik!«

Althea hörte die Betonung und Annemaries Ausruf.

»Ich hab gefragt, was los ist, ob sie und Sebastian wieder zusammen sind. Aber dann lachte sie, der sei tot. ›So was von tot.‹ Schwester Althea, wir haben uns nicht mehr ausgekannt, aber der Vatter und ich, wir hatten immer den Verdacht, dass die Geldige, mit der Sebastian was angefangen hatte, die Mutter der Sechzehnjährigen war. Es wurde geredet, dass der Onkel mit der Entführung des Mädchens zu tun haben soll. Aber der war wirklich tot. Mir hat die Frau leidgetan, aber Sebastian nicht.« Annemarie zuckte ungerührt mit der Schulter.

Und schon steckte Althea mitten in einem neuen Rätsel – Sebastian, tot? Auch wenn das eine Möglichkeit war, wäre die andere, dass Lore Wagner etwas mit seinem Tod zu tun hatte. Aber dass jemand auf der Fraueninsel gestorben war, davon hatte Althea nichts gehört, und sie war sicher, dass jemand davon erzählt hätte. Ein Kriminalfall auf der Insel. Valentin hätte ihr sein Wissen sicher zu gern aufgedrängt. Viel wahrscheinlicher war, der Ex-Freund war nur für Lore Wagner tot.

»Annemarie, ich würde gern einen kleinen Spaziergang machen, begleitest du mich?«, fragte Althea.

***

Der Blick aus dem Fenster des Zimmers im »Inselhotel zur Linde« zeigte jetzt ein Stück See, der im Dunkeln lag. Einzelne kleine Lichter rahmten ihn ein.

»Das Böse hockt noch immer da unten im See«, hatte jemand seine düstere Ahnung in Worte gepackt. Zuhörer fanden sich im Nu, und immer neue Vermutungen, was geschehen war, wurden daraufgepackt, bis die Geschichte schließlich überhaupt keinen Sinn mehr ergab. Dieses Böse hatte sich den Taucher geschnappt. Man könnte ihn, wenn er es überlebte, sicher fragen.

Gut, dass dieser Taucher überhaupt nicht wusste, wie ihm geschehen war, geschweige denn, wer für das Ende seiner Atemluft gesorgt hatte.

Die Dämmerung hatte den Tag davongetragen, vielleicht auch

die Seele von Florian Wer-auch-immer. So war es nicht geplant gewesen, ein Blitzeinfall, weil die Zeit für einen guten Plan nicht gereicht hatte. Da waren zu viele Leute um den Tisch mit der Leihausrüstung herumgestanden – einerseits prima, um mit dem kleinen Messer unauffällig den Schlauch am Mundstück zu bearbeiten, andererseits war der Mord nach Maß gründlich schiefgegangen, weil es dummerweise den Falschen getroffen hatte.

Nur ein Griff nach dem Atemregler und der Maske, aber es war die falsche Hand gewesen, die danach zugegriffen hatte.

Zufall ist die in Schleier gehüllte Notwendigkeit, hatte jemand vor langer Zeit gesagt.

Die Person, die unten im See bleiben sollte, lebte. Die Frage war: Was würde diese Person nun tun?

Ein kleines Lächeln stahl sich auf das Gesicht, das noch immer dem Fenster zugewandt war und hinausschaute, aber nicht wirklich etwas sah, weil die Gedanken damit beschäftigt waren, ein erstes Konzept für Schwester Altheas Tod zu entwerfen.

Wer hätte auch geglaubt, dass der geheime Raum entdeckt werden würde. Der verhüllte Zufall und die schnüffelnde Nonne – sie hatte die Tür, die sich unter dem Efeubewuchs befand, nicht erst bemerken müssen, das hatte schon der Verdacht, Mäuse befänden sich in der Speisekammer, erledigt.

Bestimmung, Vorsehung? Was dachte Schwester Althea, dass es war? Man hielt sie für ziemlich klug. Tja, und genau damit besiegelte die Nonne leider Gottes ihr Schicksal. Spekulierten Nonnen überhaupt auf das Schicksal? Vielleicht nicht.

Diesmal müsste es besser funktionieren, obwohl an die Schwester nicht so leicht heranzukommen war.

Ein kehliges Lachen, die imaginäre Pistole wurde genüsslich geladen und abgefeuert, obwohl die Tat sicher mit weniger Einsatz und anderem Handwerkszeug zu erledigen war.

★★★

»Wohin wollen wir denn, Schwester Althea?«, fragte Annemarie, als Althea und sie durch die Tür hinaustraten auf den Kiesweg, der um die Insel führte.

Als Nächstes würde vielleicht zur Sprache kommen, warum sie

nicht die Klosterpforte nahmen. Genau das wollte Althea nicht, denn das würde nur unnötige Fragen bedeuten. »Nur um die nächste Ecke.«

»Ins Wirtshaus?«, meinte Annemarie überrascht.

Nicht direkt, hätte ihr Althea sagen können, aber wer wusste schon, wo Hannes gerade steckte. Und zu dem wollte Althea.

Sie fragte sich, ob Lores Mutter den Ex-Freund der Tochter erkennen würde, ob Hannes tatsächlich Sebastian Baumgart war. Nur weil es passte, musste es noch nicht die Wahrheit sein.

Der Klosterwirt stand persönlich hinter der Theke, mit Leichenbittermiene, die Handgriffe ärgerlich missmutig. Da stimmte etwas nicht.

Die Gaststube war voll besetzt, zwei Bedienungen trugen Tabletts mit Getränken und Essen zu den Tischen. Ein Gast hielt zwei Finger in die Höhe, wollte bezahlten, eine Frau erkundigte sich, wo ihr Fisch blieb.

»Grüß dich Gott, lieber Valentin«, sagte Althea. »Annemarie und mir ist nach einem kleinen Bier.«

»Wir haben doch gerade Tee getrunken«, raunte ihr Annemarie ins Ohr.

»Zu jedem anderen Gast würde ich jetzt sagen: ›Dann wartest, bis du ein großes verträgst‹«, tönte der Klosterwirt.

Annemarie musste lachen. »Ein großes zusammen«, gab sie zurück.

Valentin nickte, nahm ein Halbliterglas, schenkte ein und ließ das Bier mit Schwung über die Theke schlittern. Althea fing es ab, Schaum spritzte auf ihre Hände. Wenn Valentin nicht versuchte herauszufinden, wer Altheas Begleitung war, warum eine Nonne ausgerechnet abends ins Lokal kam und ein Bier wollte, dann stimmte wirklich etwas ganz und gar nicht.

»Nonnen bringen Glück, habe ich gelesen – Schwester Althea, bitte beeil dich damit! Es geht drunter und drüber«, knurrte er.

Gelesen. »Gib nicht so an«, erwiderte Althea. »Natürlich habe ich immer Gottes Segen im Gepäck.«

»Jetzt gibst du an. Welches Gepäck?«, zog der Klosterwirt Althea auf.

»Wir möchten bitte ganz kurz mit Hannes reden«, brachte sie ihr Anliegen vor. Oder nicht reden, es würde auch genügen, wenn Annemarie ihn zu Gesicht bekäme.

»Ich würde auch gern ganz kurz mit Hannes reden. – Er ist weg.«
Valentin klang verzagt.

Weg. Althea brauchte nicht fragen, seit wann Hannes weg war,
denn das konnte sie sich denken.

»Kann man sich das vorstellen, er hat einen Brief für mich dage-
lassen!« Abfällig, als wäre diese Hinterlassenschaft eine Krankheit.
»Irgendein Notfall. Er könne nicht bleiben, es tue ihm leid. Leid
tut es ihm!«, ereiferte er sich.

Einige der Gäste schauten schon. Althea hoffte, dass nicht einer
von ihnen ausgerechnet nach Hannes fragte. Die Insulaner kamen
oft auf ein Bier ins Lokal, und ihnen würde die Abwesenheit des
Hilfskellners auffallen. Einen Frager hätte der Klosterwirt wahrscheinlich sofort am Kragen.

»Wie heißt Hannes mit Familiennamen? Ich glaube, ich weiß es
gar nicht.« Althea wusste, dass sie genau das nie gefragt hatte. Aber
jetzt war es von Interesse.

»Hannes Gärtner aus Salzburg. Wie ein Österreicher klang er
nicht, darum hatte ich auch keine Bedenken.«

Oh Valentin, dachte Althea. Woher jemand kam, fiel vielleicht
den Alteingesessenen auf. Die nahen Bewohner der Nachbarrepu-
blik hatten eine etwas andere Klangfarbe im Tonfall, die hatte sie
bei Hannes Gärtner auch nicht gehört.

Baumgart – Gärtner, annähernd gleich. Ein Brief wäre vielleicht ähnlich erfolgversprechend wie Annemaries persönliche
Identifizierung. »Du hast doch diesen Brief noch?«, fragte Althea.

»Der Abfalleimer hat ihn«, gab Valentin zurück. Seine Hand
deutete abwärts, und Althea wischte um die Ecke, förderte aus
der Tasche ihres Habits ein Taschentuch und rückte den Eimer ins
Licht. Da lag das Blatt, noch hatte es niemand angeschmutzt. Sie
schüttelte das kleine Stofftaschentuch aus, nahm es zwischen die
Finger und griff nach dem Brief.

»Schwester Althea, was machst du da? Da ist mein ganz persön-
licher Müll.« Valentin zog den Eimer zu sich her.

Annemarie hatte das Glas genommen und sich umgedreht, Althea hatte den Verdacht, sie wollte den Klosterwirt ihr Schmunzeln
nicht sehen lassen.

»Wir haben uns gut verstanden, und dann hat er nicht mal den
Schneid, mir ins Gesicht zu sagen, dass er heim muss!« Valentin

194

knallte ein Glas auf die Theke. Althea hielt die Luft an, das hätte schiefgehen können.

»Natürlich gebe ich dir deinen persönlichen Müll zurück«, lenkte sie ein und ließ Taschentuch und Brief schnell in ihrer Tasche verschwinden.

Annemarie reichte ihr das Bier, sie hatte ein paar Schlucke davon genommen. Althea trank ein Mal und bezahlte. Sie wollte Jadwiga nicht aufregen, indem diese an ihr auch noch eine Bierfahne roch.

»Schönen Abend«, wünschte Althea und vermutete das Gegenteil.

Sie verabschiedeten sich, weil es wirklich drunter und drüber ging. Als Nächstes hörten sie das Klirren von Glas und Valentins Fluchen.

»Schwester Althea, du siehst aus wie eine Katze, die Sahne geschleckt hat«, sagte Annemarie. »Wie es scheint, magst du Briefe.«

»Nur solche, die mir etwas mitteilen«, erklärte Althea gut gelaunt. Vergleichsmaterial, dachte sie.

Es würde ein langer Abend werden. Sie liefen den Uferweg zurück und nahmen wieder die Tür durch die Klosterküche. »Das ist jetzt aber umständlich, ich bin doch im Gästehaus«, bemerkte Annemarie.

»Ich begleite dich natürlich hinüber zum Gästehaus.« Althea nickte, spülte schnell noch die Kanne und die Gläser aus und hoffte, die Küchenschwestern würden das benutzte Geschirr am nächsten Morgen möglichst unerwähnt lassen.

»Warum waren wir denn in dem Wirtshaus? Doch nicht wegen einem Bier oder einem Brief, den jemand weggeworfen hat.« Annemarie legte Althea eine Hand auf den Arm.

»Weil ich meinte, Sebastian Baumgart arbeitet in dem Lokal, und natürlich hab ich gehofft, du würdest ihn wiedererkennen. Er hat nicht zufällig ein besonderes Merkmal?«, fragte Althea.

»Du sammelst Briefe und Merkmale – das ist schon seltsam, Schwester Althea.« Annemarie schüttelte den Kopf. »Sebastian war ein Hingucker, da hatte der Vatter ganz recht. Aber wenn meine Lore sagt, er ist tot, wie soll ich ihn dann erkennen, wenn's ihn gar nicht mehr gibt?«

Eine Logik, die Althea versuchen würde auszuhebeln. Man starb nur ein Mal, aber Sebastian Baumgart hatte dieses Kunststück schon mindestens zwei Mal fertiggebracht. »Ihn gibt's noch«, meinte Althea überzeugt.

Ein Hingucker. Althea hätte gesagt, auf Hannes Gärtner traf das auch zu. Sie ging mit Annemarie zum Gästehaus und wünschte ihr eine gute Nacht. »Liest du noch?«, fragte die Bäuerin, und Althea nickte.

Es wäre geschickt, den Inhalt von Lores Briefen zu kennen und den Schreiben erst hinterher mit Bleistiftabrieb, Pinsel und Tesafilm zu Leibe zu rücken.

In den Gängen herrschte Ruhe, im Büro war normalerweise niemand mehr. Althea nahm sich, was sie brauchte, sie würde es zurückbringen. Wie gut waren doch die Taschen ihres Ornats.

Sie lief den Gang zurück und die Treppen hinauf. Die Mitschwestern hatten sich zurückgezogen, unter einigen Türen war ein Lichtschimmer zu erkennen, und Althea dachte unvermittelt an Fidelis, die vielleicht in ihrem Liebesroman las, Taschentücher aus einer der zehn Packungen zog und geräuschvoll hineinschniefte.

Einer, der sicher nicht in Tränen aufgelöst schniefte, aber bitter enttäuscht war, war Valentin. Althea fragte sich, warum Hannes, der vielleicht Sebastian Baumgart war, es so eilig gehabt hatte, die Insel zu verlassen.

Weil damit zu rechnen war, dass jemand dem Tauchunfall nachspürte und der Retter ins Visier der Ermittler geriet. »Bist du das überhaupt, ein Retter, oder bist du ein Verderber?«

Althea war überzeugt, dass sich die Staatsanwaltschaft darum kümmern musste. Nicht, weil das Opfer ein naher Bekannter der ehemaligen Richterin war, sondern weil es ausgerechnet um Florian Pranner ging. Die Piper Cherokee hatte seinem Onkel gehört, und er hatte womöglich etwas Bestimmtes im Flugzeug vermutet. Wie auch Hannes alias Sebastian Baumgart?

Florian hätte ihm tatsächlich gefährlich werden können, weil er sein Gesicht kannte.

Und Annemarie Wagner, die unter anderen Umständen auf ihrem Hof im fernen Moosinning gewesen wäre, hätte es vielleicht auch erkannt. Doppelter Zufall oder etwa gar keiner?

Althea wollte nicht gleich das Schlechte in einem Menschen sehen, nur war ihr das schon öfter begegnet.

»Die Frage ist nicht, warum Sebastian stiften gegangen ist, sondern, warum er überhaupt auf die Insel kam?«, flüsterte Althea ihrem stillen Mitbewohner zu und hatte sich die Antwort doch gerade überlegt – dort im Flugzeug war etwas, von dem der eine wusste und was der andere vielleicht nur vermutete.

Sie nahm behutsam den ins Taschentuch gehüllten Brief und entfaltete ihn vorsichtig. Sie hatte sich einige Papierseiten, durchsichtiges Klebeband, zwei Bleistifte und einen Karton aus dem Büro geholt. Ihr Rougepinsel kam wieder zum Einsatz, zum Schminken taugte der ohnehin nicht mehr. Althea wollte keine schwarz schimmernden Bäckchen.

Wenig später hatte sie einen richtig guten Abdruck auf dem Brief an den Klosterwirt gesichert. Sie zog die Schublade auf, in der sie die anderen Fingerspuren aufbewahrte, die sie gemeinsam mit Jadwiga von den Geldscheinen genommen hatte. »Gelungene Spurensicherung«, lobte sich Althea.

Die Schleife und die Papillarleisten waren unverkennbar; es war ihr Beweis, dass Sebastian Baumgart lebte und dass er noch vor Kurzem als »Hannes« beim Klosterwirt im Dienst gestanden hatte.

Althea nahm Lore Wagners Briefe aus ihren Kuverts und reihte sie vor sich auf. Krakeln konnte man das, was Lore da abgeliefert hatte, wirklich nennen. Althea brauchte noch keine Lesebrille, doch sie musste ein paarmal blinzeln. Klarer wurde das Schriftbild dadurch nicht.

Die verlorene Tochter schrieb, dass sie in einer schönen grünen Oase lebe, glücklich sei und all das machen könne, was sie sich nie vorgestellt hatte. Auch die ungewohnte Sprache sei kein Thema, wegen der deutschen Nachbarn. Die seien nett und gar nicht förmlich.

Althea fiel die Zurückhaltung auf – um Grüße zu senden, hätte eine Urlaubskarte völlig ausgereicht. Lore wollte ihren Eltern in Wahrheit gar nichts erzählen. Die Briefe enthielten nur spärliche Informationen und gaben keine Hinweise, der Poststempel verkündete in leichtem Fliederton dick und einprägsam: ESPANA, dazu Malaga und das Datum. 1998, 1999, 2003, 2007 … Schon lange war der Kontakt abgebrochen, Lore hatte nicht mehr geschrieben.

Zuerst bröselte Althea ein wenig Grafitstaub auf die oberen Ecken, die man beim Zusammenfalten berührte, und zog mit dem Klebestreifen das kleine Fingerbild ab. Ein Daumen, deutlich.

Auf ihrem Blatt hatte sich Althea mit Bleistift Notizen gemacht, welchen Abdruck sie welchem Namen zuordnete.

Sie blies die Überreste des Bleistifts in den Papierkorb. Durch das kräftige Pusten segelten Lores Briefe zu Boden und mit ihnen auch einer der anderen Fingerabdrücke.

Althea bückte sich und sammelte die Blätter auf. Sie sollte besser alles in einen Ordner sortieren.

Sie stutzte, schaute genauer hin. Sie hielt es ins Licht, brachte ihre Nase näher ans Papier, kniff die Augen zusammen.

Sie hatte entdeckt, dass Hannes Gärtner Sebastian Baumgart war, und sie konnte außerdem beweisen, dass Lore Wagner ihre Hände in der Tasche mit den Geldscheinen gehabt hatte.

Mit sich zufrieden, räumte Althea die Utensilien in ihre Schreitischschublade und legte ihre kleine Fingerabdrucksammlung obenauf. Jetzt hatte sie ihrem Neffen einiges zu erzählen; keine Theorie, sondern handfeste Beweise.

Althea hatte den Klosterkrimi eigentlich zum Vergnügen lesen wollen, aber das würde zu lange dauern. »Ich schaue mit Apodemus in die Ecken seines Klosters, vielleicht stöbert die kleine Waldmaus etwas auf.«

Sie ließ den Atem entweichen, schloss für einen behaglichen Moment die Augen. Eine angenehme Müdigkeit streckte die Finger nach ihr aus, und Althea öffnete ihr Fenster. Sie brauchte eine Ladung Sauerstoff, sie musste noch eine Weile durchhalten.

Wenig später hingen Ordensgewand und Schleier auf dem Kleiderbügel, und sie saß im Nachthemd im Bett. Das Kissen im Rücken, lehnte sie sich an die Wand, die Decke bis zur Brust hochgezogen.

»Lieber Herrgott, ich bitte dich um einen wachen Verstand und um Klarheit. Lass mich aufmerksam sein«, bat sie.

Zum ersten Mal fiel ihr auf, dass der Krimi kein Wälzer war. Das sollte bis zum Morgen zu schaffen sein.

19

Secundum artem (auf Rezepten) = nach den Regeln der Kunst

An der Wand lehnte Althea auch noch, als eine aufdringliche Stimme aus dem Radiowecker drang. »Oooh«, machte sie. Im ersten Moment wusste sie nicht, ob sie es geschafft und den Krimi zu Ende gelesen hatte, bis Stück für Stück die Erinnerung zurückkam.

Apodemus war fidel und würde mindestens noch ein weiteres Abenteuer bestehen, auch wenn er in dieser Geschichte vom Glauben abgefallen war. Überall in seinem Kloster begegnete er Hinterlist und Unwahrheiten. Aber er hatte etwas entdeckt: ein Schlüsselloch in einem geheimen Raum, an einer Wand, die keine war. Jetzt überlegte er, wo der Schlüssel verborgen sein könnte. *Begleitet mich ins nächste Abenteuer ...*

Althea rieb sich den Kopf. Sie bräuchte ein Energiegetränk, um ihre Müdigkeit zu vertreiben, sie musste ganz dringend aufwachen, nachdem sie es sich gestern nicht hatte leisten können einzuschlafen.

Der Aufhänger für den Moderator der Morgensendung war natürlich die Unternehmung des Tauchclubs Chiemsee. Damit hatte Althea gerechnet. Jemand vom Sender war mit einem Aufnahmegerät unterwegs gewesen.

»Was sich gestern an unserem See zugetragen hat: Ein Mörder hat zugeschlagen!«

Ein Mörder. Althea stöhnte und ließ sich in die Kissen zurücksinken. Florian Pranner war tot. Sie zog sich die Decke über den Kopf, was es nicht besser machte. Sie musste an Friederike denken. Ein Mörder.

Das bedeutete ... Was bedeutete es genau? Althea warf die Decke wieder von sich. Sie wollte auch den Rest hören.

»... wurde abgebrochen, der verletzte Taucher in die Notaufnahme des Rosenheimer Krankenhauses gebracht. Dort wurde er in ein künstliches Koma versetzt. Darunter versteht man eine Art lange Vollnarkose, über mehrere Tage hinweg wird kontrolliert ein Zustand aufrechterhalten, in dem Bewusstsein und Schmerz ausgeschaltet sind. Es entlastet den Körper und fördert den Heilungsprozess. Die Ärzte sind guter Hoffnung. – Und jetzt kommt's: Die Tauchausrüstung ist manipuliert worden. Die Kriminalpolizei ermittelt. Viel war dazu aber noch nicht zu erfahren, wir bleiben dran, denn wir wollen es wissen. Sie doch auch!«

»Tot. Guter Hoffnung. – Was für eine schwerfällige, doppelsinnige Berichterstattung. Du blöder Kerl!«, schimpfte Althea.

Aber eine solide Information lag dem wenigstens zugrunde: Manipulation, mit mörderischer Absicht.

Althea schob sich gerade rechtzeitig in die Kirchenbank, bevor die Orgel in der Klosterkirche erklang. Annemarie hatte schon winkend auf sich aufmerksam gemacht.

Gäste standen normalerweise nicht um diese Zeit auf, aber der gewöhnliche Tagesablauf der meisten sah auch nicht vor, das Vieh zu versorgen. »Guten Morgen«, flüsterte Althea.

»Du siehst aber noch ein wenig zerknittert aus, Schwester Althea.« Annemarie drückte ihre Hand. »Ein Glück, dass du es pünktlich geschafft hast.«

Wirklich ein Glück. Althea war schläfrig, doch ein Gedanke hielt sich eisern, sie wollte Dalmetia um die Speicherkarte bitten. Die Schwester hatte Fotos geschossen; irgendetwas mussten die zeigen, vielleicht auch das Gesicht von Hannes Gärtner?

Dalmetia hatte womöglich zufällig den Manipulator und Tunichtgut erwischt. Eine zu schöne Vorstellung.

Annemarie klopfte Althea aufs Knie und deutete im Gotteslob auf den Text. Althea bewegte die Lippen, über die kein Ton kam, weil sie Apodemus' Schlüsselloch vor Augen hatte, an einer Wand, die keine war. Nicht ansatzweise ein Traum.

★★★

Es roch antiseptisch, das Weiß der Wände leuchtete längst nicht mehr, es wirkte stumpf. Aus freien Stücken hätte Hannes keine Klinik betreten, er wollte nur endlich etwas abschließen.

Na ja, musste er sich korrigieren, abgeschlossen wäre trotzdem nichts. Immerhin hatte er für einen Augenblick überlegt, lieber einen intensiven Rundumblick im Cockpit der Piper zu unternehmen, als nach Florian Pranner zu suchen.

Er war kein Mörder, er war aber auch niemand, der zuschaute.

Wie nennst du dich denn?, fragte die kleine Stimme, die mitunter laut und eindringlich sein konnte.

Hannes wusste, dass er als einfacher Besucher nicht in diesen Bereich des Krankenhauses, der sich Intermediate Care nannte, gelangen würde, um nach Florian zu sehen. Aber er wollte es versuchen. Zur Ernsthaftigkeit der Atmosphäre passten die Herren in Weiß, denen ein Stethoskop aus der Seitentasche des Kittels schaute. Ihre Schuhe quietschten beim Laufen. Hannes hörte, wie sich Türen öffneten, und sah Geräte in Funktion.

Er fragte eine der Schwestern, wo Florian Pranner zu finden sei. Nur den Angehörigen war ein kurzer Besuch erlaubt, wie ihm die Schwester erklärte. »Wenn Sie von der Presse sind – vergessen Sie's!«, wetterte sie.

Sah er so aus? »Nicht von der Presse, aber ein Freund, der in Sorge ist. Florian wäre fast gestorben. Es ist noch nicht vorbei.«

»Was meinen Sie damit? Wer sind Sie?« Jetzt klang die Schwester alarmiert. Sie fischte aus ihrer Tasche einen Pieper und tippte etwas ein. »Moment«, sagte sie, deutete mit dem Finger.

Dass es noch nicht vorbei sein konnte, hatte er geflüstert, mehr zu sich selbst. Verstand sie das als Drohung? In jedem Fall verriet ihm ihr Gesicht, es würde gleich jemand kommen, der vorhatte, genauer nachzufragen.

Darauf konnte er nicht warten, er musste verschwinden.

Die kurze Notiz für Valentin war ähnlich dumm gewesen, er war eigentlich kein Feigling. Aber er konnte sich die Aufmerksamkeit der Polizei nun wirklich kein bisschen leisten.

★★★

Althea hatte sich einmal das Versprechen gegeben, sie würde den Teufel tun und auch nur einen halben Rocksaum über Friederikes Türschwelle tragen. Die Dame losgeworden, wie sie es sich gewünscht hatte, war sie nicht.

Friederike Villbrock war auf der Insel geblieben und fühlte sich mittlerweile heimisch. Althea mochte nicht darüber nachdenken, wie sie das fand, die Arktis hatte sie der ehemaligen Richterin einst leichten Herzens gewünscht. Gerade wünschte ihr Althea, dass

Florian durchhielt, und für sich selbst bat sie, sie möge die richtigen Worte finden. Beistand zu leisten war umständehalber nie einfach, doch ihn Friederike anzubieten, war, als würde sie versuchen, ihren Gemeindepfarrer zum Tragen eines Beffchens zu überreden.

Althea ging den Uferweg entlang, reckte die Arme gen Himmel und bat ihrerseits um Unterstützung. »Wo ich doch wirklich bloß aus Mitgefühl vorbeischaue. Zu zweit im Dunklen ist besser als allein.« Sie atmete tief durch.

Nur eine Sekunde später fand sie alle Überlegungen ohnehin unnötig, die ehemalige Richterin würde sie wahrscheinlich stante pede wieder zu dem kleinen Tor hinausbefördern, das Althea jetzt öffnete.

Vielleicht saß Friederike im Garten, denn die Terrassentür war geöffnet.

»Klopf, klopf – Besuch aus dem nahen Kloster«, kündigte sich Althea an. »Wenn er dir ungelegen kommt, wirf ein Handtuch nach mir.«

»Das Handtuch werfen … Du verwechselst da aber gerade etwas, Marian Reinhart.« Im nächsten Moment tauchte Friederike auch schon unter ihrem hochgewachsenen Heckenknöterich hervor.

Beistand leisten bedeutet Teilnahme zeigen, Althea, sagte sie zu sich selbst, weil ihr schon eine entsprechend spitze Erwiderung auf der Zunge lag.

»Treibt dich die Neugier zu mir?«, fragte die ehemalige Richterin.

»Was du immer vermutest«, sagte Althea. »Ich möchte fragen, wie es Florian geht, ob es etwas Neues gibt und ob du zurechtkommst.«

»Bitte«, gab Friederike wegwerfend zurück. Allein der Unterton und das Blitzen ihrer Augen verrieten Althea, dass sie das für eine ausgemachte Lüge hielt.

»Was bedeutet, ich soll in mein Kloster zurückgehen, weil du nicht vorhast, mit mir zu reden. Du hast nicht mal vor, höflich zu sein. Behalte doch deins für dich, und ich behalte meins für mich. Sonst hätte ich dir vielleicht erzählt, dass Sebastian Baumgart bis gestern auf der Fraueninsel war.« Althea hatte sich wieder einmal hinreißen lassen, obendrein hatte sie zu viel preisgegeben.

Bevor Friederike dazu kam, etwas zu erwidern, hörte Althea,

wie das Gartentor ein weiteres Mal geöffnet wurde und sich vertraute Stimmen näherten. Sie drehte sich freudig um.

»Wenn das nicht Schwester Althea ist.« Eine Hand wurde ihr entgegengestreckt, und ein breites Grinsen zog sich über Bruno Bärs Gesicht. Sie schüttelte ihm die Rechte.

»Wenn das nicht der Praktikant ist«, gab sie lächelnd zurück.

»Tante Marian?« Stefan ließ Erstaunen anklingen.

»Da siehst du mal wieder, was passiert, wenn wir uns so selten sehen. Du hast Mühe, mich überhaupt zu erkennen.«

Stefan umarmte sie lachend. »Ich hätte dich nur nicht unbedingt im ehemalig richterlichen Einflussbereich erwartet«, sagte er. »Wir unterhalten uns bitte ein bisschen später – halte mir einen Termin frei. Ich habe Nachrichten.«

Die Nachrichten, denen sie heute schon gelauscht hatte, waren einigermaßen irritierend gewesen. »Florian Pranner lebt, hörte ich heute Morgen.« Was sich hoffentlich nicht als Ente herausstellte. Althea schwante Böses, sie faltete unbewusst ihre Hände, bat im Stillen, dass es tatsächlich stimmte.

»Da hast du's, du weißt überhaupt nichts«, rief Friederike hitzig dazwischen. Sie wedelte mit der Hand, ihr war das zu persönlich, und sie wollte Althea loswerden. Die aber wollte Stefans Antwort abwarten.

An Brunos Miene sah sie, dass er gerade nicht verstand, worum es hier ging. Althea hatte den jungen Mann beobachtet. Er war in der Lage, selbst aus einer etwas veränderten Nuance im Ton eine Information herauszufiltern.

»Florian Pranner ist nicht bei Ihnen zu Besuch? Wohnt er im Hotel?« Stefans Frage richtete sich an Friederike.

»Er wohnt nicht im Hotel«, erklärte Friederike unwillig. »Er ist in der Klinik, und die Ärzte kämpfen um sein Leben. Das Tauchgerät war nicht in Ordnung, so viel ist sicher.«

Was die ehemalige Richterin nicht so betonen würde, wenn es nicht stimmte und sie diese Information nicht aus erster Hand hätte.

Althea fand es an der Zeit, sich zu verabschieden. Vielleicht wäre Friederike dann nicht so spärlich mit ihren Auskünften.

»Lieber Neffe, du findest mich in meiner ›Zelle‹«, betonte sie eigens für die ehemalige Richterin noch einmal, der sie zunickte. »Friederike, wir sehen uns bestimmt noch häufiger.«

»Nicht, wenn ich es irgendwie zu verhindern weiß«, lautete die harsche Antwort.

Die Mordkommission wusste nicht, was sich auf der Insel abgespielt hatte? Die Gemeinde Chiemsee gehörte zum Landkreis Rosenheim, also wusste es wahrscheinlich deren Polizeiinspektion.

Althea wollte das große Wort Drama lieber nicht verwenden, sie hatte Valentin noch deutlich im Ohr.

Sie hätte gern gehört, was Friederike zu sagen hatte, und sie hätte wirklich gern gewusst, wie es Florian ging.

Es war seltsam und nicht stimmig, soweit ein Mordversuch überhaupt stimmig sein konnte.

Der Komplize von Patrick Schmitzler würde sicher nicht glauben, dass mit dem Geld heute noch etwas anzufangen wäre. Es hatte zwanzig Jahre dort unten im Flugzeug gelegen, und an eine wasserdichte Verpackung hatte damals sicher niemand gedacht.

Wenn Sebastian im Flugzeug gewesen und abgesprungen und Schmitzler zu diesem Zeitpunkt bereits tot gewesen war, was hätte ihn davon abgehalten, auch dessen Anteil mitzunehmen?

Das Geld war es also nicht. Aber was war es stattdessen?

Althea wollte in der Klosterkirche eine Kerze für Florian anzünden, vielleicht auch eine für Friederike. Warum denn nicht?, sagte sie sich. Sie könnte darum bitten, dass die ehemalige Richterin sie in Zukunft übersehen würde.

Darum brauchst du nicht zu bitten, das macht sie freiwillig.

Althea kniete in der hintersten Bank und sprach ein Gebet.

Stefan und der Praktikant würden sie bestimmt finden, die Fingerabdrücke hatte sie in der Schublade verstaut und … Mit einer Hand griff sie in die Seitentasche ihres Ordensgewandes, sie musste das Klebeband und die Bleistifte zurückbringen.

Althea trat aus der Bank, machte vor dem Kreuz eine tiefe Kniebeuge.

In dem einen Moment waren Altheas Gedanken bei Florian Pranner, für den sie um Gottes Hilfe bat, im nächsten trat sie über die ausgetretene Schwelle der Kirchentür und erblickte den fransigen Saum am Habit von Reinholda, die eilig an ihr vorbeiging und sich umblickte, als rechnete sie mit einer Verfolgerin.

Althea hatte im Schatten des Portals gestanden, die Schwester konnte sie dort eigentlich nicht gesehen haben.

Sie fragte sich nicht, wohin Reinholda wollte, sondern warum sie sich so geheimniskrämerisch verhielt.

Sie könnte doch …, überlegte Althea. Aber das wäre zu auffällig. Als Verfolgerin taugte eine Ordensschwester wirklich überhaupt nicht, Reinholda hätte sie sofort im Blick.

Ein dicklicher, großer Mann ging gerade in Begleitung einer Frau schwätzend und schwärmend an Althea vorbei; er sei am Verhungern, wie es wäre, sich in den Biergarten zu setzen.

Althea lief zurück in die Kirche und holte sich ein Gotteslob. Mit dem aufgeklappten Buch in der Hand heftete sie sich an die Fersen des Paares, spähte zwischen den Hand in Hand laufenden Liebenden hindurch und bemühte sich, Reinholda nicht zu verlieren. Die Schwester wollte doch sicher nichts essen, aber sie steuerte das »Inselhotel zur Linde« an.

Im Biergarten herrschte reger Betrieb. Das Paar setzte sich an einen Tisch, Althea verbarg sich hinter einer Bedienung und umrundete die große Kastanie.

Reinholda schaute zur Tür, wandte dann den Kopf. In dem Moment, als die Schwester sich umschaute, ließ sich Althea mit ihrem Buch auf einen freien Stuhl fallen. »Verzeihung!« Sie lächelte der kleinen Gruppe am Tisch ein wenig abwesend zu.

Die Schwester suchte nach jemandem, kam Althea in den Sinn. Sie erhob sich wieder, klappte das Gotteslob zu, reckte sich. Reinholda war groß, und Althea konnte nicht über sie hinwegschauen, nur ein Stückchen an ihr vorbei. Die Schwester schien ihren Jemand gefunden zu haben, zumindest streckte sie die Hand aus. Dann verschwand sie im Hotel.

***

Dem Praktikanten hatte Stefan schon auf der kurzen Überfahrt zur Fraueninsel eine Zusammenfassung zur Person von Friederike Villbrock geliefert.

Bruno und er hatten sich nach den anfänglichen Schwierigkeiten – »Oh weh, der Chiemsee kann doch nicht mein Angstgegner sein, es sind nur knapp zehn Minuten, das schaffe ich« – aufs Oberdeck des Schiffes begeben. Wie beim letzten Mal bemühte sich der Grashüpfer, den Horizont im Auge zu behalten. »Wage dein Leben und verlasse dein Haus.«

»Eine Menschenfresserin ist die ehemalige Richterin nicht«, erwiderte Stefan belustigt.

»Reden Sie mit mir, erzählen Sie mir irgendwas, Ablenkung ist willkommen«, hatte ihn Bruno gebeten. Und Stefan erzählte, wie die resolute Friederike Villbrock ihm zu Amtszeiten so manches Mal in die Beine gegrätscht war.

Die errechneten knapp zehn Minuten später legte das Schiff auf der Fraueninsel an. Bruno zückte seinen Energy-Riegel und vertrieb die Blässe aus seinem Gesicht und das Zittern aus seinen Knien. »Was glauben Sie, Herr Kommissar, weiß diese ehemalige Richterin mehr?«

»Das kommt darauf an, wovon mehr «, hatte Stefan zurückgegeben.

Wovon mehr würde er so schnell nicht mehr fragen.

Stefan hatte die ehemalige Richterin nicht gerade in bester Erinnerung, doch auf ein Gefühl von Antipathie würde er sich nicht einlassen.

Sie waren hergekommen, um mit dem nicht länger anonymen Briefeschreiber zu reden. Das konnten sie jetzt vergessen. Aber Friederike Villbrock wollte Stefan erst einmal nicht von der Angel lassen, sie gab sich stets besonders hartgesotten, wenn sie ihn herausfordern wollte. Dieses kindische Spiel hatten sie noch jedes Mal gespielt.

Sie tat ihren Unwillen kund, wie es sein könne, dass ausgerechnet die Mordkommission ahnungslos war. »Es geht um Florian Pranner – und Sie konnten ja nicht einmal den alten Fall lösen«, lautete ihre Anklage.

Das war noch nicht alles. »Die Tauchausrüstung – Maske, Atemregler und was sonst dabei war – habe ich einpacken lassen. Das kann nicht mit rechten Dingen zugegangen sein. Was ist mit diesen Spuren? Entweder sind sie noch nicht gesichert, oder sie wurden nicht ausgewertet. Oder von beidem nichts, und die ahnungslosen Münchner suchen gar nicht erst nach einem Schuldigen.« Sie war mit jedem Wort lauter geworden.

»Seien Sie versichert, wir kümmern uns darum«, sagte Stefan.

Friederike hob eine Augenbraue, und jetzt fiel ihr Blick auf Bruno. »Wie alt sind Sie denn?«

»Sie möchten es eigentlich gar nicht wissen, und ich möchte nicht unhöflich sein und Sie darauf hinweisen, dass der Paragraf zur Vorbereitung eines Angriffskrieges im Strafgesetzbuch neu definiert wurde.«

»Gott!« Schmallippig. Die ehemalige Richterin blitzte ihn an.

Stefan hatte sich umgedreht, er ließ sich mit der Polizeiinspektion in Rosenheim verbinden. Falls tatsächlich etwas an Florian Pranners Tauchunfall suspekt sein sollte, war das der Fall der Kollegen.

»Die Sache wird bei uns nicht länger als Unfall behandelt«, erklärte ihm der Kollege.

Friederike musste, um sein Erstaunen zu erkennen, nicht einmal in seinem Gesicht lesen. »Sie haben etwas erfahren«, sagte sie.

»Sie wissen doch, wie das läuft«, erklärte Stefan, während er sich überlegte, was er ihr anbieten konnte. Sicher nicht, dass jemand auf der Intensivstation im Rosenheimer Krankenhaus aufgetaucht war, der nach Florian Pranner gefragt hatte und sich als Freund ausgab. Der Schwester war es zumindest merkwürdig vorgekommen, weil der Mann gesagt hatte, Florian sei fast gestorben, es wäre noch nicht vorbei. Aber bis sie den Chefarzt angepiept hatte und der auf der Station erschienen war, war der fremde »Freund« schon wieder verschwunden gewesen.

Zu Friederike sagte er: »Die Untersuchung des Equipments ist abgeschlossen, offenbar wurde der Atemschlauch angeritzt, zum Einsatz gekommen sein dürfte ein kleines Taschenmesser.«

Ihr Blick war verhangen, als versuchte sie, sich zu erinnern.

»Die Kollegen werden Befragungen durchführen – es waren viele Zuschauer vor Ort. Die Polizei startet einen Aufruf, wer an dem Tag auf der Insel war und vielleicht etwas Verdächtiges gesehen oder eine Beobachtung gemacht hat. Fotos wären sicher auch nützlich. Die Organisatoren des Tauchwettbewerbs behaupten, dass die Teilnehmerliste verschwunden ist. Der Club hat seine umfassende Mithilfe zugesagt.«

Beim letzten Satz verzog Friederike das Gesicht. »Zusagen müssen sie die nicht, ihnen bleibt gar keine Wahl.«

Stimmt, dachte Stefan, sie hatten auch einen Ruf zu verlieren.

»Trotz der Aufregung hab ich mitbekommen, wie jemand diesen

anderen Taucher beglückwünschte, dass er Florian gerettet hat«, fuhr Friederike fort. »Ich wollte mich bedanken, aber der Mann war nicht aufzufinden.« Ein angedeutetes Schulterzucken. »Wenn Sie nicht wegen des Anschlags auf Florian hergekommen sind, warum dann?«

Sie standen noch immer im Garten, eigentlich hätte man annehmen sollen, es wäre Friederike lieber gewesen, die Sache woanders zu besprechen. Anscheinend nicht.

»Magda Pranner«, sagte Stefan. »Florian hat der Mordkommission einen anonymen Brief geschrieben. Er will wissen, was mit seiner Schwester passiert ist. Ziemlich umständlich, dabei war die Verschleierung nicht nötig.«

»Um Aufmerksamkeit zu bekommen vielleicht schon«, bemerkte Friederike.

»Es sind eher Stichpunkte, bestimmt geht es konkreter. Erzählen Sie mal«, sagte Stefan. Es war eine Aufforderung, nicht einmal versteckt.

»Lesen Sie's doch in Ihren Akten nach«, empfahl ihnen die ehemalige Richterin unwirsch.

Er würde ihr nicht sagen, dass die Akten nicht allzu viel preisgaben. »Sie müssen nicht mit uns reden. Ganz ehrlich – es ist mir egal.« Stefan ließ sie seine Handflächen sehen, wandte sich ab. Bruno öffnete das kleine Gartentor.

Stefan war es nicht egal, aber er hatte keine Lust, sich an der Leine führen zu lassen.

Friederike machte einen Rückzieher. »Setzen Sie sich … bitte.« Sie war es nicht gewohnt zu reden, sie war nicht darauf vorbereitet, eine Aussage zu machen, aber letztlich lief es darauf hinaus. Sie erzählte ihnen, dass sie damals hin und wieder auf Magda und Florian aufgepasst hatte und ihr die beiden sehr nahestanden. Zusammen mit Florian habe sie versucht, mehr herauszufinden. »Florian hat etwas entdeckt, das ihn verstörte. Aber zuerst war es Magda. Sie hat das Foto gemacht.«

Friederike bat sie, kurz zu warten, um es holen. »Judith Pranner hatte eine Affäre mit Sebastian Baumgart. Wohingegen Florian der Meinung gewesen war, Magda wäre mit ihrem Nachhilfelehrer abgehauen.«

Sie hatten sich ein Foto gewünscht, nun lag es plötzlich vor ihnen. Stefan zog sein Handy heraus. »Ich darf?«, fragte er, und auf Friederikes formloses Nicken hin fotografierte er das Bild.

»Ich bin Sebastian Baumgart vielleicht begegnet – damals –, aber ich hätte ihn nicht mehr erkannt. Florian sagte mir, wer auf diesem Bild zu sehen ist«, ließ ihn die ehemalige Richterin wissen. »Marian hat vorhin etwas gesagt, sicher wollte sie es gar nicht. Sie hatte sich über mich geärgert. Sebastian Baumgart soll bis gestern auf Frauenchiemsee gewesen sein. Woher will sie das wissen?«

Darauf hätte Stefan auch gern eine Antwort gehabt. Aber bevor er etwas sagen konnte, klingelte Friederikes Telefon; an ihrer Miene konnte er ablesen, dass sie Angst hatte, es könnte das Krankenhaus sein.

Die Erleichterung währte nur kurz, dann schüttelte sie den Kopf und verzog den Mund. »Florian konnte nicht zurückrufen, und ich hab es die ganze Zeit bei dir versucht und auch bei Max. Es ist etwas passiert«, sagte Friederike.

Wer Friederikes Gesprächspartnerin war, ließ sich aus diesen Halbsätzen schließen. Judith Pranner schrie aufgeregt ins Telefon, warum ausgerechnet jetzt, warum ihr niemand Bescheid gegeben habe, was los sei, warum …

Als Judith Pranner mit ihren Vorwürfen fertig war, legte Friederike das Telefon weg wie ein ekliges Insekt und sank in einen der Korbsessel.

»Warum, warum …«, wiederholte sie. »Helfen Sie mir! Sie kümmern sich doch um die Sendung ›Münchner Taten‹, die ungelösten Kriminalfälle. Ich habe keinen Einfluss, aber Sie könnten die Leute, die das Material für die nächste Sendung sichten, für die Entführung von Magda Pranner interessieren und sensibilisieren.«

Ausgerechnet dieses gefühlvolle Wort. Ihr Blick war flehend, er sagte Stefan, dass sie nicht mehr weiterwusste.

»Finden Sie Magda oder ihren Mörder, bevor noch mehr passiert, was diese Familie auseinanderreißt.«

Sie hatten das Gartentor hinter sich geschlossen. »Ich habe die ehemalige Richterin zum ersten Mal einknicken sehen. Das kann einem fast Angst machen«, sagte Stefan.

»Und ich bin gerade dabei, mich auf die Figuren in Ihrer Geschichte einzulassen«, gab der Grashüpfer zurück. »Bin mir immer noch nicht sicher, wer die Hauptrolle spielt, wer unser Bösewicht ist und wer nur Statist. Marian Reinhart, Schwester Althea … Wer ist sie wirklich?«, fragte Bruno.

Stefan hätte dem Praktikanten irgendetwas erzählen können, Marians komplette Geschichte würde er in der Kürze der Zeit nicht unterbringen. Er verlangsamte den Schritt. »Marian Reinhart hat einige Jahre im Gefängnis verbracht, verurteilt wegen Mordes an Rick Dante. Stell dir die Familie des Opfers reich und einflussreich vor, und es ist nicht einmal die halbe Wahrheit.« Stefan schilderte Bruno, was passiert war und was Marian mit der ehemaligen Richterin verband.

An der Klosterpforte lautete die wenig freundliche Begrüßung: »Schon wieder die Polizei!«, und Stefan offerierte der Schwester ein: »Es ist noch viel schlimmer, Sie machen sich ja keine Vorstellung.«

Bruno grinste, die Schwester überhaupt nicht. Sie rief im Haupthaus an, und kurz darauf gab sich auch schon Priorin Jadwiga die Ehre. Ihre Miene war unergründlich, doch sie ließ sich von der Tatsache, dass die Mordkommission sich schon wieder bei ihnen eingefunden hatte, nicht verunsichern. Sie schien vielmehr neugierig zu sein. »Ach, darum sitzt Schwester Althea schon seit dem Mittag in meinem Büro und sichtet Fotos am Computer«, bemerkte sie.

Das Darum konnte ihr Stefan nicht bestätigen, er kannte nicht einmal das Warum. Jadwiga ging voraus, klopfte kurz an die Bürotür und öffnete sie.

»Sie klopft bei sich selbst an«, murmelte Bruno amüsiert.

»Schwester Althea, die Münchner Mordkommission interessiert sich für … wofür, Herr Sanders?« Jetzt hatte ihn ihr klarer Blick eingefangen.

Er sah, wie Marian zwinkerte und auf den Bildschirm vor sich deutete.

»Eventuell könnte es dieses Bildmaterial sein«, sagte Stefan.

Sie gingen um die Priorin herum und schauten an Marian vorbei auf den Bildschirm.

»Also, das nenne ich mal eine angedeutete Fotoserie.« Bruno staunte. »Vage und diffus wie vor zweihundert Jahren. Mit der Einstellung stimmt etwas nicht – oder es ist Absicht?«

»Wie fotografiert man andeutungsweise?«, wollte Jadwiga wissen.

»Genau so«, meldete sich Stefan zu Wort. »Die Bilder wären aber wichtig.«

»Dalmetias unnachahmlicher Stil«, sagte Marian. »Ich glaube, da ist etwas, aber schöner wäre es, wir hätten dazu auch eine Person.« Sie deutete auf eine Hand mit einem kleinen roten Messer, die auf dem Tisch mit den Atemmasken hantierte.

»Es ist eine Frauenhand«, sagte Bruno und schaute sich zum Vergleich seine eigene an. »Der Ring, den sie trägt, hat eine Perle. Daran sollte sich jemand erinnern.«

Und daran würde sich jemand erinnern.

Einen Handvergleich konnte Stefan nicht anbieten, ihm war nur etwas eingefallen. Und da wusste er wenigstens, wessen Hand es war. Stefan zückte sein Handy und ließ Marian das soeben gemachte Foto der Liebenden vor zwanzig Jahren sehen. »Scharf ist es nicht, wenn auch pikant. Auf jeden Fall ist die Frau auf diesem Foto Judith Pranner. Der Mann ist Sebastian Baumgart.«

»Er hat schöne Hände. Möglicherweise habe ich sie schon einmal gesehen«, sagte Marian nachdenklich.

Jadwiga drückte sich zwischen Stefan und Bruno, ihre Augen wurden riesig. »Schon wieder geht es um das eine. Herr Sanders, halten Sie so etwas möglichst von unseren Schwestern fern.«

»Liebe Schwester Jadwiga, ich bin es sicher nicht, der das Verderben in die Abtei gebracht hat.« So dramatisch hatte er es eigentlich nicht formulieren wollen.

Sie schnaufte: »Was hoffen Sie denn wirklich auf den Fotos zu entdecken?«

»Der Geist der Wirklichen kann einen manches Mal linken«, philosophierte Bruno.

»Jemanden mit einer bösen Absicht«, sagte Stefan. Da er keine Ahnung hatte, wie viel Jadwiga wusste, wollte er das lieber mit Marian allein besprechen. Aber allein wären sie nur, wenn …

»Bruno muss dringend einen Happen zu sich nehmen«, sagte er. Bruno nickte dazu.

»Wir könnten kurz beim ›Klosterwirt‹ einkehren, bevor der Kollege noch mehr Farbe verliert. Ich bräuchte auch noch ein paar Informationen zu früher, die uns die ehemalige Richterin nicht geben wollte. Ich hoffe, du begleitest uns, Tante Marian, dann muss ich nicht offiziell werden. Priorin Jadwiga, ich entführe Ihnen kurz Schwester Althea«, sagte er betont. Marian musste klar sein, dass es nicht um ihr persönliches Früher ging, und ihm war auf die Schnelle nichts Besseres eingefallen.

»Offiziell?«, wiederholte Jadwiga. »Schwester Althea ist doch keine Verbrecherin.« Sie stemmte die Hände in die Hüften.

»Offiziell meint, innerhalb der vier Wände eines Büros«, stellte er klar.

»Wir sind gerade in einem«, sagte Jadwiga.

»Aber nicht in meinem«, gab Stefan zurück.

»Oh, verstehe – warum sind Sie so umständlich?«, fragte Jadwiga.

»Ich wollte deine Chefin nicht vom Gegenteil überzeugen«, sagte Stefan wenig später. Sie saßen im Gastgarten des »Klosterwirts« bei einem Chiemgauer Brotzeitbrettl, einem Radler und zwei Gläsern Eiskaffee.

Stefan schaute sich die Fingerabdrücke an, die Marian auf den Tisch gelegt hatte.

Bruno kaute genüsslich. »Ich glaube, ich werde öfter herkommen, Schwester Althea, obwohl mich die Fahrt jedes Mal fast umbringt.«

Sie lachte.

»Das ist interessant«, gab Stefan zu. »Der verschollene, tote, verschwundene Sebastian Baumgart alias Hannes Gärtner. Warum wollte er unbedingt zum Flugzeug tauchen? Was befindet sich da unten?«

»Und wer ist außer ihm noch auf der Insel?«, fragte Bruno und rollte eine gepfefferte Schinkenscheibe mit der Gabel auf.

»Was, wenn derjenige, dem man ans Leder wollte, gar nicht Florian Pranner war?«, überlegte Marian laut.

Stefan ließ sich darauf ein. »Die Tauchausrüstung war geliehen, es könnte sein, dass jemand danebengegriffen hat.«

»Aber das würde bedeuten …« Er überließ Marian den Schluss.

»Sebastian Baumgart alias Hannes Gärtner sollte nicht vom Tauchausflug zurückkommen.«

»Wen übersehen wir?« Stefan dachte an die Fotos der Beteiligten auf der Tafel in seinem Büro. Da fehlte noch ein Gesicht. Jemand, über den sie noch nichts wussten, weil sie nicht wirklich auftauchte.

Die Novizin. Diejenige, deren Fingerabdrücke ihnen Marian hier zusammen mit den anderen präsentierte.

»Hannes war überrascht, dass die Sporttasche noch dort in der Kammer im Kloster war«, sagte Marian. »Ich weiß nicht genau, was passiert ist vor zwanzig Jahren. Aber ich habe da so einen leisen Verdacht. Die ehemalige Novizin hat Geld aus der Tasche genommen, vielleicht viel Geld, um irgendwo ein neues Leben anzufangen, weil ihr das alte nicht mehr schmeckte. Es gelang ihr, heute ist sie eine erfolgreiche Kriminalautorin und lebt in Spanien. – Dann erfährt sie, dass Sebastian zurückgekommen ist, und auch von der Unternehmung des Tauchclubs Chiemsee. Sie weiß vielleicht nicht, was er vorhat, aber sie könnte befürchten, dass alles auffliegt.«

»Von wem hat sie das erfahren?«, fragte Stefan sofort, dem der kleine Haken auffiel.

»Ich rate, dass es eine der Mitschwestern war, aber dafür fehlt mir der Beweis, ich kann somit auch niemanden anklagen«, gab Marian zurück. Stefan traute diesem Frieden nicht.

***

Er hatte sein Gepäck aus dem Schließfach in der Bahnhofshalle geholt, wo er es vor seinem Besuch in der Klinik verstaut hatte. Herumlaufen wollte er damit nicht, nicht in einem Krankenhaus. Unsinnig, weil man ausgerechnet da nicht auffiel. Ihm kam es so vor, als würden sich die Augen einiger Passanten im Bahnhof auf ihn richten. Sicher unbegründet. Aber er hatte gelernt, wachsam zu sein.

In seiner Erinnerung musste er nicht allzu tief graben, um das Dunkel wieder abzurufen, als ihn damals ein anderes Paar Augen gemustert hatte, dazu ein erstaunter Ausruf. Patrick hatte sich entsetzt an die Brust gegriffen und gleich darauf losgelacht.

Es war auch zum Schießen gewesen, weil eigentlich Hannes der Überraschte war. Hannes alias Sebastian Baumgart.

Nun senkte er den Kopf, klemmte sich die Reisetasche unter den Arm und reihte sich am Schalter ein.

Wenig später hatte sich Hannes ein Zweite-Klasse-Ticket für den Zug nach Salzburg gekauft und am Snack-Automaten eine Tüte Pistazien. Er lief mit seinem Gepäck an den Verkaufsständen in der Halle vorbei, zwischen den Leuten hindurch nach draußen, eine Treppe hinunter und eine andere wieder hinauf. Ein leichter Wind war aufgekommen, der pustete nur leider keinen seiner unglücklichen Gedanken weg.

Patrick hatte Hannes beim Durchsuchen seines Verlagsschreibtisches ertappt, als er gerade die ausgearbeitete Strategie mit Adressen von möglichen Kooperationspartnern gefunden hatte, die Magdas Kürzel trug. Ihr Onkel drohte ihm mit einer Anzeige wegen Einbruchs und überraschte Hannes damit, es sei Magdas Einfall gewesen, ihn auf frischer Tat zu erwischen. Als Rache, weil Sebastian mit Judith vögelte und Magda nicht einmal wahrnahm. Die Eifersucht einer Sechzehnjährigen. Ihm war klar, dass er alles aufs Spiel gesetzt hatte. »Weil ich dich nicht im Stich lassen wollte.« Zu Magda hatte er es nicht mehr sagen können, und am Ende hatte er sie doch kläglich im Stich gelassen.

An diesem 20. September musste er die Tür aufbrechen, weil er nur einen nutzlosen Zugangscode hatte. Reingefallen. Magda hatte ihn angefleht, ihr zu helfen, angeblich befürchtete sie, Patrick würde ihre Marketingidee klauen und sie in seinem Namen präsentieren.

Zwischen dem Damals und dem Heute hatte sich so ein dreckiger Haufen Lügen angesammelt, dass Hannes am liebsten vor sich selbst ausgespuckt hätte. Nur würde das auf dem Bahnsteig nicht gut kommen.

»Jetzt wirst du etwas für mich tun«, hatte Patrick verlangt. »Max kann ich nicht um Geld fragen, Judith will ich nicht schon wieder fragen – aber du schuldest mir was.«

Hannes hatte diese Ansicht nicht geteilt, aber Patricks Drohung war sehr überzeugend. »Und nachdem Magda dich so gelinkt hat …«

Sie würden es wie eine Entführung aussehen lassen. Magda müsse nur für zwei Tage verschwinden und Sebastian vergessen, was er in seinem Schreibtisch gefunden hatte. Patrick versprach, sich um Magda zu kümmern, sie irgendwohin zu bringen, wo niemand nach ihr suchte.

Um Max und Judith zu überzeugen, dass ihre Tochter entführt worden war, würde ein Brief mit Anweisungen genügen und die Drohung, Magda müsse mit ihrem Leben bezahlen, wenn sich die Polizei einmischte. Ein bisschen Farbe zwischen den Zeilen, die nach Blut aussah. Die Analyse würde dauern. Sebastians einzige Aufgabe wäre, das erpresste Geld abzuholen, während Patrick sich auf dem Literaturfestival zeigte. Richtig praktisch, dass Sebastian gerade zum Tauchen auf den Seychellen sei.

Patricks Grinsen hätte es ihm verraten müssen, aber er hatte weggeschaut. Wenn alles gelaufen war, würden sie Magda sofort freilassen. Außer einer Betäubung wäre nichts passiert. Sein Wort darauf.

Magda war der Tod passiert.

Hannes sah sich wieder durch den Wald bei Chieming stolpern, noch immer den geöffneten Fallschirm hinter sich herziehend. Er konnte ihn nicht zurücklassen, nichts durfte auf ihn hinweisen. Vielleicht war der Flüchtende schon bemerkt worden, ein Hubschrauber drehte am Himmel eine Schleife. Nachts herumzulaufen und nicht zu wissen, in welche Richtung, war dumm. Er hatte den Fallschirm abgeschnallt, ihn locker zusammengelegt, sich an einen Baum gelehnt und den nächsten Morgen abgewartet. Neben sich die beiden Geldtaschen, den aufgerollten Schlafsack und den Rucksack.

Beim ersten Licht des Tages hatte er einen Platz für eine der Geldtaschen gesucht und ihn gefunden. Auf einer Lichtung grub er zuerst mit einem Ast, dann mit den Händen, bis er die Tasche in dem kleinen Loch untergebracht hatte. Die Stelle wiederzufinden war zum Glück kein Thema. Die Kompass-Funktion und die Koordinatenanzeige auf der Armbanduhr, die ihm Max Pranner geschenkt hatte, leisteten ihm jetzt gute Dienste. Als Dank für Max' Leben – und Hannes hatte vielleicht das seiner Tochter auf dem Gewissen.

Wenigstens hatte er immer einen Kugelschreiber dabei, er notierte die Koordinaten auf dem Rand eines Geldscheins. Auf einem zweiten Schein schrieb er, was Patrick über den Ort gesagt hatte, an dem Magda sich befand. Der Dreckskerl.

Sich jetzt mit dem auseinanderzusetzen, was damals geschehen war, brachte ihm rein gar nichts.

Die Sonne ging gerade unter. Diesmal schaute Hannes vom Bahnhof in Rosenheim zu – definitiv war der Anblick, wie sie über dem Chiemsee hinter den Horizont sank, um einiges spektakulärer als über den Dächern der kleinen Stadt. Der Zug fuhr ein, die Türen öffneten sich. Kurz schaute er zurück auf den Bahnsteig, eine paranoide Idee, wenn man einen Verfolger sichten wollte. Da waren viele.

Vor zwanzig Jahren hatte er ein Versteck gesucht, weil er erst Magda retten und dann untertauchen wollte. Und da war ihm Hannelore Wagner eingefallen. Sein Strohhalm. Er hatte die Fähre über den See genommen, sich dabei möglichst unsichtbar gemacht. Nach ihm wurde allerdings nicht gesucht, noch glaubte man tatsächlich, Sebastian Baumgart wäre auf den Seychellen beim Tauchen, und zog ihn darum gar nicht in Betracht.

Die Abtei auf der Fraueninsel war eine Bastion. Er hatte nicht an ein Kirchenasyl gedacht, er musste nur für einige Tage irgendwo unbemerkt unterschlüpfen.

Möglichst großartig hatte er Hannelore, als er mit ihr Schluss gemacht hatte, von seiner neuen Liebe erzählt. Was sollte er ihr jetzt sagen?

Die Gedanken, die sich um damals rankten, hatten nicht erst nach ihm suchen müssen, sie waren seine ständigen Begleiter. Von Hannelores Mutter hatte er erfahren, dass Lore aus Liebeskummer ins Kloster gegangen sei. Annemarie hatte ihn nach der Trennung tatsächlich angerufen, um ihm gut zuzureden, ihn zu beknien, ihn zu überzeugen, dass sie beide doch zusammengehörten. Wie die Faust aufs Auge, hatte sie gesagt und ihn damit zum Lachen gebracht. Aber für ein Happy End hatte Hannes nicht sorgen können, er und Hannelore, das war vorbei.

Die Sache aufzuwärmen war ihm zuwider gewesen, ihr etwas vorzuspielen auch. Er war ein ganz miserabler Schauspieler gewesen.

Jetzt im Zug suchte sich Hannes zwei Sitzplätze, die Tasche legte er neben sich. Ein paar Jugendliche stiegen ein, scherzten übermütig.

Hannelore war vor zwanzig Jahren gar nicht zum Scherzen aufgelegt gewesen. Er hatte sich im Garten des Klosters versteckt, Hannelore müsste irgendwann auftauchen, hatte er sich gesagt und gewartet.

Und dann war plötzlich die Tür aufgegangen. Hannelore war allein gewesen, sie hatte etwas aus dem Garten geholt. Sie trug die Ordenstracht, ihr schimmerndes Haar war unter einer Haube verborgen.

Als er da unter dem Busch hervortrat, hatte sie ihn bloß verdattert angestarrt.

Er wusste, dass ihn die Klosterschwestern besser nicht erwischen sollten, noch dazu zusammen mit einer Novizin, die würden sonst was mit ihm anstellen. Sie glaubten wahrscheinlich an den Teufel, der gekommen war, sie zu versuchen. Er fühlte sich ja auch wie einer.

Auf dem Platz im Zug vor ihm setzte sich eine Frau mit einem kleinen Hund im Arm. Das Hundegesicht schaute neugierig zwischen den Sitzen hindurch.

Seine Ex-Freundin war kein bisschen neugierig gewesen, sondern zu Tode erschrocken. »Was willst du bei uns im Kloster?«

Was er wollte, hatte er ihr im nächsten Moment gesagt. »Lass mich bleiben.« Dann hatte er ihr mit dem Daumen über den Mund gestrichen und sie hungrig geküsst. Er wusste, was er tat, und er wusste genau, wie das aussehen musste. Es tat ihm schon leid, als er ihre strahlenden Augen sah. Sie strahlten umsonst.

Er erzählte ihr von einem Freund, dem er vertraut habe, und gestand ihr, sich in Schwierigkeiten gebracht zu haben, weil er zu spät verstanden hatte, dass dieser Freund den Tod hereingebeten habe. Gruselig gesprochen, Sebastian. Auch daran konnte er sich allzu gut erinnern.

Hannelore versteckte ihn in einem kleinen Raum hinter der Küche, dessen Holztür sie, wie sie verriet, durch Zufall während der Gartenarbeiten entdeckt hatte. Sie schloss ihn ein, was sich seltsam endgültig anfühlte, aber er musste sich fügen. Er brauchte diese steinerne Zuflucht, wenigstens für die nächsten Tage.

Und er musste sie um etwas bitten – und die Worte unbedingt sorgfältig wählen.

Sie sagte, sie müsse gehen wegen ihres Unterrichts, werde aber zurückkommen, wenn die Schwestern schliefen.

Hannelore ließ sich bis zum Abend Zeit. Er hatte schon gedacht, in dem Raum ohne Fenster, dessen Tür sich von innen nicht öffnen ließ, ersticken zu müssen. Sie brachte eine Lampe mit, kniete sich über ihn, machte die Knopfleiste seiner Jeans auf. Sie trug keinen Slip, sie wusste genau, wie sie es machen musste.

Er wusste es auch, aber seine Worte waren die falschen.

Als sie ging, spürte er ihren Handabdruck fast brennend auf seinem Gesicht. »Das machst du nicht mit mir!«, schrie sie ihn an, und als sie die Tür zuzog, glaubte er wirklich, es wäre das letzte Mal.

Er musste hier raus, schnell. Für Magda.

Über den trüben Gedanken war er in jener Nacht tatsächlich irgendwann vor Erschöpfung eingeschlafen. Am nächsten Morgen hörte er das Schaben der Tür. Hannelore brachte ihm etwas zu essen. Er fragte nicht, ob sie noch sauer war, bestimmt war sie es. Er kannte sie.

Sie berichtete ihm, was draußen vor sich ging. Ein Flugzeug sei in den See gestürzt, Taucher der Wasserwacht versuchten, den Piloten zu bergen. Vielleicht heute, vielleicht morgen – die Unterströmung mache ihnen zu schaffen.

»Du warst es, oder? Du bist mit dem Fallschirm abgesprungen, eine deiner vielen Risikosportarten. Gerade bist du aber nicht auf der Überholspur«, ließ sie ihn wissen.

Dass er es tatsächlich nicht war, wurde ihm erst zwei Tage später grausam bewusst. In den Augenblicken dazwischen dachte er immer noch, er könnte Magda retten. Sie ist jemand Besonderes, hatte er zu Hannelore gesagt, und weil man meine Stimme erkennen würde, musst du bitte bei ihrer Familie anrufen. Eine Telefonnummer und ein paar Stichpunkte auf einem Geldschein. »Nicht meinetwegen, nicht für mich. Tu es für Judith, Max und Florian.«

»Das ist ja gerade mal zwei Ortschaften weiter.« Sie tippte auf den Rand des Scheins, den er ihr in die Hand gedrückt hatte.

»So genau weiß ich nicht Bescheid«, sagte er.

»Scheint ganz so. Ich rufe an«, stimmte Hannelore zu. Er fühlte sich grenzenlos erleichtert.

Drei Tage später glaubte er, es riskieren zu können, und wartete die Mittagszeit ab. Dass die massive Holztür nur angelehnt war, dafür hatte er am Vorabend gesorgt. Die Schwestern würden gemeinsam essen, sodass er niemandem begegnen würde.

Er hatte keinen Zettel, den er Hannelore hinterlassen konnte, also verfasste er auf einigen Geldscheinen eine kurze Nachricht. An ein »Ich werde dich nie vergessen« konnte er sich noch genau erinnern. Dass er sie tatsächlich nicht vergaß, dafür sorgte sie.

Der Schlag von hinten traf ihn auf dem Uferweg.

Als er zu sich kam, lag er in einem Gebüsch, hörte den See neben sich flüstern und schmeckte Sand im Mund. Sein Schädel dröhnte, Blut klebte an seinem Hemd, die Tasche mit dem Geld und der Rucksack waren weg.

Er war verrückt genug gewesen, sich noch einmal in den hinteren Garten zu schleichen, doch in die Nähe der Holztür kam er nicht, weil zwei Schwestern in einem Gemüsebeet arbeiteten. Ihm war schwindlig. Auf der Toilette im Gasthof am Hauptsteg hatte er sich im Spiegel die Verletzung angeschaut und mit einem Papier das Blut abgewaschen. Er musste die zweite Tasche ausgraben und sich schnellstens aus der Gegend verabschieden.

Nun schimpfte die Frau in der Sitzreihe vor ihm, denn der kleine Hund hatte sich auf den Sitz erleichtert.

Ähnlich angepisst war auch Hannes gewesen. Jetzt musste er lachen, weil es gerade auf diese Situation wie zugeschnitten passte. Aber die Frau drehte sich um in der Meinung, er lache über das kleine Unglück des Hundes. Er hob die Hände in einer verneinenden Geste, sie stand auf und trug ihren Gefährten auf die Toilette.

Die Klimaanlage lief, und es begann komisch zu riechen, daher ging er weiter ins nächste Abteil. Die Jugendlichen hörten Radio. Hannes erinnerte sich, wie damals, als er ebenfalls im Zug nach Salzburg gesessen hatte, jemand das Gleiche getan hatte. Aber es war keine Musik gelaufen, sondern die Nachrichten. Kein Wort davon, dass Polizeibeamte Magda Pranner befreit hatten. Er wusste, es wäre *der* Aufhänger gewesen.

Er wusste, Hannelore hatte niemanden angerufen.

Er wusste, er hatte mitgeholfen, Magda umzubringen.

Hannes ließ seinen Kopf auf das kleine Polster sinken. Der Zug hatte Freilassing passiert, einige Fahrgäste waren ausgestiegen. Lichter am Bahnsteig, Türen schlossen sich. Das Signal wurde gegeben. Er wäre in Kürze zu Hause.

In der Klinik würden sie ihm sicher auch am Telefon keine Auskunft erteilen, wie es Florian Pranner ging, aber irgendwie würde er sich die Information schon beschaffen. Die Stationsschwester hatte ihn angeschaut, als wäre Florians Zustand seine Schuld, als wäre er dafür verantwortlich.

Von einem Tauchunfall war die Rede, er hoffte, jemand würde sich um das Equipment kümmern, es sich genauer anschauen. Vielleicht sollte man den Verantwortlichen für ihre Nachlässigkeit das Fell über die Ohren ziehen. Solange die Geräte nass waren, hatte er nur raten können, sein Fingernagel hatte eine kleine Kerbe am Atemschlauch gespürt.

Aber wer, verdammt, sollte so etwas tun? Wer könnte Florian Pranner umbringen wollen?

Hannes schüttelte den Kopf, einen Moment lang hatte er gedacht ...

Genau den Gedanken wollte er nicht weiterverfolgen.

Der Zug werde in wenigen Minuten am Bahnhof in Salzburg einfahren, verkündete eine nette Stimme aus dem Lautsprecher. Wunderbar, er war in Sicherheit.

Er musste dringend wieder mal durchschlafen.

Er musste dringend nachdenken.

In Sicherheit. Die Sporttasche mit dem Geld war weg gewesen, der Rucksack auch – beides hatte er in dem geheimen Raum im Kloster wiedergesehen. Nur dass es Magdas Rucksack gewesen war, den er sich in der Eile im Flugzeug gegriffen hatte.

Er sah wieder vor sich, wie er das Feuerzeug mit dem Herzen und seinem eingravierten Namen aus der Seitentasche zog. John Players. Hannes rauchte nur noch ab und zu, und diese Marke schon lange nicht mehr.

Die Liebe war gleichzeitig sein Fluch – hätte sich Magda nicht in ihn verguckt, sie wäre nie auf die unsinnige Idee gekommen, sich Patrick zum Komplizen zu machen, um es ihm heimzuzahlen. Und ausgerechnet er, Hannes, wurde dann Patrick Schmitzlers Komplize, weil der ihm im Verlag die Wahl ließ, ob er schnell Geld verdienen wollte oder ob Max erfahren sollte, dass er mit seiner Frau und mit seiner Tochter vögelte. Dass nur eines stimmte, war Patrick gleich, er hätte es eiskalt so erzählt.

Magda war doch sonst so ausgeschlafen gewesen, dachte er. Warum hatte sie das Spiel nicht durchschaut?

Patrick hatte sie am Nachmittag des 26. September nicht eigens entführen müssen. Alles, was er tun musste, war, Magda zu sagen, sie werde Sebastian in der Berghütte antreffen.

Ein Haufen elender Lügen. Auch wenn er es nicht wusste, so musste er doch annehmen, dass Magda in der Berghütte gestorben war.

Und etwas anderes durfte er genauso annehmen: Patrick hatte einen eigenen Plan verfolgt, als er Magdas Rucksack wieder mit hinunternahm; er wollte Sebastian Baumgart mit Sicherheit auf eine ganz linke Art aussteigen lassen. Patrick hatte nicht wissen können, dass er diesen Ausflug nicht überleben würde. Und Hannes hatte, wenn er ehrlich war, schon vorher den Gedanken gehabt, dass Patrick vor einem Hinterhalt sicher nicht zurückschrecken würde.

Hannes war nie dort oben am Berg gewesen, aber sein Rucksack lag noch immer im Cockpit der Piper Cherokee.

Witzig. Vielleicht tödlich witzig.

Was, wenn Florian Pranner nur ein Versehen gewesen war, wenn er nicht derjenige war, den es erwischen sollte? Wenn der Anschlag Hannes gegolten hatte?

Aber wenn er mit dieser Vermutung, dieser haarsträubenden Theorie recht hatte, dann wäre noch jemand in ernsthafter Gefahr, denn Schwester Althea hatte bereits einiges herausgefunden. Mit Hilfe ihres Neffen würde sie auch den Rest noch zusammenpuzzeln.

Hannes hatte geglaubt, das Geld sei längst nicht mehr da; es wäre eine willkommene Starthilfe gewesen, wofür auch immer. Eins Komma fünf Millionen. Damit war einiges anzufangen, das wusste er aus Erfahrung. Niemand hatte Ahnung davon, niemand würde Verdacht schöpfen, wenn man es ein bisschen schlau anstellte.

Fehlte Geld aus der Tasche? Er konnte nicht danach fragen. Sicher fehlte Geld. War vorsichtig, wer nur mit einem Teil davon über die Grenze ging? Hannes war nicht so vorsichtig gewesen. Aber der Teil, der in dieser Tasche zurückgeblieben war, war die Spur, die die Behörden irgendwann zum Täter führen würde.

***

Die Priorin erwartete Althea bereits. Wie hatte Althea nur denken können, ihr zu entgehen. Ehrlicherweise hatte sie es nicht einmal gedacht. Jadwiga glaubte doch nicht, sie hätte sich mit Stefan eine schöne Stunde gegönnt?

»Man erzählt sich, dem Klosterwirt ist eine gute Kraft davongelaufen.«

»Man erzählt sich«, das war keine Jadwiga-Formulierung, das war vage und grenzte an Tratsch, den die Priorin nicht unterstützte.

Althea zeigte sich erstaunt. »Es ist viel dramatischer, denn vielleicht stellt sich heraus, dass der Verschwundene der Einbrecher im Kloster und ein Verbrecher ist. Außerdem wollte ich Hannes gern noch etwas zu den Pfarrerfischen fragen.«

Jadwiga kombinierte. »Es geht um unseren Fall«, sagte sie. »Die Tasche mit dem Geld und die Fingerabdrücke auf den Scheinen. Was kann Valentin mit einem Kriminellen zu schaffen haben?«

»Was hatte der Kriminelle mit Valentin zu schaffen?«, drehte Althea die Frage um. »Hannes Gärtner ist auf die Insel gekommen, weil er etwas sucht. Ich glaube nicht, dass er es schon gefunden hat. Vielleicht kommt er zurück.«

»Du sprichst in Rätseln, Schwester Althea. Hannes, das ist doch Valentins Gehilfe? Er war mit dem Klosterwirt bei uns, als der den Raum hinter der Vorratskammer entdeckte. Der Mann schien mir nicht so verkehrt zu sein.«

»Mir auch nicht«, sagte Althea. »Übrigens, wenn nichts Dringendes mehr zu tun ist … Ich möchte für Annemarie gern die Skizze für das Votivbildchen machen.«

»Das ist ein guter Ansatz. Nimm dir Papier und Stifte, im Schreibtisch im Büro habe ich einen Buntstiftkasten«, bot Jadwiga ihr an.

Und Althea bekam die Möglichkeit, die zuvor geliehenen Sachen zurückzugeben. Die Buntstifte würden ihr vielleicht helfen, ihre Idee ein wenig anschaulicher zu gestalten. Ihre Hände flogen übers Papier, das sie sich auf ihrem Schreibtisch in der Zelle zurechtgelegt hatte. Wie früher in der Schule hatte sie die Buntstifte nach Farben sortiert. Lore sollte zurück nach Hause kommen. Sie zeichnete eine Familie, die sich an den Händen hielt. Genau das war Annemaries Wunsch. Althea würde ihre eigenen Empfindungen zurückhalten, denn sie glaubte nicht an eine Rückkehr, doch wer war sie, das zu beurteilen …

Naiv konnte man die Zeichnung wirklich nennen, weil Althea Gesichter nicht konnte. Was Valentin anging, da hatte sie auch schon eine Idee: Eine Figur sollte nach einem Stern greifen.

»Was ist der wahre Sinn hinter diesen Votivbildern?«, fragte Althea ihren stillen Mitbewohner. »Mir scheint es wie ein Bitte und ein Danke, ein Hoffen und ein Bangen, Freude – aber auch das Gegenteil.«

Sie wünschte sich, diesem Gegenteil heute nach Möglichkeit nicht zu begegnen. »Ein wenig fürchte ich mich vor dem Raum hinter der geheimen Kammer.« Sie hatte es zum ersten Mal ausgesprochen, obwohl sie noch gar nicht sicher wusste, dass es ihn gab. Es war nur eine Vermutung, und ihre Gedanken beschäftigten sich noch immer mit dem Schlüsselloch, von dem Lore Wagner im Klosterkrimi schrieb.

Althea hatte für die Socken, die sie im letzten Winter stricken sollte, ein Maßband gebraucht, weil sie alle die gleiche Größe haben sollten, was allerdings gründlich schiefgegangen war. Das Maßband aber konnte wieder zum Einsatz kommen, es war besser als ein starrer Meterstab.

Althea wartete, bis sie annehmen konnte, dass die Mitschwestern eigene Dinge erledigt und sich in die Zellen zurückgezogen hatten, dann holte sie ihr Maßband hervor.

In ihrem Brustbeutel – dem für widrige Situationen – steckten die wichtigen Dinge: ihr kleines Schweizer Messer und ein paar Meter Schnur. Die würde ihr heute nichts nützen, dafür vielleicht das Messer. Althea wollte auch die Taschenlampe mitnehmen, denn in dem Steinraum gab es kein künstliches Licht.

Sie steckte Zettel und Stift ein, um die Maße abzugleichen; den kopierten Plan hatte ihr die alte Kath wieder in die Hand gedrückt. »Katharina Venzl, ich hätte dich jetzt gern dabei«, flüsterte sie.

Wenig später begab sich Althea auf leisen Sohlen die Treppe hinab, den Gang entlang und in die Küche, wo sie das Licht einschaltete. Im geheimen Raum muffelte es noch immer. Althea schaltete die Taschenlampe ein und ließ das Maßband abrollen.

In der Breite, von der Öffnung der Vorratskammer bis zur Holztür, maß der kleine Raum drei Meter zwanzig. In der Länge, von der linken bis zur rechten Wand, drei Meter fünfzig.

Mit der Taschenlampe leuchtete sie von der Seite her auf die linke Wand, ließ ihre Finger daran entlanggleiten: robuste Ziegel. Aus ihrem Brustbeutel nahm sie jetzt das Taschenmesser, die Lampe legte sie auf den Boden. Sie kratzte mit der Klinge über den Stein und ließ den Abrieb in ihre Handfläche fallen. Auf dieser Seite war es eine massive Ziegelwand.

Die Holztür, der Zugang von der Gartenseite zur Kammer, beschrieb nicht die Mitte, das war Althea gleich aufgefallen. Wenn es da noch einen weiteren Raum gab, dann konnte der nur auf der rechten Seite anschließen, was ihr der alte Plan bestätigte.

Commissum – Geheimnis und Schuld. Schwarz auf Pergament stand es da, und Althea biss sich auf die Unterlippe. Hoffentlich nicht ganz so dramatisch. Sie richtete ihre Taschenlampe auf die gegenüberliegende Mauer.

Vielleicht war Lore Wagners Geschichte erfunden, und sie hatte für das Drumherum ihre Phantasie bemüht – oder sie kannte den Raum. Althea streckte eine Hand aus und fuhr wieder die Steine nach. Es fühlte sich an einer Stelle nicht wie Stein an, das war Holz. Sie leuchtete. Wieder setzte sie die Messerklinge an und kratzte. Es klang auch anders, nicht wie Ziegel. Althea ging in die Knie, das Licht zeigte ihr einen Spalt, wie eine dicke Fuge, die vom Boden bis knapp unter die Decke reichte. »Eine Tür«, flüsterte sie. Wie hatte es jemand geschafft, die Illusion einer Ziegelwand zu erschaffen? Althea musste es sich genauer und vor allem in einem besseren Licht anschauen. Fassadenmalerei hatte es schon zu Zeiten der Römer gegeben; dem Auge wurde gekonnt etwas vorgegaukelt. Und jetzt vibrierten ihre Finger, während sie dem Spalt auf der Suche nach einem Türbeschlag folgte. Wenn diese Tür nach innen aufging, musste das Schlüsselloch auf der rechten Seite sein. Sie betrachtete die Wand vor sich genau, da strichen ihre Finger über ein Stück Papier, das in dem winzigen Hohlraum steckte, der Verbindung zwischen Mauer und Holz. Althea zupfte es vorsichtig heraus. Ihr Atem ging schneller, sie leuchtete auf ihren Fund.

Es war ein zusammengelegter Fünfzig-Mark-Schein, wie sie in der alten Sporttasche waren. »Wozu das denn?«, entfuhr es Althea ungläubig. Sie steckte das Geld in die Tasche ihres Habits und schwenkte die Taschenlampe ein Stück weit nach rechts, auf der Suche nach einem Schlüsselloch.

Sie hätte es wahrscheinlich nicht entdeckt, wenn sie nicht genau danach gesucht hätte. Ihr kleiner Finger passte ins Schloss, ein Schlüssel dazu wäre groß mit einem Bart.

Althea betete, dass Jadwiga mit ihrer Leichentheorie unrecht hatte. Aber etwas war hier weggeschlossen worden. »Herr Pfarrer«, sagte Althea und berief sich auf den Gebäudeplan aus Pfarrer

Grandners Mappe, »jetzt wäre ein wenig Unterstützung gut, wir sind nämlich ausgesperrt.« Sie klopfte auf Holz, aber sie würde dem Rätsel heute Nacht wohl nicht mehr auf die Spur kommen.

Althea knipste die Taschenlampe aus.

Im Haus war es ruhig, und Valentin war glücklicherweise neuerdings sehr beschäftigt, er hatte sicher genug im Lokal zu tun und keine Zeit, einen flackernden Schein im Kloster zu verfolgen. Sie löschte sämtliche Lichter, ging die Treppe hinauf und zog die Tür ihrer Zelle hinter sich zu.

»Ich meinte nicht den Herrn Pfarrer, von dem ich mir Antworten erhoffe, sondern dich«, erklärte Althea ihrem Mitbewohner, der sich darum gerade keine Gedanken zu machen schien.

Sie leerte ihre Taschen, legte die fünfzig Mark auf den Schreibtisch und nahm den Brustbeutel ab.

Ein sonniger Morgen grüßte zum Fenster herein, der Sprecher im Radio behauptete, dass es nichts zu sagen gebe, aber das glaubte ihm Althea nicht.

»Hat man dir den Mund verboten?«

Die nächste Meldung klang wiederum gar nicht danach. Es wäre Althea auch seltsam vorgekommen, der Sprecher hatte sich schon weiter aus dem Fenster gelehnt.

»Wir nehmen Anteil und fragen: Wie geht es dem Taucher, der am Chiemsee in Schwierigkeiten geriet, vielleicht auch in diese gebracht wurde? Denn eigenartigerweise ermittelt in diesem Fall jetzt die Kriminalpolizei – und warum sollte sie, wenn es sich um einen Unfall handelt? Die Frage ist, wem ist etwas ins Auge gefallen, wer hat etwas bemerkt, und wohin ist der Mann so plötzlich verschwunden, der als Retter auffiel? – Lassen Sie sich gesagt sein, seien Sie wachsam!«

Wachsamkeit, das bedeutete gleichzeitig Zweifel. Mit dem hatte es Althea aber nicht so gern zu tun. Doch sie glaubte schon, jemand mit einer gefährlichen Absicht verfolgte diese immer bis zum Ende, vielleicht bis zum Tod.

Auch eine Münze hatte zwei Seiten.

Der Geldschein, den Althea in dem schmalen Spalt gefunden hatte, warum hatte den jemand dort hineingeschoben?

Sie griff danach. Die Zahlen am Rand hatte sie gestern nicht bemerkt, auch die Stichpunkte auf der anderen Seite nicht, die jemand hingekritzelt hatte. Hatte die Person nichts anderes zur Hand gehabt?

»Oberhalb Burg Marquartstein, Wanderweg, Richtung Windeck, zwei Abzweigungen, dann vom Weg ab, rechts durch den Wald, Berghütte auf Sonnenseite«.

Also nach Westen, schloss Althea. Wohin führte die Beschreibung? Sie nahm sich die Zahlen vor.

089 war die Vorwahl für München. Der Zahlenblock gab vielleicht Aufschluss darüber, in welchem Stadtteil der Besitzer dieser Nummer wohnte, aber Althea wollte nicht überlegen. Sie würde einfach anrufen.

Jadwigas Schnurlostelefon im Büro. Es war die beste Zeit, um unentdeckt zu bleiben und keine Erklärung abgeben zu müssen. Althea hielt den Schein in der Hand und tippte die Zahlen ein.

»Ja?« Eine Frage. Atemlos. Es war tatsächlich eine Telefonnummer.

»Mit wem spreche ich bitte?«, wollte Althea wissen.

Als die Frau ihren Namen nannte, zuckte Althea zusammen.

»Wissen Sie, wie spät es ist?«, fragte die aufgeregte Stimme jetzt. Althea hätte nicht sagen können, dass sie damit gerechnet hatte, aber sie verstand nun, warum jemand den Schein dort in der geheimen Kammer versteckt hatte.

»Es ist nicht spät …«, gab Althea zurück. Doch es war vielleicht längst schon *zu* spät.

Hier wartete vielleicht jemand auf einen Anruf aus der Klinik, um zu hören, wie es Florian Pranner ging.

»Es tut mir leid, aber offenbar habe ich mich verwählt«, sagte Althea. Es blieb ihr nichts anderes übrig.

»Das ist ja toll«, fand die Frau und legte auf.

»Wiederholen wirst du das bestimmt nicht«, flüsterte Althea.

Jemand, der etwas aufschrieb und die Nachricht versteckte – für wen?

Althea würde auch eine Nachricht schreiben müssen, für Jadwiga. »Sie wird dich ungespitzt in den Boden rammen.«

Eine Wanderung hatte Althea schon lange nicht mehr gemacht, die richtigen Schuhe besaß sie auch nicht. Sie atmete tief ein und bemühte sich, die gruseligen Gedanken auszuschalten, sie waren gerade nicht nützlich.

So konnte sie nicht aufbrechen, der Weg war steinig, man musste darauf achten, wohin man seine Füße setzte. Althea lief die Treppe hinauf in ihre Zelle, zog das Ordensgewand aus, nahm den Schleier ab, schlüpfte in Jeans und Pulli und zog ihre alten Turnschuhe an.

»Ich könnte die Polizei anrufen, aber was würde ich ihr sagen?«, richtete sie ihre Frage an die kleine Figur am Kreuz. Eile war nicht angezeigt, es ging nicht mehr um Leben und Tod. Aber Althea musste es wissen, und die Frau, die eben das Gespräch entgegengenommen hatte, auch – nachdem zwanzig lange Jahre ins Land gegangen waren.

In der Kirche erklang die Orgel. Althea konnte sich jetzt unmöglich betend und singend in eine der Kirchenbänke setzen, und mit Jadwiga wollte sie nicht verhandeln, ob sie nach Marquartstein aufbrechen dürfe. Obendrein wusste sie nicht genau, wann sie wieder zurück sein würde und warum sie überhaupt dort hinauf wollte …

Sie ging durch die Küche hinaus, um nicht die Klosterpforte passieren zu müssen, und nahm den seitlichen Uferweg, beim Klosterwirt vorbei.

Am Hauptsteg hatte die Fähre angelegt. Die musste sie erwischen. Althea wollte schon nach ihrem Habit greifen, dann fiel ihr auf, dass sie ihn nicht trug.

***

Es hatte sie Überwindung gekostet.

Mit dem Gedanken, auf Marian zuzugehen, konnte sie sich noch immer nicht ganz anfreunden. Friederike war früh aufgestanden; bevor die Nonnen für ihre Arbeiten eingeteilt wurden – welche? –, wollte sie mit Marian reden. Die Glocke hatte zur Morgenmesse im Kloster gerufen, sie schaute auf die Uhr. Der Gottesdienst würde einige Zeit dauern. Friederike zog eine bequeme Hose und einen Pulli an, sie musste sich für Marian Reinhart nicht eigens zurechtmachen.

Mit deren Einwurf, Sebastian Baumgart sei auf der Insel gewesen, hatte sie Friederike verwirrt, möglicherweise war das die Absicht. Aber die ehemalige Richterin wollte es jetzt genauer wissen. Sie schloss ihre Tür ab, obwohl es immer hieß, »bei uns schließt niemand seine Tür ab«, und schlug den Weg zur Abtei ein. Noch nicht an der Abzweigung angekommen, sah sie jemanden zur Fähre am Hauptsteg rennen.

Friederike hatte Marian schon lange nicht mehr in Räuberzivil erlebt, aber die laufende Frau in Jeans war in jedem Fall Marian Reinhart.

Im ersten Moment musste Friederike lachen. Da riss jemand aus. Ganz automatisch schwenkte ihr Blick den Weg entlang – einen Verfolger gab es nicht.

Was war da los, und warum trug sie kein Ordensgewand? Wo es doch immer den Anschein hatte, Marian meinte es ernst mit dem Glauben. Eine rennende Frau jagte ihr keine Schauder über den Rücken, aber wenn Friederike alles andere beiseiteließ, dann blieb nur eine Möglichkeit – es war etwas passiert, was Marian einerseits keine Wahl ließ, andererseits aber gerade nicht zwingend eine Nonne erforderte.

Die Fähre würde gleich ablegen, jetzt rannte auch Friederike.

Die kleine Zugbrücke war schon eingezogen, das Schiff trennten ungefähr dreißig Zentimeter vom Steg. Friederike überlegte nicht lange, sie sprang. Jemand vom Fährpersonal fing sie auf. »Das nächste Schiff wäre in einer knappen halben Stunde gegangen«, wurde ihr mitgeteilt.

»Das weiß ich«, schnappte Friederike. »Wehe, wenn es die Sache nicht wert ist, Marian Reinhart«, schnaufte sie.

Ihr Gefühl riet ihr, sich nicht sehen zu lassen, im Hintergrund zu bleiben. Sie würde unweigerlich erfahren, was Marians Ziel war.

Wohin die eilige Nonne wollte, wusste Friederike immer noch nicht, als Marian in den Bus einstieg.

Friederike nahm sich ein Taxi. »Folgen Sie dem Bus«, wies sie den Fahrer an.

»Ja, klar«, meinte der und grinste dämlich.

Sie ging nie ohne Geld aus dem Haus, zum Glück, denn jetzt war sie froh, einen Fünfzig-Euro-Schein in der Tasche zu haben. Sie winkte damit. Kein Spaß, sollte das heißen.

»Folgen«, wiederholte sie und überhörte das Murmeln des Fahrers.

Als sie den Markt Grassau hinter sich ließen und in Richtung Marquartstein fuhren, überkam Friederike ein komisches Gefühl.

Der Bus stoppte, das Taxi auch.

Friederike sah Marian aussteigen. »Wir sind da«, teilte sie dem Fahrer mit und wusste, sie waren nicht da, nur die Fahrt war hier zu Ende. Sie bezahlte.

Marian ging an der Ache entlang und bog zum Burgberg ab. Friederike sah noch kein Schild, das erklärte, wohin es ging, aber sie überkam ein schauriges Erkennen.

In Kürze würde auf dem Wegweiser »Schnappenkirche« stehen.

20

Telepathie = Fernempfinden, angeblich spiritistische Gedankenübertragung in die Ferne

Die Zeit fing an, schneller zu laufen. Kein gutes Zeichen. Und Kath hatte keine mehr. An der Uhr konnte sie ihre Zeit nicht ablesen, aber es fühlte sich nicht unbedingt so an, als dürfte man noch mehr davon vergeuden.

Sie hatte Althea ausrichten lassen, dass sie sich vom Berg fernhalten müsse. Ob die Priorin es ihr gesagt hatte? Jadwiga war manches Mal ein wenig schwerfällig.

Das Leidige mit Kaths Zeit war, dass sich das Wann selten eindeutig bestimmen ließ. Doch Kath gefiel das *Wie* gerade nicht.

Sie hatte etwas gesehen, der Himmel war dunkel geworden, auf der Haut hatte sie eine Gänsehaut gespürt.

Der Teufel vom See war eine gesichtslose Gestalt. Leben und Tod – und der lag schon lange zurück. Doch darum ging es diesem Teufel nicht, eine Leiche bedeutete keine Gefahr.

Jemand wollte etwas abschließen, jemand anderer wollte das Gleiche tun – nur mit anderen Mitteln.

Kath hatte Althea laufen sehen und jemanden hinter ihr. Aber jetzt liefen da nicht nur zwei.

Der Schatten hatte sich manifestiert. Es pochte, aber niemand bat um Einlass.

Kaths Bildern war zu trauen. Sie würde sich beeilen und die nächste Fähre auf die Insel nehmen.

Gnade der Herrgott seiner Althea!

★★★

Gefahr. Das Gefühl brandete an die Wände seines Denkens. Hannes wälzte sich im Bett hin und her, Schlaf fand er keinen. Er wusste es nicht sicher, aber da dräute eine schwarze Wolke über ihnen. Florian Pranner war ein Zufallsopfer gewesen, falls man es überhaupt so nennen konnte, ihn hatte niemand töten wollen. Was für ein mörderisches Versehen!

Dass sie so weit ging, hätte er nicht für möglich gehalten. Und sie würde noch weiter gehen.

Schwester Althea war ihr vielleicht schon auf die Spur gekommen, sie hatte Fragen gestellt, und irgendwo auf ihren Zetteln mochte sich wohl auch eine Notiz zu einer ehemaligen Novizin im Kloster Frauenwörth befinden, die ihrem kriminellen Ex-Freund Zuflucht gewährt hatte. Selbst wenn einer Nonne Geld nichts bedeuten konnte, Schwester Althea hatte sicher auch eine Vergangenheit, was hieß, sie kannte dessen Wert.

Er hatte Magda sterben lassen, weil er selbst nicht den Mumm gehabt hatte, den Anruf zu tätigen. Es würde nicht wieder passieren. Man konnte so manches Übel abwenden, und an diesem dürfte er nicht ganz schuldlos sein. Er musste zurück an den Chiemsee. Hannes' Finger strichen über die Narbe an seinem Hinterkopf. Womit hatte sie zugeschlagen?, hatte er oft überlegt. Jetzt könnte er sie vielleicht wirklich danach fragen.

Da kommst du nicht mehr heil raus! Dessen war er sich sicher. Es würde ihn nicht davon abhalten, erneut in den Zug zu steigen. Das Problem dürfte vielmehr darin liegen, durch die Klosterpforte zu kommen. »Schwester Althea, wir müssen reden. Vielleicht kannst du etwas für mich tun.«

Vielleicht auch nicht. Bei jedem Halt hatte er die Tür im Blick und sagte sich, es wäre noch Zeit, er könnte aussteigen und stattdessen anrufen; als Erstes Valentin. Dann fuhr die Bahn weiter. Er stieg erst in Prien aus dem Zug.

Hannes kannte sich im Ort nicht aus und wollte keine Zeit verlieren, stieg darum in ein Taxi. Die Fähre ging in Prien-Stock ab. Er bezahlte seine Fahrt, lief über den Parkplatz und zum Hafen hinunter.

Wenig später – er hatte dauernd die Uhr im Blick gehabt – legte das Schiff auf der Fraueninsel an. Er sprang auf den Steg und rannte zum Kloster.

»Ich möchte zu Schwester Althea«, brachte er an der Pforte vor.

Es dauerte, bis die eine Schwester einer anderen einen Mann am Eingang meldete und diese Schwester wiederum der nächsten Schwester ...

Endlich kam jemand, den Hannes kannte. »Priorin Jadwiga! Ich muss bitte mit Schwester Althea reden.«

Sie schaute komisch. Verkniffen, als hätte sie sich geärgert. Entsprechend fiel ihre Antwort aus, auf die er sich keinen Reim machen konnte. »Unsere Schwester Althea hat sich gerade auf den Weg gemacht.«

»Auf welchen Weg?«, fragte er und wusste, in dem Ton würde er darauf keine Antwort bekommen. »Es ist wichtig, es ist dringend. Suchen Sie sich etwas aus, aber ich muss mit der Schwester reden.«

»Moooment.« Und allein wie die Priorin das Wort in die Länge zog, ließ nichts Gutes ahnen. »Hannes Gärtner – die Polizei sucht dich.«

Es war wie ein Schwall kaltes Wasser. Er schüttelte sich kurz, lachte und sagte: »Rufen Sie sie an.«

»Was ist mit Schwester Althea?«, wollte die Priorin jetzt wissen.

»Das war gerade meine Frage.« Bedeutete das, sie war wirklich nicht da?

»Du bringst mich durcheinander«, meinte Jadwiga. »Da lag eine Notiz, und die besagte, Schwester Althea müsse nach Marquartstein, sich vergewissern.«

Marquartstein, und weiter? Warum ausgerechnet jetzt?, fragte sich Hannes. Er überlegte. Jadwiga sah ihm an, was ihm durch den Kopf ging.

»Ich kann dich nicht wieder gehen lassen. Schwester Althea dachte, du bist auf die Insel gekommen, weil du etwas suchst. Sie hat nicht geglaubt, dass du es schon gefunden hast. – ›Vielleicht kommt er zurück‹, sagte sie.« Jadwigas Blick vermochte, dass Hannes nach dem Schwall kalten Wassers heiß wurde. Aber er konnte nicht hier stehen und abwarten.

»Hat Schwester Althea ein Handy, können Sie sie erreichen?« Musste er unbedingt mit ihr sprechen, oder wollte er nur wissen, ob alles in Ordnung war?

»Im Kloster sind Handys nur in Ausnahmefällen erlaubt«, erklärte die Priorin. Übersetzt hieß das, sie hatte keins.

Hannes musste es ihr begreiflich machen. »Schwester Althea könnte in Gefahr sein.« Wie sollte er der Frau beibringen, dass sich vielleicht eine Verrückte auf den Weg gemacht hatte, um die Schwester davon abzuhalten, ihr das gemütliche Leben kaputt zu machen; zurück in ihr altes wollte und konnte sie nicht.

»Sebastian?« Es war ein überraschtes Flüstern. Jemand berührte seinen Arm, wie um zu prüfen, ob er es tatsächlich war oder ob er nur in der Vorstellung existierte.

»Grüß dich, Annemarie«, sagte er.

»Das mit der Gefahr besprechen wir nicht hier draußen. Du musst mit reinkommen«, erklärte Jadwiga. Hatte er sich nicht gerade gefragt, ob er so ohne Weiteres durch die Klosterpforte kommen würde? Witzig, Hannes.

Unterstützend sah er Jadwigas Hand nach ihrem Brustkreuz greifen, als wäre er der Teufel in Verkleidung.

Er warf einen Blick hinter sich. Das Kloster schien heute ziemlich angesagt, gerade behauptete noch eine Stimme, es sei dringend. Wie ein Geist war jemand lautlos neben ihm aufgetaucht.

»Du bist es nicht.« Die alte Frau sah zuerst Hannes an, dann schaute sie sich um, als hätte sie jemand anderen erwartet.

Für die Priorin war er Hannes Gärtner, der Gehilfe des Klosterwirts. Für Annemarie war er Sebastian Baumgart, der Ex-Freund ihrer Tochter. – Und wer bitte konnte er für diese Frau sein? Er kannte sie nicht.

»Der Teufel vom See«, sagte sie nachdenklich. Es schien ihr vollkommen ernst damit.

***

Althea wusste, sie brauchte sich nicht zu beeilen.

Gern wäre sie in Gesellschaft gewandert, aber eine Wanderung war es nicht, und Althea formulierte neu: Ich begegne dem Tod nicht gern allein. Für einen Moment war diese Empfindung gegenwärtig gewesen, und Althea hatte geglaubt, sie könnte das Ergebnis verändern. Du weißt es doch nicht genau, sagte die kleine Stimme, es muss niemand tot sein.

Doch dieses Mal glaubte ihr Althea kein Wort.

Sie war den Stichpunkten auf dem Geldschein gefolgt, den sie eingesteckt hatte, hörte einen Zweig knacken, alle anderen Geräusche schienen weiter weg.

Kurz waren ihre Gedanken zur Tür in der geheimen Kammer gewandert, begleitet von einem kleinen Lächeln.

Sie wäre selbst nicht darauf gekommen, jedenfalls nicht so schnell. Im Bus hatten sich zwei unterhalten. »Die Dornaugen verstecken

sich gern zwischen den Speerblättern und in der Baumstammhöhle.
Und jetzt überlege ich ...«

Althea hatte nicht länger zugehört, was er sich überlegte. Sie
hatte demjenigen freudig für den Hinweis gedankt.

Die Sache mit dem Aquarium und das Versteck der Fische. Vielleicht eignete sich so ein Versteck auch für einen Schlüssel.

»Herr Pfarrer, ich bin erstaunt, du hast kriminalistisch gedacht.«

Althea redete schon mit einem dahingegangenen Geistlichen, den
sie nie hatte leiden können. Die alte Kath hatte ihr gesagt, sie werde
ihren Schlüssel finden. Katharina Venzl sagte stets, was sie meinte.

Unter Altheas Füßen knirschten Sand und Kiesel, der dünne
Grasbewuchs konnte nicht viel ausrichten. Sie rechnete fest mit
etwas Unangenehmem, aber das konnte kein Grund sein, sich um-
zudrehen. Und sie blickte jetzt schon zum dritten Mal hinter sich.

Althea war allein, um sie herum bewegten sich nur die Blätter
im Wind. Warum hatte sie dann so ein komisches Gefühl?

Nach einem kurzen Waldstück lag da plötzlich eine Lichtung
vor ihr. Abgelegen traf es, geradezu märchenhaft. Da vorn war eine
Hütte. Die Beschreibung hatte nicht gelogen.

Eine Bank auf der Vorderseite, die Fensterläden geschlossen.
Zum Glück hatte Althea ihre Taschenlampe dabei. Sie würde kurz
einen Blick ins Innere werfen, danach die Läden öffnen, und vielleicht ließen sich auch die Fenster aufmachen.

Licht und Luft – für wen?

Die Tür war verschlossen. Althea streckte sich und fuhr mit der
Handfläche über den Türrahmen. Manches Mal lag ein Schlüssel
dort; was zu tun wäre, wenn nicht, würde sie sich später überlegen.

Sie erspürte Metall, einen Bart, ein Schlüssel. Eine Aufforderung?
Vielleicht kein Zufall? Du bist paranoid, schimpfte sich Althea. Sie
nahm ihn und steckte ihn ins Schloss. Er sperrte ein wenig zäh,
aber das besagte nur, dass sich seit Langem niemand mehr Zutritt
verschafft hatte. Man hatte die Hütte vergessen. Aber irgendwann
war sie genutzt worden.

Sie stieß die Tür weit auf und nahm die Lampe aus dem kleinen
Beutel, der über ihrer Schulter hing. Althea hielt die Luft an, das
abgestandene Zeug wollte sie nicht atmen, sie würde die Tür offen
lassen.

Niemand da. Was hatte sie erwartet? Wen hatte sie erwartet?

Dann ging sie wieder hinaus und machte sich daran, die Fensterläden aufzuklappen.

Das Innere der Hütte wirkte geräumig und gemütlich, es lagen sogar Teppiche auf dem Boden. Eine Eckbank unter dem Fenster, ein Herrgottseck mit einem Kreuz, unter dem ein Blumengesteck schon längst verwelkt war. Zwei Stühle standen am Tisch und darauf ein benutztes Glas, auf dem Grund ein roter Rest.

Als hätte jemand mit dem Wein etwas hinunterspülen wollen, bevor er oder sie wieder aufgebrochen war.

Ein abschließender Gedanke. Nicht ihrer.

Es ging weiter, eine kleine Stufe hinunter, in ein Wohnzimmer. In einer Steinmauer stand ein Specksteinofen, der mit Holz zu heizen war.

Die breiten Landhausdielen hatten die Farbe von Milchkaffee, waren halb bedeckt von einem dunklen, großen Berberteppich. Jemand hatte darauf geachtet, dass die Farben harmonierten, obwohl der Teppich fehl am Platz wirkte.

Die angebrochene Flasche zum Weinglas schaute Althea von der Ablage in der kleinen Küche entgegen, auf dem Boden lag ein Sisalläufer, auf Maß gekettelt. Vielleicht hatte jemand Angst gehabt, kalte Füße zu bekommen.

Ein Herd, der mit Holz geheizt wurde und von dem ein Ofenrohr ins Freie ging. Kupfertöpfe hingen an einem Gestell, Weinflaschen lagen staubig in ihren Halterungen. Daneben ein Spülbecken, was hieß, es gab einen Brunnen.

Der angrenzende Raum war das Schlafzimmer mit einem Doppelbett. Althea leuchtete von einer Ecke in die andere; ein Buch lag aufgeschlagen auf einem Nachttischchen.

Hier drin war lange niemand gewesen, das Buch war nie zu Ende gelesen worden.

Das einzelne Weinglas, der Eindruck, etwas wäre zurückgelassen worden – jemand. Nur, wo befand sich hier ein Versteck? Oberirdisch sicher nicht.

Althea setzte sich in den Ohrensessel am Specksteinofen, an dessen linker Seite ein antiker Rauchertisch mit Zubehör stand. Das Polster staubte ein wenig. Sie hustete und erhob sich wieder. Sonst hatte sie nichts angefasst, ihr war nichts hinuntergefallen, aber sie war seitlich gerade auf etwas Hartes getreten.

Althea ließ sich auf die Knie nieder und klappte den Teppich um.

Ein breiter Ring und die Umrisse einer Kellerluke. Um sicher zu sein, musste der Sessel weg und auch der Teppich.

Was für ein Versteck.

Althea schob den Ohrensessel zur Seite, hob den Rauchertisch an und stellte ihn außerhalb des Teppichs wieder ab, rollte den Berberteppich ein Stück weit auf.

Sie dachte an den Wein. Eine kleine Stärkung wäre jetzt angenehm. Ihr Zögern pflichtete ihr bei.

Sie könnte warten, jemandem Bescheid geben, was hier war. Aber was war hier? Um das sagen zu können, musste sie schon nachschauen.

Außerdem war sie zur Hütte heraufmarschiert, weil sie genau damit gerechnet hatte – also was sollte die Zaghaftigkeit?

Bis sie jemandem ihre Geschichte erzählt hätte …

Althea zog kraftvoll am Ring. Die Luke öffnete einen Raum, aus dem sie finstere Schwärze anstarrte. Auch wenn sie die Dunkelheit und was sich in ihr befand, lieber nicht illuminiert hätte, musste sie es tun.

Sie schaltete entschlossen die Taschenlampe an. Eine schmale Treppe führte hinunter. Der Boden sah wie Lehm aus, offenbar eine verborgene Kammer.

»Halleluja!« Wenig begeistert, eher ängstlich.

Nimm dein Herz in die Hand, sprach sie sich Mut zu. Sie schaltete die Lampe aus, steckte sie in die hintere Tasche ihrer Jeans, hielt sich fest und stieg Stufe um Stufe hinunter. Es roch scheußlich, nicht bloß alt und seit Langem ungeöffnet, denn sie fühlte einen leichten Luftzug.

Althea hatte den Tod in der Nase.

Der Boden war eben und fest, sie wandte sich um, zog die Taschenlampe wieder heraus und leuchtete. Zuerst fiel der Schein auf zerbrochenes Glas, dann …

Es war nicht ihre Art, doch Althea glaubte, laut aufgeschrien zu haben.

Magda Pranner war richtig hübsch gewesen, so viel hatten die Fotos ihr gezeigt. Der Tod war hässlich. Um ihren Kiefer war ein buntes Spültuch gewickelt, sie lag verdreht auf dem Boden, die

Hände auf dem Rücken mit einem Strick gefesselt. Die Leiche war zusammengeschrumpft, die Kleidung schlotterte am Körper.

Altheas Blick fiel auf die Überreste der Flaschen aus dem umgestürzten Weinregal, Magda musste versucht haben, mit einer der Scherben ihre Fesseln aufzuschneiden.

Auch wenn Patrick Schmitzler im Flugzeug gestorben war, hatte jemand gewusst, wo Magda versteckt gehalten wurde. Immerhin hatte Althea den Geldschein mit den Stichpunkten gefunden. Warum hatte diese Person nichts unternommen?

Ein Handy wäre jetzt eine gute Sache …

Althea stieg die Stufen wieder hinauf und schloss die Luke, den Teppich ließ sie liegen, auch um den Sessel musste sie sich nicht kümmern. Nur die Tür abschließen und die Fensterläden wieder zumachen, um keine Neugierigen aufmerksam zu machen.

Althea überlegte, ob sie den Schüssel einstecken sollte, als jemand draußen um die Ecke schaute, eine Hand am Kragen einer Jacke, über die Althea gesagt hätte, so kalt war es doch nicht.

Etwas an der Frau kam ihr bekannt vor. Ihr Blick blieb an dem breiten Ring mit der Perle haften.

Althea grüßte und fragte: »Haben Sie zufällig ein Handy dabei?«

Wahrscheinlich hatten nur Klosterschwestern keins.

»Leider ist der Empfang hier oben ganz schlecht«, sagte die Frau. Ihr Lächeln passte nicht zu den bedauernden Worten.

Man könnte ein paar Schritte laufen und hätte vielleicht einen besseren, Althea wollte es gerade vorschlagen.

Über das Gesicht der Frau glitt ein Lächeln. »Egal, denn du wirst niemanden mehr anrufen.«

Der Ton, das vertrauliche Du, die Art, wie sie Althea musterte, die Endgültigkeit, der Ring – es hätte Althea misstrauisch machen müssen. Erst der Ast, den die Frau halb hinter dem Rücken hielt, und ein kurzer Gedankenblitz – das Porträtfoto in einem Klosterkrimi – erledigten Altheas Misstrauen und machten daraus Gewissheit. Zu spät.

***

Friederike hatte sich wirklich beeilt. Sie war lange nicht mehr gewandert, aber in diesem Tempo konnte man auch nicht mehr von

einer Wanderung reden. Marian war flink wie eine Gams. Irgendwann hatte Friederike sie verloren, Marian hatte eine Abzweigung
genommen. Welche? Hier gab es keinen Weg mehr.

Sie lauschte in den Wald hinein. Spurenleserin war sie keine, aber
Marian konnte doch nicht einfach verschwunden sein. Ein Zweig
knackte, eine Stimme fluchte gedämpft.

Nicht Marians Stimme, glaubte Friederike, Nonnen fluchten
nicht.

Die andere war ihr schon ziemlich bald aufgefallen. Eine junge
Frau, die hinter Marian her schlich. Außer ihnen hatte niemand
diesen Weg genommen, und Marian folgte sicher keiner inneren
Stimme, doch die Frau war ihr auf den Fersen geblieben, und Friederike ihr.

Friederike war nicht in der Lage, eine Tanne von einer Kiefer
oder einer Fichte zu unterscheiden, aber die junge Frau war ihr ins
Auge gefallen, denn es war ein schöner Herbsttag, und sie hatte sich
eingemummelt, als pfiffe ein kalter Wind. Dick angezogen für die
Jahreszeit. Auch die beiden anderen Male, als sie ihr auf der Insel
entgegengekommen war. Sie musste ein Zimmer im »Inselhotel zur
Linde« gemietet haben. Warum stieg sie ausgerechnet einer Nonne
hinterher?

Warum folgst du ausgerechnet der Nonne durch die Prärie?,
hätte sie sich selbst fragen können. Für sich hatte Friederike eine
Antwort, für die andere brauchte sie keine.

Diese neugierige Schwester verfolgte eine Spur, und Edi Bahrens, der ehemalige Polizeireporter, hatte Friederike seinerseits auf
eine gebracht. Wie konnte es sein, dass Marian jetzt ausgerechnet
diese verfolgte?

Magda Pranner, die mit einem Rucksack auf dem Rücken am
Nachmittag des 26. September oberhalb der Burg Marquartstein
den Wanderweg eingeschlagen hatte.

Allzu viele Stationen, wohin ein Wanderer sich wenden konnte,
gab es dort am Berg nicht. Die Staudacher Alm, die Schnappenkirche, ein Naturlehrpfad, ein Holzlagerplatz am Fuß des Hochgern.

Was wusste Marian?

Friederike würde alles dransetzen, das zu erfahren. Die andere
auch?

Friederike ließ den dichteren Wald hinter sich und kam auf eine kleine Lichtung mit einer Berghütte. Es sah ein bisschen märchenhaft aus. War die Hütte das Ziel der Nonne gewesen? Marian war nirgendwo zu sehen.

Die Hütte machte keinen bewohnten Eindruck, die Fensterläden waren geschlossen. Eine Holzbank lud zum Verschnaufen ein, und das Kaminholz, das seitlich aufgeschichtet war, verriet, dass es im Haus einen Ofen gab.

Friederike hörte einen Entsetzensschrei. Marian war nicht ängstlich. Was war da los?

Kurz darauf sah sie die Nonne aus der Hütte kommen, die andere lief ihr entgegen, es sah aus, als käme die Verfolgerin gerade aus dem Wald auf der anderen Seite.

Was sollte dieses kleine Schauspiel? Die Frau musste um die Hütte herumgelaufen sein.

Einen Moment wirkte es, als unterhielten sie sich, dann sah Friederike den Ast in der Hand der anderen. Bevor sie noch ahnte, was passieren würde, ging Marian zu Boden, und die Schlägerin ergriff die Flucht.

»Wer will eine Nonne erschlagen?«

Hatte sie das gerade laut gesagt? Friederike zögerte, sie wollte die Frau auf keinen Fall entkommen lassen und konnte Marian nicht so zurücklassen. Doch sie würde die andere auf der Fraueninsel wiedersehen, um sie konnte man sich auch später noch kümmern.

Friederike hetzte hinüber zur Hütte. Marians blonder Schopf färbte sich rot. Blut. Auch an dem Ast, den die Schlägerin fallen gelassen hatte, war Blut. Sie setzte Marian auf, lehnte sie gegen die Wand und mit der Schulter an die Holzbank.

Das kam ihr alles seltsam bekannt vor, nur andersherum dieses Mal, und einen Moment lang erschien ihr Marians Gesicht, das sie im letzten Sommer wie hinter einem Vorhang wahrgenommen hatte. Wenn sie sich richtig erinnerte, hatte Marian ihr einen Klaps auf die Wange gegeben. Jemand hatte Friederike ein Gift verabreicht, Marian hatte sie unbedingt wachhalten wollen.

Das funktionierte hier nicht, wusste Friederike. Marian war bewusstlos, da konnte sie auch mit einigen Klapsen nichts bewirken. Sie fühlte den Puls, der gegen ihre Finger pochte. Wenigstens klopfte es. »Was glaubst du, was du für einen Ärger bekommst, wenn man dich in dieser Aufmachung in einer abgelegenen Berg-hütte erwischt.« Unsinniges Gefasel, sie wusste es, aber sie hatte Angst.

Friederike tastete in ihrer Hosentasche nach dem Handy. Sie hatte keins eingesteckt. Sie tastete in Marians Taschen, da war auch kein Telefon.

»Ich werde jemanden finden, der ein Handy hat. Du wartest auf mich.« Noch mehr unsinniges Gefasel. »Du musst durchhalten!« Friederike strich Marian über die Wange und rannte los, über die Lichtung, durch den Wald, bis sie wieder auf einen Weg kam.

Stimmen. Ein Stück weiter vorn. »Hiiilfe«, brüllte sie aus vollem Hals. »Meine Freundin ist verletzt, wir brauchen Hilfe!«

***

»Wir beruhigen uns jetzt erst einmal«, sagte Jadwiga. Sie hatte Han-nes Gärtner oder Sebastian Baumgart oder wie der junge Mann auch heißen mochte mit Schwester Altheas Gast Annemarie und Katharina Venzl in ihr Büro gebeten.

»Wir sind ganz ruhig«, erwiderte Kath. »Und du musst Altheas Neffen anrufen, denn er ist die Polizei. Vielleicht müssen wir da rauf auf den Berg.« In ihrem Gesicht zuckte ein Muskel.

»Was hast du für ein Gefühl?«, fragte die Priorin. Denn von der alten Kath wusste sie, dass sie nicht hergekommen wäre, wenn ihr nicht ihre Intuition oder ihre Bilder etwas verraten hätten – sicher etwas, was ihr nicht gefallen hatte.

»Kein gutes. Du hast ihr nicht ausgerichtet, dass der Teufel vom See sie im Blick hat, Priorin«, wies Kath Jadwiga zurecht. Sie nahm das schnurlose Telefon und gab es ihr.

Es klingelte in Jadwigas Hand, fast hätte sie es fallen lassen. Sie zuckte erschrocken, dann drückte sie auf die Taste mit dem grünen Hörer und nahm das Gespräch entgegen. Sechs Augenpaare folgten der Bewegung. Gespannt.

»Nein!«, rief sie aus. Jadwiga drückte den Lautsprecher, sie wollte den Rest der Nachricht nicht allein hören. Eine Nachricht, die damit begonnen hatte, dass Marian verletzt sei, weil eine Frau mit einem Ast auf sie eingeschlagen hatte.

»Ich verspreche, ich bringe die Schwester zurück. Wir waren

gerade … Egal, jedenfalls sind wir seitlich unterhalb der Schnappenkirche, an einer Berghütte.«

Jadwiga ließ sich in den Bürostuhl fallen. »Friederike Villbrock?«, vergewisserte sie sich. Ihr Gesicht zeigte Erstaunen. »Was will Schwester Althea in einer Berghütte?« Jadwiga klang so ängstlich wie ihre Gesprächspartnerin.

»Fragst du mich das?«, gab die ehemalige Richterin zurück.

Jadwiga sah, wie Hannes die Augen aufriss und eine Faust machte, wie Annemarie nach Luft schnappte und die alte Kath nickte.

»Marian wurde niedergeschlagen«, informierte Friederike sie.

»Du hast die Tat beobachtet? Warum beobachtest du und tust nichts?«, schrie die Priorin in den Hörer. Sie schluckte einige Male, während Friederike berichtete, was geschehen war.

»Die Bergrettung ist unterwegs. Nur ist der Transport schwierig, weil der Hubschrauber dort oben im Gelände nicht überall landen kann.« Sie bat Jadwiga, schnellstens die Polizei zu verständigen, denn die Täterin habe ein Zimmer im »Inselhotel zur Linde« auf der Fraueninsel gemietet, sie werde bestimmt zurückkommen. »Sie fühlt sich sicher. Ich glaube nicht, dass sie mich da oben im Wald bemerkt hat. Eure Schwester Althea muss etwas gesehen oder etwas herausgefunden haben, was dieser Frau richtig gefährlich werden kann.«

Dieser finale Satz machte Jadwiga frösteln. Man ließ ihr keine Zeit nachzudenken, man ließ ihr nicht mal Zeit, das eben Gehörte zu verdauen.

»Ich weiß, was Schwester Althea dort oben gewollt hat. Nur hätte ich es sein sollen, der hinaufgeht«, sagte Hannes alias Sebastian Baumgart grimmig. »Irgendwann, wenn es ihr besser geht, möchte ich gern erfahren, wie sie diese Hütte gefunden hat. – Friederike Villbrock hat recht, Hannelore wird zurückkommen. Zu Ende ist es tatsächlich noch nicht.« Er stand auf, verließ das Büro und schloss die Tür hinter sich.

Annemarie holte ein Taschentuch hervor, putzte sich lautstark die Nase und wischte sich über die Augen. »Lore ist auf der Insel? Meine Tochter ist eine versuchte Mörderin?« Tonlos. Sie riss ungläubig die Augen auf.

Jadwiga fiel kein Trost für sie ein. Wäre Friederike Villbrock nicht gewesen, dann wäre dort am Waldrand niemandem eine blutende Frau aufgefallen. Schwester Althea hätte es vielleicht nicht überlebt.

»Ich habe mich wieder erinnert, wer Lores begleitende Schwester während des Noviziats in der Abtei war«, warf Annemarie ein. Jadwiga wusste zunächst nicht, was daran wichtig sein sollte. Die Frau war ein wenig sonderbar.

»Schwester Althea hat mich danach gefragt. Ob es jetzt noch von Bedeutung ist, weiß ich wirklich nicht. Ich hatte mir gemerkt, es hat etwas mit Sauberkeit zu tun. Reinholda hieß diese Schwester«, sagte sie.

»Die Schwester ist noch bei uns«, stellte Jadwiga fest. Damit hatte sie nicht gerechnet. Was ihr außerdem noch in den Sinn kam, behielt sie lieber für sich. Sie war kopflos und voller Sorge. Beruhigen musste die Priorin gerade vor allem sich selbst. »Wohin will Hannes denn? Sie werden ihn überall suchen.«

»Flucht hat er nicht im Sinn«, sagte Kath. »Hannes hat vor, auf die ehemalige Novizin zu warten, die glaubt, sie hätte Althea erledigt.«

»Du umschreibst wirklich nichts«, gab Jadwiga zurück.

»Dieser Teufel fühlt sich nicht länger bedroht. Sie wähnte sich allein mit Schwester Althea, die ehemalige Richterin muss sie dabei übersehen haben. Was wollte Friederike Villbrock denn ausgerechnet da oben am Berg? Zur gleichen Zeit, als sich auch Althea auf den Weg gemacht hat? Sie sind nicht befreundet.«

»Zwei Verfolgerinnen?«, riet Jadwiga. Erstaunt. Das war ihr zu viel. Sie nahm das schnurlose Telefon und starrte einige Augenblicke darauf, dann zog sie das Adressbuch zurate. Mordkommission München, Kriminalkommissar Stefan Sanders.

★★★

Er würde Hannelore nicht davonkommen lassen.

Hannes lief durch die Klosterpforte und hinunter zum Hauptsteg. Während der langen Tage in der kleinen Kammer war genug Zeit zum Reden gewesen und Reinholda ein Name, der einem im Gedächtnis blieb. Hannelore hatte Hannes von ihr erzählt, sie nannte die Frau »Mama-Ersatz«.

Ihre eigene Mutter, die sie offenbar nie gegen den Vatter verteidigt hatte, hatte Hannelore nicht vermisst.

Annemarie war gutmütig. Was auch immer sie aus Angst unterlassen hatte, Hannes hatte die Frau im Schürzenkleid immer gemocht.

Er sah eine Fähre auftauchen und warf einen Blick auf die Uhr. Möglich, dass die Beinahe-Mörderin auf diesem Schiff war; zeitlich würde es durchaus passen, dachte er.

Aus Zorn hatte Hannelore ihn damals niedergeschlagen, aus Eifersucht den Telefonanruf nicht gemacht, der Magdas Rettung bedeutet hätte. Sie hatte statt ihm Florian Pranner die Luft abgeschnitten, und jetzt sah sie ihr Leben, das sie sich mit dem gestohlenen Geld eingerichtet hatte, und ihre Karriere in Gefahr. Eine kleine Nonne stand zwischen ihr und ihrem Glück. Aber der Herrgott hält die Hand über seine Lieben, dachte Hannes. Hoffentlich.

Das Schiff legte an. Eine Gruppe, Paare, einzelne Reisende und ein paar Tagesausflügler gingen von Bord.

Hannes entdeckte sie gleich. Es war lange her. Ihr dunkles Haar glänzte in der Sonne, ihr federnder Gang verriet Lässigkeit.

Wie bringst du es nur fertig?, fragte er sich, zu ihr sagte er: »Dir hätte etwas Besseres einfallen müssen. Was für ein mieser Plan.«

Sie erschrak, ihre Augen suchten nach einem Ausweg. Hannes packte sie grob am Arm.

»Hannes?« Ein Schrei. »Ja, bist du narrisch? Der nimmt sich eine Auszeit! Wir sind bis unters Dach ausgebucht, und ich bin kein Oktopus, habe nur zwei Arme.«

Hannes' Schmunzeln meinte nicht die Frau, deren Oberarm er fest im Griff hatte. »Valentin, bei mir ist es ein wenig anders gelaufen, als ich dachte.«

Ganz anders.

Hannelores Stimme wurde schmeichlerisch. »Wir waren gut zusammen und können es wieder sein. Du bist die Liebe meines Lebens.« Sie lächelte. Glaubte sie wirklich, die Erwähnung von Liebe würde irgendetwas ändern?

Sein Blick war eisig, als er sie zu sich herumdrehte. »Ich bin unentschlossen«, ließ er sie wissen und war doch nichts dergleichen. Dieses falsche Lächeln auf den samtigen Lippen. »Miststück.« Er legte seine Hände um den schlanken Hals und drückte erbarmungslos zu.

243

»Hannes, um Himmels willen, mach dich nicht unglücklich! Das ist sie nicht wert.«

Aus den Augenwinkeln sah Hannes den Klosterwirt auf ihn zuschießen. So schnell war der Ältere selten unterwegs. Jetzt legte er seine Hände über die von Hannes und zog. »Lass los, sonst gehst du dafür ins Gefängnis!«, brüllte er ihn an.

»Ich gehe sowieso ins Gefängnis. Wenn Schwester Althea es nicht überlebt, dann hat sich das hier in jedem Fall rentiert.«

Hannelore röchelte.

Valentin schnaufte. »Schwester Althea ...«, er zögerte, »... wäre mit Mord nie einverstanden. Und ihr Herrgott schon gar nicht«, brachte er schließlich mühsam hervor.

***

Weiß, und das Licht fiel ganz komisch durchs Fenster.

Altheas Blick wanderte zu ihrem stillen Mitbewohner. Er konnte doch nicht verschwunden sein? Etwas stimmte nicht, und in ihrem Kopf war ein Dampfhammer am Werk. Sie blinzelte. Überall Weiß, und ein Gestell, an dem eine Infusion mit einem Schlauch hing, aus dem etwas in eine Kanüle auf ihrem Handrücken tropfte. Sie wandte den Blick und drehte den Kopf. »Ohhh«, machte sie.

»Endlich!«, verkündete jemand. »Ich dachte schon, du hättest vor, den ganzen Tag auf der faulen Haut zu liegen.«

Die Stimme erinnerte sie an ...

»Friederike!«, sagte Althea. Es musste ein Traum sein, denn hier stimmte gar nichts. Aus einem Traum aber war Magda Pranners Leiche nicht gekommen. Althea musste sich erinnern, sie konnte wirklich nicht herumliegen und nichts tun.

»Bist du wirklich da?«, erkundigte sie sich und meinte Friederike.

»Bergkameraden«, lachte die. »Wo hab ich das noch gehört?« Das fragte Friederike nicht Althea. Vielleicht sich selbst. »Warum musstest du unbedingt hinauf auf den Berg? Was ist in der Hütte?«

»Magda. Ihre Leiche«, sagte Althea.

»Nonnen müssen keine Kriminalfälle aufklären, Schwester Althea.«

Es dürfte das erste Mal gewesen sein, dass Friederike sie so nannte. »Ich bin froh, dass du aufwachst«, fügte sie hinzu.

»Ich bin auch froh, dass ich aufwache«, gab Althea zurück.

Die Erinnerung war grausam, wie lange schleppte sie die schon herum? »Es ist früher Abend, so lange warst du nicht weggetreten«, erklärte Friederike, die Gedankenleserin.

»Kann ich einen Schluck Wasser haben?«, bat Althea und sah vor sich ein anderes Glas. Ihr Blick war nach innen gerichtet. Das benutzte Weinglas, vielleicht waren darauf auch nach all der Zeit noch Spuren zu finden, womöglich hatte der Täter daran nicht gedacht.

Du hast Magdas Sterben runtergespült, es musste schnell gehen. Sie schrie in ihren Knebel, du wolltest weg, raus aus der Hütte. Du wolltest es nicht hören.

Althea glaubte, dass derjenige, der Magda zur Hütte hinaufgebracht hatte, Patrick Schmitzler gewesen war. Sebastian hatte die Notiz gehabt – er hatte nichts damit angefangen. Warum nicht, um Himmels willen? Dafür würde er sich rechtfertigen müssen.

Einige umfangreiche Warums standen da in der Schlange und warteten darauf, endlich beachtet zu werden.

Althea würde sicher in den nächsten Tagen mit dem Bild von Magda Pranners Leiche einschlafen. Ganz kurz blitzte ein anderes auf: die Frau mit dem Ast, den sie hinter ihrem Rücken verborgen hielt; Lore Wagner, die Althea aufgrund des kleinen Fotos im Klosterkrimi bekannt vorgekommen war. Doch das war ihr einen Tick zu spät aufgefallen. Davor hatte sie sich den Unsinn angehört, den die Frau von sich gab, und danach wusste Althea nichts mehr. Die Dunkelheit hatte sie umfangen.

Von dort wieder ans Licht zu gelangen, hatte sie einige Anstrengung gekostet. Das andere, besorgte Gesicht hatte sie wie durch einen Schleier wahrgenommen.

»Friederike Villbrock – Lebensretterin«, sagte Althea. Sie musste lachen und griff sich an den Kopf.

Kaths Besuch am Tag ihrer Rückkehr aus der tristen weißen Klinik freute Althea ungemein.

Die alte Frau scherzte, wie blickdicht die Mitschwestern sich gaben. »Als hätte ich es darauf abgesehen, ihre Gedanken zu lesen.«

»Hast du das nicht?« Althea lachte auf, und sogleich holperte es hinter ihrer Stirn. Sie war sicher, dass Kath einige Zeit zuvor etwas gesehen und Jadwiga die Warnung nur nicht verstanden hatte.

Kath bewegte ihre Hand wie einen Pfannenwender hin und her.
»Da war kein Gesicht, nur der Berg, die Hütte und die Gefahr.«

»Einen solchen Teufel hast du nicht erwartet?«, fragte Althea.

»Sie ist kein alltäglicher Teufel«, gab Kath zurück, zeichnete ein Kreuz.

Und Friederike keine alltägliche Heilige, überlegte Althea.

***

Sie war tatsächlich rechtzeitig zur Morgenmesse aufgewacht, dabei durfte sie sich noch einmal umdrehen – ausgerechnet heute wollte sie nicht. Der Dampfhammer hatte die Arbeit einem gewissenhaften Bohrer überantwortet.

Langsam setzte sie sich auf. »Ich glaube, ich hab den Schluss verpasst«, sagte sie. Ihr stiller Mitbewohner schien es nicht zu bedauern.

Altheas Kopf steckte in einem Verband. Ihre Gedanken mussten nicht ins Freie, aber sie musste ihnen ganz dringend nachgehen.

Die Mitschwestern waren in der Kirche. Althea zog ihr Ordensgewand an, im Morgenmantel wollte sie nicht durch die Gänge streifen. Jadwiga hatte sich schon genug aufgeregt.

Den Schleier brauchte sie nicht, der Kopf war gruselig empfindlich. Sie steckte ihre Taschenlampe in die Tasche des Ornats.

Konnte man einfach ohne Schutz in ein Aquarium fassen?, überlegte sie. Konnte man sicher nicht, aber wegen der Fische, denn so sauber waren Hände an sich nie.

Dass sie niemandem begegnete, nahm Althea als gutes Vorzeichen. Sie öffnete die Bürotür und schlüpfte hinein, im Halbdunkel leuchtete das kleine Becken. Vielleicht schliefen die Fische noch. Sie schaltete das Licht ein. Durch die wabernden Pflanzen schwamm ein kleiner bunter Fisch, und der andere mit der großen Rückenflosse, der ihr schon aufgefallen war, grub, wie es aussah, im Sand. Das Versteck im Baumstamm war Althea im Gedächtnis geblieben. Im Aquarium gab es eine Wurzel und etwas, in dem sich die Bewohner verbergen konnten. Sie musste die Packung mit den Handschuhen nicht suchen, Jadwiga hatte sie noch nicht wieder aufgeräumt. Sie zupfte sich einen heraus, zog ihn an und öffnete die Abdeckung des Aquariums.

»Nur ganz kurz«, verkündete sie. Ihre Hand griff vorsichtig

zwischen die Pflanzen, Wasser lief in ihren Handschuh. Althea hob den Baumstamm an. Es war ein Versteck, aber nur eines für die Bewohner in dem nassen Element, der Stamm war hohl. Der Gräberfisch wischte um eine Ecke, die es in dem Halbrund nicht gab. Er schien den Eindringling vorwurfsvoll zu beäugen. Altheas Hand zuckte. Sie hatte sie schon zurückgezogen, da sah sie es.

Unter dem Sand war etwas. Althea grub ihre Finger hinein und zog einen Beutel heraus, in dem sich ein langer, schmaler Schlüssel befand. »Herr Pfarrer, ich werde nie wieder garstig von dir denken.«

Hinter ihr ging die Bürotür auf. Ertappt ließ sie die Hand schnell hinter ihrem Rücken verschwinden.

»Das war die falsche – ich kann sehen, was Sie da haben, Schwester Althea.« Bruno Bär grinste, Althea bestaunte ihre Rechte, das Wasser, das sich im Handschuh gesammelt hatte, lief über ihr Gewand.

»Tante Marian, schön, dich wieder in Aktion zu erleben«, sagte ihr Neffe. Aber sie hatte den Verdacht, er meinte es gerade überhaupt nicht so, sondern fragte sich vielmehr, was sie jetzt schon wieder anzettelte.

»Ich freue mich auch, dich zu sehen, lieber Neffe, und dich, Bruno Bär. Ein privater Besuch wäre beinahe himmlisch, aber ... es geht um etwas anderes?« Althea zog sich den nassen Handschuh von den Fingern.

»Ich wollte sehen, wie es dir geht. Nebenbei gibt es noch einige Dinge zu klären, nenn es Protokoll.« Stefans Augen blitzten. »Wie kannst du nur losziehen, eine Leiche finden, dich fast erschlagen und von der ehemaligen Richterin retten lassen?«, regte er sich auf.

»Was daran gefällt dir am wenigsten?« Althea fasste sich an den Kopf.

»Wie sind Sie denn gerade auf die Spur dieser abgelegenen Berghütte gekommen?«, wollte Bruno wissen. »Ich möchte neugierig sein, bevor die Priorin zurückkommt. Sie hat uns ins Büro zitiert, aber die Messe dauert noch. Schwester Jadwiga wirkte eine Spur blass heute.«

»Das ist die Aufregung«, behauptete Althea. Sie hob die Verpackung in die Höhe, ihren Fund. Der Schlüssel war eingeschweißt – umsichtig –, sie schnitt die kleine Tüte auf.

»Ihr kommt zur rechten Zeit, ich möchte den zweiten Geheimraum öffnen und habe mir überlegt, ob ich das allein tun soll.«

»Noch ein Geheimraum.« Stefan verdrehte die Augen. »Deine Geheimnisse sind mir unheimlich. Sie sind meist mit irgendeiner Entdeckung verbunden.«

»Eben drum«, erklärte Althea.

»Spannend«, verkündete Bruno und beugte sich vor, als wäre bereits etwas entdeckt worden.

Spannend würde es bestimmt sein. Althea griff in die Tasche ihres Ornats und gab ihm die Taschenlampe. »Du leuchtest.«

Der Bär strahlte.

Stefan zögerte, murmelte etwas über Klostermorde.

Ihr kleiner Zug wanderte den Gang entlang und in die nicht länger geheime Kammer. Althea zeigte an, wo sie das Licht brauchte, Bruno schaltete die Lampe ein.

Sie erzählte, wie sie im Klosterkrimi von Lore Wagner die Hinweise entdeckt hatte. Den Schlüssel hatte ihr der Herr Pfarrer hinterlassen – irgendwie. Sie probierte ihn, er passte. Lass es nichts Kriminelles und vor allem nichts Totes sein, bat Althea. Sie drehte den Schlüssel nach links. Wie viel Zeit auch vergangen war, er ließ sich leicht drehen, es klickte.

»Da ist kein Knauf, nichts, was man bewegen kann«, sagte Stefan, aber Althea hatte die Tür schon nach innen gedrückt.

Bruno hustete. »Ich glaube, ich hab vergessen zu atmen.« Er blieb neben Althea auf der Schwelle stehen. »Oh mein Gott!« Der Strahl der Taschenlampe hüpfte so aufgeregt umher wie die Hand, die sie hielt.

»Ohh«, machte Althea. Sie trat einen Schritt zurück und lehnte sich an die Wand.

»Nichts Totes«, sagte Stefan erleichtert. »Was tun wir jetzt?«, fragte er und hob eine Augenbraue.

»Wir schließen die Tür wieder hinter dem Geheimnis«, flüsterte Althea.

Irgendwelche Hände hatten irgendwann die Klosterschätze in Sicherheit gebracht. Ein altes Taufbecken, Hostienteller, Kelche, eine kleine Monstranz, eine Kette mit Edelsteinen … und das hatte ihr lediglich ein erster Blick gezeigt. Althea wollte jetzt nicht darüber entscheiden, was damit zu geschehen hatte, sie wusste nicht einmal, ob sie es erzählen wollte. Gerade wollte sie jedenfalls nicht. Ihre Augen glänzten, über ihr Gesicht glitt ein Lächeln.

***

Als Jadwiga nach der Messe in ihr Büro ging, war sie nur gelinde überrascht, Schwester Althea dort zu sehen.

Stefan Sanders schrieb betont auffällig etwas in einen Notizblock, und der Praktikant lächelte, als wüsste er etwas, wovon sie nichts wusste. Sie ließ sich keinen Moment täuschen. Offizielles roch sie hier kein bisschen.

»Gibt es Neuigkeiten in diesem besonderen Fall?«, erkundigte sie sich. Besonders war er wirklich, dem Herrgott sei Dank war Althea wieder ganz die Alte. Jadwiga dachte es nur, die Schwester brauchte es nicht hören.

»Es fehlten noch einige Puzzlestücke«, verriet ihr der Kriminalkommissar und berichtete von Max Pranners Entsetzen, als sie ihm vom Leichenfund in der Berghütte berichteten.

»Diesmal musste ich eine Todesnachricht überbringen, und das nimmt mich immer mit«, räumte er ein.

Max Pranner habe sich mit einer Faust gegen die Schläfe gehämmert. »Wie blöd muss man sein, um ausgerechnet an die alte Hütte nicht zu denken.« Der Vorwurf richtete sich allein gegen ihn selbst. Die Berghütte war schon immer im Besitz der Familie gewesen, sein Vater hätte sich oft dorthin zurückgezogen, zum Gedichteschreiben. Patricks Interesse daran musste ihm komplett entgangen sein, Magdas auch.

»Wenigstens eine gute Nachricht«, sagte Stefan jetzt. »Die Ärzte haben Florian Pranner wieder aufgeweckt, ihm geht es besser. Und er ist sicher, Sebastian Baumgart gesehen zu haben. Was besagt, mit seinem Kopf scheint alles in Ordnung zu sein.«

Florian gegenüber würden die Eltern die Nachricht von Magdas grausamem Tod noch eine Weile zurückhalten. »Die Leiche wurde zur Untersuchung ins Rechtsmedizinische Institut gebracht. Aber es scheint sicher, dass die Sechzehnjährige ganz elend verdurstet und verhungert ist.«

»Es roch nach Tod in diesem Kellerraum«, sagte Althea. »Ihr Onkel hat Glück gehabt, denn ihn würde man dafür lynchen wollen.«

Sie rieb sich die Augen. »Im Radio hieß es, die Piper Cherokee wird wahrscheinlich im kommenden Frühjahr aus dem Chiemsee geborgen. – Was ist dort unten, was Hannes alias Sebastian so dringend zurückhaben wollte?«

»Nicht ganz so dringend«, erwiderte Stefan. »Hannes hat mir von seinem Rucksack erzählt, der seit damals im Flugzeug liegt; er gibt zu, mit Patrick im Cockpit gekämpft zu haben, aber er wollte ihn nicht umbringen. Als er sich im Kloster versteckte, bemerkte er, dass er Magdas Rucksack mitgenommen hatte. Patrick würde nicht mehr für ihre Freilassung sorgen können, er musste das tun. Und er wollte seine Ex-Freundin dazu bewegen, für ihn den Anruf bei der Familie zu machen, damit man seine Stimme nicht erkannte.«

»Diese Szene hab ich mit Katharina Venzl schauen dürfen«, sagte Althea. »Darum auch der Geldschein mit der Wegbeschreibung und der Telefonnummer.« Komische Blicke.

»Er hat die Novizin um den Anruf gebeten, sie rief niemanden an. Sie steckte den Geldschein in die Ritze, um ihn zu vergessen. Eifersucht.« Noch mehr komische Blicke. »Der Mann ist nicht schäbig, sein Gewissen macht ihm zu schaffen«, wiederholte Althea Kaths Worte.

»Und er hat eins. Er wusste, Florian Pranner würde es vielleicht nicht schaffen, wenn er sich zuvor noch den Rucksack holte …«

»Sein Gewissen wird ihm doch jetzt nicht zum Verhängnis?«, erkundigte sich Althea.

»Ich tue, was ich kann!«, versprach Stefan. »Hannes, oder Sebastian, wie auch immer … er wusste angeblich nicht, was Patrick mit Magda vorhatte. Als er in den Verlag einbrach und Patrick ihn erwartete und erzählte, Magda habe ihm verraten, dass Sebastian kommen würde, war ihm klar, dass sie sich rächen wollte. Sie glaubte, ihn zu lieben.«

»Das Feuerzeug mit dem brennenden Herzen«, sagte Althea. »Magda stand in Flammen.«

»Schwester Althea, passen Sie gut auf Ihres auf«, sagte Bruno.

»Was meint er?«, fragte sie zwinkernd. »Ich fühle nicht mit, aber ich kann mir gut denken, wie scharf sich der Schmerz anfühlt. Es tut mir sehr leid für Annemarie. Ich hab eine Skizze für das Votivbildchen gemacht, sie hat sich doch gewünscht, dass ihre Lore zurückkommt.« Sie zog ein Gesicht. »Sie ist zurückgekommen, nur so hatte es sich Annemarie sicher nicht gedacht.«

Stefan sah Jadwiga an. »Reinholda war doch der Name der Schwester? Die weltliche Gerichtbarkeit dürfte da nicht zuständig sein. Wie viel wusste sie? Eine Ordensfrau, die jemandem hilft, einen Mordanschlag zu begehen?«

»Sie half nicht, aber sie schaute weg«, versuchte Jadwiga eine Richtigstellung, obwohl sie sich über das Wegschauen gar nicht so sicher war.

»Lore hat Reinholda eine passende Geschichte erzählt, warum sie es nicht ertragen könne, ihren Ex-Freund nach all der Zeit wiederzusehen. Die Schwester vertraute ihr und glaubte, was ihr erzählt wurde, nämlich die Geschichte einer Vergewaltigung. Sebastian Baumgart sei vor zwanzig Jahren über sie hergefallen, sie habe mit einem Nudelholz auf ihn eingeschlagen und ihn für tot gehalten, weshalb sie noch in der gleichen Stunde von der Insel floh. Reinholda konnte ihr schon wenig später erzählen, dass sie niemanden getötet haben konnte, sonst hätten sie eine Leiche entdeckt.«

»Hinter dem Namen der Schwester war keine Markierung – warum stand dort nichts darüber, dass sie eine Novizin begleitet hat?«, wollte Althea wissen. Denn genau darüber war sie gestolpert.

Jadwiga erklärte, dass eine andere Schwester erkrankt war und man Reinholda gebeten hatte, einzuspringen.

»Mir gegenüber schwor sie, nie vorher in dem geheimen Raum gewesen zu sein und nichts von dem Geld zu wissen. Ich bin mir nicht sicher, ob das stimmt«, fuhr Jadwiga fort. »Reinholda wird uns zum Jahresende verlassen, sie hat um Aufnahme in die Abtei Maria Heimsuchung in der Eifel gebeten.«

»Eine Heimsuchung ist diese Schwester wirklich«, nuschelte Althea.

»Das will ich nicht gehört haben, Schwester Althea«, gab Jadwiga zurück.

»Bleibt noch Valentins Wunsch, der hat sich sein Votivbild wirklich verdient. Außerdem sollte ich Friederike besuchen und ihr noch einmal bei klarem Verstand danken.«

»Das ist eine schöne Idee.« Jadwiga nickte. »Schwester Althea, ich bin wirklich froh, dich so weit wieder genesen zu sehen. Ich hatte mir einen kurzen Moment schon überlegt, wer die wichtige Aufgabe sonst wohl übernehmen könnte.« Klangvoll vorgetragen.

»Wichtige Aufgabe«, wiederholte Althea.

»Die himmlische Fanfare‹. Wer sollte unser Kloster gediegener und wohlmeinender vertreten?« Jadwiga nickte salbungsvoll.

Althea verzog den Mund. Wenn das nicht nach Freude aussah …

»Wann ist noch gleich der Termin?«, fragte sie.

Ein ganz herzliches Dankeschön …

… dem Kommissar, der an der Isar einst seine zweite Heimat gefunden hat und der mir erklärte, wie sich die Ermittlungen gestalten, wenn jemand entführt wird. Wissenswertes erfuhr ich auch bezüglich einer Lösegeldforderung und dass die Geldscheine ohne Mitwirkung der Polizei nicht registriert werden und darum auch keinem bestimmten Fall zugeordnet werden können, selbst wenn irgendwo eine größere Summe auftaucht.

… an Billie Rubin, ihres Zeichens selbst Krimiautorin, deren Bücher ich verschlinge, und eine ganz liebe Freundin, immer mit einem Rat zur Stelle. Ich sehe dich lachen und sagen: »Den brauchst du hin und wieder auch ganz dringend.« Sie wies meiner Geschichte die richtige Richtung.

Die Kapitelüberschriften sind zum Teil eine Leihgabe aus: »Klinisches Wörterbuch – Die Kunstausdrücke der Medizin«, erläutert von Dr. med. Otto Dornblüth, Sanitätsarzt Wiesbaden. 5., wesentlich vermehrte Auflage, Leipzig, Verlag von Veit & Comp., 1914. Auch wenn ich schmunzeln musste, passt doch der Name des werten Doktors ganz wunderbar!

Ina May
TOD AM CHIEMSEE
Broschur, 224 Seiten
ISBN 978-3-89705-985-6

»Viel Spannung, eine Prise Humor und eine detailgenaue Beschreibung der Örtlichkeiten rund um den Chiemsee machen den Reiz dieses Buches aus.« Chiemsee Nachrichten

»Packender Kloster-Krimi.« Alles für die Frau

Ina May
MORD AUF FRAUENCHIEMSEE
Broschur, 240 Seiten
ISBN 978-3-95451-167-9

»Ein handfester Krimi mit Gruselfaktor. Immer wieder strickt Ina May die Handlung gekonnt in reale Begebenheiten und geschichtliche Fakten ein. Bestes Lesevergnügen.« Oberbayerisches Volksblatt

www.emons-verlag.de

Ina May
DIE TOTE IM MAAR
Broschur, 256 Seiten
ISBN 978-3-95451-088-7

»Der Roman lässt den Bücherfreund am Ende gruselnd zurück. Eifel-Krimi, frei von Jacques-Berndorf-Feeling, dafür frisch und weiblich.« ekz

Ina May
KRATZAT
Broschur, 288 Seiten
ISBN 978-3-95451-826-5

»Charmante und sympathische Figuren sind neben hintergründigem trockenen Humor Ina Mays Stärke.« RFO Oberbayern

»Ein scharfsinniger, tiefgehender Allgäu Krimi mit Herz.«
Kreisbote Kaufbeuren

www.emons-verlag.de

Ina May
OLDHORSTER MOOR
Broschur, 320 Seiten
ISBN 978-3-95451-993-4

»›Oldhorster Moor‹ ist ein Psychothriller, der bis zum Schluss Rätsel aufgibt.« Neue Osnabrücker Zeitung

www.emons-verlag.de